Petra Hammesfahr, geboren 1951, lebt als Schriftstellerin in der Nähe von Köln. Ihre Romane erreichten bisher eine verkaufte Auflage von über drei Millionen Exemplaren. Im Rowohlt Taschenbuch Verlag liegen vor:

«Der Puppengräber» (rororo 22528),
«Die Sünderin» (rororo 22755),
«Lukkas Erbe» (rororo 22742),
«Der gläserne Himmel» (rororo 22878),
«Das Geheimnis der Puppe» (rororo 22884),
«Meineid» (rororo 22941),
«Die Mutter» (rororo 22992),
«Die Chefin» (rororo 23132),
«Roberts Schwester» (rororo 23156),
«Die Lüge» (rororo 23169),
«Bélas Sünden» (rororo 23168),
«Merkels Tochter» (rororo 23225),
«Das letzte Opfer» (rororo 23454),
«Ein süßer Sommer» (rororo 23625),
«Seine große Liebe» (rororo 24034),
«Der Schatten» (rororo 24051)

sowie die Erzählungen
«Die Freundin» (rororo 23022) und
«Der Ausbruch» (Großdruck, rororo 33176).

Petra Hammesfahr

# Mit den Augen eines Kindes

Roman

Rowohlt Taschenbuch Verlag

4. Auflage Oktober 2007

Veröffentlicht im Rowohlt Taschenbuch Verlag,
Reinbek bei Hamburg, Februar 2004
Copyright © 2004 by Rowohlt Verlag GmbH,
Reinbek bei Hamburg
Der vorliegende Roman ist eine Neufassung
von «Marens Lover» (Erstveröffentlichung 1991).
Umschlaggestaltung any.way, Cathrin Günther
(Foto: zefa/K + Ha Benser)
Satz Aldus PostScript von Pinkuin Satz und Datentechnik, Berlin
Druck und Bindung Clausen & Bosse, Leck
Printed in Germany
ISBN 978 3 499 23612 9

# Mit den Augen eines Kindes

# Pfingstsonntag, 8. Juni 2003

Es war eine schlimme Nacht, er konnte gar nicht schlafen, weil so viel passierte und er nicht wusste, was es bedeutete. Zuerst klingelte im Wohnzimmer das Telefon. Dann fuhr Papa weg. Und Mama weinte – ganz lange. Wie lange, ließ sich nicht feststellen. Er konnte zwar schon die Uhr lesen, aber er hatte keine, war erst fünf – im März geworden.

Ein kleiner Widder war er, äußerst phantasiebegabt, dafür musste sein Aszendent verantwortlich sein, doch von solchen Dingen hatte er keine Ahnung. Ein bisschen dickköpfig und überaus durchsetzungsfähig war er auch. Normalerweise gab er den Ton an; in seiner Kindergartengruppe, bei seinem Freund Sven, bei Oma und Opa. Bei Mama und Papa nicht so sehr, vor allem Mama ließ sich ganz gemeine Methoden einfallen, um ihm Paroli zu bieten, Stubenarrest oder Fernsehverbot. Manchmal konnte er sie deswegen gar nicht gut leiden. Aber weinen hören konnte er sie auch nicht.

Es verursachte ihm ganz neue Gefühle, Herzklopfen und Enge im Bauch. Angst, aber die hätte er niemals zugegeben. Er hatte noch nie richtige Angst gehabt und musste auch keine haben. Sein Papa war nämlich Polizist, konnte alle schlimmen Verbrecher verhaften, sogar totschießen lassen. Bestimmt war Papa nochmal zur Arbeit gefahren. In den letzten Tagen hatte er viel arbeiten müssen, war spät nach Hause gekommen oder nochmal weggefahren, wenn es schon dunkel war. Da sein Zimmer gleich neben der Wohnungstür lag, hörte er gut, wenn Papa kam oder ging. Auch wenn er schon schlief, hörte er das. Und jetzt konnte er nicht schlafen, weil das Weinen kein Ende nahm.

Als er es nicht mehr aushielt, stand er auf und tat so, als müsse er nochmal Pipi. Mama war im Badezimmer, kniete in der Wanne. Das tat sie immer, wenn sie sich mit der Brause die

Haare wusch oder den Badeschaum vom Rücken spülte. Aber jetzt hielt sie die Brause nicht in der Hand. Ihre Augen waren ganz rot, ihr Gesicht verquollen.

«Warum weinst du denn so?», fragte er.

«Ich hab Seife ins Auge gekriegt», schniefte sie.

Das war gelogen, er wusste das genau. Zwar brannte es höllisch, wenn man Seife ins Auge bekam. Aber wenn Mama sich wehtat, weinte sie nicht. Sie fluchte immer. «Mist», oder so. Und wenn Erwachsene nicht die Wahrheit sagten, das wusste er auch genau, Opa hatte es ihm erklärt, dann schämten sie sich, oder sie hatten Angst.

Dass Mama sich schämte, konnte er sich nicht vorstellen – schon eher, wovor sie Angst haben könnte. Dass Papa nicht mehr wiederkam, weil Papa ein Weib fickte, was immer das auch sein mochte. Den Ausdruck hatte er bei Oma und Opa aufgeschnappt, aber Opa hatte ihm nicht erklären wollen, was es hieß. Und Oma hatte nur gesagt: «Dieses Weib kann gar nichts anderes als kaputtmachen.»

«Geh wieder ins Bett», verlangte Mama.

«Ich muss mal», behauptete er, was auch ein bisschen gelogen war. Aber wirklich nur ein bisschen, als er sich aufs Klo setzte, kamen ein paar Tröpfchen.

Und als er die Hose wieder hochzog, fragte Mama: «Magst du bei mir schlafen?»

Er schüttelte heftig den Kopf, hatte noch nie bei ihr geschlafen. Er hätte sich ja in Papas Bett legen müssen. Wo sollte Papa denn schlafen, wenn er nach Hause kam? Er ging zurück in sein Zimmer, die Tür ließ er offen. So hörte er, dass Mama sich die Zähne putzte und ins Schlafzimmer ging. Sie weinte nicht mehr.

Eine Weile war es still in der Wohnung und dunkel natürlich. Er wäre beinahe eingeschlafen, aber dann klingelte noch einmal das Telefon. Mama stand wieder auf und ging ins Wohnzimmer. Mit wem sie telefonierte, erfuhr er nicht, hörte nur, was sie sagte. «Nein, ich hab noch nicht geschlafen.» Dann fragte sie: «Wo bist du denn?» Und sagte noch: «Gut, ich warte.»

Er dachte, dass Papa angerufen hätte, um zu sagen, dass er bald nach Hause käme. Mama ging ins Bad, er hörte Wasser rauschen, bis es an der Tür klingelte. Ob Papa seinen Schlüssel vergessen hatte? Mama kam eilig durch die Diele, sie hatte nur ein Höschen an, nachts hatte sie immer nur Höschen an. Sie nahm den Hörer von der Gegensprechanlage, drückte dabei den elektrischen Türöffner und fragte: «Ist offen?» Und eine verzerrte Stimme sagte: «Ja», nicht mehr und nicht weniger.

Papa. Es musste Papa sein, wer sollte denn sonst kommen mitten in der Nacht? Er war so froh in dem Moment, spürte, wie die Enge aus seinem Bauch verschwand. Sein Herz tat noch ein paar schnelle Schläge und beruhigte sich auch. Er machte die Augen fest zu, damit es so aussah, als schliefe er längst. Mama machte die Wohnungstür auf und lief zum Schlafzimmer. Sie sah nicht, wer hereinkam, aber er sah es. Es war nicht Papa. Es waren zwei Verbrecher, ganz schlimme Verbrecher, das wusste er genau, weil er gesehen hatten, wie sie der Mutter von seinem Freund wehtaten.

Erster Teil

# Marens Lover

Es war ein regnerischer Mittwoch Anfang Mai, als mein Sohn zum ersten Mal mit einem der gefährlichsten Raubtiere konfrontiert wurde, das vor vielen Millionen Jahren die Erde unsicher gemacht hatte. Es hieß Scharfzahn, war der König der Urzeit. Ein Tyrannosaurus Rex, der alles verschlang, was ihm vor die Füße geriet. Es soll ja noch viel gefährlichere gegeben haben, auch damals schon und später ganz bestimmt. Denen begegnete er dann auch noch.

Aber welcher Erwachsene hätte ihm das auf Anhieb geglaubt und ernsthaft in Betracht gezogen, ein fünfjähriger Junge könnte – gute zwei Wochen nachdem er einen Zeichentrickfilm gesehen hatte –, ein reales Monster bei einem Verbrechen beobachtet haben und nun selbst in Lebensgefahr schweben?

Ich will mich damit nicht entschuldigen, weiß Gott nicht. Was ich angerichtet und versäumt habe, ist nicht zu entschuldigen. Für meinen Kleinen war ich der Größte, Papa eben, der alles heile machte und alles richten konnte. Er lebte in der festen Überzeugung, ich könne Ordnung in der Welt schaffen, die Bösen hinter Gitter bringen und dafür sorgen, dass die Guten in Frieden leben durften. «Mein Papa ist Polizist!» Wenn er das sagte, klang es nach Intensität, nach Supermann. Das war ich auch für ihn. Und als er mich wirklich brauchte, war ich nicht da. Ich hatte ihm nicht einmal richtig zugehört, solange vielleicht noch Zeit gewesen wäre, das Schlimmste zu verhindern.

Oliver – Olli, so nannte ich ihn oft, obwohl er das gar nicht mehr gerne hörte, seit er bei meinen Eltern ein Video von Dick und Doof gesehen hatte – war mit einer überschäumenden Phantasie gestraft. Manche behaupteten schlicht und ergreifend: «Er lügt das Blaue vom Himmel runter.» Das tat er eigentlich nicht. Es war nur so, dass er seine täglichen Berichte mit ein paar effektvollen Details würzte, um seinen Alltag etwas farbiger zu präsentieren und vor dem Einschlafen mindestens noch eine halbe Stunde Zeit herauszuschinden.

Wenn er den Nachmittag bei meinen Eltern verbracht hatte, musste man sich nur fragen, welchen Film Opa in seinen Videorecorder geschoben hatte, während Oma Einkäufe machte und dabei ein kleines Schwätzchen einlegte oder schnell auf einen Sprung zu einer ihrer zahlreichen Bekannten ging, was dann meist den ganzen Nachmittag in Anspruch nahm, sodass sie daheim nicht eingreifen konnte.

Die Videosammlung im Wohnzimmerschrank meiner Eltern war beachtlich. Mein älterer Bruder hatte sein Wohnzimmer sofort nach seiner Hochzeit mit zwei Recordern ausgestattet und war lange Jahre Stammgast in der Videothek gewesen. Er hatte sehr jung geheiratet. Und was soll man sonst anfangen mit seiner Freizeit? Mein Bruder kopierte für sich, seinen Nachwuchs und den Rest der Familie alles, was flimmerte. Ob man wollte oder nicht, man bekam eine Kopie in die Hände gedrückt.

Mein Vater wollte immer. Er liebte Helden, Katastrophen, so genannte Thriller. Ob sie in den siebziger, achtziger oder neunziger Jahren gedreht worden waren, spielte überhaupt keine Rolle. Er konnte sich Streifen, die er längst auswendig kannte, auch beim fünfzigsten Mal noch mit Genuss reinziehen. Vielleicht machte das sogar den besonderen Reiz aus, genau zu wissen, was in der nächsten Sekunde passieren würde, Dialoge mitzusprechen oder vorherzusagen. Und warum sollte man einem kleinen Jungen, der sich ebenfalls dafür begeistern konnte, keine Spur von Furcht zeigte und nicht zu Albträumen neigte, diesen Genuss vorenthalten?

Olli kannte sie alle: die tapferen Feuerwehrmänner aus *Flammendes Inferno*, den wasserscheuen Polizeichef aus *Der weiße Hai*. Unzählige Stewardessen, die über sich selbst hinauswuchsen und einen schwer beschädigten Flieger mitsamt überlebenden Passagieren und toten Piloten sicher wieder auf die Erde brachten. All die abgesoffenen U-Boote, deren Besatzungen nur noch teilweise mit einem DSRV gerettet werden konnten. Und nicht zu vergessen: Kapitän Ramius, der mit seinem Großvater an einem Fluss geangelt hatte und nun dieses Prachtexemplar *Roter Oktober* sicher durch Unterseegräben schipperte.

Ein verantwortungsloser Großvater? Nein, so möchte ich das nicht bezeichnen. Olli zog seine Lehren aus den Nachmittagen mit Opa. Pilot wollte er nie werden, die wurden ja meist erschossen oder kamen sonst wie ums Leben. Das *Flammende Inferno* lehrte ihn, seine kleinen Finger von Zündhölzern und Feuerzeugen zu lassen. Wir mussten im Urlaub an der Nordsee nicht befürchten, dass er zu weit ins Wasser ging. Er ließ nicht einmal seine Zehen von Wellen umspülen. Es hätte ja ein weißer Hai auftauchen können. Die schwammen gerne da, wo es flach war.

Aus Stephen Kings *Cujo* zog er den Schluss, dass man um große Hunde besser einen weiten Bogen machte und immer ausreichend Getränke griffbereit im Auto haben sollte. Der Kasten Apfelsaft im Kofferraum nutzte einem nämlich gar nichts, wenn draußen ein tollwütiger Bernhardiner verhinderte, dass man noch ungebissen zum Kofferraum kam.

Auf seine Weise hat mein Vater ihn mit den manchmal blutrünstigen Schinken besser auf Leben und Tod vorbereitet als ich. Er hat ihm gezeigt, dass unsere schöne, bunte Welt an keiner Stelle heil ist, dass überall das Böse lauert. Nur die Sache mit dem Helden, der immer in letzter Minute auftaucht, um die ganze Erde oder wenigstens die bedrohten Menschen zu retten, hätte Opa vielleicht korrigieren müssen.

Ich war nie ein Held. Zuletzt war ich ein Schwein, ein verantwortungsloser Dreckskerl, der alles aufs Spiel setzte, obwohl er den Einsatz kannte oder zu kennen glaubte. Ich will mich wirklich nicht herausreden, nur erklären, um vielleicht irgendwann selbst zu verstehen, wie ich es so weit kommen lassen konnte.

Vielleicht hatte Olli uns einfach schon zu viel geboten, ehe in Kerpen plötzlich ein Dinosaurier sein Unwesen trieb. Schon mit drei Jahren hatte er einen weißen Hai im Neffelbach entdeckt, einem reißenden Strom, der nach Dauerregen eine Wassertiefe von etwa einem Meter hatte, es konnte auch ein Meter zwanzig sein. Opa, der mit Olli an den Gestaden des haiverseuchten Gewässers spazieren gehen musste, sah den Hai natürlich nicht, weil er sich gerade bückte, um seinen Schuh zuzubinden. So war es immer, es gab nur sehr selten Zeugen für die unglaublichen Vorfälle, von denen Olli pro Woche im Durchschnitt drei erlebte, seitdem er so alt war, dass er zusammenhängend berichten konnte.

Keiner sah ET, der beim Kindergarten um Kleingeld bettelte, weil er nach Hause telefonieren wollte. Aber ET versteckte sich ja auch immer, wenn Leute kamen. Nur zu Olli hatte er Vertrauen gefasst. Und das flammende Inferno in Omas Küche verhinderte Olli, weil er geistesgegenwärtig seine neue Wasserpistole lud und löschte, was das Zeug hielt.

Solche Geschichten hatten meist nur einen wahren Kern: Olli war noch gar nicht müde und sah nicht ein, dass er sich nun ganz allein in seinem Zimmer langweilen sollte, während Mama und ich uns vielleicht gemütlich auf der Wohnzimmercouch noch etwas wahnsinnig Spannendes genehmigten und dazu womöglich noch Chips, Schokolade oder gar ein Eis aßen.

Es gab auch andere Storys, durchaus realistisch geschildert, die einem schon einen Schreck einjagen konnten, wenn man sie für bare Münze nahm. Doch damit suchte er für gewöhnlich nur einen Sündenbock für eigene Missetaten oder ein Missgeschick, das er als furchtbar peinlich empfand, weil es einem Jungen in seinem Alter einfach nicht mehr hätte passieren dürfen.

Hanne und ich konnten damit leben, dass ihm in der ruhigen Straße, in der sein Freund Sven Godberg wohnte, wo nun wirklich kein Mensch mit bedrohlichen Vorfällen rechnete, ein tollwütiger Hund ein Loch in die neue Jeans gebissen hatte. Natürlich hatte Cujo auch Ollis Knie erwischt, das war aber nicht so schlimm. Ein Pflaster dafür brauchte er nicht. Und ganz bestimmt keine Spritze gegen Tollwut, die Mama für angebracht hielt, um ihm zu zeigen, dass man nicht ungestraft lügen durfte.

Wir trugen es mit Fassung, dass Rockerbanden vormittags den Kindergarten heimsuchten – nachdem mein Vater sich eine Reportage über die Aktivitäten der Hell's Angels angeschaut hatte, während Olli ihm Gesellschaft leistete. Und dann verwüsteten die Rocker eben den Gruppenraum und zwangen die friedlich in der Sandkiste spielenden Kinder unter Androhung brutaler Gewalt, sich dermaßen mit Sand zu bewerfen, dass es noch Stunden später wie die Wüste Gobi aus Haaren und Schuhen rieselte und zwischen den Zähnen knirschte. Auf vorsichtige Nachfragen hieß es, unser sanftmütiger Sohn, dem wir noch diverse Ängste unterstellten, habe zusammen mit seinem Freund Sven die Bude auf den Kopf gestellt und sich anschließend kopfüber in die Sandkiste gegraben.

Wir mussten uns – ob es uns gefiel oder nicht – damit abfinden, dass kurz darauf rücksichtslose Autofahrer viel zu schnell in die Kurve gingen und unserem Sohn mit seinem nagelneuen Fahrrad ohne Stützräder – mit dem er gar nicht allein unterwegs sein sollte – nur einen Fluchtweg ließen, den viel zu hohen Kantstein der Gosse, sodass er mit blutender Nase, aufgeschürften Knien und demoliertem Rad in der Kerpener Polizeiwache abgeholt werden musste. Hanne weigerte sich jedoch, ihm zu glauben, er sei auf der Flucht vor zwei finster dreinblickenden Motorrad-Rockern gewesen.

Hanne war übrigens meine Frau, das heißt, verheiratet waren wir nicht. Nachdem sich die Auflösung meiner ersten Ehe über ein ganzes Jahr hingezogen hatte, in dem verdammt viel und ausschließlich meine dreckige Wäsche gewaschen worden war – und ich ein kleines Vermögen an Anwaltshonoraren und Gerichtsgebühren hatte hinblättern müssen – war ich in diesem Punkt etwas vorsichtiger geworden. In einem anderen leider nicht.

Dieser andere Punkt war Maren – das Weib, wie meine Mutter es ausdrückte. Wie viele schlaflose Nächte sie mich in den letzten zwanzig Jahren gekostet hat, weiß ich wirklich nicht mehr. Selbst jetzt zittere ich noch, wenn bloß ihr Name fällt. Maren Koska und Konrad Metzner, da konnte man in sehr jungen Jahren so schön mit den Anfangsbuchstaben der Namen spielen. Später spielten wir mit anderen Dingen. Zuletzt um das Leben meines Sohnes. Ich habe es nur viel zu spät begriffen oder wollte es mir nicht rechtzeitig eingestehen.

## 1971 bis 1974

Es gibt ein Foto aus der Zeit, in der meine verhängnisvolle Affäre begann, auf dem bin ich nur ein Jahr älter als mein Kleiner. Ich ging seit zwei oder drei Monaten zur Schule. An einem Vormittag wurden wir alle hinaus auf den Pausenhof gescheucht. Bitte im Halbkreis Aufstellung nehmen fürs Gruppenbild mit Dame – sprich unsere Lehrerin. Die Kleinen nach vorne, bitte hinsetzen, damit man von der mittleren Reihe auch etwas sieht.

Maren war eine von den Kleinen damals. Wie eine kostbare Puppe sitzt sie da auf dem Foto mitten in der ersten Reihe. Im Schneidersitz, das weißblonde Haar umrahmt ein feines Gesicht. Der zierliche Körper ist umhüllt von einem hellblauen Gespinst, das andere Mütter ihren Töchtern wohl nur zu irgendeiner Hochzeit angezogen hätten. Maren trug solch kostbare Gewänder jeden Tag und nie öfter als dreimal.

Während das Proletariat – also ich und meinesgleichen – jeden Morgen bei Wind und Wetter zu Fuß antrabten, wurde Maren Koska von Mami im Mercedes vorgefahren und nach Schulschluss natürlich auch wieder abgeholt. Und wehe, es fiel mal eine Stunde aus und Mami wurde nicht rechtzeitig informiert. Dann kam am nächsten Tag Papi und machte der Schulleitung die Hölle heiß. Einmal habe ich das erlebt. Nun gut, sie wohnten etwas außerhalb, umgeben von sehr viel Grün, nahe der Boelcke-Kaserne am Rand des Gewerbegebiets. Das war ein weiter und gefährlicher Schulweg für ein kleines Mädchen in Lackschuhen, das Papi und Mami am liebsten unter eine Glasglocke gesetzt hätten.

Zu der Zeit muss Maren ein sehr einsames Kind gewesen sein. Mit ihr spielen wollte keiner, weil sie daran gewöhnt war, zu kommandieren. Es durfte auch niemand mit ihr spielen. Das ging nicht von ihren Eltern aus. Mami hätte sich wohl mal erbarmt und nachmittags irgendein kleines Mädchen mit dem Mercedes abgeholt, um dem Töchterlein ein wenig Unterhaltung zu verschaffen. Aber selbst wenn eine unserer Mitschülerinnen bereit gewesen wäre, sich einige Stunden lang schikanieren zu lassen, da spielten die anderen Eltern nicht mit.

Es kursierte nämlich das Gerücht, Mami habe in jungen Jahren als Bordsteinschwalbe gearbeitet, so nannten das die anständigen Leute zu der Zeit. Keine Ahnung, wer es in Umlauf gebracht hatte, vielleicht einer, der sich früher mal eine halbe Stunde mit Mami geleistet hatte. Auch Marens Vater galt als zwielichtige Figur. Er betrieb einen schwunghaften Handel mit Gebrauchtwagen. Wer bei ihm kaufte, war meist zufrieden. Wer an ihn verkaufte, klagte jedoch kurz darauf, er wäre reingelegt worden. Später kamen noch Baumaschinen dazu. Seine Gewinne investierte Koska in Häuser wie beispielsweise das, in dem mein Vater für drei Zimmer, Küche, einen schmalen Flur und ein winziges Bad Miete zahlte. Da fiel dann manchmal der Begriff «Halsabschneider».

Koska galt als sehr reicher Mann, fühlte sich zeitweise als der König von Kerpen und führte sich auch so auf. Zuerst kaufte er, um nur ein Beispiel zu nennen, nahe der Boelcke-Kaserne ein Stück Land mit Bäumen, das eigentlich nicht zur Bebauung vorgesehen war. Er stellte auch zu Anfang nur ein paar alte Autos zwischen die Bäume, von denen er dann etliche fällen ließ, um mehr Platz für mehr Autos und ein Bürogebäude zu erhalten. Aus dem Bürogebäude wurde jedoch ein klotziges Wohnhaus. Die Stadtoberhäupter nahmen es zähneknirschend hin und besorgten ihm im Nachhinein die Baugenehmigung, um nicht einen guten Gewerbesteuerzahler zu verlieren. Damit soll er gedroht haben.

Maren war sein einziges Kind, spät geboren, erst nach zwanzig Jahren Ehe, glaube ich, es kann auch noch länger gedauert haben. Koska war jedenfalls schon Anfang fünfzig, seine Frau nicht wesentlich jünger, als sie wider Erwarten doch noch Mutter wurde. Zu Anfang habe Mami die Schwangerschaft für Wechseljahresbeschwerden gehalten, erzählte Maren mir irgendwann einmal.

Unter diesen Voraussetzungen war es kaum verwunderlich, dass dem Töchterlein nie ein Wunsch abgeschlagen wurde. Und wer alles im Überfluss hat oder haben kann, wer von Papi schon in frühester Kindheit lernt, wie man mit anderen Leuten umspringen muss, um seinen Kopf durchzusetzen, weiß bald vor lauter Langeweile und Überdruss nicht mehr, was er sich noch wünschen oder anstellen könnte.

Bis zum dritten Schuljahr hatte ich nichts mit Maren zu tun. Wir gingen eben in eine Klasse, aber ich nahm sie nicht zur Kenntnis und sie mich nicht. Ich hatte einen Freund, Peter Bergmann, mit dem ich in den Pausen und auch nachmittags oft zusammen war. Bis zu dem Tag, als das mit der Katze passierte.

An dem Morgen kamen wir zu dritt vor der Schule an. Mein jüngerer Bruder war auch dabei, er ging gerade in die erste Klasse. Am Straßenrand war ein Pulk von Kindern versammelt. Ein Mädchen weinte und schrie: «Lass das sein, das darf man nicht. Du bist ein Schwein. Das arme Kätzchen.»

Eine junge Katze lag in der Gosse, dem Anschein nach war sie angefahren worden. An einem Hinterbein ragte der Knochen aus dem zerfetzten Gewebe. Sie fauchte zum Gotterbarmen. Maren hockte bei dem verletzten Tier, einen Zweig in der Hand, stocherte sie in der scheußlichen Wunde. Mit Ausnahme des Mädchens, das auch nur schrie, wagte es niemand, etwas gegen sie zu unternehmen. Peter Bergmann lief los, um unsere Lehrerin zu holen. Und mir hatte man beigebracht: «Quäle nie ein Tier zum Scherz, denn es fühlt wie du den Schmerz.»

Ohne mir großartige Gedanken über etwaige Folgen zu machen, riss ich Maren den Zweig aus der Hand und schlug ihr damit ins Gesicht. Auf ihrer Wange zeichnete sich sofort ein weißer Streifen ab, der sich rasch rot färbte, aber nicht so rot wie das Blut der Katze, das sich vom Zweig in Spritzern auf ihrer Haut verteilt hatte.

Plötzlich herrschte Totenstille, das schreiende Mädchen verstummte abrupt, als hätte ich ihr eine gewischt. Auf allen Mienen zeichnete sich Unbehagen oder gar Entsetzen ab. Mein jüngerer Bruder war ganz weiß um die Nase und brachte flüsternd zum Ausdruck, was wohl alle dachten: «Das sagt sie ihrem Vater, und dann sperren sie dich ein.»

Ich rechnete ebenfalls damit, dass Maren nun auf mich losginge, nicht unbedingt mit ihren kleinen Fäusten, nur verbal, dass sie mir mit Papi und schlimmen Konsequenzen drohte. Tat sie aber nicht. Sie schaute mich irgendwie verwundert an, tastete ihre Wange ab, verrieb die Blutspritzer mit den Fingern, richtete sich auf und sagte: «Das wäschst du ab.»

Das tat ich dann auch. An dem Morgen war ich zum ersten Mal mit ihr im Mädchenklo. Während unsere Lehrerin dafür sorgte, dass die verletzte Katze weggeschafft, wahrscheinlich zu einem Tierarzt gebracht wurde, wusch ich das Blut aus Marens Gesicht und trocknete es mit meinem Hemd, weil kein Handtuch da war. Ich schätze, das war der erste Schlag, den sie eingesteckt hatte. Und sie vergaß ihn genau wie ich niemals.

Von dem Tag an hing sie – zumindest in der Schule – wie eine Klette an meinen Fersen. Ich war zu der Zeit etwas größer als die meisten unserer Mitschüler, hatte kurz zuvor bei einem Sportfest mit der höchsten Punktzahl für unseren Jahrgang abgeschnitten. Hinzu kam, dass ich, bedingt durch das ständige Training mit zwei Brüdern, aus Raufereien stets als Sieger hervorging. Und für Maren kam schon damals nur ein Sieger infrage, einer, der keine Angst vor Papi hatte, vielleicht einer, der sie aufhalten, festhalten, bremsen und bändigen konnte, der sich jedenfalls nicht von ihr kommandieren oder schikanieren ließ.

Peter Bergmann konnte sie nicht leiden, natürlich nicht, er

war eifersüchtig. Nachmittags hatte ich zwar immer noch Zeit, mit ihm Sammelbildchen von Autos und Fußballspielern zu tauschen oder Mickymaushefte durchzublättern. Aber in den Pausen gab ich mich mit einem Mädchen ab, igitt. Und dann noch mit einer, von der die Hälfte aller erwachsenen Einwohner unserer Stadt sagten, es nähme mal ein ganz schlimmes Ende mit ihr – und mit jedem, der sich mit ihr einließ. Ein paarmal drohte Peter sogar damit, es meiner Mutter zu erzählen, doch das konnte ich verhindern, indem ich ihm drohte, nachmittags nicht mehr zu kommen.

## 1975 bis 1983

Ab der fünften Klasse gingen wir alle drei aufs Gymnasium. Und dort wurde Maren rasch die Prinzessin. Sie war immer nach der neuesten Mode gekleidet, hatte stets eine gut gefüllte Geldbörse in der Schultasche. Mit dem Inhalt ging sie äußerst großzügig um. Auch Peter arrangierte sich mit ihr, weil sie ihm den einen oder anderen Kinobesuch spendierte. Aber ich war und blieb ihr einziger Freund. Anfangs nannten wir das noch so.

Später war ich Marens Lover, lernte schon mit vierzehn eine Menge über weibliche Anatomie von ihr, kannte mit fünfzehn die gängigen Methoden, mit denen man eine Frau zum Höhepunkt brachte – und verhütete, was in dem Alter zumindest ebenso wichtig war. Damals war ich der Mann mit dem Zauberbesen, vor dem der gefallene Engel demütig fordernd in die Knie ging.

Ich hatte Macht über sie, das war nicht zu leugnen. Unser gesamter Jahrgang begegnete mir mit Hochachtung, weil sich kein anderer getraut hätte, seine Hände nach ihr auszustrecken. Wenn wir uns während der Pausen draußen aufhielten, bildete sich automatisch ein undurchdringlicher Ring aus Leibern, der uns vor den Blicken der Lehrer schützte. Zogen wir uns in die Toiletten zurück, stand immer einer Schmiere. Für Maren war das wichtiges Zubehör. Sie brauchte Publikum, Nervenkitzel und einiges mehr. Auf jeden Fall brauchte sie die fortwährende Demonstration, dass ich ihr gehörte. Mein Ding waren Zuschauer nicht unbedingt, aber solange es sich nur um unsere Mitschüler handelte, konnte ich damit leben.

Damit es nicht eintönig wurde, probierte sie sämtliche ihr bekannten Praktiken aus. Oft hatte ich schon vor der ersten Schulstunde nach allen Regeln der Kunst entspannen dürfen. Dann kam die große Pause, in der sie ihren Teil einforderte, wobei ich natürlich ebenfalls nochmal voll auf meine Kosten kam.

Nachmittags sah die Sache nicht so rosig aus. Mami hatte sich in den Kopf gesetzt, aus ihr eine höhere Tochter zu machen. Ballettstunden, Geigenunterricht, Klavier spielen musste sie auch lernen. Dazwischen war dann gerade noch Zeit, sie regelmäßig neu einzukleiden, zum Friseur oder einer Kosmetikerin zu kutschieren, die dafür zu sorgen hatte, dass Prinzessin Silberhaar nicht von einer vulgären Akne entstellt wurde.

Aber ich hatte ja immer noch Peter Bergmann. Und ehrlich gesagt, hätte ich es auch nicht gewagt, mich einmal nachmittags mit Maren in der Stadt zu zeigen. Eine halbe Stunde später wäre meine Mutter informiert gewesen und hätte mich garantiert sofort von der Schule genommen und in eine Lehre gesteckt, um mich zur Vernunft zu bringen.

Am Wochenende und in den Ferien sahen wir uns auch nicht. Samstags und sonntags musste sie ihren Eltern Gesellschaft leisten, damit Papi auch etwas von ihr hatte. Die Ferien verbrachte sie regelmäßig im Süden, meist nur mit Mami, Papi war mit seinem Unternehmen zu beschäftigt für einen Urlaub. Die Sommerferien waren eine Tortur, sechs Wochen Enthaltsamkeit.

Aber die Vormittage in der Schule waren einsame Spitze. Es gab kein Tabu, über das Maren sich nicht mit ihrem typischen Lächeln hinweggesetzt hätte. Sie hatte eine unnachahmliche Art zu lächeln, mit leicht heruntergezogenen Mundwinkeln und Augen, die mehr als jedes Wort deutlich machten, wie sie über unsere Mitmenschen dachte. Spießer allesamt, nur ich war die große Ausnahme, der Einzige, der Beste.

Seit sie zum ersten Mal ihr Höschen für mich ausgezogen hatte, erlebte ich mit ihr den sexten Himmel auf Erden. Sie war unersättlich und hatte ein Vokabular, von dem allein man schon rote Ohren bekam. Während des Unterrichts schrieb sie auf Zettel, wie sie sich das Programm für die nächste gemeinsame halbe oder viertel Stunde vorstellte.

Da wir nicht unmittelbar nebeneinander saßen, gingen diese Zettel durch einige Hände, ehe sie mich ereichten. Wenn ich dann endlich las: «Wo willst du heute meine Dose noch einmal pudern?», oder: «Gleich will ich auf deiner Flöte spielen», hatten das vor mir schon ein paar andere gelesen. Und die gaben sich dann während der Pause redlich Mühe, wenigstens zu sehen und zu hören, wenn sie schon nicht selbst pudern und spielen lassen konnten.

Mit achtzehn galten wir als ein Paar für die Ewigkeit. Aber dann kam das Ende – wie es meist kommt – aus heiterem Himmel. Wir wurden in der Sporthalle erwischt, wo wir uns an der Sprossenwand eingehend mit Biologie beschäftigten. Und von einem Lehrer beim Geschlechtsverkehr ertappt zu werden, wie ein begossener Pudel mit heruntergelassener Hose dazustehen und sich anzuhören: «Was werden wohl eure Eltern dazu sagen?» Hinzu kam die Drohung, wir würden beide von der Schule fliegen. Sonderlich erbauend fand ich das nicht, die körperliche Reaktion war entsprechend und Maren zum ersten Mal bitter enttäuscht von mir.

Ihr Vater ließ seinen Einfluss spielen und verhinderte, dass wir beide ohne Abitur blieben. Was mich betraf, stellte er allerdings die Bedingung, dass ich ab sofort die Finger und alles andere von seiner Tochter zu lassen hatte. Für seine Einzige hatte er etwas Besseres im Sinn als mich, den zweitjüngsten Spross eines Schlossermeisters, der bei Ford am Fließband stand und sich krumm legte, damit die Kinder eine vernünftige Ausbildung bekamen und es einmal besser hatten.

Zu allem Überfluss spielte Koska auch noch seine Macht als Hausbesitzer aus. Er drohte tatsächlich damit, die gesamte Familie Metzner an die frische Luft zu setzen, falls das zweitjüngste Mitglied noch einmal Anlass zu Klagen gab. Etwas Schlimmeres hätte man meinen Eltern gar nicht antun können. Sie lebten in der Wohnung, seit sie verheiratet waren. Hier waren die Kinder geboren und aufgewachsen, hier wollten sie alt werden und irgendwann mit den Füßen voran hinausgetragen werden.

Wie nicht anders zu erwarten, gab es mächtigen Ärger. Da meine Brüder es beide nicht aufs Gymnasium geschafft hatten, war meinen Eltern bis dahin gar nicht bekannt gewesen, warum ich jeden Morgen mit heller Begeisterung meine Schultasche schnappte und aus der Wohnung stürmte. Warum ich nachmittags, an den Wochenenden und in den Ferien nichts Besseres mit mir anzufangen wusste, als zu büffeln. Peter Bergmann hatte inzwischen auch eine Freundin und keine Zeit mehr für mich.

Meine Eltern hatten mich schon für einen Streber gehalten, wo andere in meinem Alter doch absolut keinen Bock mehr auf Penne hatten. Und nun das! Unser Konrad und dieses verkorkste Ding, über das sich alle die Mäuler zerrissen. Mutter bestand darauf, dass ich mich umgehend von Kopf bis Fuß beim Hausarzt untersuchen ließ. Wer wusste denn, was für unaussprechliche Krankheiten ich mir bei Maren geholt hatte? Vater hielt mir einen nicht enden wollenden Vortrag, in dem immer wieder der Satz fiel: Schuster, bleib bei deinem Leisten.

Im ersten Schock war ich durchaus zu Kompromissen bereit. Ich wollte Maren nicht verlieren, und es hätte Möglichkeiten gegeben. In aller Heimlichkeit, in verschwiegenen Winkeln, sich nicht mehr erwischen lassen. Doch das war nicht nach ihrem Geschmack. Sie erwartete, dass ich mich nun in aller Öffentlichkeit zu ihr bekannte. Am Sonntagvormittag auf dem Platz vor der Kirche, genau um die Zeit, wenn die honorigen Bürger nach dem Hochamt ins Freie traten. Natürlich wollte sie auf dem Kirchplatz nicht einfach nur Händchen mit mir halten. Und dann sollte ich hoch erhobenen Hauptes die Konsequenzen tragen.

«Wenn du mich wirklich liebst, Konni, tust du das für mich. Anschließend hauen wir ab. Die sollen uns doch alle kreuzweise.»

Ich konnte sie nicht vor der Kirche flachlegen, beim besten Willen nicht, da hätte sich bei mir nichts gerührt. Und mit ihr abhauen, guter Gott, ich hatte ganz andere Pläne für die Zukunft. Nach dem Abitur wollte ich unbedingt zur Polizei und nicht mit ihr Bonnie und Clyde spielen. Denn wovon hätten wir sonst leben sollen?

Ich war nicht dazu erzogen worden, mich über sämtliche moralische Werte und Regeln der Gesellschaft hinwegzusetzen, mein Frühstück im Supermarkt zu klauen oder alten Damen die Handtaschen zu entreißen. Mal ein Tabu brechen, okay, aber ich konnte nicht von einem Tag zum anderen alles aufgeben und mich jagen lassen von Leuten, die ich schon als meine zukünftigen Kollegen betrachtete. Und dann war ich eben von einem Tag auf den anderen für Maren weniger als Luft. Eine feige Sau, die sich von alten Säcken einschüchtern ließ. Ein Verräter, ein Spießer. Und Spießer konnte sie auf den Tod nicht ausstehen.

Es war ein Weltuntergang für mich und nicht leicht zu begreifen, wo sie in den letzten drei, vier Jahren quasi nach meiner Pfeife getanzt hatte, regelrecht besessen von mir gewesen war. Und plötzlich saß ich stundenlang drei Plätze hinter ihr und durfte sie nicht mehr anfassen, von anderen Dingen ganz zu schweigen. Die meiste Zeit hatte ich nur ihr Haar vor Augen, immer noch weißblond. Färben musste sie es nicht, es war von Natur so. Und hüftlang, eine unwahrscheinliche Mähne.

Manchmal zeigte sie mir ein wenig Profil, wenn sie sich ihrer Sitznachbarin Brigitte Talber zuwandte, um sich von der etwas Unterstützung in Mathe, Deutsch, Bio, Englisch, Geographie und sämtlichen anderen Fächern zu holen. Eine Leuchte war Maren nicht. Aber sie war schon in sehr jungen Jahren ein Vollblutweib, das einem Mann den Verstand völlig ausschalten konnte.

In meinem Hirn kreisten die Erinnerungen an den Pausenhof und das Mädchenklo. Und darüber schwebte die Gewissheit, dass es vorbei war. Nach all den Jahren, mein halbes Leben damals, aus und vorbei. Das war ein kleiner Tod.

Um mir in aller Deutlichkeit vor Augen zu führen, dass ich von ihr nichts mehr zu erwarten hatte, flirtete Maren hingebungsvoll mit Willibald Müller, einem schwabbeligen Widerling, der erst ein knappes Jahr zuvor mit seiner Mutter nach Kerpen gezogen war und nicht zu Unrecht den Spitznamen Porky trug. Müller hatte daheim nichts zu befürchten, sein Vater war seit Jahren tot, seine Mutter hatte keine Ahnung vom schlechten Ruf der Familie Koska und lebte nach dem Motto: Liebe geht durch den Magen.

Schon mit achtzehn brachte Porky knappe drei Zentner auf die Waage, später gab es vermutlich keine Waage mehr für ihn. Und Maren blätterte in der großen Pause mit lüsterner Miene zerfledderte Pornoheftchen mit ihm durch. Maren fragte, wenn ich in Hörweite war: «Sag mal, Willibald, wenn ein Mann so dick ist wie du, ist er dann überall so? Ich meine, hat er auch einen so voluminösen Schwanz? Das wäre ja ein irres Gefühl, als ob man gesprengt wird. Das würde ich gerne mal ausprobieren.»

Dabei vergewisserte sie sich mit einem langen, eiskalten Blick, dass ich es auch wirklich mitbekam. Und nach Schulschluss klemmte sie sich dann vor meinen Augen hinter ihn auf seine Kreidler Florett. Man hatte immer die Befürchtung, sie müsse runterfallen, sobald er anfuhr. Aber sie fiel nicht. Unter einem Arm eine Wolldecke, den anderen Arm um seinen Schwabbelbauch geschlungen, verschwand ihre Hand in den Speckfalten, als fände sie dort einen Griff zum Festhalten.

Nur um mich verrückt zu machen, versuchte ich mir verzweifelt einzureden. Sie hatte ihn während der Pause aufgezogen, etwas anderes konnte, durfte sie gar nicht getan haben. Sie doch nicht! Ihn heiß gemacht hatte sie, bis ihm die Spucke im Hals verdampfte. Und wenn er gleich seine Kreidler Florett irgendwo anhielt, wenn die Decke ausgebreitet war, sagte sie wahrscheinlich: «So ein Mist, jetzt habe ich gerade meine Tage bekommen.»

Wahrscheinlich. Und wenn nicht? Wenn Porky nun doch einen Größeren hatte als ich? Wenn seine Wampe kein unüberwindbares Hindernis darstellte? Wenn sie die Abbildungen aus seinen Heftchen wirklich in natura mit ihm nachstellte? Meine eigene Phantasie machte mich halb wahnsinnig. Vor allem, als Maren sich dann auch noch mit Porky für ein Wochenende in der Eifel verabredete. Ich stand direkt daneben, als sie sagte: «Mein Vater hat ein Wochenendhaus in der Nähe von Nideggen. Da sind Balken an den Wänden, das müsste ungefähr der gleiche Effekt sein wie an der Sprossenwand in der Sporthalle. Du musst nicht die ganze Zeit dein eigenes Gewicht stemmen, damit du mich nicht erdrückst. Da können wir es uns richtig gemütlich machen und haben viel mehr Zeit, um einiges auszuprobieren, Willibald.»

Damals fing es an mit den schlaflosen Nächten. Wochenlang lag ich nachts im oberen Etagenbett, von Kopf bis Fuß zu Stein geworden, einen Ring aus glühendem Eisen um die Brust und in der Kehle einen Schmerz wie ein Messer. Ich wartete nur darauf, dass mein jüngerer Bruder endlich einschlief. Der ältere war damals beim Bund und übernachtete nur am Wochenende daheim.

Wenn ich unter mir die ersten leisen Schnarchtöne hörte, legte ich los, heulte Rotz und Wasser ins Kopfkissen, bis der glühende Ring um die Brust erkaltet war. Gott, tat das weh. Es tat so weh, dass ich allen Ernstes überlegte, ob die Sache nicht doch ihren Preis wert sei. Ein Leben auf der Straße, manchmal wahrscheinlich auch hinter Gittern, plus Obdachlosigkeit der gesamten Familie Metzner für Maren Koska. Ich müsste ihr ja nur einmal in aller Öffentlichkeit demonstrieren, dass ich mich von nichts und niemandem einschüchtern ließ und auf sämtliche bürgerlichen Werte pfiff, dachte ich.

Was mich damals bewog, das Abitur und das Dach über den Köpfen meiner Lieben einer Orgie auf dem Kirchplatz vorzuziehen, war nicht etwa Vernunft. Es war mein älterer Bruder. Er nahm sich einen ganzen Sonntag lang Zeit für ein ausführliches Gespräch unter Männern. Seine gesamte zwanzigjährige Lebenserfahrung warf er in das Spiel um meinen Seelenfrieden, erzählte grauenhafte Geschichten, die er angeblich mit eigenen Augen gesehen oder zumindest von überaus glaubwürdigen Zeugen gehört hatte.

Maren an einem Samstagabend im vergangenen Jahr – zu einer Zeit wohlgemerkt, als ich mich noch für ihren Einzigen hielt – in einer Kölner Diskothek, die sie stündlich mit einem anderen Typ verließ und ganz bestimmt nicht, um draußen den Vollmond zu bewundern. Maren an einem Nachmittag im letzten Sommer – während ich sie im Ballettunterricht, mit der Geige unterm Kinn oder bei Klavierübungen wähnte –, im Gebüsch neben dem Fußballplatz. Bei ihr gleich zwei andere, beide etwas älter als ich, selber Jahrgang wie mein Bruder. Einer puderte aus Leibeskräften Marens Dose. Der zweite hing über ihrem Gesicht und ließ sie nach Lust und Laune musizieren. Dann kam noch ein Dritter dazu. An der Stelle winkte mein Bruder ab. «Den Rest erspar ich dir lieber. Du kommst nie im Leben darauf, welche Stelle sie für den freigemacht hat.»

Natürlich kam ich darauf, mir hatte sie die Stelle auch mehrfach dargeboten. Und selbstverständlich glaubte ich kein Wort. Aber zusätzlich erstellte mein Bruder diese Liste, nach Lebensjahren und Erfahrungen gestaffelt. Mit siebzehn ist der Mann noch zu blöd, um zu begreifen, auf was für ein Früchtchen er sich da eingelassen hat. Mit achtzehn müsste ihm eigentlich ein Licht aufgehen, tut es aber nicht, weil er meint, jetzt ginge die Welt unter. Und gesetzt den Fall, der Mann macht nun irgendeine Dummheit, um dem Früchtchen zu imponieren und es zurückzugewinnen: dann verliert der Mann zuerst sein Zuhause, danach seine Zukunftsaussichten. Dass er es irgendwann zum Kriminalkommissar brächte, kann er sich dann nämlich abschminken. Die würden ihn nicht mal mehr Streife fahren lassen, die brauchten nämlich Leute ohne Fehl und Tadel. Und schließlich verliert der Mann seine Selbstachtung, weil er doch nie etwas anderes tun wollte, als für Recht und Ordnung kämpfen. Das habe ich noch im Kopf, als wäre es gestern gewesen.

## 1984 bis 1995

Nach dem Abitur verlor ich Maren für lange Jahre aus den Augen. Ihr Vater schickte sie in die USA, aus Sicherheitsgründen, denke ich, weil ich immer noch hinter ihr her war wie der Teufel hinter der armen Seele. Dass ich es trotz meiner erfolglosen Jagd zu einem – nicht einmal schlechten – Schulabschluss brachte und die Prüfungen der polizeilichen Aufnahme- und Weiterbildungsstätte NRW mit Sitz in Münster bestand, mich sogar für den gehobenen Dienst qualifizierte, muss als Wunder betrachtet werden. Für mich war es eine ganz neue Erfahrung. Wenn Maren mich abservierte, beflügelte mich das zu Höchstleistungen auf anderen Gebieten. Irgendwie musste ich den Schmerz ja kompensieren, die Gedanken ausschalten oder in eine andere Richtung lenken.

Mit dreiundzwanzig lernte ich meine erste Frau kennen, Karola. Sie war auch genauso alt wie ich, aber kein Vergleich mit Maren. Ein eher hausbackener Typ war sie, sexuell ziemlich verklemmt, jedenfalls vor der Hochzeit, sehr viel leidenschaftlicher wurde sie danach auch nicht. Gestört fühlte ich mich davon allerdings nicht. Ich hielt es im Gegenteil für besser, unsere Beziehung auf eine andere, sprich solide Grundlage zu stellen.

Zwei Jahre später heirateten wir, nahmen eine Hypothek auf, kauften uns eine Wohnung in Horrem und richteten uns gemütlich ein. Wir wollten auch irgendwann Kinder, später, wenn wir die Hypothek zum Teil getilgt hatten und nicht mehr darauf angewiesen waren, dass Karola Vollzeit arbeitete.

Und vier Jahre später starb Marens Mutter. Zur Beerdigung kam sie nach Hause, aus Florida. Wir trafen uns ganz zufällig im Kerpener Hallenbad. Da geht man ja für gewöhnlich nach einem Begräbnis hin. Ich war jeden Donnerstagabend da, meist mit meiner Frau. Manchmal trieb auch Willibald Müller fast reglos im Becken, Fett schwimmt bekanntlich oben. Da musste er sich nicht anstrengen. An dem Abend war er jedoch nicht da. Aber an der Beerdigung hatte er teilgenommen – und Maren im Anschluss daran vermutlich brühwarm erzählt, wie ich mir mein Leben ohne sie eingerichtet hatte.

Karola wusste von meiner Schulzeit nur, dass ich aufs Gymnasium gegangen und mit Peter Bergmann befreundet gewesen war. Sie war in Köln aufgewachsen und dort bei einer Versicherung beschäftigt. Wenn wir am Wochenende bei meinen Eltern einen Kaffee tranken – ich schätze, Mutter hätte sich eher die Zunge abgebissen, als meine jugendlichen Verirrungen einmal anzusprechen. Von den restlichen Familienmitgliedern wurde Maren ebenfalls totgeschwiegen. Man darf den Teufel ja bekanntlich nicht an die Wand malen und keine bösen Geister heraufbeschwören.

So gab es für Karola nur ein unverfängliches Hallo zwischen ehemaligen Schulkameraden. Natürlich wurde viel erzählt – über frühere Mitschüler. Es gab eine Bar im Hallenbad, an der saßen wir eine Stunde lang – zu dritt. Maren erwähnte beiläufig, dass ihr Vater nun gerne seine Geschäfte in ihre Hände legen wolle. Aber mit ihm unter einem Dach, nein, das könne sie nicht.

«Er hat mir vor Jahren etwas weggenommen», erklärte sie mit einem schwermütig sehnsüchtigen Blick auf meine Badehose, «woran ich mit Leib und Seele hing. Ich habe mir in Köln ein Hotelzimmer genommen. Vielleicht sehen wir uns mal, wenn du in Köln zu tun hast, Konni», sagte sie in Gegenwart meiner Frau.

Ich hatte eigentlich in Köln überhaupt nichts zu tun. Aber ich dachte, ein Kaffee an der Hotelbar sei noch kein Ehebruch und ein Drink in ihrem Zimmer immer noch kein Verbrechen. Wir könnten uns dabei ja mal über die Pornoheftchen von Schweinchen Dick unterhalten und klären, ob sie wirklich ein Wochenende mit Porky im Ferienhaus ihres Vaters verbracht hatte. Vorstellen konnte ich mir das längst nicht mehr. Aber da waren ja auch noch die drei vom Sportplatz, von denen mein älterer Bruder erzählt hatte, und die Typen aus der Kölner Diskothek.

Maren lachte mich aus. «Was denkst du von mir? Hältst du mich für eine Nymphomanin, Konni?»

Sie gestand freimütig, dass sie nach unserer Trennung nicht gelebt hatte wie eine Nonne. Davor habe es aber keine anderen gegeben, keinen einzigen. Die Sache mit Porky sei genau so gewesen, wie ich mir das gedacht hatte. «Du hättest sein Gesicht sehen müssen, wenn ich ihn wieder mal auflaufen ließ. Der Ausdruck war zu köstlich. Ich wusste gar nicht, dass Mastschweine eine so lebhafte Mimik haben.»

Es kam, wie es kommen musste. Maren war eben Maren, ein Naturereignis. Sie konnte Gedanken lesen, wenn es darum ging, die manchmal unerfüllten Wünsche und Sehnsüchte aufzuspüren, die Mann mit sich herumtrug. Karola war auch vier Jahre nach der Hochzeit noch nicht in der Lage, einmal Bedürfnisse oder Verlangen zu bekunden. Sie wies mich nur selten ab, wenn ich das tat, aber manchmal hatte ich das Gefühl, mich aufzudrängen. Und Maren bestand aus Intuition und Bereitschaft, aus Gier und Unersättlichkeit, aus Opium, Morphium, hochprozentigem Rum und reinem Heroin, eine Mischung, die unweigerlich süchtig machte. Vier Monate lang traf ich sie mindestens dreimal die Woche in diesem Kölner Hotelzimmer und verfiel dem Wahn, dass letztlich zueinander findet, was zueinander gehört und füreinander bestimmt ist.

Mit neunundzwanzig ließ man sich ja auch von den Eltern nichts mehr verbieten. Genau genommen brauchte man in dem Alter gar keine Eltern mehr. Sollte es also zum Bruch mit meiner Familie kommen, auch gut. Wenn Maren den immer noch schwunghaften Handel ihres Vaters mit Gebrauchtwagen und Baumaschinen übernahm, könnten wir uns bequem eine Luxuswohnung in Köln leisten.

Sie sprach oft von solch einer Wohnung und den Hoffnungen ihres Vaters, die Verantwortung für sein Imperium abgeben zu dürfen. Der alte Koska hatte die achtzig überschritten. Angeblich sah man ihm das nicht an, er sollte zwanzig Jahre jünger wirken. Aber trotzdem, andere in seinem Alter saßen, sofern sie noch sitzen konnten, höchstens auf Parkbänken oder in Seniorenheimen herum und er noch jeden Tag im Büro.

Zwar hatte er inzwischen einen Geschäftsführer, doch der verstand gar nichts von Baumaschinen und von Gebrauchtwagen auch nicht allzu viel. Maren schwankte, weil ich kein freier Mann war und meinen Beruf liebte. Nur fürs väterliche Unternehmen wollte sie nicht bleiben. Obwohl ihre beruflichen und privaten Kontakte in Florida durch den langen Aufenthalt in der Heimat arg ramponiert sein müssten, wie sie meinte. Den Job drüben sei sie auf jeden Fall los. Und hier erledigte der Geschäftsführer die Dinge nicht eben in ihrem Sinne.

«Gib deinem Herzen einen Stoß, Konni. Als Polizist verdienst du nun wirklich nicht die Welt. Ich bin sicher, du gibst einen guten Geschäftsmann ab. Du musst nur wollen.»

Ich wollte eigentlich nicht, aber schließlich hatte sie mich doch so weit. Und dann legte sie mir eine Hand auf den Arm und sagte: «Du musst das verstehen, Konni.»

Sie hatte noch einmal über alles nachgedacht und war zu der Erkenntnis gelangt, nach den Jahren Freiheit und Weite in Florida nicht mehr in den kleinkarierten deutschen Mief zu passen. Vier Monate hatte sie investiert, um meinen Untergang systematisch zu betreiben. Der verheiratete Konrad Metzner, der seine Frau nach Strich und Faden belog, sogar einen Kollegen einspannte, um sich Alibis für die Stunden im Hotelzimmer zu beschaffen, der Mann, der sich mit seinem Beruf einen Jugendtraum erfüllt hatte, war genau der Richtige, der Einzige und Beste gewesen.

Für den armen Trottel dagegen, der mit einer Flasche Sekt

in der Hand ins Hotelzimmer stürmte und verkündete: «Ich hab gekündigt und die Scheidung eingereicht», hatte Maren nur noch ein müdes Lächeln. Da mochte er betteln und winseln. Sie rekelte sich derweil auf dem Laken, rauchte gelangweilt eine Zigarette, schaute genervt zur Zimmerdecke hinauf. «Du musst das verstehen, Konni.»

Ich verstand es nicht und ging zum zweiten Mal durch die Hölle. Meine Kündigung war von meinem Vorgesetzten zum Glück erst mal zur Seite gelegt worden in der Hoffnung, ich möge mir das noch einmal gut überlegen. Meine Ehe dagegen war nicht mehr zu retten, keine Aussicht auf Versöhnung, nur noch dreckige Wäsche. Die Eigentumswohnung wurde mit beträchtlichem Verlust verkauft, Karola behielt einen Teil der Einrichtung und zog wieder nach Köln. Ich behielt die Schulden und musste zurück in das Zimmer mit dem Etagenbett und der Klappcouch in der Wohnung meiner Eltern, weil ich mir in den ersten zwei, drei Jahren nicht mal mehr ein möbliertes Zimmer hätte leisten können. So viel verdient ein Polizist in dem Alter nun mal nicht, dass er locker einen Berg Schulden abtragen und nebenher noch angenehm leben könnte.

Monatelang hörte ich endlose Vorträge von Vater, Mutter und dem älteren Bruder. Der jüngere meinte inzwischen auch, er müsse seinen Senf dazu geben. «Dass du nicht eher begriffen hast, worauf die es anlegte, du Idiot. Für so eine lässt man doch nicht alles sausen. Du kannst ja von Glück sagen, dass dein Chef mehr Verstand hatte als du. Stell dir vor, deine Kündigung wäre angenommen worden. Dann hättest du komplett im Regen gestanden.» Alle waren sie einhellig der Meinung, dass Maren es nur darauf angelegt hatte, mich völlig fertig zu machen. Und nun, wo ich am Boden zerstört war, flog sie wieder auf der Suche nach Siegern um die Welt.

Man sollte annehmen, ich hätte daraus eine Lehre gezogen und es nicht so weit kommen lassen, dass mein Bruder die

Liste, die er mit zwanzig erstellt hatte, um mich zur Einsicht zu bringen, erweitern musste: Mit achtunddreißig verliert der Mann die Frau, mit der er alt werden wollte, und seinen Sohn, der ihm wichtiger war als sonst etwas auf der Welt. Ich darf gar nicht darüber nachdenken.

## 1995 bis 1997

Nachdem Maren mir zum zweiten Mal den Laufpass gegeben hatte, war ich monatelang richtig krank, stürzte mich mit Magengeschwüren, Bluthochdruck und manchmal unerträglichen Kopfschmerzen in sämtliche Fortbildungsmaßnahmen, die ich ergattern konnte, und hielt mich damit einigermaßen über Wasser.

Dann lernte ich Hanne kennen. Hanne Neubauer, sie war Arzthelferin in der Praxis, in der ich Dauergast geworden war. Frisch und unkompliziert, selbstbewusst und natürlich, tüchtig und selbständig war sie, obwohl oder gerade weil das Leben nicht eben zimperlich mit ihr umgesprungen war. Ihre Eltern waren ein Kapitel für sich. Bärbel und Siegfried, Hanne nannte beide nur bei den Vornamen, machte sich auf diese Weise deutlich, dass sie erwachsener war als die beiden Menschen, die zwar älter waren als sie, aber nicht imstande, Verantwortung zu tragen.

Bärbel und Siegfried konnten nicht miteinander, aber auch nicht ohne einander. Wenn sie zusammen waren, fetzten sie sich wie kleine Kinder, weil die Versöhnung anschließend immer so schön war. Siegfried hatte die Familie verlassen, als Hanne zwölf Jahre alt gewesen war. Er sei das jetzt leid und wolle endlich seinen Frieden, hatte er gesagt, als er seine Sachen packte.

Bärbel war ihm augenblicklich hinterhergereist, ohne Sachen, so schnell konnte sie nämlich nicht packen. Nach drei Tagen war Bärbel zurückgekommen, allerdings nur, um etwas Kleidung zu holen und Hanne mit zweihundert Mark auszustatten, damit sie sich etwas zu essen kaufen konnte. Miete, Strom und die Telefonrechnung wurden abgebucht, darum musste Hanne sich nicht kümmern.

Beim ersten Mal blieb Bärbel für zwei Monate ihren Pflichten als Mutter fern, rief jedoch regelmäßig an, um sich zu erkundigen, ob Hanne noch Geld hätte, und schickte ihr etwas, wenn sie blank war. Das hatte sich in den folgenden Jahren noch mehrfach wiederholt. Hanne hatte es nie einem Menschen erzählt, aus Furcht, man könne sie in ein Kinderheim bringen.

Mit sechzehn hatte sie ihre Ausbildung begonnen, mit achtzehn ein möbliertes Apartment bezogen. Siegfried und Bärbel waren längst geschieden und lebten in der Nähe von Hannover wie ein Liebespaar. Jeder hatte seine eigene Wohnung, das war auch bitter nötig, wenn es mal wieder tüchtig gekracht hatte.

Geschult durch unzählige Stunden, in denen Bärbel das Drama ihrer Ehe mit der Tochter erörtert hatte, war Hanne mit nichts mehr zu erschüttern, die geborene Zuhörerin für Leute, denen man das Herz aus dem Leib gerissen hatte. Und wenn man wieder mal frühmorgens auf einem Stuhl sitzt, die Manschette des Blutdruckmessgerätes um den Arm oder die Nadel zur Blutabnahme drin, wenn man voller Anteilnahme gefragt wird, ob es mit den Kopfschmerzen immer noch nicht besser sei und was die letzte Röntgenaufnahme des Magens ergeben habe, gerät man ins Plaudern.

Wir gingen ein paar Mal aus. Nicht auf meine Initiative. Hanne wusste, was sie wollte und sagte das auch frei heraus. «Was machen Sie eigentlich, wenn Sie nicht krank sind?»

«Dann bin ich im Dienst.»

«Aber doch nicht abends oder am Wochenende.»

Doch, im Prinzip immer. Was hätte ich auch sonst anfangen sollen mit meiner Zeit? Aus der elterlichen Wohnung flüchten, mich in der Dienststelle verschanzen und Strategien austüfteln, mit denen man Einbrechern das Leben schwer machen konnte. Bei einigen Handwerksbetrieben war ich überaus beliebt. Ich organisierte Ausstellungen für Türen und Fenster, die Einbruchswerkzeugen länger standhielten, beriet Bürger, wie sie ihre Häuser und Wohnungen sicherer machen konnten. Damit verbrachte ich meine Abende und die Wochenenden. Ich schob einen Berg von Überstunden vor mir her.

Ein paar feierte ich dann mit Hanne ab. Wir machten lange Spaziergänge, tranken auch mal irgendwo einen Kaffee, obwohl ihr Chef mir den wegen meinem zu hohen Blutdruck verboten hatte. Aber Hanne meinte, es sei nur psychosomatisch und käme wieder auf die Reihe, wenn ich mein Privatleben in den Griff bekäme und einen rosa Schimmer für die Zukunft sähe.

Ich bemühte mich, ihr auszureden, was sie sich in den Kopf gesetzt hatte. Such dir lieber einen, mit dem du glücklich wirst, Mädchen. Du bist noch so jung und hast es verdient, glücklich zu sein. Häng dich nicht an ein Wrack. So sagte ich das natürlich nicht. Stattdessen erzählte ich ihr zur Abschreckung von Maren, was immer ich über die Lippen brachte.

Aber Liebe, Lust, Leidenschaft und die diversen Querelen waren Hanne bestens vertraut. Abgestoßen fühlte sie sich davon nicht, im Gegensatz zu meiner Familie zeigte sie vollstes Verständnis. So etwas könne jedem passieren, meinte sie. Gegen Gefühle sei nun mal kein Kraut gewachsen. Das habe sie bei ihren Eltern erlebt und erlebe es immer noch, wenn nun auch aus der Ferne.

«Und in Ihrem Fall», meinte sie – als wir darüber sprachen, waren wir noch nicht zum Du übergegangen –, «liegen die Dinge doch günstiger. Sie haben jedenfalls nicht alles stehen und liegen lassen und sind der Dame hinterhergeflogen. Sie haben nur eine bittere Erfahrung gemacht.»

Und Hanne hielt mich tatsächlich für einen Mann, der aus trüben Erfahrungen eine Lehre zieht und denselben Fehler nicht zweimal macht. Ob ich davon so überzeugt war wie sie – ich weiß es nicht. Aber mit Maren in weiter Ferne und einer blutjungen Frau in meiner unmittelbarer Nähe, die mich für wert befand, geliebt zu werden, offen und ehrlich geliebt, nicht verrückt oder besessen, lohnte es nicht, sich den Kopf zu zerbrechen, was geschehen könne, wenn.

An Hannes Seite erholte ich mich langsam, Magen, Blutdruck und Kopf, alles kam wieder in den grünen Bereich, das gespannte Verhältnis zu meiner Familie ebenso, dafür sorgte sie auch. Meine Brüder fanden sie übereinstimmend einsame Spitze. Vater war stark beeindruckt von ihrer Tüchtigkeit und sehr angetan von der Aussicht, in Zukunft nicht mehr mit jedem Zipperlein zum Arzt gehen zu müssen. Mutter hielt Hanne anfangs für zu jung, erkannte jedoch schon beim zweiten Kaffeenachmittag mit selbst gebackenem Käsekuchen, dass Jugend in bestimmten Fällen nur von Vorteil sein konnte. Sollte sich dieses verfluchte Weib jemals wieder in der Heimat blicken lassen, wäre sie im Vergleich mit Hanne ja eine alte Frau.

## 1997 bis zum Frühjahr 2003

Nach sechs Monaten schlug Hanne vor, ich solle meine Habseligkeiten in ihr Apartment bringen, da könne ich auch mietfrei wohnen und wir beide feststellen, ob es im Alltag mit uns funktionierte. Das tat es, trotzdem blieb ich bei meinen Eltern gemeldet. Zu Anfang nur, damit Hanne keinen Ärger mit ihrem Vermieter bekam, es war halt ein Einpersonenapartment.

Heiraten wollten wir beide nicht. «Ein Trauschein ist keine Garantie, ohne muss man sich mehr Mühe geben und kann viel Geld sparen, wenn es schief geht», meinte sie. An ihrer Einstellung änderte sich auch nichts, als Oliver sich ankündigte.

Für mich war schon ihre Schwangerschaft ein irres Gefühl. Ich weiß noch, wie es war, als ich sie das erste Mal zu ihrer Gynäkologin begleitete und auf dem Ultraschallgerät seine Konturen sah. Das Köpfchen, die winzige Faust vor dem Mund, die Wölbung seines Rückens. Da wuchs ein Mensch, und ich hatte meinen Teil dazu beigetragen. Schon in dem Moment war Oliver etwas ganz Besonderes für mich.

Und von seinem ersten Atemzug an – natürlich war ich dabei –, er war ein Sonntagskind und der lebende Beweis, dass es nicht nur um Lust und Befriedigung ging. Er war das, was von mir übrig bleiben sollte, wenn es mich eines Tages nicht mehr gäbe. Und dann sollte er immer noch voller Stolz sagen können: «Mein Vater war Polizist.»

Wenn ich bei irgendeiner Sache Zweifel hatte, reichte ein Blick auf ihn, um die Dinge gerade zu rücken. Bevor es ihn gab, war ich einfach nur Konrad Metzner gewesen. Erst Oliver hatte mich auf meinen Platz gestellt und den Tagen, die bis dahin einer wie der andere ohne besonderen Sinn und Zweck vergangen waren, diese Intensität verliehen.

Während ich noch vollauf mit dem Wunder des neuen Lebens beschäftigt war (und in der Dienststelle Kollegen nervte, zuerst mit Abzügen vom Ultraschall, nach der Geburt dann mit Fotos, ich füllte zwei Filme pro Woche und glaube, es hielten mich einige für übergeschnappt,) ging Hanne die Sache pragmatisch an. Das führte dazu, dass ich mich noch einmal mit Dingen auseinander setzen musste, die ich weit hinter mir glaubte. Nein, nicht mit Maren, nur mit Willibald Müller, mit dem sie in den Monaten vor dem Abitur genüsslich Pornoheftchen durchgeblättert hatte.

Von unserem Abiturjahrgang waren nur Porky, Peter Bergmann und ich in Kerpen geblieben. Peter saß in der Kreissparkasse, Schweinchen Dick in der Stadtverwaltung. Er verteilte seine Massen im Amt für sozialen Wohnungsbau. Verheiratet oder sonst wie liiert war er verständlicherweise nicht. Bei seinem Anblick musste jede Frau zwangsläufig befürchten, an seiner Seite elendig zu verhungern. Und irgendwie bildete Müller sich ein, er müsse meine Frauen aufklären. Während unserer Scheidung hatte er sich an Karola herangemacht und sie bis ins kleinste Detail über meine Entspannungsübungen am Gymnasium informiert. Vor Hanne machte er auch nicht Halt.

Kurz vor Olivers Geburt hatte sie sich allein um eine größere Wohnung für uns bemüht, leider vergebens. Danach probierte sie ihr Glück bei Müller, weil das Einzimmerapartment für drei Personen wirklich zu klein war. Der Kinderwagen stand vor der Tür, die Wiege immer im Weg. Porky kümmerte sich intensiv. Nicht um die Wohnung, nur um Hanne. Sie schaffte es schließlich mit Peter Bergmanns Hilfe über die Immobilienabteilung der Kreissparkasse, einen Mietvertrag für geräumige und frei finanzierte drei Zimmer, Küche, Bad, Balkon und eine kleine Diele zu ergattern.

Und als ich eines Nachmittags früher als sonst heimkam, wer saß auf der neuen Couch im Wohnzimmer und füllte den

Dreisitzer beinahe komplett aus? Wem klappte das halbe Gesicht nach unten, als ich in der Tür auftauchte? Schweinchen Dick. Er kam ächzend und schnaufend von der Couch in die Höhe und brabbelte etwas von Überraschung. Er hätte ja nicht ahnen können, mit wem die allein erziehende junge Mutter ein Techtelmechtel habe.

Nachdem er es dann wusste, war er zwei Tage später schon wieder da, um Hanne darauf hinzuweisen, dass sie auch für eine frei finanzierte Wohnung einen Mietzuschuss beantragen könne, vorausgesetzt, sie lebe mit ihrem Kind allein, und das sei ja der Fall. Er hatte sich im Einwohnermeldeamt kundig gemacht, dass wir nicht unter derselben Adresse gemeldet waren. Von Datenschutz hielt Willibald Müller gar nichts. Daraufhin nahm er wohl an, ich sei nur mal zu Besuch gekommen.

Bei den Formalitäten für den Mietzuschuss wollte er Hanne gerne behilflich sein. Momentan mochte ich ja noch zum Unterhalt meines Sohnes beitragen. Man könne aber nicht wissen, ob das ein Dauerzustand sei, meinte er. Er wollte nichts Nachteiliges über mich sagen, weiß Gott nicht. Aber Tatsache war nun einmal, dass ich jegliches Verantwortungsgefühl missen ließ und nur noch vom Unterleib gesteuert wurde, wenn eine bestimmte Frau meinen Weg kreuzte. Und da stand ja noch eine Beerdigung aus. Beim alten Koska könne das jetzt jeden Tag so weit sein, meinte Porky. Ich platzte mitten hinein in seinen Vortrag und warf ihn raus.

Meine Schulden waren weitgehend getilgt. So konnte ich Müllers Vorhersage in finanzieller Hinsicht mühelos widerlegen. Ich kam für Miete und Nebenkosten auf und steuerte die Hälfte zum Haushaltsgeld bei, blieb aber offiziell Dauergast, gemeldet unter der Adresse meiner Eltern, wohin auch weiterhin meine Post zugestellt wurde.

Hanne brauchte das Gefühl, Herrin im eigenen Reich zu sein und im Fall einer Trennung zu bleiben. Mit anderen Worten, mir im Notfall jederzeit den Koffer vor die Tür stellen zu können. Aber wenn der Notfall aus Florida oder einer anderen Ecke der Welt einfliegen sollte, mit Oliver im Arm und Hanne im Rücken hielt ich mich für stark genug, allen Anfechtungen zu widerstehen.

Fünf Jahre lang war ich rundum glücklich und zufrieden mit meinem kleinen Wunder und dieser jungen Frau. Hanne war ein Phänomen, vierteilte sich zwischen Arztpraxis, Haushalt, Kind und Partnerschaft, pflegte daneben soziale Kontakte, Freundschaften und familiäre Beziehungen, zeigte nie Ermüdungserscheinungen, ließ sich niemals von irgendetwas aus der Ruhe oder dem inneren Gleichgewicht bringen. Dass sie einmal laut geworden oder aus irgendeinem Grund beleidigt gewesen wäre, unvorstellbar. Im größten Tohuwabohu behielt sie einen klaren Kopf. Wahrscheinlich hätte sie beim Weltuntergang zuerst noch die Police der Hausratversicherung herausgesucht und dann erst die Wohnung verlassen. Sie hatte ihr Leben fest im Griff und meins auch.

Alle Werte im grünen Bereich. Mag sein, dass ich manchmal an Maren dachte, mich flüchtig fragte, in welcher Ecke der Welt sie sich herumtreiben mochte und mit wem. Aber eigentlich wollte ich es gar nicht wissen. Ich hatte mein verflucht normales Leben mit den kleinen, alltäglichen Freuden oder Widrigkeiten. Maren hätte vermutlich die Nase gerümpft, hätte sie mich einmal eine vollgeschissene Windel wechseln, mit Sohn und Einkaufsliste bei Aldi gesehen oder mit Mutter darüber diskutieren hören, ob er schon alt genug für Spinatbrei war.

Hanne hatte nach der Geburt nur eine kurze berufliche Pause eingelegt, sechs Wochen. Sie war nicht entbehrlich in der Arztpraxis, wollte auch um keinen Preis ihre finanzielle Unabhängigkeit aufgeben. Also teilten wir uns den Haushalt und unser Kind mit Oma und Opa. Meine Mutter stand mit ausgestreckten Händen bereit, ihren Enkel in Empfang zu nehmen und zu betüteln. Bei den Kindern meiner Brüder war ihr das höchstens mal für einen Nachmittag vergönnt.

Hanne arbeitete nur noch halbtags, die eine Woche am Vormittag, die andere Woche nachmittags. Sie hatte mit ihrem Chef Sonderrechte ausgehandelt, um flexibel zu sein. Dafür durfte er sie im Notfall jederzeit anrufen, ob nun eine Kollegin ausfiel oder plötzlich das Wartezimmer so voll wurde, dass man Unterstützung brauchte.

Da meine Eltern nur drei Straßen von unserer neuen Wohnung entfernt lebten, war es kein Problem, Oliver rasch hinzubringen. Im Gegenzug musste Hanne nicht schon morgens um sieben in der Praxis antreten, um Blutproben zu nehmen, und hätte auch mal alles stehen und liegen lassen dürfen, wenn plötzlich etwas mit Oliver gewesen wäre.

In den ersten vier Jahren trat dieser Fall nicht ein. Oma hatte schließlich bei ihren drei Jungs genügend Erfahrungen mit Masern, Dreitagefieber, Brechdurchfällen und anderen Unpässlichkeiten gesammelt, um damit alleine fertig zu werden. Erst als Olli vier wurde und in den Kindergarten ging, fühlte meine Mutter sich häufiger überfordert. Nicht, dass er sich dort ständig mit irgendetwas angesteckt hätte, es war eine reine Zeitfrage.

Der Kindergarten öffnete seine Pforten um acht Uhr und schloss sie um zwölf. Morgens war das kein Problem, Hanne brachte ihn rasch hin und fuhr zur Arbeit. Ihn mittags abzuholen, schaffte sie nur in der Woche, in der sie nachmittags arbeitete. In der Praxis herrschte meist bis um eins reger Betrieb, manchmal wurde es noch später.

Und meine Mutter, der es bis dahin überhaupt nichts ausgemacht hatte, Olli von morgens bis abends um sich zu haben – wie oft hatte Hanne gehört: «Ach, lass ihn doch noch hier, ich wollte gleich Plätzchen backen und bringe ihn dann heute Abend» –, hatte eine Menge einzuwenden gegen den Zwang, um zehn vor zwölf losgehen zu müssen, um den Enkel beim Kindergarten in Empfang zu nehmen. Da musste man ja unentwegt auf die Uhr gucken, konnte erst um halb eins anfangen zu kochen, saß dann frühestens um halb zwei beim Mittagessen. Da geriet der streng reglementierte Tagesablauf eines Rentnerpaares völlig durcheinander. Natürlich hätte auch Opa um zehn vor zwölf gehen können, damit das Essen pünktlich auf den Tisch kam. Aber kleine Kinder abzuholen, war keine Männersache.

Wie nicht anders zu erwarten, fand Hanne auch für dieses Problem schnell eine Lösung. Die nicht berufstätige Ella Godberg, deren Sohn Sven sich nachmittags entsetzlich langweilte, wenn er keine gleichaltrige Gesellschaft hatte. Das klingt vielleicht nebensächlich, ist es aber weiß Gott nicht.

Von dem Moment an, als die beiden Knirpse sich zum ersten Mal im Kindergarten gegenüberstanden, beide noch ein bisschen scheu und vorsichtig die neue Lage sondierend, waren Oliver und Sven Godberg im Prinzip unzertrennlich. Manchmal war Sven bei uns, doch das war eher die Ausnahme.

Wie viele Nachmittage insgesamt mein Sohn bei den Godbergs verbracht hat, weiß ich beim besten Willen nicht. Er war nur noch bei Oma und Opa, wenn Ella mit ihrem Sohn zu Verwandten fuhr. Ihr Bruder lebte in der Nähe und wurde bloß stundenweise besucht. Aber Ellas Schwester wohnte in Frankfurt, da blieben sie meist einige Tage. Zur Entschädigung durfte Oliver ein paar Mal das komplette Wochenende bei Godbergs verbringen, bei Sven schlafen und mit Sven essen, was Svens Appetit ungeheuer förderte.

Ich kannte Godbergs Haus, die ruhige, zum Spielen ideale Straße, den großen Garten mit dem nur kniehohen Zaun – der für tollwütige Bernhardiner wirklich kein Hindernis dargestellt hätte –, den Papa von Sven und Tante Ella jedoch nur aus Olivers Erzählungen und dem, was Hanne hin und wieder berichtete. Wenn ich auch in diesem Punkt hart mit mir ins Gericht ginge, müsste ich jetzt sagen: «Ich habe mich nicht rechtzeitig darum gekümmert, wo mein Sohn spielte.» Aber welcher Vater nimmt eine junge Familie unter die Lupe, nur weil sein Kind sich dort gerne aufhält? Ganz normale Leute, dachte ich monatelang.

Natürlich ging nicht immer alles glatt, wenn Oliver bei Sven war. Dafür hatte unser Kleiner mit Opa einfach schon zu viele Filme gesehen. Abgesehen von Cujo, der wohl nur erscheinen musste, weil Olli sich am Gartenzaun ein Loch in die Hose gerissen und das Knie aufgeschürft hatte, gab es mal Kirschsaftflecken in einem teuren Berberteppich, weil Olli seinem Freund zeigen wollte, welche Spuren ein erschossener Mann in einem Wohnzimmer hinterließ. Bei der Demonstration der Fluggeschwindigkeit eines Ufos ging auch mal ein Porzellanfigürchen zu Bruch, das sehr teuer gewesen war. Viel Aufheben machte Ella Godberg um solche Debakel nicht. Die Kirschsaftflecken entfernte sie mit Teppichreiniger. Für das Figürchen kam Hannes Haftpflicht auf.

Wenn es mal Streit gab, der sich nicht durch vermittelnde Worte beilegen ließ, griff Ella zum Telefon, damit Hanne unser Kind wieder abholte und notfalls bis zum Abend zu Opa und Oma brachte, weil in den nächsten Stunden nicht mit einer Aussöhnung der zerstrittenen Parteien zu rechnen war. Sie waren beide kleine Dickköpfe, wie das eben so ist bei kleinen Jungs. Ich hatte mich als Kind auch manchmal mit Peter Bergmann um Sammelbildchen, Mickymaushefte oder wegen Maren gezankt.

## März bis Mitte April 2003

Anfang März wurde ein Packen Briefe verschickt. Einladungen zur zwanzigjährigen Abiturfeier, einem gemütlichen Abend im Kreise ehemaliger Mitschüler, Lehrer wollte man nicht dabei haben – mich auch nicht, wenn es nur nach einem der beiden Initiatoren gegangen wäre. Dieser eine war nicht Peter Bergmann, den ich seit ewigen Zeiten nicht mehr gesehen hatte, obwohl er die Sparkassenfiliale leitete, bei der mein Girokonto geführt wurde, aber Kontoauszüge und Bargeld holte ich meist vom Automaten. Der andere, der mich fernhalten wollte, war Willibald Müller. Er war mir auch nicht mehr unter die Augen gekommen, seit ich ihn nach Ollis Geburt aus unserer Wohnung geworfen hatte.

Gemeinsam hatten Peter und Porky das Treffen für den 24. Mai geplant und alles Notwendige in die Wege geleitet. Den Saal einer Gaststätte für den Abend gemietet, ein Menü zusammengestellt, damit die Küche nicht mit Sonderwünschen überfordert wurde. Sie hatten eine Menge Zeit investiert, um alle ausfindig zu machen, gelungen war ihnen das nicht ganz. Nach meiner Anschrift hatten sie nicht suchen müssen, ich war immer noch in der Wohnung meiner Eltern gemeldet.

Der große Rest unseres Abiturjahrgangs war in alle Winde zerstreut. Einige Namen wurden unter dem Begriff «verschollen» geführt. Da baten sie um Hinweise. Wer Auskunft über den Verbleib der oder des Betreffenden geben könne, möge das bitte umgehend tun.

Aber das las ich erst später, deshalb war der März für uns noch recht friedlich, abgesehen vom «Rockerüberfall» auf den Kindergarten, den ich eingangs erwähnte. Wir feierten Ollis Geburtstag. Er bekam ein neues Fahrrad ohne Stützräder. Und eine knappe Woche später machte er Bekanntschaft mit den

Hell's Angels, allerdings nur im Fernseher. Das war schon Ende März, ein Freitag.

Ella Godberg besuchte an dem Nachmittag ihren Bruder. Oma machte Einkäufe, und Opa nutzte die Gelegenheit, mal rasch ins aktuelle Programm zu schauen. Montags tauchten die Hell's Angels dann im Kindergarten auf, und Oliver wurde als Haupttäter genannt. Hanne hielt ihm eine tüchtige Standpauke, damit betrachteten wir die Sache als erledigt.

Die erste Aprilwoche war aufregender. Dienstags gab es bei Godbergs wieder mal eine Kabbelei unter besten Freunden. Sie hatten ja nur ein Laserschwert, da konnte auch nur einer Luke Skywalker sein. Sven hatte nicht so viel Durchsetzungsvermögen wie unser Rabauke, war aber schneller beleidigt. Nun ja, wer wollte auch einen halben Nachmittag als Sandwurm durch den Garten kriechen und sich mit einem Plastikschwert attackieren lassen? Der Gedanke an einen Rollentausch war Olli nicht gekommen. Und er vertrat noch abends die Überzeugung, im *Krieg der Sterne* gäbe es sehr wohl Sandwürmer. Hanne führte den *Wüstenplanet* als Heimat der riesigen Kriechtiere an. Keine Ahnung, wer Recht hatte.

Aber nicht nur aus diesem Grund durfte Olli mittwochs nicht bei Sven spielen. Ella Godberg wollte erneut ihren Bruder besuchen und hätte das eigentlich gerne ohne den Sohn getan. Es gab wohl etwas zu besprechen, was für kleine Ohren nicht geeignet war.

Nur konnte Hanne die Kinderbetreuung nicht übernehmen. Sie musste am Nachmittag bei einer ambulanten Operation assistieren. Dass Ärzte am Mittwochnachmittag immer frei haben, ist ein Ammenmärchen. In manchen Praxen mag das so sein, bei Hannes Chef nicht. Es war keine Sprechstunde, stattdessen wurden kleinere Eingriffe durchgeführt.

Olli sollte den Nachmittag bei Oma und Opa verbringen. Bevor ich ihn am Dienstagabend zu Bett brachte, nahm Hanne sich eine halbe Stunde Zeit, um ihn auf andere Gedanken zu bringen als den an Opas Videosammlung. Opa hatte doch auch eine tolle Eisenbahn und Oma einen Nymphensittich, der richtig sprechen konnte und sich gerne mit Oliver unterhielt. Abgesehen davon konnte Oma tolle Plätzchen backen und sehr gut vorlesen.

Das wusste Olli, aber Oma las immer nur Geschichten für kleine Kinder, die waren nicht nach seinem Geschmack. Und wenn Opa den Fernseher anmachte und Oma es sah, meckerte sie immer sofort und sagte: «Mach die Kiste aus. Du weißt doch, wie der Kleine ist. Geh lieber mal mit ihm an die frische Luft.»

Um Opa einen triftigen Grund zu verschaffen, mit dem Kleinen an die frische Luft zu gehen, statt sich mit ihm vor den Fernseher zu pflanzen, falls Oma die Wohnung verlassen musste, durfte Olli am Mittwochmorgen sein neues Fahrrad mit zum Kindergarten nehmen und plante für den Nachmittag eine Radtour entlang des Neffelbachs, vielleicht tauchte darin ja wieder mal ein weißer Hai auf. Oma ließ den ganzen Vormittag die Uhr nicht aus den Augen, schälte schon mal die Kartoffeln, zerschnippelte den Blumenkohl und legte die Bratwürste bereit, damit sie nachher keine Zeit beim Kochen verlor. Zehn Minuten vor zwölf, also rechtzeitig, brach Oma auf, um ihren Enkel abzuholen.

Nun begab es sich aber, dass Oma unterwegs eine gute Bekannte traf und ein Weilchen plauderte, im Höchstfall zehn Minuten. Dann stellte sie mit einem Blick auf ihre Armbanduhr fest, dass es allerhöchste Zeit wurde und der Kleine vermutlich schon ungeduldig auf sie wartete. Doch da befand Oma sich im Irrtum.

Gewartet hatte Olli im Höchstfall zwei Minuten, dann waren angeblich zwei finster dreinblickende Höllenengel aufgetaucht und er zur Sicherheit losgeradelt. Nicht etwa zur Wohnung von Oma und Opa. Das Risiko wäre ja viel zu groß gewesen. Am Ende hätten die beiden Rocker Omas Küche zu

Kleinholz gemacht und auch noch Opas Fernseher oder die Eisenbahn zertrümmert. Olli führte sie in die Irre, mitten rein in die Stadt.

Während Oma in heller Aufregung unser gesamtes Viertel nach ihm absuchte und gar nicht wusste, wie sie uns das erklären sollte, erreichte Olli die große Kreuzung an der Kirche. Natürlich konnte er dort nicht abwarten, bis an der Ampel das grüne Männchen aufleuchtete. Das galt ja auch bloß für Fußgänger, fand er, trat nochmal ordentlich in die Pedale und fuhr mit Schwung über den Zebrastreifen. Ein Autofahrer musste abrupt bremsen, der zweite fuhr auf.

Die beiden Rocker machten sich natürlich sofort aus dem Staub. Die hatte außer Olli auch niemand gesehen. Und er wusste, was sich für Unfallzeugen gehörte, blieb vor Ort, hätte auch nicht weiterfahren können. Ihm war die gegenüberliegende Bordsteinkante zum Verhängnis geworden. Den Kerpener Kollegen erzählte er bereitwillig, wie er hieß, wo er wohnte, dass aber niemand zu Hause war, weil Mama operieren musste und Papa im KK 41 in Hürth Einbrecher fing – er war stolz, dass er das so genau wusste. Oma und Opa erwähnte er lieber nicht.

Man nahm ihn mit auf die Wache und rief mich an. Da saß er dann mit blutenden Knien, seine Nase hatte auch etwas abbekommen, doch das war für ihn nebensächlich. Körperliche Blessuren heilten nach seinen Erfahrungen von alleine. Da musste Mama nur ein Pflaster draufmachen. Das schöne neue Rad dagegen besaß solche Selbstheilungsmechanismen nicht. Der Lenker war verbogen, der Vorderreifen sah aus wie ein Ei. Aber Olli war überzeugt, dass Papa es heile machen könne.

Ich holte mein tapferes Kerlchen – die Kollegen bezeichneten ihn so – mitsamt seinem demolierten Rad ab und erfuhr, dass die gesamte Wache in der letzten halben Stunde so gut unterhalten worden war wie sonst selten. Olli hatte ihnen sein komplettes aufregendes Leben erzählt, einschließlich der Begegnung mit ET, dem er etwas Kleingeld gegeben hatte, damit ET nach Hause telefonieren konnte. Den Überfall auf den Kindergarten hatte er selbstverständlich auch angeführt und die Vermutung geäußert, die beiden Rocker hätten ihm aufgelauert, weil sie einen Zeugen mundtot machen wollten. Aber darum brauchte sich die Kerpener Polizei nicht zu kümmern, das machte Papa schon.

Es war im Prinzip alles geklärt, nur noch eine Frage offen. Wer für den Schaden aufkommen musste, Hannes Haftpflicht oder der zweite Autofahrer, der vielleicht einen Moment geträumt, zu dicht hinter seinem Vordermann, möglicherweise auch einen Tick zu schnell gewesen war. Und im Zweifel sind immer die Autofahrer dran.

Ich brachte Olli rasch zu meinen Eltern. Während der kurzen Fahrt meinte er, wir sollten Mama und Oma vielleicht besser nicht erzählen, was tatsächlich passiert sei, sonst machten die sich am Ende noch fürchterliche Sorgen. Er hielt es für entschieden günstiger zu behaupten, er habe nur mal bei seinem Freund nachschauen wollen, ob Sven noch traurig sei. Und er habe hoch und heilig versprechen wollen, dass Sven nie wieder Sandwurm spielen müsse. Ich schätze, das war die Wahrheit.

Obwohl es glimpflich ausgegangen war, hatte dieser Vorfall ärgerliche Folgen. Meine Mutter stand Mitte April noch unter Schock und war nur noch unter großem Lamento bereit, die Verantwortung für Olli zu übernehmen. Hanne musste sich einige zarte Anspielungen auf berufstätige Mütter und wilde Ehen anhören.

So etwas hatte es ja früher nicht gegeben. Da war man ordnungsgemäß verheiratet gewesen, ehe man Kinder in die Welt setzte. Und dann hatte man sich mit dem begnügt, was der Mann verdiente. Natürlich hatte man sich an allen Ecken und Enden einschränken müssen, kein eigenes Auto gehabt, nicht mal einen Führerschein. Man hatte die Schuhe zum Schuster gebracht und neu besohlen lassen, statt sich neue Schuhe zu kaufen. Aber man war immer da gewesen für die Kinder.

Man war auch da für die Enkel – jederzeit, wenn das unbedingt sein musste, in Notfällen. Nur wurde man ja älter, war nicht mehr so flink. Und inzwischen hatten wir doch lange genug auf Probe gelebt. Ich war im letzten Herbst zum Ersten Kriminalhauptkommissar und Leiter des neu gegründeten, für Einbrüche zuständigen Kommissariats – kurz das KK 41 – befördert worden und verdiente ausreichend, um eine Familie alleine zu ernähren. Da sei es doch gar nicht mehr nötig, dass Hanne mitarbeitete.

Hanne dachte gar nicht daran, ihren Job an den Nagel zu hängen. Da hätte ihr Chef sich wohl auch die letzten Haare vom Kopf gerupft aus lauter Verzweiflung. Und ihr wäre vermutlich bald die Decke auf den Kopf gefallen. Nur Partnerschaft, Kind und Haushalt? Man brauchte doch geistige Herausforderungen und soziale Kontakte; Patienten und Arbeitskolleginnen, mit denen man mal ins Kino, ins Theater oder in ein Restaurant ging. Sie genehmigte sich alle zwei Wochen einen freien Abend. Mir hatte sie das gleiche Recht eingeräumt, aber ich nutzte es nicht, genoss nach Feierabend lieber das nicht immer beschauliche Familienleben.

## Dienstag, 15. April und die Tage danach

Für den Abend war Hanne verabredet. Sie wollte mit Esther, einer Arbeitskollegin, nach Köln fahren und ins Kino gehen. Als ich heimkam, war sie im Bad, fuhr nochmal mit dem Kamm durchs Haar, sprühte etwas Deo nach und war damit schon ausgehfertig.

Ehe sie die Wohnung verließ, wies sie mich darauf hin, es sei Post für mich gekommen. Auf dem Fernseher lag ein unscheinbares Kuvert. Meine Mutter hatte es nachmittags vorbeigebracht, ohne zu ahnen, was der harmlos aussehende Umschlag enthielt. Er sah aus, als käme er von der Kreissparkasse. Da kam er auch tatsächlich her, so konnte man Porto sparen.

Hanne dachte wohl wie ich im ersten Moment, es handle sich um eines der üblichen Formschreiben, den Dispokredit oder sonst etwas betreffend. Aber in dem Kuvert steckte die Einladung zum Klassentreffen, dem ersten nach zwanzig Jahren.

Samstagabend, 24. Mai, 20:00 Uhr.

Ich überflog den Text und wollte absagen, sofort. Eine gute Ausrede zu bieten wäre kein Problem gewesen. Ich hätte wichtige Ermittlungen als Vorwand nehmen können. Das klingt immer glaubwürdig bei einem Kriminalhauptkommissar. Dass ich seit dem letzten Herbst nicht mehr selbst ermittelte und auch keinen Bereitschaftsdienst mehr hatte, musste ich ja niemandem auf die Nase binden.

Bereits als ich den ersten der beiden Namen im Briefkopf las, sah ich einen überaus schwerwiegenden Grund – das meine ich wörtlich –, auf den gemütlichen Abend im Kreise ehemaliger Mitschüler zu verzichten. Den Fettwanst Willibald Müller. Es gab noch einen zweiten, nicht weniger triftigen Grund.

Die Anrede löste so ein sonderbares Zittern im Innern aus, das Wut sein konnte, aber auch ganz etwas anderes. «Lieber Konni.» Die Letzte, die mich Konni genannt hatte, war Maren gewesen – vor neun Jahren, in diesem Hotelzimmer in Köln. Ich sah mich im Auto sitzen. Auf dem Beifahrersitz lag die Sektflasche. Meine Finger trommelten einen Wahnsinnstakt aufs Lenkrand. Kleiner Stau in der Kölner Innenstadt. Und ich hatte doch keine Zeit, musste zu ihr, sie quer durchs Hotelzimmer lieben, meine Kündigung und den Gang zum Scheidungsanwalt mit ihr feiern. Mir war wirklich nicht danach, sie wieder zu sehen.

Ich brachte Olli ins Bett, hörte mir seine obligatorische Gute-Nacht-Geschichte an. Seit seiner einsamen Radtour durch die Kerpener City hatte er nur noch ein Thema. Inzwischen befürchtete er, einen großen Fehler gemacht zu haben. Wenn man es nämlich genau betrachtete, hatte er die beiden Rocker ja gar nicht in die Irre geführt, sondern in die Richtung, in der sein bester Freund wohnte. Und man durfte nicht vergessen, Sven war ebenfalls Zeuge des Überfalls im Kindergarten gewesen. Er hatte Olli ja geholfen, die Rocker aus der Sandkiste zu verscheuchen. Deshalb hatte die Betreuerin – Frau Ruhland – doch gemeint, Sven und Olli seien diejenigen welche gewesen.

«Kannst du die Rocker alle verhaften lassen, Papa?»

«Klar», sagte ich. «Die sind schon längst in der Fahndung.»

«Es waren aber ganz viele.»

«Weiß ich», sagte ich, «aber wir kriegen sie alle.»

Nachdem er eingeschlafen war, riss ich Kuvert und Einladung in kleine Fetzen, stopfte sie in den Mülleimer und suchte etwas zum Schreiben. «Liebe Freunde, es tut mir außerordentlich Leid, dass ich an dem mit so viel Zeitaufwand arrangierten Treffen nicht teilnehmen kann.» Ungefähr so wollte ich formulieren. Aber unseren Schreibblock hatte Olli sich gekrallt und sehr bunt mit Rockern bemalt, damit ich Phantombilder in die Hand bekam. Es gab kein freies Blatt mehr.

Da ich die Sache sofort aus der Welt haben wollte, dachte ich, ich könne es Peter Bergmann auch persönlich sagen. Mittwochs schaffte ich es gerade noch, bevor die Sparkassenfiliale die Türen der Schalterhalle schloss. Peter saß noch vor einem Berg Arbeit in seinem Büro und war enttäuscht, als ich ihm wichtige Ermittlungen auftischte. «Jetzt lass du uns nicht auch noch hängen, Konni. Es haben schon fünf abgesagt.»

Einen hatten sie in Australien aufgetrieben, der hatte sich auch mit mangelnder Zeit entschuldigt, wahrscheinlich war ihm der Flug zu teuer. Von drei weiteren hatten Porky und er die Anschriften nicht ausfindig machen können. Sieben hatten sich bislang noch nicht gemeldet. Und Maren – direkt nach ihr fragen mochte ich nicht. Das war auch nicht nötig.

Peter grinste plötzlich, als sei ihm gerade ein ganzer Kronleuchter aufgegangen. «Dein Orchester wird übrigens auch durch Abwesenheit glänzen. Sie lebt jetzt in Hamburg, das ist zwar nicht aus der Welt, trotzdem ist ihr die Fahrt zu weit, hat sie mir jedenfalls geschrieben. Bei Porky hat sie es etwas anders ausgedrückt, scheint, dass ihr Mann nicht ganz einverstanden ist, wenn sie einen Abend mit anderen verbringt.»

«Sie ist verheiratet?» Was ich in dem Moment fühlte, ist schwer in Worte zu fassen. Einerseits war ich erleichtert, andererseits irgendwie enttäuscht, obwohl ich das nun wirklich nicht sein wollte.

Peter zuckte mit den Achseln. «Behauptet Porky.»

«Seit wann?»

Noch so ein Achselzucken. «Frag doch nicht mich, ich war nicht dabei und kann es mir auch nicht vorstellen. Soll aber ein beeindruckender Typ sein, behauptet Porky.»

«Kennt er ihn?»

«Quatsch», sagte Peter. «Er verbreitet nur, was sie ihm erzählt. Und davon würde ich mal die Hälfe streichen, mindestens die Hälfte. Einen Macker wird sie haben, ohne Flöte und Puderquast hält die es doch nicht aus. Vielleicht hat der Typ zwei Schwänze, vorne und hinten einen, und zwei Hörner auf dem Kopf, mit denen er es ihr auch besorgen kann. Ich tippe auf so eine Art Luzifer.»

So ganz nebenbei erfuhr ich, dass sie nach Marens Adresse nicht hatten fahnden müssen. Sie stand immer noch in losem Kontakt zu Schweinchen Dick, schickte ihm Postkarten und telefonierte gelegentlich mit ihm. Darüber hinaus offenbarte Peter mir, der gute Willibald sei strikt dagegen gewesen, mich einzuladen. Deshalb hatte ich erst jetzt einen Brief von der Kreissparkasse bekommen. Das hatte Peter – allerdings erst nach Marens Absage – auf seine Kappe genommen.

«Porky wollte dich auf keinen Fall dabei haben. Bist du dem irgendwie auf die Füße getreten?»

«Nein», sagte ich, getreten hatte ich ihn ja nicht.

«Ist ja auch egal», meinte Peter. «Ich hab ihm gesagt, das können wir nicht machen. Bei jedem anderen, aber nicht bei Konni, wo er im Ort lebt. Und unter dem Aspekt, dass Maren fehlt, kannst du deine wichtigen Ermittlungen bestimmt rechtzeitig abschließen. Sind ja noch fast sechs Wochen Zeit.»

Ich versprach ihm, zu tun, was sich machen ließe, blieb aber bei meinem Vorsatz, es mir an dem Samstagabend mit Hanne auf der Couch gemütlich zu machen – vorausgesetzt, ihr Chef hatte keinen Bereitschaftsdienst, bei dem sie ihm Gesellschaft leisten sollte. Auch wenn Maren nicht dabei war, ich konnte mir lebhaft vorstellen, welche alten Geschichten an so einem Abend aufgewärmt wurden. Vielleicht erzählte Porky von meiner Scheidung, damit niemand im Unklaren blieb, wie es mit Maren und mir weitergegangen war. Ich wollte nicht zur Witzfigur werden, mich weder an Marens Sinnlichkeit und ihre Anziehungskraft noch an ihre Art, Rache zu üben, erinnern.

Nur deshalb hielt ich es für überflüssig, Hanne oder sonst wem etwas von der Einladung zu erzählen. Doch Hanne erfuhr ziemlich bald von dem über ihrem Kopf schwebenden Damoklesschwert, dafür sorgte meine Mutter. Wie der Zufall so spielte, traf sie beim Lidl die Mutter von Brigitte Talber, die früher in der Schule neben Maren gesessen hatte. Brigitte war seit zehn Jahren mit einem Arzt verheiratet, lebte in Potsdam, hieß nun Berger und hatte zwei süße kleine Kinder. Frau Talber zeigte meiner Mutter Fotos ihrer Enkel und ließ verlauten, Brigitte wolle das Treffen ihres Abiturjahrgangs für einen Familienausflug nutzen. Darauf freute Frau Talber, die ihre Enkel wohl nur selten sah, sich schon sehr.

Meine Mutter freute sich überhaupt nicht, hörte sie doch zum ersten Mal von dem bevorstehenden Ereignis. Zuerst hielt sie Hanne einen Vortrag, der im Wesentlichen besagte, sie solle mich am vierundzwanzigsten Mai festbinden, betäuben, mir notfalls beide Beine brechen, damit ich nur ja nicht in die Nähe eines bestimmten Weibes käme. Da ich das Klassentreffen bisher mit keinem Wort erwähnt hatte, musste ich ja etwas im Schilde führen.

Und da Hanne sich weigerte, mich mit Gewalt daran zu hindern – meinte sie doch tatsächlich, ich sei alt genug, um zu wissen, was ich tat, was Mutter für jugendliche Unvernunft hielt –, musste auch ich mir noch einen längeren Vortrag anhören. Mutter beruhigte sich erst wieder etwas, als ich sagte: «Jetzt reg dich ab, erstens will ich gar nicht hingehen, zweitens ist Maren inzwischen verheiratet, drittens kommt sie gar nicht.»

Zweitens schloss auch meine Mutter völlig aus mit einem ihr logisch erscheinenden Argument. «Die ist doch nicht verheiratet. Das wüsste ich aber.» Dass sich in Hamburg ein Paar das Jawort gegeben haben könnte, ohne dass in Kerpen ein Mensch davon erfahren hatte, zog sie nicht in Betracht. Zwischen erstens und drittens sah sie einen unmittelbaren Zusammenhang, war aber trotzdem zufrieden.

Ich war es nicht. Tagelang gärte und brodelte es in mir. Obwohl ich mich nicht mit ihr beschäftigen wollte, kreiste Maren mir durchs Hirn mit Erinnerungen und diversen Vorstellungen. In Hamburg also. Und nicht allein. Mir drängte sich unweigerlich das Bild eines Herkules auf, so eine Mischung aus Silvester Stallone und Arnold Schwarzenegger, dem sie das Mark aus den Knochen saugte. Ein paar Mal spielte ich mit dem Gedanken, mich bei den Hamburger Meldeämtern kundig zu machen, ob Peter Bergmann und meine Mutter mit ihrer Einschätzung richtig lagen. Aus ihrer Anschrift hätte sich auch einiges ableiten lassen, zumindest in welchen finanziellen Verhältnissen sie lebte.

Aber das tat ich dann doch nicht. Ich bemühte mich nur darum, mir Maren wieder aus dem Kopf zu schlagen. Und damit war ich so beschäftigt, dass ich mir daneben keine großartigen Gedanken über die Freundschaft meines Sohnes und die Familie Godberg machen konnte.

## Montag, 5. Mai und die folgenden Tage

Es war der Wochentag, an dem kleine Jungs einen großen Nachholbedarf haben, weil sie übers Wochenende sowohl ihre Phantasie als auch ihren Tatendrang zügeln mussten. Den Vormittag im Kindergarten brachte Olli noch einigermaßen gesittet hinter sich, weil seine Gruppe die Polizeiwache besichtigte.

Vielleicht wurde er auch aufgefordert, für die Kollegen, die seinen ersten Aufenthalt – und die Schilderungen von bargeldlos auf unserem Planeten gestrandeten Außerirdischen sowie anderen unglaublichen Erlebnissen – nicht persönlich hatten miterleben dürfen, noch einmal zu erzählen, wie überaus flink und raffiniert er vor einem Monat zwei bösartige Verfolger in die Irre geführt hatte. Polizisten sind auch nur Menschen und amüsieren sich lieber, als dass sie mit sorgenvollen Mienen ihren Dienst versehen.

Um zwölf nahm Ella Godberg ihn und ihren Sohn beim Kindergarten in Empfang. Er bekam eine warme Mahlzeit und zum Nachtisch eine Banane, die er nicht aufessen mochte. Statt den Rest ordnungsgemäß im Mülleimer zu entsorgen, warf Olli ihn achtlos in den Garten.

Und eine gute Stunde später rutschte Ella darauf aus, stürzte und zog sich an der Terrassenkante einen komplizierten Armbruch zu. Das jedenfalls erzählte ihr Mann, als er Hanne gegen vier Uhr anrief. «Zum Glück war ich daheim», sagte Alexander Godberg, kurz Alex genannt.

Er hatte Notarzt und RTW alarmiert, Ella war bereits auf dem Weg ins Frechener Krankenhaus. In der Aufregung nach dem Sturz habe er nur leider nicht auf Oliver geachtet, bedauerte Alex, und unser Kleiner habe sich – vermutlich geplagt vom schlechten Gewissen – klammheimlich aus dem Staub gemacht.

Es passierte zwar zum ersten Mal, dass Olli die Flucht ergriff, aber angesichts der dramatischen Folgen seiner Nachlässigkeit zog Hanne das nicht in Zweifel – ich ehrlich gesagt auch nicht, als ich davon hörte.

Zum Glück war Hanne ebenfalls daheim, stieg sofort in ihr Auto und machte sich auf die Suche nach ihm. Auf halber Strecke kam er ihr entgegen und erzählte, nachdem sie ihn eingeladen hatte, eine Geschichte, in der erst mal gar keine Banane vorkam.

Seiner Version zufolge hatte er mit Sven im Garten gespielt, und plötzlich waren zwei fremde Leute im Wohnzimmer gewesen, ein Hell's Angel und seine wüste Rockerbraut. Die hatten sich ganz laut mit dem Papa von Sven gezankt und Tante Ella geschubst. Deshalb war sie auf den Wohnzimmertisch gefallen und hatte geschrien. Und als Olli mal gucken wollte, ob Tante Ella sich sehr weh getan hatte, habe der Papa von Sven gebrüllt: «Schert euch zum Teufel!» Das hatte auch Olli als Rauswurf interpretiert und sich schmollend auf den Heimweg gemacht.

Wem sollte man glauben? Einem Erwachsenen oder einem fünfjährigen Knaben mit wild wuchernder Phantasie, der sich blendend darauf verstand, seine Sünden zu verschleiern?

Hanne konnte sich zwar noch vorstellen, dass Alex Godberg ihm – ohne das am Telefon zu erwähnen – Vorhaltungen gemacht und er deshalb die Flucht ergriffen hatte. Ausschimpfen ließ er sich nicht gerne. Von Mama musste er sich das gefallen lassen, aber nicht von anderen Leuten. Vom Rest glaubte Hanne ihm kein Wort, vor allem deshalb nicht, weil er in keinster Weise verstört war und bei einer eindringlichen Befragung einräumte, den Rest seiner Banane in den Garten geworfen zu haben und von Tante Ella zweimal aufgefordert worden zu sein, sie doch bitte in den Mülleimer zu bringen. Aber er hatte gerade so schön mit Sven gespielt, da hatte er nicht unterbrechen und in die Küche gehen können. Und da lag die Vermutung nahe, dass Ella in den Garten gekommen war, um zu tun, wofür er die Zeit nicht fand.

Hanne war stinksauer auf ihn und verlangte, als ich nach Hause kam, ich solle ein ernstes Wort mit ihm reden. Aber sie hatte ihm schon ordentlich die Leviten gelesen und ihm diesen Deal vorgeschlagen: Stubenarrest oder die Wahrheit. Da sie keinen Zweifel daran ließ, welche Wahrheit sie akzeptierte, schloss Olli sich notgedrungen Alex Godbergs Fassung an. Und ich verzichtete darauf, ihm nachdrücklich ins Gewissen zu reden.

Es war ohnehin eine Tragödie für ihn. Wochen ohne Sven, nicht mal vormittags im Kindergarten zusammen. Alex Godberg musste arbeiten und brachte seinen Sohn zur Schwägerin nach Frankfurt. Auch seine Frau ließ er nach der Erstbehandlung im Frechener Krankenhaus in eine Klinik nach Frankfurt verlegen. Da konnte Sven seine Mama wenigstens besuchen und fühlte sich nicht so verlassen oder abgeschoben.

Für Hanne war es ebenfalls eine mittelschwere Katastrophe. Sie mochte sich gar nicht vorstellen, wie lange Ella nun ausfiel. Das war so eine tolle Lösung gewesen. Keine unter Zeitdruck nörgelnde oder ob der Verantwortung lamentierende Oma. Kein Opa, der dem Enkel nachmittags etwas Spannung bot und ihn damit eventuell zu weiteren Missetaten inspirierte. Und wenn wir Pech hatten, war Ella nach ihrer Genesung nicht mehr bereit, unserem Kind nachmittags Obdach zu gewähren. Der komplizierte Armbruch mochte nach anderen Debakeln der Tropfen sein, der das Fass zum Überlaufen brachte.

Dienstags erbarmte Opa sich, vergaß seinen männlichen Stolz, holte Olli vom Kindergarten ab und beschäftigte ihn nach dem Mittagessen noch eine Weile mit der Eisenbahn. Bei der Gelegenheit erfuhr mein Vater, wie spannend es am vergangenen Nachmittag bei Godbergs zugegangen war.

Bei Opa musste Olli sich keine Zwänge auferlegen, schilderte in allen Details, sparte auch nicht mit Dialogen, was Hanne mit ihrem vehementen Beharren auf der Wahrheit unterbunden hatte. Das soll kein Vorwurf sein. Vielleicht hätte sie ihm zugehört, hätte er nicht ausgerechnet die Hell's Angels ins Feld geführt. Mit Rockern hatten Alex und Ella Godberg nun wirklich nichts zu tun. Und mein Vater kam auch nicht auf den Gedanken, Ollis Schilderungen mit Hanne oder mir zu besprechen.

Damit Opas Großmut nicht zur Gewohnheit wurde, musste er mittwochs mit Oma nach Köln fahren, weil Oma in Ruhe – sprich ohne einen Fünfjährigen, der alles gebrauchen konnte und für den man nicht Augen genug hatte –, ein paar Kleinigkeiten einkaufen wollte. Hanne ließ notgedrungen ihren Boss und die letzten Patienten im Stich, machte sich um Viertel vor zwölf auf den Weg und gedachte, den Nachmittag mit Hausarbeit zu verbringen.

Aber wenn kleine Jungs mit Gewissensbissen – oder Groll, weil Mama nicht glauben wollte, was wirklich passiert war –, nicht raus dürfen, kann das ganz schön stressig werden. Dass es regnete, hätte Olli nicht weiter gestört, er war ja nicht aus Zucker. Dass wir an einer verkehrsreichen Straße wohnten, trug er auch mit Gelassenheit. Er konnte doch aufpassen, wollte nur ein bisschen mit seinem geflickten Rad auf dem Bürgersteig hin und her fahren, um festzustellen, ob Papa es auch ordentlich repariert hatte. Er wollte nicht weit weg, ehrlich nicht. Und ganz bestimmt nicht runter zu Sven, um nachzuschauen, ob Tante Ella noch im Krankenhaus oder schon wieder da.

Um sich wenigstens anderthalb Stunden Ruhe für einen Korb Bügelwäsche zu verschaffen, kramte dann Hanne ausnahmsweise mal in den Videos, die sich im Laufe der Zeit in unserem Wohnzimmerschrank aufgestapelt hatten. Inzwischen brannte mein älterer Bruder CDs, die konnten wir nicht abspielen, weil uns das entsprechende Gerät fehlte. Aber Videos hatten auch wir in Massen. Es waren ein paar Zeichentrickfilme dabei, die Hanne für kindgerechter hielt als weiße Haie, lichterloh brennende Hochhäuser oder die *Jagd auf Roter Oktober*, die Olli sich gerne nochmal in voller Länge angeschaut hätte, wegen der jungen Russen, die so schön singen konnten und sich einbildeten, ihr Kapitän Ramius hätte die Amerikaner aus dem Wasser gescheucht. Das war aber die «Dallas» gewesen, deren Ersatzkapitän rief: «Flieg, meine Dicke, flieg.»

Olli kannte den Streifen auswendig, konnte etliche Dialoge wortgetreu wiedergeben. «Turbulenzen, kalte Luft fällt nach unten, warme Luft steigt nach oben, Turbulenzen.» Die Sätze über das gekaufte Brüderchen, die dicke, brockige Kotze und Pavarotti, der aber in Wirklichkeit Paganini gewesen war. «Geben Sie mir ein Ping, Wassili, und bitte nur ein einziges.»

Und ich frage mich immer noch, ob etwas anders gekommen wäre, hätte Hanne ihn das Spektakel noch einmal genießen lassen. Aber nein, das war doch kein Film für Kinder. Sie stellte ihn vor die Wahl: *Das letzte Einhorn*, *Dumbo, der fliegende Elefant* oder dieser Streifen, in dem es von Dinosauriern nur so wimmelte. *In einem Land vor unserer Zeit*. Olli entschied sich für die Dinos.

Nach *Jurassic Park* und seinen Nachfolgern riss man mit einem Zeichentrickfilm bestimmt nicht mehr viele Leute vom Hocker. Aber einen nörgelnden Fünfjährigen, der *Benjamin Blümchen*, *Dumbo* und *Das letzte Einhorn* gleichermaßen doof fand, der gar keine Lust hatte, etwas zu malen oder mit Legosteinen ein Ufo zu bauen, bis Mama alles gebügelt hatte, und dann ein paar Runden Memoy mit ihr zu spielen, konnte man damit einen ganzen Nachmittag lang auf den Wohnzimmerteppich kleben. So viel Faszination hatte Hanne gar nicht erwartet.

Es blieb – abgesehen vom Fernsehton – mucksmäuschenstill im Wohnzimmer. Olli bekam weder Hunger auf ein Eis noch

Durst auf Apfelsaft oder Kakao. Hanne bügelte nicht bloß die Wäsche, sie schaffte es auch, ihre komplette Gläsersammlung von Hand zu spülen, die Vitrine auszuwaschen, die Betten frisch zu beziehen und das Abendessen vorzubereiten. Zweimal schaute Olli sich den Film an und hätte ihn sich wohl noch ein drittes Mal reingezogen, wäre ich nicht um halb sechs nach Hause gekommen.

Er war so begeistert, dass er den ganzen Abend von nichts anderem mehr sprach. Begeistert ist nicht der richtige Ausdruck. Scharfzahn hatte etwas geschafft, was vorher keinem Bildschirmhelden oder Bösewicht gelungen war: meinen Sohn in seinen Grundfesten erschüttert. Tyrannosaurus Rex, die lateinische Artbezeichnung hatte Hanne ihm genannt, sie gefiel ihm gut, nahm aber beim Erzählen zu viel Zeit in Anspruch, sodass er der Einfachheit halber nur Rex sagte. Und da er nicht mehr über Rocker sprechen durfte, machte er einen Dinosaurier zu seinem Intimfeind und verantwortlich für weitere Übel – dachte ich jedenfalls.

An dem Mittwochabend hörte ich nur, dass der Rex Langhälse, Breitmäuler und Dreihörner gejagt und die Mama von Littlefoot, dem Langhalsbaby, gefressen hatte. Als ich ihn zu Bett brachte, wollte er wissen, ob die Rexe wirklich alle tot seien, wie Mama behauptete.

«Ja, die sind alle ausgestorben», sagte ich.

«Warum?»

«Das weiß man nicht so genau», sagte ich. «Schuld daran könnte ein Meteoriteneinschlag gewesen sein.»

«Was ist das?»

«Meteoriten sind Steine, die vom Himmel fallen», sagte ich.

«Aber die Rexe waren groß, die sind bestimmt nicht alle getroffen worden», meinte Olli. «Vielleicht sind doch noch welche da, und die verstecken sich gut, damit keiner sie sieht.»

Schon donnerstags entdeckte er den ersten Rex im Neffelbach. Er war an dem Nachmittag wieder bei Oma und Opa.

Mein älterer Bruder hatte ein gutes Wort für Hanne eingelegt. Nach dem Mittagessen machte Opa mit Olli eine Radtour. Und dabei sah Olli das Untier, nur ganz kurz, es ging sofort wieder in Deckung.

Freitags sah Olli den zweiten Rex auf dem Parkplatz beim Getränkemarkt. Da schnappte die Bestie sich ein kleines Kind und fraß es mit einem Bissen auf. Mama lud gerade einen Kasten Apfelsaft in ihr Auto und sah nichts von dem scheußlichen Verbrechen. Ehe Mama sich nämlich umdrehen konnte, war der Rex schon wieder weg. Die Rexe waren ja unheimlich schnell.

Wie nicht anders zu erwarten, erschien dann montags auch ein Rex im Kindergarten, biss Frau Ruhland in den Arm und vergrub den mitgebrachten Apfel von Mandy, einem kleinen Mädchen, das Olli als Heulboje bezeichnete, in der Sandkiste. Oma musste sich mittags anhören, dass unser Bengel wieder einmal tüchtig über die Stränge geschlagen hatte. Hanne hörte es zwei Stunden später von meiner Mutter und verlangte abends von mir, ein Machtwort zu sprechen.

Aber ich hatte das Video nicht für ihn eingelegt und keine Lust, den Buhmann zu spielen. Wir lebten doch nicht mehr im Mittelalter, wo Mutter die Jungs so lange ins Kinderzimmer schickte, bis Vater von der Arbeit kam und sie verprügeln konnte.

Wir führten eine unserer üblichen Auseinandersetzungen.
«Warum bist du nicht mit ihm zum Spielplatz gegangen?»
«Witzig», sagte Hanne.

Der Punkt ging an sie, nicht nur wegen dem Regen. In der näheren Umgebung unserer Wohnung gab es nur einen Spielplatz, der für Kinder nicht geeignet war. Nachmittags versammelten sich dort Jugendliche, die von kleinen Jungs nicht gestört werden mochten und sich von jungen Müttern nichts sagen ließen. Hundebesitzer fanden sich dort auch gerne ein und gönnten ihren vierbeinigen Freunden etwas Auslauf in der

Sandkiste. Da wurde das schnell zu einer ekelhaften Angelegenheit.

«Du hättest ja irgendwas mit ihm spielen können.»

«Was denn, wenn er zu nichts Lust hat?»

«Mein Gott, da lässt man sich etwas einfallen. Man setzt ein Kind nicht vor den Fernseher, damit man Ruhe hat. Über meinen Vater regst du dich auf, und dann machst du es genauso. Du weißt doch, wie er ist.»

«Jetzt redest du schon wie deine Mutter. Wir können ja mal eine Weile tauschen. Ich mache Vollzeit und du arbeitest halbtags. Dann siehst du aber mal, wie du das hier auf die Reihe bringst. Da sitzt er garantiert häufiger vor der Flimmerkiste. Ich verlange doch nicht, dass du ihm den Kopf abreißt. Du sollst ihm nur klar machen, dass er nicht beißen darf – und nicht lügen. Ich hasse es, wenn ich belogen werde. Nichts gegen eine lebhafte Phantasie. Aber wenn er etwas ausgefressen hat, will ich die Wahrheit von ihm hören.»

Olli hörte mit großen Augen zu. Ihm war sehr wohl bewusst, dass Mama und Papa sich zankten, weil er etwas getan hatte, was man nicht tun durfte. Wir zankten uns eigentlich immer nur, wenn es um Erziehungsfragen ging. Hanne meinte oft, ich sei viel zu nachsichtig und fühle mich auch noch geschmeichelt, wenn es innerhalb der Familie hieß, unser Knirps gleiche mir nicht nur wie ein Ei dem anderen, er trete auch in puncto Temperament und Durchsetzungsvermögen in meine Fußstapfen.

Um den häuslichen Frieden wieder herzustellen, gestand er, wie es tatsächlich gewesen war. Aber etwas Böses hatte er wirklich nicht getan. Er hatte im Kindergarten nur allen zeigen wollen, was so ein Rex anstellen könnte, wenn mal einer käme. Um Frau Ruhland zu versöhnen, malte er ein wunderschönes Blumenbild für sie. Die kleine Heulboje Mandy musste er mitsamt ihrer Mutter auf Hannes Anweisungen zu einem Eis einladen und fand sie nach einer Stunde in der Eisdiele gar nicht mehr so übel. Danach kehrte daheim vorübergehend noch einmal der Frieden ein, vielmehr die Ruhe vor dem Sturm.

Beruflich war es etwas hektischer. Die guten Autobahnanbindungen sowie die Nähe zur niederländischen und belgischen Grenze machten den Erftkreis seit geraumer Zeit zu einem beliebten Ausflugsziel für Einbrecherbanden. Manchmal hatte man das Gefühl, sie fielen ein wie Heuschreckenschwärme. Aber das nur am Rande, ich will damit bloß zum Ausdruck bringen, dass ich während meiner Dienststunden keinen ruhigen Lenz schob und von den fünfzehn Frauen und Männern in meiner Abteilung auch keiner Däumchen drehte.

Maßgeblich am weiteren Geschehen beteiligt waren nur zwei von meinen Leuten. Jochen Becker, Kriminalhauptkommissar, in meinem Alter, einer von den Kollegen, die einem eine Beförderung auch dann nicht neiden, wenn sie sich selbst Hoffnungen auf den Posten gemacht haben und die damit verbundene Erhöhung der Bezüge sehr gut gebrauchen könnten.

Jochen war umfassend in meine persönliche Westside-Story eingeweiht. Er hatte die letzten Monate meiner Ehe mit Karola hautnah erlebt. Ihn hatte ich oft eingespannt, meine Frau anzurufen, wenn ich zu Maren nach Köln fuhr und keine Zeit mehr hatte, mir eine Ausrede einfallen zu lassen. Getan hatte er das ohne Widerspruch, weil er sich für Karola nicht erwärmen konnte. In seinen Augen war sie eine Zicke gewesen. Wegen meiner vorschnellen Kündigung hatte er mich jedoch einen hirnverbrannten Idioten genannt und mich in keinster Weise bedauert, als ich am Boden zerstört war.

Wir arbeiteten trotzdem immer noch gut zusammen und verstanden uns auch privat ausgezeichnet. Gelegentlich besuchten wir uns gegenseitig am Samstagabend oder am Sonntagnachmittag mit Frau und Kind. Jochen hatte eine achtjährige Tochter, von der Olli sehr beeindruckt war, weil sie einen Judokurs besuchte. Und Jochen war von Hanne nicht weniger angetan als mein Vater und meine Brüder. Manchmal nannte er sie das große Los, das ich gezogen hatte.

Der zweite, Kriminalkommissar Andreas Nießen, hatte von meiner Vergangenheit keine Ahnung. Er war erst seit einem halben Jahr in meiner Abteilung, fünfundzwanzig Jahre alt, ledig, Brillenträger und unser Spezialist am Computer. Andy, wie er gerne genannt worden wäre – das tat jedoch keiner –, war ein Freak. Jochen vermutete, er sei bereits im Mutterleib nicht bloß durch eine Nabelschnur mit allem versorgt worden, was ein Mensch brauche, er müsse auch einen elektronischen Draht gehabt haben.

Sonderlich beliebt war Andreas Nießen bei keinem Kollegen. Hinter seinem Rücken wurden manchmal Wetten abgeschlossen, wann er wohl aus dem Dienst entfernt würde, weil er sich mal aus «Versehen» ins Verteidigungsministerium gehackt hatte. Aber er wollte auch gar nicht lange bei uns bleiben, fühlte sich zu Höherem berufen. Mindestens LKA, nach Möglichkeit BKA, da könne er Großes leisten, meinte er. Sein Metier war nun mal das www, da hoffte er stündlich auf große Entdeckungen. Kinderpornoringe und Terroristenzellen hätte er gerne aufgespürt.

Sich draußen die Hacken krumm zu laufen, um simple Einbrüche in der Provinz aufzunehmen, davon hielt er nichts, kam mit allerlei phantasievollen Argumenten, wenn man versuchte, ihn in ein Fahrzeug zu setzen. Seiner Meinung nach brachte es nichts, Häuser oder Wohnungen nach einem Einbruch zu besichtigen. Man musste sich auf die Hintermänner konzentrieren.

Bei dem Einbruch, der uns wenige Tage vor dem Klassentreffen, an dem ich nicht teilnehmen wollte, gemeldet wurde, gab es jedoch eine Menge zu besichtigen. Betroffen war ein Einfamilienhaus in Kerpen. Der Hausbesitzer hieß Alexander Godberg. Deshalb und weil die Kerpener Kollegen meinten, ich solle mir vielleicht mal persönlich ansehen, wo mein Sohn so viel Zeit verbrachte, fuhr ausnahmsweise ich noch einmal mit Jochen Becker hinaus. Während der Fahrt unterhielten wir uns über Ella Godbergs Armbruch und Ollis Rockergeschichten und schmunzelten beide über Letzteres. Doch mir verging das Schmunzeln rasch.

## Montag, 19. Mai

Die Godbergs bewohnten ein frei stehendes Haus am Stadtrand Richtung Türnich. Das Anwesen lag am Ende einer kaum bebauten Straße, die in einen Feldweg überging. Nur sechs Häuser insgesamt, große Grundstücke, viel Grün, am Straßenrand geparkte Autos gab es vermutlich nur, wenn jemand Besuch hatte. Wer hier lebte, fuhr seinen Wagen wohl immer sofort in die Garage, zumindest in die Einfahrt.

Als wir ankamen, wirkte der Streifenwagen vor dem Grundstück wie ein überaus störender Fremdkörper. Hinter der Gardine eines Fensters am gegenüberliegenden Haus waren zwei Gesichter auszumachen. Die Nachbarn schauten sich aufmerksam an, wie die Polizei ihre Arbeit tat. Nur eine Zugehfrau war da, sie hatte die Kollegen alarmiert. Wir hatten Zeit genug, uns gründlich umzuschauen.

Vor dem Haus gepflegter Rasen mit einigen Ziersträuchern. Am kniehohen Gartenzaun entlang war ein Streifen frisch geharkter Erde mit Stecklingen bepflanzt. Darin war deutlich ein Fußabdruck auszumachen. Glatte, spitz zulaufende Sohle, für einen Männerschuh auffallend hohe Absätze, schätzungsweise Schuhgröße zweiundvierzig. Eine Art Cowboystiefel, meinte Jochen.

Auf der Rückseite befand sich neben der Terrasse ein Kellerfenster mit einem Lichtschacht, der ursprünglich mit einem Gitter abgedeckt gewesen war. Nun lag das Gitter auf dem Rasen, am offenen Kellerfenster war eine Scheibe zerbrochen. Dieses Fenster gehörte zu einem Vorratsraum. Auf dem Boden dort verteilten sich einige Glasscherben, eine war mit etwas Blut verschmiert. Nach routinierten Einbrechern sah es nicht aus. Jochen tippte auf einen Amateur, der eine günstige Gelegenheit genutzt und Muffensausen bekommen hatte.

Dann wurde mir ziemlich mulmig. Ich hatte mich noch nie

genau danach erkundigt, was der Papa von Sven beruflich machte. Hanne hatte mal erwähnt, Alex sei Kaufmann, das war ein dehnbarer Begriff. Auf Antiquitäten hatte sie getippt, weil davon in den Wohnräumen einige herumstanden und Alex einmal versucht hatte, ihr eine wurmstichige Kommode zu einem Freundschaftspreis anzudrehen. Nur dreihundert Euro. «Dafür kriege ich ja zwei neue», hatte Hanne gesagt. Sie hielt nichts von alten Möbeln.

Der Raum neben dem Vorratskeller war voll gestopft damit. Und nicht nur damit. Links neben der Tür standen zwei Regale gefüllt mit einem Sammelsurium von Kostbarkeiten. Besteckkästen, deren Inhalt größtenteils aus massivem Silber mit und ohne Goldauflage bestand. Kristallgläser, Pokale, Holzskulpturen, Porzellan, das Otto Normalverbraucher sich niemals auf den Tisch gestellt hätte, es hätte ja was zerbrechen können. Dazwischen verteilten sich unauffällig ein gutes Dutzend Nippesfiguren, die meisten kamen aus der Meißner Manufaktur.

Und ich wusste noch in etwa, was Hannes Haftpflicht für das von Olli zerbrochene Figürchen gezahlt hatte. Aber dass Alex Godberg den Rest seiner Sammlung nur im Keller untergebracht hatte, um weitere Schäden dieser Art zu vermeiden, konnte ich mir nicht vorstellen.

Der Fußboden in dem Kellerraum war dreifach belegt. Weitere wertvolle Teppiche standen zusammengerollt aufrecht in einer Ecke. Achtzehn zählten wir insgesamt, des Weiteren fünfzehn gerahmte und mit Filzdecken geschützte Kunstwerke, Ölgemälde, Lithographien, auch einige Kohlezeichnungen hinter Glas, die man nicht unbedingt als Altertümer bezeichnen konnte. An einer Kleiderstange hingen etliche Pelzmäntel und Jacken, in der Hauptsache Nerz, aber auch ein Gepard und ein Zobel. Und die waren bestimmt nicht antik.

Der Kellerraum hatte kein Fenster und eine feuerfeste Tür, wie man sie gemeinhin bei Heizungskellern einsetzt. Sie war offen, der Schlüssel steckte außen zum Gang hin. Auch alle anderen Türen im Haus waren offen. Im Arbeitszimmer stand unangetastet der Computer des Hausherrn, an einer Wand hing ein Bild schief, dahinter befand sich ein Wandsafe – unversehrt.

Bei den Schränken in den Wohnräumen war nicht mal ein Schubfach aufgezogen. Im großen Wohnzimmer hingen etliche Bilder an den Wänden. Der Parkettboden war mit drei Teppichen geschützt. Fernseher, DVD-Player, Videorecorder, eine Hifi-Anlage vom Feinsten und einige Kostbarkeiten standen auf ihren Plätzen. Darunter eine Uhr auf einem Schrank, wie ich noch nie eine gesehen hatte.

Über einem goldenen Sockel erhob sich ein vergoldetes Zifferblatt. Darüber gestülpt war eine Glaskuppel mit Goldrand, unter der sich eine Sonne drehte, um die herum Merkur, Venus, Erde, Mars, Jupiter, Saturn und die anderen Planeten unseres Systems mit ihren Monden an hauchdünnen Goldfäden rotierten. Ein einmalig schönes Stück. Ich gestand mir ein, dass ich Schweißausbrüche bekommen hätte, wäre Olli in die Nähe dieser Uhr gekommen.

Im Schlafzimmer entdeckte Jochen eine lederbezogene Schmuckkassette mit aufgestecktem Schlüsselchen und beachtlichem Inhalt. Ein halbes Dutzend Ringe und Armbänder, etliche Halsketten, darunter ein Collier, silberfarbenes Metall und grüne Steine, sah aus wie Platin und Smaragde. Und all den winzigen Stempeln nach zu urteilen, war der Schmuck echt. Jochen wunderte sich, warum die Sachen nicht im Wandsafe lagen, und spekulierte, welche Kostbarkeiten darin verwahrt werden mochten.

Ich ließ den Erkennungsdienst anrücken, den Sohlenabdruck draußen sichern, Fingerabdrücke vom zerbrochenen Fenster und von sämtlichen Türklinken nehmen, die blutverschmierte Glasscherbe eintüten und etliche Filme mit Wertgegenständen belichten. Vor allem von den gerahmten Kunstwerken, den Pelzen und Meißner Figürchen versprach ich mir die rasche Feststellung der eigentlichen Besitzer.

Jochen unterhielt sich derweil mit der Putzfrau, doch sie konnte oder wollte ihm nicht viel sagen. Sie sei im Hause Godberg nur aushilfsweise tätig, erklärte sie, weil Ella wegen Armbruch ausgefallen und auch in den nächsten Wochen noch nicht wieder voll einsatzfähig wäre. Für eine Aushilfe war sie jedoch sehr vertraut mit der Familie, nannte auch den Hausherrn nur mit Vornamen. Am Freitag sei Ella aus der Klinik entlassen worden. Das Wochenende habe sie noch bei ihrer Schwester in Frankfurt verbringen wollen, weil sie sonst alleine mit dem Kind gewesen wäre. Alex habe arbeiten müssen, und Ella könne sich alleine noch nicht mal die Haare waschen.

«Bisher war Alex ja immer daheim, wenn ich sauber gemacht habe», sagte sie. «Erst am Freitag hat er mir einen Hausschlüssel gegeben, weil er Ella heute nach Hause holen wollte. Sie kämen wahrscheinlich nachmittags an, meinte er. Ich sollte noch ein paar Tortenstücke besorgen, um Ellas Heimkehr zu feiern.»

Ob Alex sehr früh an diesem Morgen oder am vergangenen Abend nach Frankfurt gefahren war, wusste sie nicht, tippte jedoch auf den Sonntagabend. Sonst hätte er ja wohl etwas von dem Einbruch mitbekommen. Ob etwas fehlte? Sie zuckte mit den Achseln. Oben sah alles aus wie gewohnt. Den Kellerraum hatte sie an diesem Morgen angeblich zum ersten Mal betreten, und das auch nur, weil die Tür offen gewesen sei. Die sei sonst immer abgeschlossen, und den Schlüssel verwahre Alex im Schreibtisch. Mit anderen Worten, sie hatte gewusst, wo der Schlüssel war.

Die Kerpener Kollegen hatten in der Zwischenzeit die Nachbarn befragt, wobei sie sich auf das ältere Ehepaar von gegenüber beschränken mussten. Die Leute aus den ersten vier Häusern schienen alle berufstätig. Von dem Einbruch hatte das ältere Paar, Kremer hießen sie, nichts bemerkt. In der vergangenen Woche jedoch war ihnen zweimal ein Jugendlicher aufgefallen. Jedenfalls schlossen sie aus Körpergröße und Statur, es sei ein Halbwüchsiger gewesen, der in der Straße nichts zu suchen gehabt und offenkundiges Interesse an Godbergs Haus gezeigt hätte. Er sei auch hinten herum geschlendert und habe sich alles genau angeschaut. Der Beschreibung nach ein südländischer Typ, höchstens eins sechzig groß, sehr zierlich, kurze, dunkle Haare, bekleidet mit Lederjacke, speckiger Jeanshose und hochhackigen Stiefeln. Was zu dem Abdruck im frisch geharkten Blumenbeet passte.

Wir überließen es den Kollegen, ein Polizeisiegel anzubringen, dafür zu sorgen, dass Alex Godberg nach seiner Heimkehr nicht den Keller leer räumte, und ihm auszurichten, er möge sich bitte umgehend im KK 41 in Hürth melden.

«Was hältst du davon?», fragte Jochen, als wir zurückfuhren. Das musste ich ihm nicht erklären. Wir waren einer Meinung. So wie es aussah, war Godbergs Keller voll gestopft mit Hehlerware. Und mein Sohn ging seit fast einem Jahr bei ihm ein und aus. Jochen fand es köstlich. Ich nicht.

Die Fotos der abgelichteten Wertgegenstände wurden umgehend entwickelt und von Andreas Nießen in sein Arbeitsgerät eingespeist. Unser Computerfahnder mailte sie sofort an die Kriminalhauptstelle Köln und – falls die Kölner Kollegen daran nicht gedacht hätten –, sicherheitshalber auch persönlich ans LKA nach Düsseldorf mit der Bitte um Auskunft, ob und wo die betreffenden Sachen als gestohlen gemeldet waren. Seiner Ansicht nach hatten wir einen Hintermann kalt erwischt, einen ganz großen Fisch an der Angel. Mit so einem Fang hatte er bei uns gar nicht gerechnet.

Alex Godberg meldete sich schon am frühen Nachmittag in Hürth – Frau und Sohn hatte er notgedrungen bei einem Café abgesetzt, weil die Kollegen auch die hilflose Ella und den kleinen Sven nicht ins Haus gelassen hatten. Darüber war Alex ein wenig erzürnt. Aber auf den ersten Blick war er ein sympathischer Mann Anfang dreißig mit jungenhaftem Charme, Lachfältchen um die Augen und einem Grübchen am Kinn. Typ Sonnyboy, wie ein großer Fisch sah er wirklich nicht aus. Aber wem stand schon auf der Stirn geschrieben, was er trieb?

Ich saß dabei, überließ jedoch Jochen das Feld und hütete mich, meinen Namen laut werden zu lassen. Mein Gesicht konnte Alex nichts sagen. Es war jedoch anzunehmen, dass Oliver ihm schon mehrfach erzählt hatte, wie sein Papa hieß und welchen Beruf er ausübte. Und ich wollte ihn nicht auf den Gedanken bringen, wir könnten die Sache unter Freunden regeln.

Alex gab an, sein Haus am Sonntagnachmittag verlassen zu haben. Demnach musste es in der Nacht zum Montag passiert sein. Das Warenlager in seinem Keller – ach, Gott. Er lachte verlegen, konnte sich denken, wie das auf Polizisten wirkte. Aber es war völlig harmlos, in keiner Weise kriminell. Er kaufte Nachlässe auf und verkaufte, was immer sich noch verscherbeln ließ. Ein Ladenlokal betrieb er nicht, hatte nur eine Lagerhalle gemietet, in der minderwertige Sachen untergebracht waren, die er meist an Händler weitergab, die Trödelmärkte belieferten. Für wertvolle Gegenstände suchte er selbst Käufer.

«Ich nehme an», sagte Jochen, «das können wir alles in Ihren Geschäftsunterlagen überprüfen.»

Ja, konnten wir, wenn wir das für notwendig hielten. Mit Ausnahme der Pelze, darüber gab es keine Unterlagen, weil Alex sie nur für Freunde in Verwahrung oder in Zahlung genommen hatte. Sein Ton war nicht mehr gar so locker, als er das erklärte. Wenn ein Freund finanziell in die Klemme geriet, half er gerne, und wenn ihm eine Sicherheit geboten wurde, sagte er nicht nein. Er nannte einige Namen und bat, seine Angaben zu überprüfen. Darum hätte er nicht bitten müssen.

Nachdrücklich behauptete er, ihm sei nichts gestohlen worden. Die Beobachtungen des Ehepaares Kremer waren ihm bekannt. Sie hatten ihn in der vergangenen Woche darauf hingewiesen, dass sich ein schmächtiges Figürchen in Lederjacke und hochhackigen Stiefeln für sein Anwesen interessiere. Das hatte er nicht ernst genommen. Nur weil ein Teenie zweimal durch die Straße schlenderte und an den Gärten vorbeiging, musste der ja noch keine unlauteren Absichten hegen.

Nun meinte Alex, der Jugendliche könne sehr wohl observiert und am Wochenende eine günstige Gelegenheit genutzt, sich angesichts der Werte im Keller jedoch so überfordert gefühlt haben, dass er die oberen Räume erst gar nicht mehr besichtigte. Was sollte so ein Kerlchen auch mit Teppichen, Pelzen, Gemälden und Meißner Porzellan anfangen?

So ähnlich beurteilte Jochen Becker es ja auch. Alex Godberg betrachtete die Sache damit als erledigt. Dass wir uns nun auf die Suche nach dem jugendlichen Einsteiger machen wollten, hielt er für Zeitverschwendung. Eine zerbrochene Fensterscheibe kostete nicht die Welt, und mehr Schaden war nicht entstanden. Aber da wir es für unsere Pflicht hielten, wenigstens die gesicherten Spuren auswerten zu lassen, um den Übeltäter damit vielleicht beim nächsten Einbruch überführen zu können, unterschrieb er widerwillig eine Anzeige wegen Sachbeschädigung.

Jochen wies ihn eindringlich darauf hin, dass vorerst keine Pelze an Freunde zurückgegeben werden durften. Und dass wir eine Liste sämtlicher Freunde brauchten, Namen und komplette Anschriften. Darüber hinaus hilfreich wäre eine kurze Notiz zu jedem Freund, damit wir Herrn Meier nicht um den Kaufbeleg für den Zobel bitten mussten, den vielleicht Herr Schmidt seiner Frau geschenkt hatte.

Mir schien, dass Alex von diesem Ansinnen leicht schockiert war. «Muss das unbedingt sein?»

«Es muss», sagte Jochen.

Und Alex fügte sich nach drei Sekunden Bedenkzeit. «Na schön, Sie haben doch bestimmt E-Mail.»

«Haben wir», sagte Jochen, «brauchen wir aber nicht. Ich komme morgen zu Ihnen, dann können wir an Ort und Stelle prüfen, ob Sie jemanden vergessen haben.»

Es war sein Fall, darüber mussten wir nicht lange diskutieren. Was mich betraf, zum einen hatte ich anderes zu tun, als selbst zu ermitteln, und da gab es ja auch die persönliche Betroffenheit. Man kann nicht unvoreingenommen in den Angelegenheiten von Leuten wühlen, die einem beim Abendessen als nett, gebildet, freundlich, gar nicht nachtragend und überaus kinderlieb geschildert werden.

Abends versuchte ich, von Hanne etwas mehr als das Übliche über die Godbergs zu erfahren, ohne dabei selbst mehr als nötig zu verraten. Über berufliche Belange sprach ich sonst nie mit ihr, sie fragte auch nie. Und in diesem speziellen Fall – ich wollte sie nicht beunruhigen oder aus der Fassung bringen. Vielleicht stellte sich die Sache ja bald als harmlos heraus. Nachlässe aufkaufen, damit erklärte sich vermutlich ein Großteil dessen, was wir gesehen hatten.

Mit dem Abstand von etlichen Stunden konnte ich mir nicht mehr so recht vorstellen, dass ein Hehler den Sohn eines Polizisten mit seinem Kind spielen ließ und seiner Frau den freundschaftlichen Umgang mit der Mutter des Polizistensohnes gestattet. Hanne hatte häufig erzählt, sie habe mit Ella noch einen Kaffee getrunken, wenn sie Oliver hingebracht hatte. Den hatte sie ja bestimmt nicht an der Haustür serviert bekommen.

In den Keller war sie verständlicherweise nie geführt worden, hatte sich jedoch im Laufe der Zeit aus Ellas Bemerkungen und eigenen Beobachtungen einiges zusammengereimt. Und ihrer Meinung nach war es um die Finanzlage der jungen Familie nicht so rosig bestellt, wie ich mir das dachte.

«Alex kann nicht mit Geld umgehen», sagte sie. «Wenn er

was hat, gibt er es aus. Ende April hat er sich ein neues Auto gekauft. Dabei war sein Wagen noch kein halbes Jahr alt. Ella sagte, er hätte einen kleinen Unfall gehabt. Klein.» Sie machte eine bedeutsame Pause. «Das lasse ich doch reparieren. Aber ein repariertes Auto zu fahren, ist wohl unter seiner Würde. Er macht Ella auch oft teure Geschenke, meist Schmuck. Den kriegt er zu einem Vorzugspreis, glaube ich, sein Onkel ist Goldschmied. Was Ella manchmal an den Fingern hat, wenn sie Fenster putzt, würde ich höchstens zu einem Silvesterball anziehen. Aber regelmäßig Haushaltsgeld ist nicht drin. Ich hab schon mehr als einmal mitbekommen, dass sie ihn danach fragen musste. Einmal gab er ihr zwanzig Euro. Damit wäre ich nicht losgefahren. Ella druckste auch herum, das wäre zu knapp. Aber mehr konnte er ihr nicht geben. Ich hatte ein richtig schlechtes Gewissen und hab ihr angeboten, etwas für Olivers Betreuung zu zahlen. Er kriegt ja immer Mittagessen, wenn sie ihn mitnimmt. Ständig hat er Durst, wenn Sven ein Eis bekommt, muss sie Oliver auch eins geben. Aber Geld wollte sie nicht. Ich schätze, es war ihr peinlich.»

Dann kam endlich die Frage, auf die ich die ganze Zeit schon wartete: «Warum warst du denn heute bei ihnen? Hattest du Langeweile im Büro?»

«Einbruch», sagte ich nur.

Hanne legte entsetzt eine Hand vor den Mund. «Guter Gott, das auch noch, die arme Ella. Hoffentlich sind sie gut versichert.»

«Na, so schlimm war es nicht», sagte ich. «Gestohlen wurde nichts. Und ich wäre dir dankbar, wenn du ihr nicht gleich dein Mitgefühl ausdrückst.»

Dass ich überhaupt in Betracht zog, sie könne eine derartige Indiskretion begehen, veranlasste Hanne zu einem tadelnden Blick und der Bemerkung: «Ich werde morgen früh in Frankfurt anrufen. Ich muss nur erst rauskriegen, in welcher Klinik sie liegt.»

«Alex hat sie heute nach Hause geholt», sagte ich.

«Nach nur zwei Wochen?», wunderte Hanne sich. «Das soll doch so eine komplizierte Sache gewesen sein mit ihrem Arm, ein offener Bruch. Das heilt doch nicht in so kurzer Zeit.»

## Dienstag, 20. bis Donnerstag 22. Mai

Für Olli endlich wurde Sven Godberg am Dienstagmorgen wieder in den Kindergarten gebracht, vom Vater. Sie trafen zur selben Zeit ein wie Hanne und Olli. Hanne wechselte ein paar Worte mit Alex, fragte jedoch nur nach Ellas Befinden und erfuhr, dass sie die Klinik auf eigene Verantwortung viel zu früh verlassen habe. Ella habe eben Sehnsucht nach Mann und ihrem Zuhause gehabt.

Olli erkundigte sich hoffnungsvoll, ob er nachmittags wieder bei seinem Freund spielen dürfe, und wurde von Alex auf später vertröstet. Ella sei noch nicht in der Verfassung und mit ihrem eingegipsten Arm auch noch nicht beweglich genug, um zwei überaus aktive Fünfjährige in Schach zu halten. Das mochte zutreffen, ich tippte jedoch eher darauf, dass sich diese Absage in der angekündigten Buchprüfung durch die Polizei begründete.

Jochen Becker fuhr kurz nach neun an dem Morgen nach Kerpen. Alex zeigte sich kooperativ, seine Geschäftsbücher lagen ebenso zur Einsicht bereit wie die gewünschte Liste der «Freunde», denen er aus der Klemme geholfen hatte. Jochen gab Namen und Anschriften telefonisch durch und prüfte bis zum späten Nachmittag vor allem die Sparte Einkauf.

Andreas Nießen klärte derweil bei diversen Einwohnermeldeämtern ab, dass Alex Godberg nicht die halbe Nacht Freunde erfunden hatte. Keiner der Aufgelisteten lebte in unmittelbarer Nähe, also wurden Kollegen an den jeweiligen Wohnorten um Amtshilfe gebeten. Die ersten Rückmeldungen kamen bereits im Laufe des Nachmittags. Von den Leuten, die sie angetroffen hatten, war den Kollegen Godbergs Version bestätigt worden, man hatte ihnen sogar Kaufbelege für die jeweiligen Pelze gezeigt. Aber das bewies noch nicht viel. Die Belege konnten an irgendeinem Computer entstanden sein.

«Darum kümmern wir uns morgen», sagte Jochen, als er aus Kerpen zurückkam. Er war kein Wirtschaftsprüfer, meinte jedoch, es sei wohl so weit in Ordnung. Unzählige Kaufverträge mit Erblassern hatte er eingesehen. In vielen waren Wertgegenstände einzeln angeführt. Alle waren handschriftlich unterzeichnet. Und anzunehmen, Alex habe all diese Signaturen gefälscht, wäre wirklich eine böswillige Unterstellung gewesen. Abgesehen davon gab es einen ganzen Stapel von Rechnungen einer kleinen Spedition, die für Alex Transporte übernahm.

Als Hanne mir abends von ihrer Unterhaltung beim Kindergarten und einer längeren telefonischen mit Ella berichtete, sah ich keinen Grund, ihr die Erleichterung wieder zu nehmen. Sie hatte Ella gute Besserung gewünscht und aufgeatmet. Es schien nicht, dass die Godbergs sauer auf unseren Sprössling waren.

Mittwochs kam Jochen bei den Pelzen einen großen Schritt weiter. Er erfuhr nicht nur, dass die Kaufbelege echt waren. Er hörte auch von anderen Kollegen, die Amtshilfe geleistet hatten, wo Alex seinen «Freunden» wohl hauptsächlich aus der Klemme half – in Spielkasinos. Dort verlieh er kurzfristig Geld an Leute, die aussahen, als könnten sie es auch zurückzahlen. Wenn seine Kunden sehr viel Glück hatten, erledigte sich das wohl noch an Ort und Stelle. Wenn nicht, nahm Alex zur Sicherheit einen Schuldschein oder ein Pfand.

Es war anzunehmen, dass er seine Kasinokundschaft telefonisch vorgewarnt hatte, sie bekämen wohl bald Besuch von Ordnungshütern. Und er wäre ihnen sehr verbunden, wenn sie nicht auf den Ort verweisen würden, an dem die Freundschaft gegründet worden sei. Bei den meisten hatte das funktioniert, nicht jedoch bei einer Dame, die immer noch maßlos verärgert war, weil ihr glückloser Gatte ihren Nerz versetzt hatte statt seiner Armbanduhr. Zu mehr Auskünften als dem Hinweis, es sei in Aachen passiert, war die Dame jedoch nicht gekommen.

Als kriminelle Tätigkeit konnte man das noch nicht bezeichnen. Öffentliche Pfandhäuser waren ja auch legale Einrichtungen. Bei einem Privatmann stellte sich nur die Frage, ob er seine Einnahmen aus Nebenerwerb ordnungsgemäß versteuerte. Es war anzunehmen, dass Alex sich seine Hilfsbereitschaft großzügig mit einem üppigen Zinssatz honorieren ließ. Zu beweisen war das erst, wenn jemand offen darüber sprach.

Und dem nachzugehen, sei nicht sein Bier, meinte Jochen. Es war eine Ermessensfrage, ob man Alex die für Wirtschaftskriminalität zuständigen Kollegen vom KK 21 oder gar das Finanzamt auf den Hals hetzte. Jochen hielt das für überflüssig. In seinen Augen schröpfte Vater Staat seine Bürger ohnehin wie ein überdimensionierter Blutegel. Polizisten wurden auch geschröpft, sollten in absehbarer Zeit sogar auf einen Teil ihrer Bezüge verzichten. War jemals ein Abgeordneter auf die Idee gekommen, sich die Diäten zu kürzen? Sagte einer, der mal für kurze Zeit Minister gewesen war: «Ich will nicht bis an mein Lebensende weiter bezahlt werden. So viel habe ich ja gar nicht getan»? Nein, die saßen an der Quelle und sackten ein, was sie kriegen konnten.

Andreas Nießen entdeckte an dem Mittwoch im Internet drei Teppiche, etwas Porzellan sowie das Smaragdcollier, das wir in Ellas Schmuckkassette gesehen hatten. Alex bot die Sachen bei ebay zur Versteigerung feil. Für das Collier erwartete er ein Mindestgebot von vierzigtausend Euro. Die Auktion dafür lief erst seit Montag. Die Teppiche und Porzellanfigürchen standen seit Mitte der vergangenen Woche im Netz.

Bei ebay rangierte Alex als Powerseller, was bedeutete, dass er unzählige Verkäufe auf diese Weise tätigte. Da brauchte er natürlich keinen Laden, in dem er von morgens bis abends auf Kundschaft warten und Miete zahlen musste. Er war als sehr zuverlässig eingestuft, bot Safetrade an – mit Kostenerstattung.

Ich hatte von solchen Dingen nicht viel Ahnung, Andreas

Nießen erklärte: Im Normalfall gehe es so, erst müsse der Käufer zahlen, dann hoffen, dass die ersteigerte Ware auch komme und in Ordnung sei. Man könne zur Sicherheit die Summe bei ebay hinterlegen, die erst an den Verkäufer auszahlten, wenn man den Empfang bestätigt hatte. Das kostete extra, und dafür kam in der Regel der Käufer auf. Dass Herr Godberg die Zusatzkosten übernehmen wolle, müsse man als außergewöhnlich bezeichnen. Und so was, räumte Andreas Nießen ein, passte eigentlich nicht zu einem Hehler.

Ein integerer Kaufmann also, der niemanden übers Ohr haute, nur seiner Frau ihren Schmuck wegnahm. Jochen drückte sein Bedauern für Ella Godberg aus, sympathische Frau, meinte er und vermutete im gleichen Atemzug, dass Alex in Spielkasinos auch Schmuck in Zahlung nähme. So was trug man ja gerne, wenn man Roulette, Black Jack oder sonst etwas spielte. Und im Winter trennte man sich doch eher von der Armbanduhr als vom Pelz. Es reizte Jochen ungemein, einen Blick in den Wandsafe zu werfen. Nur war nicht anzunehmen, dass Alex den Safe ohne Durchsuchungsbeschluss öffnete. Und für solch einen Beschluss hatte Jochen keine Handhabe.

Vom Anfangsverdacht der Hehlerei war schon donnerstags nichts mehr übrig. Das LKA und die Kölner Kollegen hatten bisher noch nicht auf Andreas Nießens Anfragen reagiert. Er fragte nach, Fehlanzeige. Es schien nicht, dass die fotografierten Sachen irgendwo schmerzlich vermisst wurden.

Jochen schloss inzwischen mit an Sicherheit grenzender Wahrscheinlichkeit aus, dass es im Hause Godberg Diebesgut gab. Was den Einstieg anging, sah er nun zwei Möglichkeiten. Entweder der Jugendliche in Stiefel und Lederjacke. Dass der sich zufällig zweimal in die Straße verirrt hatte, glaubte Jochen nicht. Er vermutete das Bürschchen im Umfeld der Putzfrau. Sie mochte bei ihrer Familie oder im Bekanntenkreis von der stets abgeschlossenen Kellertür erzählt und Begehrlichkeiten geweckt haben. Vielleicht hatte sie auch mal mitbekommen, dass ein Mantel oder sonst etwas ausgelöst wurde. Die zweite Möglichkeit wäre ein Kunde gewesen, der ein hinterlegtes Pfand ohne größeren Kostenaufwand zurückgeholt hatte. Wie hätten wir feststellen sollen, ob etwas fehlte, wenn Alex das Gegenteil behauptete?

## Freitag, 23. Mai

Jochen fuhr am Nachmittag noch einmal nach Kerpen, um etwas über das Umfeld der Putzfrau in Erfahrung zu bringen. Er wollte sich anschließend auch unter vier Augen mit Ella Godberg unterhalten. Bis um fünf arbeitete Alex daheim am Computer. Das wusste ich von Hanne. Danach war er meist unterwegs. Und in seiner Abwesenheit war mit Ella vielleicht eher zu reden. Etwas Druck, ein dezenter Hinweis aufs Finanzamt, vielleicht öffnete sie daraufhin den Safe freiwillig.

Als er vor Godbergs Haus anhielt, war das ältere Ehepaar von gegenüber im Vorgarten beschäftigt. Herr Kremer winkte Jochen dezent heran. Ihnen war noch etwas Bedeutsames eingefallen, das am Montag in der Aufregung untergegangen war.

Ende April, genauer gesagt in der Woche, als Alex sich nach einem «kleinen Unfall» ein neues Auto hatte kaufen müssen, waren Herr und Frau Kremer des Nachts von beträchtlichem Lärm aus dem Schlaf gerissen worden. Über den genauen Tag, vielmehr die Nacht konnten sie sich nicht einigen. Er schwor auf den Dienstag, sie beharrte auf dem Mittwoch. Aber das war nebensächlich, es war jedenfalls zwei Uhr und zu dunkel gewesen, um eine exakte Beschreibung des Hauptaktivisten abzugeben.

Herr Godberg sei wohl gerade erst nach Hause gekommen, meinte das Ehepaar Kremer, er komme ja immer sehr spät von der Arbeit, habe sein Auto in die Einfahrt gesteuert. Das Garagentor war zweiflügelig und nicht per Fernbedienung zu öffnen. Man musste aussteigen, für einen Flügel den Schlüssel benutzen und am zweiten die Arretierungen per Hebel lösen, ehe man ein Auto in Sicherheit bringen konnte. Und dazu war Alex in der besagten Nacht nicht mehr gekommen. Ob ihm jemand vor der eigenen Haustür aufgelauert hatte oder ob er auf dem Heimweg verfolgt worden war, konnten Herr und Frau

Kremer nicht sagen. Ein Motorrad hatten sie gesehen und einen Mann in Lederkluft, der Herrn Godbergs Auto mit einem Hammer bearbeitete.

Und diese Aussage sowie Godbergs Nebenerwerb warfen doch ein anderes Licht auf Ellas gebrochenen Arm und Olivers Rockerstory, von der ich Jochen erzählt hatte. Auch darüber wollte er sich dann mit Ella unterhalten. Doch wider Erwarten war Alex noch daheim, als Jochen klingelte. Alex war auch bereit, einem neugierigen Ermittler den Wandsafe zu öffnen. Darin lagen eine beachtliche Münzsammlung, ein Päckchen Betriebskapital, etliche Schuldscheine und Schmuckstücke, auch das Smaragdcollier, das wir montags in Ellas lederbezogener Kassette im Schlafzimmer gesehen hatten.

Da Jochen nun Bescheid wusste über die Geschäfte in Spielbanken, räumte Alex ein, gewisse Einnahmen aus Nebenerwerb zu erzielen. Doch die versteure er ebenso wie andere Einkünfte. Unterlagen konnten bei seinem Steuerberater eingesehen werden. Aber das solle vielleicht jemand tun, der auch etwas davon verstand, meinte er.

Ärger mit einem Kunden bestritt er. Jochen mochte nicht zu deutlich werden, um Oliver nicht erwähnen zu müssen. Er führte nur das Ehepaar Kremer als Zeugen der Hammerattacke aufs Auto an. Und das war laut Alex eine private Angelegenheit gewesen.

«Ich hatte eine kurze Affäre», erklärte er. «Meine Frau hat davon erfahren und sich bei ihrem Bruder ausgeweint. Mein Schwager lauerte mir daraufhin hier vor der Tür auf und machte mir Vorwürfe. Als ich mir das verbat, ließ er seine Wut an meinem Wagen aus.»

Ella bestätigte das und bedauerte, ihren Bruder zu einer Gewaltaktion veranlasst zu haben. Als Entschädigung hatte sie Alex angeblich das nun zur Versteigerung angebotene Collier überlassen. Von irgendwas musste man das neue Auto ja bezahlen. Und da es mehr oder weniger ihr Verschulden gewesen sei, habe sie ihrem Mann das Schmuckstück förmlich aufdrängen müssen. Es sei ohnehin zu aufwendig, um es häufig zu tragen.

Das konnte man glauben oder nicht. Jochen glaubte es erst einmal nicht, kam aber auch nicht auf die Idee, noch einen Blick in die Schmuckkassette im Schlafzimmer zu werfen. Mit seiner privaten Pfandleihe bewegte Alex sich hart am Rande der Legalität. Da lag die Vermutung nahe, dass er auch mal über die Kante oder jemandem auf die Füße trat. Vielleicht ein verärgerter Schuldner, meinte Jochen, der mit dem verlangten Zinssatz nicht einverstanden gewesen war. In solchen Fällen wurde erst verhandelt, dann gedroht, anschließend nahm man sich das Auto vor. Und wenn das immer noch nichts fruchtete, stattete man dem Widerspenstigen einen Hausbesuch ab und schubste die Ehefrau zur Seite, falls sie dazwischengehen wollte.

Aber wenn beide übereinstimmend behaupteten, es sei ganz anders gewesen, waren uns die Hände gebunden. Man konnte sie nicht zwingen, Anzeige wegen Sachbeschädigung und Körperverletzung zu erstatten. Wenn sie nicht das Bedürfnis hatten, den Verursacher per Gesetz zur Rechenschaft ziehen zu lassen, war das ihre freie Entscheidung und ihr gutes Recht.

Als er zurückkam und berichtete, meinte Jochen, ich müsse mir wahrscheinlich keine Sorgen machen, wenn mein Sohn wieder bei seinem Freund spiele. Ellas gebrochener Arm habe Alex wohl veranlasst, die Angelegenheit schnellstmöglich zu bereinigen. Bei Gefahr im Verzug hätte er seine Familie wohl auch kaum nach Hause geholt.

Damit waren die Ermittlungen im Fall Godberg für Jochen abgeschlossen. Nur unser Computerfreak sah die Sachlage wesentlich komplizierter und vertrat die Überzeugung: «Da kommt noch ein dicker Hund nach.»

Außer der Putzfrau dürften einige hundert Leute wissen, was bei Godberg zu holen sei. Im Laufe der Zeit habe er ja garantiert mehr als die genannten Kasinokunden bedient. Für Andreas Nießen war der südländische Typ in Lederjacke und hochhackigen Stiefeln nur ein Kundschafter, vorgeschickt von irgendwelchen Hintermännern, die ganz groß abräumen wollten.

Wenn es nach ihm gegangen wäre, hätten wir Godbergs Computer beschlagnahmt, um ihm einen Überblick über sämtliche Geschäftsverbindungen zu verschaffen. Und wir hätten einen Staatsanwalt davon überzeugt, dass Godbergs Haus Tag und Nacht unter Beobachtung stehen müsse. Leider ging es nicht nach Andreas Nießen.

Mit seiner düsteren Prophezeiung und leicht gemischten Gefühlen ging ich an dem Freitagnachmittag ins Wochenende. Während der Heimfahrt tickte mir unentwegt Jochens «wahrscheinlich» im Hinterkopf. Das war mir nicht sicher genug für Olli. Ich war fest entschlossen, mit Hanne zumindest darüber zu sprechen, dass Alex sich Ende April nicht freiwillig ein neues Auto gekauft hatte.

Wenn er tatsächlich fremdgegangen sein sollte – dafür sprach, dass Ella im April ihren Bruder lieber alleine besucht hatte als zusammen mit dem kleinen Sohn; vielleicht hatte Ella auch bei Hanne von Frau zu Frau mal eine Andeutung gemacht. Sie verstanden sich doch gut. Und wenn Ella nie eine Bemerkung über treulose Männer verloren hatte – hätte ja auch sein können, dass sie mit ihrem Bruder geschäftlichen Ärger besprochen hatte –, wollte ich zu bedenken geben, dass ein phantasiegestrafter Knabe sich vielleicht nicht jede Geschichte aus den Fingern saugte, und dass man ihn in nächster Zeit besser nicht zu seinem Freund lassen sollte.

Momentan lief es ja auch ganz prima bei meinen Eltern. Sie hatten sich dahingehend geeinigt, dass Opa das auf dem Herd stehende Mittagessen überwachte, während Oma unterwegs zum Kindergarten war. Die kochenden Kartoffeln zu hüten war zwar auch keine Männersache, aber drinnen sah es ja keiner, und so kam man wenigstens pünktlich zu Tisch.

Hanne hatte bis halb sechs arbeiten müssen, danach Oma und Opa von der Verantwortung befreit und noch ein Weilchen mit meiner Mutter geplaudert. Als ich hereinkam, war sie im Wohnzimmer damit beschäftigt, ihre Mutter zu trösten. Bei Bärbel und Siegfried hatte es mal wieder tüchtig Zoff gegeben.

Olli saß mit einem Buch am Küchentisch und klärte mich auf: «Oma Bärbel weint. Opa Siegfried hat sie wieder rausgeworfen. Jetzt will sie uns besuchen. Aber Mama hat schon gesagt, wir haben gar keinen Platz und auch keine Zeit.»

Dann zog ein Strahlen über sein Gesicht. Er vergaß Oma Bärbels Kummer, hob das Buch an und ließ mich einen Blick auf den bunten Einband werfen, auf dem sich ein paar Dinosaurier tummelten. *In einem Land vor unserer Zeit*, las ich.

Olli sprudelte los wie ein kleiner Wasserfall. «Guck mal, Papa. Ich wusste gar nicht, dass es von dem Film auch ein Buch gibt. Oma hat das rausgefunden und es für mich bestellt. Es ist heute gekommen. Wir haben es sofort abgeholt. Oma hat mir schon was vorgelesen. Liest du mir gleich auch was vor?»

«Klar», sagte ich.

«Oma hat nämlich gesagt», ratterte er weiter, «Bücher sind viel besser als Filme. Da steht mehr drin und alles ganz genau. Jetzt kann ich Sven richtig zeigen, wie der Rex aussieht. Am Montag darf ich nämlich wieder kommen. Ich hab seinen Papa heute Mittag gefragt. Tante Ella ist nicht mehr schlimm krank.»

«Darüber reden wir nochmal», sagte ich.

Im Wohnzimmer beendete Hanne ihr Telefongespräch mit dem Hinweis, ich sei gerade nach Hause gekommen, und sie müsse noch kochen. Dann hörte ich mir von ihr an, wie glücklich ich mich schätzen musste, eine völlig normale Familie zu haben, und was meine Lieben zur Zeit so trieben.

Mein älterer Bruder hatte zwei brandneue Filme aus dem Internet gezogen und wollte sich einen neuen CD-Brenner kaufen. Mein jüngerer Bruder und seine Frau dachten nun auch über die Anschaffung eines CD-Players nach. So teuer waren die ja nicht mehr, man konnte sich trotzdem noch zwei Wochen Sommerurlaub leisten. Mein Vater hatte endlich die Hügellandschaft seiner Modelleisenbahn mit neuem Gras beklebt und Mutter von Aldi zwei argentinische Rindersteaks, Kräuterbutter und Salatherzen für uns mitgebracht, was in null Komma nix auf dem Tisch wäre.

«Willst du Brot dazu oder lieber Pommes? Ich weiß gar nicht, ob ich welche habe.»

«Brot reicht», sagte ich.

Hanne warf die Steaks in die Pfanne. Ich machte den Salat und deckte den Tisch – nur für uns beide. Olli bekam abends immer ein Butterbrot mit Leberwurst, weil Oma warme Mahlzeiten vor dem Schlafengehen für gesundheitsschädlich hielt. Da war der Verdauungsapparat ja die ganze Nacht beschäftigt. Wenn Erwachsene sich das antaten, war das ihre Sache. Kindern durfte man es nicht zumuten.

Während wir aßen, blätterte Olli weiter in seinem reich bebilderten neuen Schatz und kommentierte einige Szenen. Ich stellte mein Anliegen zurück, weil kleine Kessel große Ohren haben und am Montag nicht die gesamte Kindergartengruppe erfahren musste, dass der Papa von Sven und Tante Ella vielleicht Probleme miteinander, vielleicht aber auch mit anderen Leuten gehabt hatten. Über so etwas spricht man erst, wenn die Kinder im Bett sind.

Hanne ermahnte ihn mehrfach, über den Rex nicht sein Leberwurstbrot zu vergessen, und erinnerte mich an den für morgen anstehenden gemütlichen Abend im Kreise ehemaliger Mitschüler. Peter Bergmann hatte am Vormittag bei meinen Eltern angerufen und ausgerechnet Mutter gebeten, mir gut zuzureden.

Hanne grinste. «Sie sollte dir ausrichten, dass es hundertprozentig sicher keine Musik gibt.»

Mutter hatte den Satz so genommen, wie er gesprochen wurde. Hanne tat das nicht, dafür hatte ich ihr zu viel über Marens Vorliebe fürs Flötenspiel erzählt.

«Ich bleibe trotzdem hier», sagte ich. «Ich muss mir doch auch nicht freiwillig die Gesellschaft von Willibald Müller zumuten.»

Dass ich wegen einer missliebigen Person einen netten Abend im Kreise alter Freunde sausen lassen wollte, konnte Hanne nicht nachvollziehen. «Ich würde mich freuen, wenn meine Klasse mal so was veranstaltet. Über Müller kannst du doch hinwegsehen.»

«Das wird schwierig», sagte ich, «bei drei oder vier Zentnern.»

Hanne lachte. «Inzwischen dürften das fünf sein. Ich habe ihn neulich vor dem Getränkemarkt gesehen. Ihm fiel der Autoschlüssel aus der Hand, und er konnte sich nicht bücken, um ihn wieder aufzuheben. Das hat Oliver für ihn getan. Weißt du noch, Schatz?»

Olli erinnerte sich offenbar sehr gut, er nickte. Mir fiel seine Geschichte von dem Rex ein, der auf dem Parkplatz beim Getränkemarkt ein kleines Kind gefressen hatte. Ich musste grinsen, weil ich dachte, Schweinchen Dick habe ihn dazu inspiriert.

«Als er sich dann hinters Steuer legte», fuhr Hanne fort, «und er lag wirklich, Konrad, hatte er das Lenkrad in der Wampe stecken. So kann man doch nicht Auto fahren. Der Mann ist ein Risiko für jeden, der über die Straße läuft. Dem müsste man den Führerschein wegnehmen.»

Damit hakte sie Porky ab und griff das Thema Klassentreffen erneut auf mit der Bemerkung: «Tu Peter Bergmann doch den Gefallen, Konrad. Er war mal dein bester Freund. Und wenn du dich nicht blicken lässt, heißt es garantiert, du kommst nicht, weil Maren nicht da ist.»

«Was es heißt, muss mich nicht kümmern», sagte ich.

Sie zuckte mit den Achseln. «Ich finde, du solltest hingehen – schon wegen deiner Mutter. Du hättest sie eben hören müssen. Peter Bergmann hat ihr wohl mehrfach versichert, dass Maren nicht dabei sein wird. Das hat sie ihm aber nicht geglaubt. Ich möchte nicht wissen, was für einen Vortrag sie ihm gehalten hat, weil er sich erdreistete, sie zu bitten, dich ins Verderben zu schicken. Erdreistet, den Ausdruck hat sie tatsächlich benutzt.»

Und so sprachen wir an dem Freitagabend nicht über Ella Godbergs Ehe, sondern nur über die Einstellung meiner Mutter zu gewissen Weibern und ihrem Vertrauen in meine Person.

## Samstag, 24. Mai

Wie meistens am Wochenende schliefen wir etwas länger, frühstückten gemütlich, wobei Olli natürlich mit von der Partie war. So kam ich wieder nicht dazu, das Thema Godberg anzuschneiden. Nach dem Frühstück teilten wir uns die anliegende Hausarbeit, für Hanne den Staubsauger, für mich die Einkaufsliste.

Olli klemmte sich wie üblich an meine Fersen. Ich nutzte die Gelegenheit, ihn noch einmal zum Auftauchen der beiden Rocker am fünften Mai zu befragen und auch etwas über Ellas Bruder zu erfahren. Aber den kannte Olli nicht, wusste nur, dass Sven seinen Onkel nicht gerne besuchte. «Der Onkel Manfred trinkt nämlich viel Bier und sagt immer Heulsuse zu Sven. Er ist doch kein Mädchen.»

«Fährt Onkel Manfred ein Motorrad?», fragte ich.

Das wusste Olli nicht. «Der darf ja nicht zu Tante Ella kommen. Der Papa von Sven will das nicht. Manfred ist ein Prolet, hat er mal gesagt. Was ist das?»

«Ein Mann, der viel Bier trinkt», erklärte ich.

Was den fünften Mai betraf, inzwischen waren fast drei Wochen vergangen und die Zeit nicht unbedingt mein Bundesgenosse. Olli beteuerte zwar, alles noch ganz genau zu wissen. Er war nun jedoch der Ansicht, das seien eigentlich ganz liebe Rocker gewesen. Die Rockerbraut hätte verlangt, die Männer sollten sich nicht so anbrüllen, da bekämen die Kinder ja Angst, behauptete er. Sie hätte auch gefordert: «Lass uns gehen, Schatz.»

Und der Rocker hätte Tante Ella bestimmt nicht wehtun wollen. Als sie nämlich auf den Wohnzimmertisch gefallen war und laut geschrien hatte, hätte der Rocker gesagt: «Sorry, das wollte ich nicht.» Dann hätte er Tante Ella aufhelfen wollen, dabei wohl gesehen, dass ihr Arm kaputtgegangen war, und gebrüllt: «Um Gottes willen, sie braucht einen Arzt!»

Die Rockerbraut hätte ganz laut geweint und gejammert: «Jetzt sieh mal, was du angerichtet hast.»

Und weil der Papa von Sven sich nicht sofort bewegte, hätte der Rocker noch geschrien: «Steh nicht da wie eine Wachsfigur, du Arsch! Ruf einen Krankenwagen.»

Daraufhin wäre der Papa von Sven zum Telefon gelaufen. Das stand ja in seinem Zimmer neben dem Computer. Der Rocker hätte Tante Ella so lange im Arm gehalten, ihr über den Kopf gestrichelt und gesagt: «Keine Angst, Kleines, der Krankenwagen kommt gleich. Das wird wieder. Tut mir wirklich Leid.»

«Und das konntest du im Garten alles ganz genau verstehen?», fragte ich.

«Ich war doch im Zimmer», sagte Olli. «Ich wollte ihnen die Halskette wieder reinbringen.»

«Welche Halskette?»

«Die der Rocker vorher in den Garten geworfen hat», sagte Olli. «Die war schön, ehrlich, Papa, ganz aus Silber und überall so kleine grüne Steine drin. Aber der wollte die nicht mehr. Er hat gesagt, die soll ich dem Arsch hinten reinschieben. Hab ich aber nicht gemacht. Ich hab sie auf den Tisch gelegt.»

Kleines und Arsch, das klang eher nach einem wütenden Bruder und Schwager als nach einem Fremden. Bei der in den Garten geworfenen Kette schien es sich um das Smaragdcollier zu handeln. Aber das mochte er bei einer anderen Gelegenheit mal gesehen haben. Ich war nicht sicher, ob ich ihm glauben durfte. Vielleicht wollte er bezüglich seines Montagnachmittags bei Sven kein Risiko eingehen und ließ sich etwas einfallen. In der Hinsicht nahm er es mit einem Zehnjährigen auf.

«Warum hast du das denn Mama nicht so erzählt?», fragte ich.

«Sie hat ja sofort gesagt, wenn ich noch mehr lüge, darf ich nie mehr bei Sven spielen», erklärte er eifrig. «Aber das war nicht gelogen, Papa, ehrlich nicht. Frag Opa.»

«Der war doch nicht dabei», sagte ich.

«Aber ich hab es ihm sofort erzählt», sagte Olli. «Und Opa hat gesagt, der Papa von Sven hat bestimmt nur gesagt, ich sei schuld gewesen, weil er sich geschämt hat. Wenn sie sich schämen, lügen große Leute nämlich viel.»

Die Ansicht meines Vaters über die Wahrheitsliebe bestimmter Personengruppen brachte es zwar auf den Punkt, war aber noch kein Beweis für die Wahrheit in diesem Fall. Ich nahm jedoch an, dass Olli meinen Vater wahrheitsgemäß über das tatsächliche Geschehen informiert hatte. Da war das ja noch frisch gewesen. Also machten wir noch einen Abstecher zu meinen Eltern.

Mutter wies darauf hin, so früh habe sie uns nicht erwartet. Ich wusste nicht, wie sie das meinte, fragte auch nicht nach, sondern ließ mir von Vater bestätigen, dass Oliver ihm am sechsten Mai ausführlich von dem Rockerüberfall berichtet hatte. Dann zerbrach Vater sich den Kopf, welche Dialoge Olli wiedergegeben hatte. Wörtlich bekam er das nicht mehr alles zusammen. Aber «Schatz» und «Kleines», daran erinnerte er sich, ebenso an die in den Garten geworfene Halskette. Und dass der vermeintliche Rocker, als er das Schmuckstück nach draußen beförderte, etwas von «Weiber aufs Kreuz legen» gesagt haben sollte.

Nun gut, manche bezeichneten das so, andere sagten flachlegen. Ich nahm an, Alex habe versucht, Ella mit einem Geschenk für seine Affäre zu entschädigen. Ihren Bruder habe er damit jedoch nicht besänftigt, den habe erst der gebrochene Arm zur Räson gebracht. Und vielleicht war die Kette nur bei ebay gelandet, um ein Ärgernis loszuwerden.

Als wir heimkamen, war die Wohnung sauber. Unser Mittagessen hatte ich von McDonald's mitgebracht. Das Thema Godberg hatte sich für mich erledigt. Hanne kam erneut auf den Abend zu sprechen, drängte den ganzen Nachmittag und rückte dabei scheibchenweise mit dem wahren Grund heraus, warum sie es für besser hielt, wenn ich Peter Bergmann den Gefallen tat.

Die Arbeitskollegin, mit der sie hin und wieder ausging, wollte nämlich an diesem Abend zusammen mit ein paar anderen ein japanisches Restaurant in Köln besuchen. Hanne wäre liebend gerne dazu gestoßen. Oliver könnte bei meinen Eltern übernachten. Das hatte sie schon geklärt. Und wenn ich alleine zu Hause säße, hätte sie ein schlechtes Gewissen.

«Ich sitz ja nicht alleine, wenn Olli hierbleibt», sagte ich.

«Er freut sich aber schon darauf, bei Oma und Opa zu schlafen», behauptete Hanne. «Nicht wahr, Schatz?»

Mir hatte Olli noch nichts von seiner Freude erzählt, aber er nickte pflichtschuldigst.

«Du musst ja nicht lange bleiben, Konrad», arbeitete sie sich weiter vor in Richtung Sushi, das man ja mal probiert haben musste. Und danach eine garantiert störungsfreie Nacht zu haben, wäre auch nicht zu verachten. «Ich bin wohl so gegen elf wieder hier. Dann könnte ich mich noch für ein halbes Stündchen in die Badewanne legen und lesen. Esther hat mir ein Buch geliehen, soll umwerfend sein, seitenweise zwischen fünf und sieben.»

Zwischen fünf und sieben lag sechs, in dem Fall mit x geschrieben; wie sollte man es sonst ausdrücken, wenn ein Fünfjähriger in Hörweite ist? Hanne lächelte mich an. «Dann wäre ich genau in der richtigen Stimmung, wenn du nach Hause kommst. Morgen können wir ausschlafen.»

«Jetzt hast du mich überredet», sagte ich.

Um halb acht brachte sie Olli zu meinen Eltern, holte Esther ab und fuhr mit ihr nach Köln. Um acht verließ ich die Wohnung, große Lust hatte ich immer noch nicht. Den Wagen ließ ich stehen, um mir ein paar Bierchen leisten zu können. Ich schlenderte ganz gemütlich – mitten hinein ins Verderben.

Zweiter Teil

# Noch einmal zum Abschied

Gegen halb neun betrat ich den Saal der Gaststätte und war fast schon der Letzte. Die Tische waren u-förmig aneinander gestellt und eingedeckt. Aber man stand noch in Grüppchen beisammen. Von den Frauen erkannte ich einige auf Anhieb wieder. Bei anderen brauchte ich zuerst den Mädchennamen. Brigitte Talber, die nun Berger hieß, hatte ich zierlich in Erinnerung und sah mich einer fülligen Matrone gegenüber. Bei den Männern war es nicht viel anders. Nur nennt man Bauch und Doppelkinn da eine stattliche Figur.

Und immer wieder das Schulterklopfen. «Konrad Metzner. Mensch, Konni. Du hast dich ja überhaupt nicht verändert.»

Ich kam mir ziemlich blöd vor, der Oberprimaner im Kreise der Manager und Macher. Jeder, der Kerpen nach dem Abitur verlassen hatte, war in der Ferne etwas Bedeutsames geworden und wurde nicht müde, seine Wichtigkeit zu offenbaren. Einer leitete ein Kernkraftwerk, behauptete er jedenfalls. Ein anderer nannte sich Radiologe. Und Peter Bergmann wisperte mir zu: «Das klingt nach Röntgenarzt, aber er repariert die Dinger nur, weiß ich von seiner Mutter.» Ein Dritter trainierte Wirtschaftsbosse und Politiker für öffentliche Auftritte. Ein Vierter bildete Sicherheitsfachleute aus und schwärmte von seinem Hobby, er sammelte Oldtimer. Angereist war er in einem älteren Kleinwagen, weil man so kostbare Stücke wie einen vierzigjährigen Mercedes oder einen Bugatti nicht den Risiken der Autobahn aussetzte.

Schweinchen Dick zu übersehen war einfacher, als ich mir das vorgestellt hatte, obwohl Willibald Müller sich mächtig in Szene setzte. Er beförderte sich kurzerhand zum Amtsleiter. Und Peter fragte: «Sollen wir uns nicht auch befördern, Konni? Du zum Kriminal- und ich zum Bankdirektor.»

Peter hielt sich an meiner Seite, er freute sich wirklich, dass ich mich über den ausdrücklichen Willen meines Hausdrachens, so bezeichnete er meine Mutter, hinweggesetzt hatte. «Sonst hätte ich hier allein als kleines Würstchen gesessen.»

Wir setzten uns an ein Ende der Tafel. Aus einem unerfindlichen Grund blieben die Plätze in unserer unmittelbaren Nähe frei. Nachdem auch alle anderen endlich Platz genommen hatten, ging ein großformatiges Foto wie ein böses Omen von Hand zu Hand.

Unser Jahrgang bei der Abiturfeier. Ich ganz hinten mit so tief gesenktem Kopf, dass man fast nichts von mir sah. Maren in der ersten Reihe, eine überirdische Erscheinung mit dieser wallenden, fast weißen Mähne. Sie trug ein schulterfreies rotes Kleid, sah schlicht aus, war es aber nicht. Das wusste ich noch genau. Das Oberteil war so eng, dass man auf den Atemzug wartete, der es sprengen musste. Und der Rock war geschlitzt fast bis zum Ende des Oberschenkels.

Von dem Foto lächelte sie mich an – ungefähr so wie Hanne, als sie von Esthers Buch erzählt hatte. Und ich wusste auch noch genau, dass Maren mir damals, als das Gruppenfoto geschossen war und die Horde sich auflöste, einen langen Blick zugeworfen hatte, in den man alles Mögliche und Unmögliche hineininterpretieren konnte. Ihre Stimme klang mir noch im Ohr: «Hast du einen Moment Zeit für mich, Konni? Ich möchte dir etwas zeigen.»

Dann ging sie zu den Toiletten. Ich natürlich hinterher. Im Mädchenklo streifte Maren das Oberteil ab, schob den geschlitzten Rock auseinander, Unterwäsche trug sie nicht. Und mit einem Gesicht wie aus Eis gemeißelt erklärte sie: «Schau dir das alles noch einmal gut an, Konni. Das sind Dinge, die du nie wieder anfassen wirst.»

Nun, ich hatte die Dinge danach nochmal angefasst, sogar häufig und über einen längeren Zeitraum. Aber um welchen Preis? Im Geist sah ich sie auf dem Bett im Hotelzimmer liegen, die Zigarette in der Hand, den gelangweilten Blick zur

Decke gerichtet. «Du musst das verstehen, Konni. Ich passe einfach nicht mehr hierher. Und wir beide ...»

Sie richtete sich auf, stützte den Oberkörper mit einem Ellbogen auf dem Laken ab und lachte leise. «Ich bin verrückt nach dir, Konni. Aber ich liebe dich nicht, tut mir Leid.»

Und dafür hatte ich meine Ehe mit Karola riskiert und verloren, nicht unbedingt eine übermäßig glückliche Ehe, durchschnittlich, provinzmäßig, Gott sei dank kinderlos. Nun sah die Sache anders aus. Hanne war keine Traumfrau, aber auch kein Durchschnitt, in keiner Weise provinzmäßig. Und nicht nur verglichen mit denen, die sich um die Tafel im Saal verteilten, war sie ein Goldstück.

Eine aufgeschlossene, selbstbewusste, selbständige, mitfühlende Frau Ende zwanzig, keine ausgesprochene Schönheit, aber hübsch, offen und ehrlich. Ein schmales Gesicht, das nur zu besonderen Anlässen mit ein wenig Wimperntusche und etwas Rouge in Berührung kam. Das dunkle Haar pflegeleicht kurz, frühmorgens immer in einem verschlissenen Bademantel, den sie um keinen Preis der Welt gegen einen neuen eintauschen wollte, immer in Eile und seit Olivers Geburt ständig gegen ein Speckröllchen am Bauch kämpfend, das jedem Diätversuch trotzte. Aber Hanne hielt auch keine Diät länger als zwei Stunden durch.

«Ich esse heute Abend nur einen Salat.» Tat sie auch, und um halb zehn fragte sie dann: «Hast du Lust auf ein Eis, Konrad? Ich hab ganz kleine für Oliver mitgebracht, und ich könnte jetzt noch was essen.»

Ich stellte mir vor, wie sie um elf nach Hause käme, sich in die Badewanne legte und in Esthers Buch schmökerte, seitenweise zwischen fünf und sieben. Als ob wir das gebraucht hätten. Gut, es war mit einem kleinen Kind im Nebenzimmer nicht immer so, wie man sich das vorher ausgemalt hatte. Da konnte es schon passieren, dass Olli plötzlich in der Tür stand und sich erkundigte: «Was macht ihr da?» Und wenn wir sicherheitshalber den Schlüssel umgedreht hatten: «Warum habt ihr euch eingeschlossen? Lasst mich mal rein, ich will gucken, was ihr macht.» Ehe man ihn dann wieder schlafend im Bett hatte, war die Lust meist beim Teufel. Aber trotzdem hatten wir, wie man so schön sagt, ein sehr erfülltes Sexualleben. Nach dem Essen wollte ich heimgehen.

Es gab gutbürgerliche Küche. Überall begannen die Unterhaltungen im kleinen Kreis. Ein paar von den Frauen versuchten, ihre ehemaligen Mitschüler zu übertrumpfen mit den Berufen ihrer Männer. Es gab einen Generaldirektor bei den Sowieso-Werken. Brigitte Berger hatte ihre beiden süßen Kinder nicht etwa von einem simplen Allgemeinmediziner bekommen. Ihr Mann war Professor für Nuklearmedizin. Sie hatten in Potsdam eine Villa.

Peter amüsierte sich ebenso wie ich über die Angeberei und mehr noch über den dicken Müller. Porky unterhielt seine Sitznachbarn zwischen den Häppchen, die er in sich hineinschaufelte, mit der Beschreibung eines komfortablen Wohnmobils, das er sich kürzlich zugelegt haben wollte. Wasserreservoir, luxuriöses Bad, Einbauküche, es war alles da.

«Davon träumt er», erzählte Peter. «Das Schlitzohr hat einem Arbeitslosen einen umgebauten alten VW-Bus abgeschwatzt. Die Kiste hat einen Wassertank auf dem Dach. Da braucht er nicht lange in der Sonne zu stehen, um Durchfall zu bekommen. Aber ein Campingklo ist auch drin und ein Spiritusbrenner und eine Luftmatratze natürlich. Damit hat sich der Komfort. Letzte Woche hat er mir sein Wohnmobil vorgeführt. Jetzt plant er eine Abenteuerreise quer durch die Bickelsteiner Heide. Da soll es herrliche Sonnenuntergänge geben. Er sucht nur noch was Schnuckeliges zum Mitreisen.»

«Er soll lieber ein paar Pornohefte mitnehmen», sagte ich. «Die brauchen nicht so viel Platz. Und damit kann er sich zur Not sogar den Hintern abwischen.»

Peter grinste. «Auf den Vorschlag hätte ich mal kommen

sollen. Jetzt ist es zu spät. Er hat eine Anzeige in die *Werbepost* gesetzt, hat er mir auch gezeigt. Ich hab mich gekringelt, als ich es las. Romantischer Schmusebär sucht Wildkatze. Da mag tatsächlich eine anbeißen. Schmusebären wollen sie heute ja alle. Die Sonnenuntergänge wird er trotzdem alleine bewundern müssen. Wenn er drin liegt, ist die Kiste proppenvoll.»

Wir waren bereits beim Dessert, als Peter mir plötzlich auf den Oberschenkel schlug. «Das hätte ich jetzt vor lauter Schmusebär beinahe vergessen. Dreimal darfst du raten, welche Wildkatze ihn kurz vor sieben noch angerufen hat.»

Ich musste nicht raten. Ihr Name zog sich mit dem abfälligen Grinsen quer über sein Gesicht. «Angeblich hat ihr Mann hier zu tun. Jetzt will sie vielleicht doch mal kurz reinschauen.»

Ich war ganz ruhig in dem Moment, absolut ruhig, wirklich. Wie ein Soldat, wenn es nach Wochen der Kriegstreiberei endlich in die Schlacht geht. Man weiß, es wird Verluste geben, auch in den eigenen Reihen. Vielleicht fällt man selbst schon im ersten Gefecht. Aber nur vielleicht, man kann ja auch in Deckung bleiben. Und man darf sich nicht feige verkrümeln, sonst kommt man vors Kriegsgericht. In meinem Fall hätten sich wohl nur ein paar der Anwesenden die Mäuler zerrissen. Ich hätte gehen können nach dem Essen, wie ich es vorgehabt hatte, aber ich tat es nicht. Ich konnte eben nicht. Ich musste wissen, wie sie aussah, ob sie sich sehr verändert hatte in den letzten neun Jahren, vielleicht in die Breite gegangen war wie Brigitte. Ob ich sie jetzt abstoßend fand.

Die Zeit bis zu ihrem Eintreffen nutzte ausgerechnet Porky für eine eindringliche Mahnung unter Freunden. Er kam zu uns ans Ende der Tafel, um meine Verluste in Grenzen zu halten. «Tu dir selbst einen großen Gefallen, Konrad. Kein Wort über Hanne. Sie ist so eine nette Frau, du willst sie doch sicher behalten.» Das sagte Müller natürlich nicht, weil er nicht genau wusste, ob wir immer noch zusammen waren. Das wusste niemand im Saal, höchstens Brigitte, die es möglicherweise von ihrer Mutter gehört hatte.

Der gute Willibald war zwar, nachdem ich ihn aus unserer Wohnung geworfen hatte, einige Male in der Arztpraxis aufgetaucht, um sich von Hanne den Blutdruck oder sonst was messen zu lassen und zu erfahren, ob die junge Mutter inzwischen mit ihrem Kind alleine war. Von Hanne hatte er jedoch keine Auskunft erhalten und von ihrem Chef nur einen Diätplan. Danach hatte er es vorgezogen, wieder zu seinem Hausarzt zu gehen.

Das Gespräch war ihm ziemlich peinlich, musste er doch einräumen, dass er es mit der Wahrheit nicht immer so genau nahm. Von ihm wusste Maren nämlich nur, dass ich vor neun Jahren in einem schmutzigen Ehekrieg zerbrochen war und seitdem wie ein Einsiedler bei meinen Eltern hauste.

«Jedes Mal, wenn sie anruft, fragt sie, wie es dir geht und was du so machst», erzählte Porky und geriet ins Stammeln. «Woher soll ich das denn wissen? Ich meine, beruflich hab ich ja nichts mit dir zu tun. Und privat, ich dachte, was geht es sie an, dass du ein Kind mit Frau Neubauer hast? Und nun, wo sie selbst verheiratet ist, man muss ja nicht unnötigen Ärger heraufbeschwören.»

Peter lauschte aufmerksam. Von meiner Scheidung wusste er wohl, hatte das Desaster auf meinem Konto miterlebt. Aber wie ich aus den Miesen wieder rausgekommen und welchen Trost ich gefunden hatte, hörte er zum ersten Mal, und er hätte gerne mehr darüber erfahren. Er war nämlich Patient von Hannes Chef und kannte sie gut.

«Das glaub ich jetzt aber nicht», warf er mit fassungslosem Unterton dazwischen. «Hanne Neubauer und du? Hat aber nicht lange gehalten, was?» Die Antwort gab er sich selbst, meine Mutter hatte ihm schließlich am Freitag den besten Beweis geliefert, dass sie kein weibliches Wesen in meiner Nähe duldete. Und eine tüchtige Person wie Hanne Neubauer ließ sich so etwas seiner Meinung nach nicht bieten.

Porky sah sich nach Peters Erguss in seiner Einschätzung meiner persönlichen Verhältnisse bestätigt und brachte seine Mahnung zum Abschluss mit der Versicherung: «Ich garantiere dir, Konrad, als freier Mann bist du für Maren uninteressant.»

«Da sprichst du aus eigener Erfahrung, was?», fragte Peter.

«Ich meine es nur gut», hielt Porky dagegen.

Und ich sagte: «Danke, Willibald, du hast völlig Recht. Wenn man Ärger vermeiden kann, sollte man das tun.»

Sie kam kurz nach zehn – nicht gar so aufreizend wie vor neun Jahren, als sie nach der Beerdigung ihrer Mutter in einem schwarzen Badeanzug – sie trug ja Trauer – im Hallenbad aufgekreuzt war. Nun trug sie ein dezentes dunkelblaues Kostüm, der Rock endete direkt über den Knien. Die unverändert weißblonde Mähne war auf Schulterlänge gestutzt und schlicht gescheitelt. Ihr Make-up war so perfekt wie ihr Nagellack.

Ich saß mit dem Rücken zur Tür und sah sie nicht hereinkommen. Aber ich sah das Gesicht von Porky, dem plötzlich die Lider zu flattern begannen und der Unterkiefer herunterklappte. Sogar seine Tränensäcke gerieten in Bewegung. So schnell das bei seiner Masse möglich war, sprang er vom Stuhl auf, wabbelte um die Tische herum zur Tür und streckte beide Arme aus, als sei ihr Erscheinen allein sein Verdienst.

Einige Augenpaare richteten sich auf mich. Irgendeiner pfiff und versuchte krampfhaft den Ton einer Blockflöte zu treffen. Peter nahm sein Glas und erhob sich.

«Setz dich wieder hin», zischte ich.

Er zog erstaunt die Augenbrauen hoch. «Soll ich nicht ...»

«Nein», unterbrach ich ihn.

«Aber ihr habt euch doch sicher eine Menge zu erzählen»,

meinte er. «Ich schätze, du willst zumindest wissen, mit welchem Satansbraten sie das Bett teilt.»

«Nein», sagte ich noch einmal.

Peter ließ sich mit einem Achselzucken zurück auf den Stuhl sinken. Maren klopfte Porky kameradschaftlich auf die gut gepolsterte Schulter und strahlte ihn an. «Willibald, noch ganz der Alte.» Dann schritt sie die Tafel ab. Sie schritt tatsächlich, mit achtzehn die Prinzessin der Oberstufe, mit achtunddreißig die Königin beim Klassentreffen. Gott im Himmel, sah sie gut aus, rank und schlank wie vor Jahren, Wespentaille, flacher Bauch und Fesseln wie eine preisgekrönte Stute. Mein gefallener Engel, meine Nixe, die in der Badewanne tauchen konnte, bis mir die Luft ausging. Warum fallen einem solche Details immer in unpassenden Momenten ein?

Länger als eine halbe Stunde war sie unterwegs rund um die Tische herum, lächelte, schüttelte Hände, stellte die üblichen Fragen und kommentierte die Antworten. Etliche Minuten lang unterhielt sie sich mit Brigitte, bekam Fotos der süßen Kinder, wahrscheinlich auch vom Professor für Nuklearmedizin und der Villa in Potsdam gezeigt und hielt Brigitte ihre rechte Hand hin, die Demonstration, dass sie ebenfalls gebunden war.

Da sie am anderen Schenkel der U-Form begonnen hatte, kamen Peter und ich zuletzt an die Reihe. Als sie endlich seinen Stuhl erreichte, lief bereits die Stereoanlage und einige tanzten auf der freien Fläche zwischen den Tischen. Sie schüttelte Peters Hand, bedankte sich für die Einladung und die Mühe, die er sich gemacht hatte. Er winkte ab, die Mühe bei ihr hatte sich ja der gute Willibald gemacht. Hätte der nicht Kontakt gehalten, hätte man sie gar nicht anschreiben können und so weiter.

Nachdem das gesagt war, bemerkte sie auch endlich, dass Peter nicht allein am Ende der Tafel saß. Aber mir reichte sie nicht die Hand zur Begrüßung, weil alle zu uns hinschauten.

«Hallo, Konni», sagte sie nur lässig und neutral, ihr Lächeln war ebenso.

«Hallo, Maren», sagte ich und betrachtete ihre rechte Hand. Einen Ehering trug sie nicht, stattdessen einen protzigen Klunker, der kitschig und billig aussah. Ein Rubin in Herzform, passte gar nicht zu ihr.

«Willst du dich setzen, Maren?», fragte Peter und zog den freien Stuhl an seiner Linken ein wenig vom Tisch ab.

Sie schüttelte den Kopf. «Ich habe den ganzen Nachmittag im Auto gesessen. Ein bisschen Bewegung wäre mir lieber. Tanzt du?» Sie lächelte ihn an, dass es einen Stein zurück in glutflüssige Lava verwandelt hätte.

Peter schüttelte den Kopf. «Lieber nicht, Willibald hat uns eben noch reihum gewarnt, wir könnten uns mächtigen Ärger mit deinem Mann einhandeln, wenn wir dir zu nahe kommen.»

Sie lachte amüsiert, schaute mich an. «Was ist mit dir, Konni? Traust du dich auch nicht?»

«Ich bin Ärger gewohnt», sagte ich und erhob mich.

Es war schließlich nichts dabei, wenn ich einmal mit ihr tanzte. Die Musik erlaubte ohnehin nicht mehr, als sich ein bisschen die Füße zu vertreten. Doch kaum hatte ich ihr den Arm um die Taille gelegt, hetzte irgendeiner zur Stereoanlage und brüllte dabei quer durch den Saal: «Achtung, Leute, es geht los. Wetten werden keine mehr angenommen.»

Gleich darauf erklang ein Tango. Damit hatten wir vor mehr als zwanzig Jahren die gesamte Oberstufe in Raserei versetzt. Unser Tango war einsame Spitze gewesen, um Längen schmutziger als das, was die jungen Leute in *Dirty Dancing* veranstaltet hatten. Das wollte ich nicht unbedingt wiederholen. Maren offenbar auch nicht. Sie blieb auf Distanz und signalisierte mit der Hand an meiner Schulter, dass sie von mir das Gleiche erwartete.

Ein paar Takte lang schwieg sie, dann erkundigte sie sich:

«Wie geht es dir denn nun wirklich? Von Willibald höre ich immer nur Dinge, die mir das Herz umdrehen müssten.»

«Gut», sagte ich. Und das bezog sich nicht auf die momentane Situation, wie ich die bezeichnen sollte, wusste ich noch nicht. Es war ein unwirkliches Gefühl, sie wieder im Arm zu halten. Ihr Parfüm kitzelte mich in der Nase, ihre Wärme spürte ich durchs Hemd. Mein Jackett hatte ich ausgezogen. Und sie trug unter der Kostümjacke ein Nichts aus weißer Spitze.

Noch ein paar Takte Schweigen, dann lachte sie leise. «Sei nicht so steif, Konni. Ich werde dich schon nicht beißen.»

Sie schien erwachsen geworden, reifer und zurückhaltender, keine Gefahr mehr für meinen Seelenfrieden. Nach drei Tänzen gingen wir zurück ans Tischende. Peter war mitsamt seinem Bierglas umgezogen. Maren setzte sich auf seinen Platz.

Dann saßen wir da wie abgeschnitten, beide auf Vorsicht bedacht. Sie trank hauptsächlich Kaffee. Ich blieb beim Bier. Beides drückte wohl gleichermaßen auf die Blase. Sie ging mehrfach aufs Klo, ich verkniff mir das – aus Furcht, sie könnte mir folgen. Sich nur keine Blöße geben und keinen Anlass für Spötteleien oder deftige Bemerkungen bieten.

Wir unterhielten uns in harmlosem Plauderton. Sie erzählte, wo sie die letzten neun Jahre verbracht hatte. In Florida sei sie nach ihrer Rückkehr nicht mehr lange geblieben. «Nur noch ein knappes Jahr, dann habe ich es nicht mehr ausgehalten. Wenn man genau hinschaut, sind die Amerikaner noch spießiger als die Deutschen. Aber vielleicht bin ich auch nur ein ruheloser Geist.»

Das war sie mit Sicherheit, viel in der Welt herumgekommen, bis runter nach Singapur – erzählte sie jedenfalls. «Ein halbes Jahr habe ich dort gelebt. Aber das weißt du bestimmt schon. Ich habe Willibald ja immer eine Karte geschickt, wenn ich meine Zelte abgebrochen und irgendwo neu aufgeschlagen hatte.»

«Wann sehe ich Willibald denn mal», sagte ich. «Nur wenn wir unsere Pornohefte tauschen.»

Sie lächelte spöttisch. «Armer Konni. Ich hatte fest einkalkuliert, dass du es schaffst, wenigstens deine Frau wieder zu versöhnen. Ich habe sie zwar nur einmal gesehen, aber ich fand, sie passte gut zu einem Spießbürger.»

«Eben», sagte ich. «Deshalb habe ich mich gar nicht um eine Versöhnung bemüht. Ich dachte, sie sollte sich besser so einen suchen. Mir gefiel die Rolle des einsamen Wolfs.»

«Und du hast nie den Versuch unternommen, etwas Neues zu finden?» Da schwang Ungläubigkeit mit. Ich meinte, auch einen lauernden Unterton zu hören. Vielleicht hatte Brigitte ihr eben schon etwas erzählt, was mit Müllers Version nicht in Einklang zu bringen war. Es war anzunehmen, dass meine Mutter beim Lidl auch ein paar Worte über ihre Enkelkinder verloren hatte. Den Auffahrunfall an der Kreuzung bei der Kirche hatte sie garantiert erwähnt.

«Wozu?», fragte ich. «Ich hab's bequem bei Mutter. Sie kocht gut und meckert nicht, wenn ich meine Socken oder die Bierflaschen vor dem Bett liegen lasse.»

Sie nickte versonnen und erzählte weiter von sich. Vor zwei Jahren sei sie in Hamburg gestrandet, habe sich als Immobilienmaklerin selbständig gemacht und vor gut einem Jahr ihren Mann kennen gelernt. Bei der Vermittlung einer hübschen Wohnung an der Außenalster habe es gefunkt.

«Und seit wann bist du verheiratet?», fragte ich.

Sie drehte mit verträumter Miene den Klunker an ihrem Finger. «Seit November. Aber ich muss es ja nicht aller Welt zeigen. Ich finde auch, so ein schlichter Ehering passt nicht zu mir.»

Dann begann sie zu schwärmen. Verliebt bis über beide Ohren, auf jeden Fall sehr beeindruckt von ihrem Mann. Er sei zwei Jahre jünger als sie, habe sich bei der Trauung für ihren Namen entschieden. Offenbar war er eine Stütze des Hamburger Nachtlebens. Ihren Worten zufolge gehörte ihm ein gut florierender Club.

Darunter konnte man sich einiges vorstellen: Ältere Herren in gedeckten Anzügen mit Zeitungen am Kamin ihre Drinks genießend. Oder Nackedeis auf Satinlaken Schampus schlürfend. Ich dachte an Letzteres, weil es mit den Gerüchten harmonierte, die damals über ihre Mutter in Umlauf gewesen waren. Zurück zu den Wurzeln. Der kitschige Klunker passte jedenfalls vortrefflich ins Rotlichtmilieu. Da stellte sich nur noch die Frage, was ein Hamburger Clubbesitzer zur Zeit in Kerpen tat. «Wollt ihr hier einen Puff aufmachen?», fragte ich.

Für zwei, drei Sekunden ging sie auf meinen Spott ein. «Keine schlechte Idee. Bedarf wäre sicher vorhanden. Ich kann das ja mal zur Sprache bringen, wenn mein Mann sich einen Überblick verschafft hat.» Schon bei den letzten Worten überzog ihre Stimme sich mit Trauerflor. «Momentan nimmt er mir noch den Papierkram nach dem Tod meines Vaters ab.»

Dass der alte Koska kürzlich gestorben sein sollte, hörte ich zum ersten Mal. So etwas sprach sich normalerweise sehr schnell herum, zumindest bis zu meiner Mutter. Aber dass die mich nicht gefragt hatte: «Weißt du schon, wer tot ist?», war nicht weiter verwunderlich. Vielleicht hätte ich Maren mein Beileid aussprechen müssen. Doch für mich war ihr Vater immer noch der skrupellose Unternehmer mit dem Gesicht einer Bulldogge, der kleine Leute wie Mücken an die Wand klatschte, wie geschaffen für ein Feindbild. Es erstaunte mich, zu hören, die Firma sei praktisch pleite.

«Ich weiß», seufzte sie. «Es ist kaum zu glauben. Aber es gibt wohl nichts daran zu rütteln. Mit Gebrauchtwagen war schon lange kein gutes Geschäft mehr zu machen. Um die Baubranche ist es noch schlimmer bestellt. Und Immobilien, da braucht es nur ein paar Mieter, die nicht zahlen. Los wird man sie nicht so leicht, wenn sie Kinder haben, schon gar nicht. Und wenn du bei Leerständen nicht sofort neu vermietest, setzt das

Sozialamt dir Asylbewerber rein. Dann dauert es kein halbes Jahr, bis alle soliden Mieter weg sind. Mit drei Objekten ist es ihm so ergangen. Das war sein Ende, nicht mehr Herr im eigenen Reich zu sein, hat er nicht verkraftet. Wir haben ihn in aller Stille beigesetzt.»

Zweiundneunzig war er geworden, ein biblisches Alter, fand ich, hörte noch so einen wehmütigen Seufzer. «Ich wäre vor neun Jahren besser geblieben. Er konnte sich ja schon zu der Zeit nicht mehr persönlich um alles kümmern. Und dieser Geschäftsführer», sie schüttelte frustriert den Kopf. «Der Mann hat eine sehr soziale Ader, aber keine Ellbogen. Nur dachte ich damals, ich wäre hier erstickt. Und jetzt ist es nicht mehr zu ändern. Mein Mann ist schon seit Anfang der Woche hier, um sich einen Überblick zu verschaffen. Ich wollte nicht auch noch das Wochenende ohne ihn verbringen und dachte, ich überrasche ihn. Aber er hat gar keine Zeit für mich.»

Danach wandte sie sich noch einmal meinem Leben zu. Da ich offenbar kein privates hatte, erkundigte sie sich nach dem Beruf. Dass ich immer noch bei der Polizei war, erstaunte sie offenbar sehr. «Aber du hattest doch gekündigt.»

«Das ließ sich leicht rückgängig machen», sagte ich. «Fähige Köpfe lässt man nicht gerne gehen. Und ich kann sehr gut ohne Frau leben, aber nicht ohne meinen Job.»

Nun lächelte sie. «Von dir eingenommen bist du gar nicht, du fähiger Kopf. Was klärst du denn jetzt auf?»

«Ich persönlich gar nichts mehr», antwortete ich. «Ich bin auf der Karriereleiter hochgestiegen und lasse nur noch aufklären.»

Damit war ihre Neugier anscheinend befriedigt. Fragen stellte sie jedenfalls keine mehr.

## Sonntag, 25. Mai

Kurz nach zwölf dachte ich einmal flüchtig an Hanne, fragte mich, ob sie noch mit Esthers Buch in der Wanne oder schon im Bett lag und auf mich wartete. Aber ich hatte nicht das Bedürfnis, heimzugehen. Gegen eins begann sich der Saal allmählich zu leeren. Die einzelnen Grüppchen rückten enger zusammen. Wir setzten uns zu Peter Bergmann, Schweinchen Dick und zwei Frauen ans Kopfende der Tafel. Es wurde richtig gemütlich. Ich kam auch endlich mal aufs Klo, als der gute Willibald Maren zu einem langsamen Walzer aufforderte. Länger hätte ich es auch nicht mehr ausgehalten.

In den Toiletten hätte ich dann beinahe lauthals gelacht über die Furcht, sie könne mich begleiten oder mir folgen. Da war wohl der Wunsch Vater des Gedankens. Sie war seit einem halben Jahr verheiratet, vermutlich mit einem Tarzan oder einem Gorilla, auf jeden Fall mit einem, der sie bestens bediente. Mich brauchte sie nicht mehr. Ob ich enttäuscht war? Nein, eigentlich nicht. Ich hatte ja auch alles, was ich brauchte, und wollte Hanne doch gar nicht betrügen.

Während meiner Abwesenheit erfuhr Maren dann doch noch, dass ich vor fünf Jahren Vater geworden war. Nicht von Brigitte, die war mit der ersten Gruppe aufgebrochen. Porky passte einen Moment nicht auf, schäkerte mit den beiden Frauen, und schon begann Peter auszuplaudern, was er selbst erst vor wenigen Stunden erfahren hatte. Stark angetrunken erzählte er von dieser tüchtigen Arzthelferin, die sich von einem Waschlappen einen Braten in die Röhre schieben ließ.

Als ich zurückkam, war Müller gerade aufmerksam geworden und meisterte die Lage brillant, haute mir sein Patschhändchen auf die Schulter und dröhnte: «Konrad, du alter Schwerenöter, was höre ich denn da? Du hast Nachwuchs? Was ist es denn geworden, Junge oder Mädchen?»

«Ein Junge», sagte ich.

Maren erkundigte sich, warum ich die Mutter meines Sohnes nicht geheiratet hätte.

«Sie wollte nicht», antwortete ich wahrheitsgemäß.

«Siehst du den Kleinen wenigstens mal?», fragte sie. «Oder will sie das auch nicht?»

«Ich sehe ihn sogar regelmäßig», sagte ich, zog das neueste Foto von Olli aus der Brieftasche und fügte hinzu: «Sie schickt mir jeden Monat eins, dafür zahle ich mehr als den üblichen Satz.»

Das musste so klingen, als würde ich meinen Sohn nur von Fotos kennen. Maren betrachtete ihn mit einem Anflug von Rührung und stellte fest: «Er sieht aus wie du.»

«Kannst du doch gar nicht beurteilen», lallte Peter. «Als Konni so alt war, wusste er noch nicht, dass es zwei Sorten Menschen gibt. Da war er noch ein echt guter Freund.» Er wandte sich mir zu. «Weißt du noch, wir beide und Mickymaus. Und du hattest ein Bildchen von Uwe Seeler, das gab es nirgendwo mehr. Und du hast es mir geschenkt, hab ich dir hoch angerechnet.»

«Das war zwei Jahre später», sagte ich.

«Ist doch egal», meinte Peter. «Wir hatten jedenfalls mit Weibern noch nichts am Hut. Die kannst du alle in einen Sack stecken, wenn du draufhaust, triffst du immer die Richtige. Ich hab auch so einen Drachen zu Hause. Was meinst du, was die mir erzählt, wenn ich gleich zur Tür reinkomme?»

Als das nächste Grüppchen sich verabschiedete, warf Maren einen Blick auf ihre Armbanduhr und meinte: «Für mich wird es auch Zeit. Mein Mann will morgen früh zurück nach Hamburg. Da sollte ich zusehen, dass ich noch etwas Schlaf bekomme.»

Sie schüttelte reihum die übrig gebliebenen Hände, verlor die üblichen Floskeln. War ein netter Abend, sollten wir in drei, vier oder fünf Jahren wiederholen. Mir empfahl sie zum Abschied: «Mach's gut, Konni.»

«Mach's besser», sagte ich.

Als sie zur Tür ging, fühlte ich mich ganz leicht und frei. Der Soldat nach einer gewonnenen Schlacht. Und er saß noch aufrecht, war unverwundet, konnte heimgehen und seine Lieben in die Arme schließen. Ich blieb noch eine Weile, um nicht doch noch Anlass für Gerede zu bieten und Peter zu versöhnen. Aber er war nicht mehr aufnahmefähig, verstand nur, dass Hanne drei Straßen von meinen Eltern entfernt lebte und mit meiner Mutter sehr gut auskam.

«Weiber», lallte er, «die machen immer gemeinsame Sache, tun meine auch. Ich trink mal ein Bier, eins, verstehst du? Dann hab ich drei von den Biestern im Nacken. Die gönnen mir nicht die kleinste Freude. Da kannst du nichts machen.»

Dann erzählte er mir das Drama seiner Ehe. Frau, Mutter und Schwiegermutter steckten alle unter einer Decke und machten ihm das Leben sauer. Zu allem Überfluss hatte er auch noch zwei Töchter. Noch waren sie klein, aber nicht mehr lange, dann wären es fünf, die ihm das letzte Hemd auszögen.

Als ich den Saal verließ, war es zwei Uhr vorbei und ich überzeugt, Maren läge längst auf, unter oder neben ihrem Mann. Es regnete, ich ging zügig zur Kreuzung bei der Kirche, wechselte am Fußgängerüberweg auf die andere Straßenseite und dachte unwillkürlich an den Unfall, den Olli hier verursacht hatte, der für ihn glücklicherweise so glimpflich abgegangen war. Hätte ja auch ganz anders kommen können. Durfte man sich nicht vorstellen. Peters bierselige Schilderung hatte mir sehr deutlich vor Augen geführt, wie viel Glück ich hatte.

Dem einsamen roten VW Golf auf dem Parkstreifen vor dem alteingesessenen Fachgeschäft für Damen- und Kinderkleidung schenkte ich keine Beachtung. Ich hörte wohl, dass der Motor gestartet wurde, kümmerte mich aber nicht darum – bis der Golf quer über die Straße kam und dicht vor mir anhielt. Es war ein älteres, vergammeltes Modell mit Schrammen und einer Delle in der Fahrertür und dem HH für Hamburg im

Kennzeichen. Etwa die Preisklasse, die der alte Koska zu seinen Lebzeiten vertrieben hatte. Das nahm dem roten Klunker an ihrer Hand jedes Gewicht in Karat und strafte die Prahlereien vom florierenden Club ihres Mannes Lügen.

Sie hatte wohl nur sichergehen wollen, dass ich allein auf dem Heimweg war, kurbelte die Seitenscheibe herunter. «Kann ich dich ein Stück mitnehmen, Konni?»

Ich schüttelte den Kopf und war in dem Moment sehr stolz auf mich. «Die frische Luft tut mir gut.»

Sie lachte. «Vor wem hast du Angst, vor dir oder vor mir? Jetzt sei nicht albern, Konni. Du hast es stundenlang ausgehalten, ohne mir die Kleider vom Leib zu reißen. Zwei Minuten schaffst du auch noch, oder willst du völlig durchnässt zu Hause ankommen? Zier dich nicht, steig ein.»

Also stieg ich ein, und sie fuhr los. Die Richtung stimmte. Sie brauchte nicht mal zwei Minuten bis zu dem alten Wohnblock, in dem meine Eltern lebten. Am Straßenrand hielt sie an, ließ den Motor laufen, lächelte wieder spöttisch: «Siehst du, die Hose ist noch zu. Mami wäre stolz auf dich. Wirst du ihr erzählen, dass du zu dem Schmuddelkind ins Auto gestiegen bist?»

Ihr darauf zu antworten hielt ich für überflüssig, wollte aussteigen, da legte sie mir eine Hand auf den Arm und sagte in ernstem Ton: «Moment noch, Konni. Ich weiß, ich bin ein garstiges Weib. Aber die Sache mit deiner Scheidung tut mir wirklich Leid. Ich wollte es nicht auf die Spitze treiben. Zuerst wollte ich dich nur noch einmal schnuppern lassen, deine Erinnerung auffrischen und dir dann einen Tritt geben, so wie du mir einen verpasst hattest. Aber nachdem wir einmal angefangen hatten, kam ich so schnell nicht von dir los. Ich habe mir die Sache nicht leicht gemacht. Ich habe ernsthaft überlegt, ob ich bei dir bleiben ...»

«Ich habe dir nie einen Tritt verpasst», unterbrach ich sie. «Ich war nach der Sache in der Sporthalle durchaus bereit, mich heimlich mit dir zu treffen. Nur nicht unbedingt nach dem Hochamt vor der Kirche, wie es dir vorschwebte.»

Im Schein einer Straßenlampe sah ich, dass sie mit den Achseln zuckte. «Vergessen wir das. Ich war ein dummes Ding damals, und dumme Dinger denken nicht über den nächsten Tag hinaus. Ich wollte eben aller Welt zeigen, dass du zu mir gehörst.»

Ich sah, wie sie den Blick senkte, fühlte förmlich, wie ihre Augen von meinem Gesicht über den Hals nach unten wanderten. «Vielleicht war es nur diese verfluchte Sprossenwand. Ein irres Gefühl war das. Und mittendrin war es vorbei. Es war das erste Mal, dass ich bei dir nicht auf meine Kosten kam. Ich fand, du warst mir noch etwas schuldig.»

«Na, dann habe ich meine Schulden vor neun Jahren ja doppelt und dreifach bezahlt», sagte ich. Es klang nicht halb so lässig, wie ich es mir gewünscht hätte. Ich hatte Herzklopfen und wusste nicht genau, ob aus Furcht oder Verlangen. Völlig resistent geworden war ich jedenfalls nicht in den letzten Jahren. Der Motor lief noch. Ihr Blick strich über die Gürtelschnalle meiner Hose und erreichte den Stoff darunter. Ich fühlte ihn wie eine Hand.

«Ich habe mir so eine Wand ins Schlafzimmer setzen lassen», sagte sie. «Aber Rex hat nicht dein Standvermögen. Und er würde mich lynchen, wenn er wüsste, dass ich hier mir dir über alte Zeiten plaudere.» Ihr Blick hatte sich regelrecht festgesaugt.

«Dann lass es doch», sagte ich. «Zwingt dich ja niemand.»

Sie seufzte vernehmlich. «Wenn das so einfach wäre, Konni. Was ich mit dir hatte, habe ich bei keinem anderen gefunden. Mich juckt es schon seit Stunden in den Fingern. Und nicht nur dort. Hältst du immer noch so lange durch? Wahrscheinlich nicht. Du musst ja völlig aus der Übung sein.»

Ich wollte irgendetwas Läppisches erwidern, aber mir fiel nichts ein. Ich wollte aussteigen, drei Straßen weitergehen, zu

Hanne ins Bett kriechen, hoffen, dass sie aufwachte und genug über Sex gelesen hatte, um in der richtigen Stimmung zu sein. Ich wollte Hannes gepressten Atem hören, ihre Haut riechen und wissen, dass ich alles hatte, was ich brauchte.

Da sagte Maren: «Noch einmal zum Abschied, Konni. Jetzt bin ich dir etwas schuldig. Du findest schon wieder eine, der du es regelmäßig besorgen kannst. Du musst nur anfangen zu suchen. Das tust du bestimmt, wenn ich dich wieder auf den Geschmack bringe.» Und bevor ich darauf reagieren konnte, gab sie Gas.

Sie fuhr nicht weit, hielt wenig später mitten auf dem Parkplatz beim Rathaus. Links von uns lag eine Häuserzeile, auf der Straße fuhr ein Auto vorbei. Maren löschte die Scheinwerfer, stellte den Motor ab, kroch über Schaltknüppel und Handbremse zu mir herüber und rutschte in den Fußraum.

«Bist du wahnsinnig?», protestierte ich. «Mitten in der Stadt ...»

Das war nun wirklich nicht das richtige Argument, ihr klar zu machen, dass ich eigentlich nicht wollte. Aber was heißt eigentlich?

Sie legte mir eine Hand auf den Mund. «Kehr nicht wieder den Spießer hervor, Konni. Niemand wird uns stören.»

Es ging auf fünf zu und wurde schon hell, als ich wieder auf der Straße vor dem alten Wohnblock stand und dem Golf hinterherschaute. Unwillkürlich warf ich einen Blick zu den Fenstern im zweiten Stock hinauf. Aber dahinter schliefen wohl noch alle. Auch Olli. Vor ein paar Monaten hatte er mir von einem Spielgefährten aus dem Kindergarten erzählt. «Der Tobias darf seinen Papa jetzt überhaupt nicht mehr immer sehen, nur sonntags, dann fahren sie in den Zoo oder essen Eis. Seine Mutter lässt sich nämlich scheiden. So was macht ihr aber nie, oder?»

Hanne hatte ihm erklärt, dass wir uns gar nicht scheiden

lassen konnten, weil wir nicht verheiratet waren. Das hatte ihn beruhigt. Mich beruhigte es nicht, ich war doch nur ein Dauergast, dem man jederzeit den Koffer vor die Tür stellen konnte. So etwas fällt einem immer erst dann wieder ein, wenn das Kind in den Brunnen gefallen ist.

Das Bier war keine Entschuldigung. Ich wusste nicht genau, wie viel ich getrunken hatte, zehn oder zwölf Gläser. Aber ich hatte nicht deswegen so lange durchgehalten. Maren wusste eben, wie man die Erregung hochpeitschte und im entscheidenden Moment abflachen ließ, um sie beim nächsten Ansteigen noch etwas höher zu treiben. Maren kannte etliche Tricks, die Hanne nicht kannte. M. K. und K. M. hatten wir früher auf die Türen im Mädchenklo geschrieben. Jetzt fühlte es sich so an, als hätte ich das M. K. mit den Zähnen eingraviert bekommen. Eine Flöte mit Monogramm.

Ich ging langsam heim, fühlte mich so dreckig, hundeelend, ausgepumpt wie eine Waschmaschine nach dem letzten Schleudergang. So ist das, wenn vom Rausch nur noch der schale Nachgeschmack bleibt. Ich hätte alle Zeit der Welt gehabt, auszusteigen – schon beim ersten Halt und beim zweiten ganz bestimmt. Ich hätte sagen können: «Schlag dir das aus dem Kopf», oder: «Fahr zu deinem Mann.» Ich hätte sie auch auslachen können: «Gib dir keine Mühe. Porky hat dich aufgezogen, ich wollte ihm den Spaß nicht verderben. Ich bin nicht solo, und mit meiner Frau kannst du nicht mehr konkurrieren. Sie ist zehn Jahre jünger als du.»

Ich bin sicher, diese Sprache hätte sie verstanden. Aber gesagt habe ich nichts davon. Nun hockte mir das schlechte Gewissen wie ein ekelhafter Gnom im Hinterkopf, bearbeitete den Schädelknochen mit einem kleinen Hämmerchen und schrie dabei unentwegt: «Wie konntest du nur, du Idiot? Und auch noch so lange? Wenn Hanne nun in den nächsten Tagen von irgendwem hört, dass Maren doch da war und um welche Zeit du den Saal verlassen hast? Diesmal steht entschieden mehr auf dem Spiel als damals. Und das riskierst du für einmal zum Abschied.»

Zu Hause angekommen, ging ich ins Bad, duschte lange und viel zu heiß, wusch mir sogar die Haare, putzte mir gründlich die Zähne und gurgelte minutenlang mit einem scharfen Mundwasser. Aber ich wurde Marens Geschmack nicht los.

Im Schlafzimmer war der Rollladen unten, es war stockdunkel, als ich hereinkam. Hanne schlief, erwachte jedoch, als ich unter meine Decke kroch. «Wie spät ist es?», murmelte sie träge.

Ich hätte sie vielleicht belügen können, aber wenn sie zum Wecker blinzelte? «Halb sechs», sagte ich wahrheitsgemäß. «Ich hoffe, du hast nicht die halbe Nacht auf mich gewartet.»

«Nur bis eins», nuschelte sie ins Kissen. «Ich bin selbst erst nach zwölf heimgekommen. Wie war es denn?»

«Ganz nett», murmelte ich und drehte mich auf die Seite, mit dem Rücken zu ihr. In meinem Schädel pochte es nicht mehr, es knisterte nur noch. Als ich die Augen schloss, tauchte aus dem Nichts Marens Kopf über meinem Schoß auf. Und meine Hände, beide in ihre weißblonde Mähne verkrallt. Und statt sie an den Haaren wegzureißen, hatte ich sie runtergedrückt.

Wie ich es schaffte, Hanne an dem Sonntag ins Gesicht zu schauen, weiß ich nicht mehr. Sie war wohl schon um neun auf den Beinen und holte Oliver bei meinen Eltern ab. Mich ließ sie bis weit nach Mittag schlafen, dann brachte sie mir einen Kaffee ans Bett. Olli folgte dichtauf, das *Land vor unserer Zeit* unter den rechten Arm geklemmt.

«Stehst du heute gar nicht auf, Papa? Guck mal, ich hab ein Zeichen reingelegt, damit du weißt, wie weit Oma gestern gekommen ist. Sie hat mir ganz lange vorgelesen.» Damit saß er auch schon neben mir, schlug seinen Schatz auf. «Guck, hier kannst du weiterlesen.»

«Später», sagte ich. «Lass mich erst mal richtig wach werden.»

Hanne bemerkte sehr wohl, dass etwas nicht stimmte. «Du bist ziemlich verkatert», meinte sie und ließ es dabei bewenden. Ob sie zu dem Zeitpunkt schon einen Verdacht hatte, weiß ich nicht.

Am frühen Nachmittag machte sie mir eine Rindfleischsuppe aus der Tüte, kippte tüchtig Suppenwürze hinein, weil ich keinen Appetit hatte, aber ihrer Meinung nach etwas Salziges gegen den Kater brauchte. Nur dass gegen meinen Kater keine salzige Brühe half.

Den Rest des Tages verbrachte sie mit Esthers Buch in einem Sessel. Ich saß mit einer Flasche Mineralwasser, Olli und seinem Buch auf der Couch. Und selbst das erinnerte an die Nacht, weil Maren ihren Mann Rex genannt hatte. Olli drückte seinen Kopf unter meine Achsel und beide Knie in meine Seite. Ich las vor bis zu der Stelle, wo Scharfzahn bei einem fürchterlichen Erdbeben in eine Schlucht stürzte.

«Aber der Rex ist nicht tot, Papa. Er kommt wieder und will Littlefoot und Cera fressen. Und alle anderen auch. Der Rex ist viel schlimmer als die Rocker. Was meinst du, wie das blutet, wenn der beißt? Dann ist aber der ganze Arm ab.»

Über den abgebissenen Arm kam er im Eifer des Gefechts noch einmal auf Ella Godbergs gebrochenen Arm und den tatsächlichen Ablauf des Geschehens. Hanne ließ ein auffordernderes «Konrad» hören. Aber wie hätte ich ihm den Mund verbieten können, nachdem ich ihn am vergangenen Vormittag dazu ermuntert hatte, den vermeintlichen Rockerüberfall noch einmal ausführlich zu schildern, und auch überzeugt war, dass er – zumindest aus seiner Sicht – die Wahrheit sagte?

Doch kaum hatte ich eine Andeutung in die Richtung gemacht, erklärte Hanne: «Ja, wenn das so ist, kann er morgen nicht bei Sven spielen.»

«Aber ich muss ihm doch den Rex zeigen», protestierte Olli. «Und sein Papa hat gesagt, ich darf morgen kommen.»

«Daraus wird leider nichts.» Hanne zeigte sich gnadenlos.

«Ich kann dich doch nicht irgendwo spielen lassen, wo Rocker ein- und ausgehen und Frauen die Arme brechen. Das ist zu gefährlich.»

«Nein», jammerte Olli. «Die kommen bestimmt nicht wieder. Die wollten Tante Ella doch gar nichts tun, frag Papa und Opa.»

Er schaute mich an, wartete auf eine Bestätigung und wohl auch darauf, dass ich ein gutes Wort für ihn einlegte.

«Das war eine familiäre Auseinandersetzung», sagte ich und kam mir so mies vor. Wer im Glashaus sitzt, sollte nicht mit Steinen werfen. «Alex hat mit außerhäuslichen Aktivitäten zwischen fünf und sieben Ellas Bruder gegen sich aufgebracht.»

Hanne runzelte kurz die Stirn, schüttelte dann energisch den Kopf. «Blödsinn! Alex käme nicht im Traum auf die Idee, sich etwas außer Haus zu suchen. Sie sind zusammen, seit sie fünfzehn waren. Er betet Ella an. Meinst du, er würde sie wie einen Christbaum behängen, wenn er nebenher etwas laufen hätte?»

«Vielleicht deshalb. Wiedergutmachung nennt man das», sagte ich und wünschte mir, ich hätte die Nacht gut machen können.

«Woher willst du das überhaupt wissen?», fragte Hanne.

«Von Jochen», sagte ich. «So haben sie es ihm erklärt.»

Hanne schüttelte erneut den Kopf, misstrauisch und verständnislos diesmal. «Und wieso hat Jochen danach gefragt? Schnüffelt ihr nach einem Einbruch immer in den persönlichen Verhältnissen der Betroffenen?»

«Es gab eine Aussage von den Nachbarn, das erst ein halbes Jahr alte Auto und einen Hammer betreffend. Der Sache musste Jochen nachgehen.»

Nun gab Hanne einen ungläubig klingenden Laut von sich. Olli konnte unserer Unterhaltung nicht mehr folgen, sah nur ein, dass er sich in die Klemme gebracht hatte, und versuchte, seinen Montagnachmittag mit einem Kompromiss zu retten. «Vielleicht hab ich meine Banane im Wohnzimmer liegen lassen.»

«Das ändert aber nichts daran, dass Tante Ella geschubst wurde, oder?», fragte Hanne ihn.

Er zog eine Schnute, heftete die Augen wieder auf mich. Sein Blick ging mir durch Mark und Bein. Nun hilf mir doch, Papa. Ich konnte ihm nicht helfen. Es war Hannes Entscheidung. Ich zog ihn nur ein wenig fester an mich.

Ihn hergeben zu müssen – darüber hatte ich noch nie ernsthaft nachgedacht. Wozu auch? Es war doch bisher alles in Ordnung gewesen. Nun dröhnten mir meine eigenen Worte aus der vergangenen Nacht in den Ohren. Nur noch ein Zahlvater, der Fotos geschickt bekam. Wenn Hanne mich hinauswarf, ich hätte nicht dasselbe Recht wie der Vater von Tobias, der seinen Kleinen immerhin noch sonntags in den Zoo fahren oder Eis mit ihm essen durfte. Ich hätte zu gehen und dürfte keine Ansprüche stellen.

Wir gingen früh zu Bett, Hanne mit merklichem Zögern. Sie war unsicher und wachsam. Vielleicht kannte sie mich einfach zu gut, entschieden besser jedenfalls als meine Exfrau. Karola hatte monatelang jede Geschichte geglaubt, die ich oder Jochen ihr aufgetischt hatte. Nur hatte ich Hanne bisher gar nichts aufgetischt, kein Wort über den netten Abend verloren. Vielleicht ein Fehler, aber ich hätte nicht irgendwas erfinden können.

Sie legte sich hin und zog sich gleich die Decke über die Schultern. Ich zog die Decke wieder fort und schaute sie an. Ich kannte jeden Zentimeter ihrer Haut, das kleine Muttermal unter ihrer linken Brust, die, auch wenn sie frisch rasiert waren, leicht stoppeligen Achselhöhlen, jeden einzelnen der inzwischen verblassten Dehnungsstreifen auf ihrem Leib, Überbleibsel der Schwangerschaft, Zeugnisse eines Wunders, das wir gemeinsam geschaffen hatten. Maren hatte kein Muttermal, keine Streifen, nur straffe, leicht gebräunte Haut und Achselhöhlen so glatt wie ihre Stirn. Keine Ahnung, wie sie das erreichte, bestimmt nicht mit einem Damenrasierer, wie Hanne ihn benutzte.

Sie folgte meinen Blicken aufmerksam. Auch als ich mich über sie beugte, schloss sie die Augen nicht. «Sie war doch da», stellte sie ruhig fest.

Ich nickte und sah, wie sie die Unterlippe einzog und darauf kaute. Sie sah so verletzlich aus in dem Moment. Zwei, drei Sekunden vergingen. Dann sagte sie: «Pech gehabt. Man sollte sich eben nicht auf das verlassen, was andere erzählen. Du wolltest nicht gehen, ich hab dich geschickt, da darf ich mich jetzt nicht beschweren, oder?»

Sie setzte voraus, dass es passiert war, setzte es einfach voraus. Aber ich hatte ihr vor Jahren ja auch ausführlich erzählt, was mit mir geschah, wenn Maren Koska in meiner Nähe auftauchte. Der Verstand rutschte in die Hose, das Hirn blutete aus.

«Ich liebe dich», sagte ich.

«Das weiß ich, Konrad», sagte sie. «Du hast mich auch in der vergangenen Nacht geliebt, da bin ich ganz sicher. Was passiert ist, hatte überhaupt nichts mit uns beiden zu tun.»

Ich wollte sie nicht belügen, nur beruhigen, erzählte ihr, was ich von Maren gehört hatte. Dass sie verheiratet und sehr beeindruckt von ihrem Mann war. Dass sie schon um halb zwei gegangen war, das war doch die Wahrheit. Und dass ich wusste, wohin ich gehörte.

«Das hoffe ich», sagte Hanne.

Wenn sie mich nur nicht so erleichtert dabei angeschaut hätte. Ihre Schulter roch nach der Duschlotion, die sie seit langer Zeit benutzte. Es war ein leichter, vertrauter Duft, sauber und appetitlich. Dann schloss sie die Augen doch noch, legte beide Hände in meinen Nacken und zog meinen Kopf über ihr Gesicht.

«Zeig es mir, Konrad.»

Es hatte nichts mit Liebe zu tun und nichts mit Lust. Es war nur die Flucht aus der stürmischen See in den Heimathafen, zur Ruhe kommen in stillen Gewässern. Als ich schließlich wieder neben ihr lag, war Maren ein wenig von mir abgerückt. Ihren Geruch überlagerte Hannes Duschlotion, ihren Geschmack hatten Hannes Küsse vertrieben. Den großen Rest hoffte ich, so schnell wie möglich hinter mir zu lassen.

Die wundgescheuerte Haut brannte. «Die kleinen Sünden bestraft der liebe Gott sofort», hatte meine Mutter früher oft gesagt. Einmal musste eine kleine Sünde gewesen sein. Ein zweites, drittes oder gar viertes Mal sündigen könne ich nicht, dachte ich. Wo nun auch Marens Vater unter der Erde lag und nur noch die Konkursmasse aufgelöst werden musste, gab es keinen Grund mehr, der alten Heimat einen Besuch abzustatten. Für die Grabpflege reiste sie bestimmt nicht persönlich an. Noch einmal zum Abschied! Aber diesmal wirklich und endgültig. Dazu war ich fest entschlossen, was ja nicht allzu schwer gewesen wäre, wenn Maren wirklich nur für ein Wochenende in Kerpen gewesen wäre.

## Montag, 26. Mai

Beim Frühstück war ich körperlich wieder einigermaßen fit, aber seelisch längst noch nicht wieder im Lot. Tausend Zufälle sah ich mir zum Verhängnis werden. Peter Bergmann musste sich ja nur einen blauen Montag genehmigen, um seinen Kater völlig auszukurieren. In so einem Fall schaute man kurz beim Arzt rein und ließ sich krankschreiben. Hannes Chef war diesbezüglich für seine Großzügigkeit bekannt. Davor oder danach plauderte man ein Weilchen mit dieser tüchtigen Arzthelferin. Da konnte man in einem Aufwasch seine Neugier bezüglich des Bratens in ihrer Röhre befriedigen.

Nur ganz am Rande bekam ich mit, dass unser Braten noch einmal inbrünstig um seinen Nachmittag bei Sven bettelte und seine letzte Möglichkeit ausschöpfte: «Und wenn gar keine Rocker da waren?»

Doch Hanne ließ nicht mit sich handeln. Heute nicht. Strafe musste sein, sonst lernte er ja nie, wie sehr sie es verabscheute, belogen zu werden. Das konnte sie nicht einmal einem Fünfjährigen nachsehen. Wie hätte sie mir da verzeihen können? Über den Betrug hätte sie vielleicht hinweggesehen, aber nicht darüber, dass ich mich herausgeredet hatte.

Ich hatte scheußliche Angst, hätte dringend einen Menschen zum Reden gebraucht. Nicht Hanne – um Gottes willen. Es kam nur einer infrage, Jochen Becker. Er durfte mich anschließend auch einen hirnverbrannten Idioten, ein hundsgemeines Arschloch oder einen elenden Schweinehund nennen. Ich wusste ja selbst, dass ich einer war.

Doch es war an dem Morgen keine Zeit für eine Beichte. Übers Wochenende war einiges los gewesen, nicht nur auf dem Rathausparkplatz in Kerpen. Sieben Wohnungseinbrüche, sechs von Profis verübt, keine unnötigen Beschädigungen, keine vermeidbare Verwüstung, keine Spuren. In einem Fall jedoch hatten zwei üble Vandalen ein frisch renoviertes Wohnzimmer mit Spraydosen verschandelt und etliches zertrümmert oder aufgeschlitzt – nicht zum ersten Mal. Die Handschrift kannten wir bereits von drei anderen Einbrüchen.

Aber diesmal hatten aufmerksame Nachbarn, vom Lärm aufgeschreckt, die Polizei alarmiert. Die beiden Täter waren auf der Flucht gestellt worden und hatten sich ein Handgemenge mit der Besatzung eines Streifenwagens geliefert. Einer war entkommen, der zweite verletzt worden, er lag nun im Bergheimer Krankenhaus. Jochen brach auf, um ihm den Namen seines Komplizen zu entlocken.

Andreas Nießen kam erst um die Mittagszeit zum Dienst. Vormittags hatte er einen Augenarzt aufsuchen müssen. Er brauchte eine stärkere Brille, das brachte sein Arbeitsplatz so mit sich. Aber einen halben Tag brauchte man dafür garantiert nicht. Vermutlich war er zu Hause im Internet versumpft und sein Augenarzt ähnlich patientenfreundlich eingestellt wie Hannes Chef. Als er in meinem Büro auftauchte, um mir ein Attest für die Fehlzeit vorzulegen, eröffnete er mit der Auskunft, die von Godberg bei ebay angebotenen Teppiche und Meißner Figuren seien weg. Und das Smaragdcollier stehe inzwischen bei zweiundvierzigtausend.

«Hat Herr Becker sich dafür einen Kaufbeleg oder ein Echtheitszertifikat zeigen lassen?»

Das wusste ich nicht. Im Grunde hatte es keine Veranlassung gegeben, derartige Belege zu verlangen. Hätte Alex Godberg ein Schmuckstück als gestohlen deklariert, hätte das anders ausgesehen. «Warum?», fragte ich.

Er zuckte bedeutsam mit den Achseln. «Es könnte sein, dass Godberg seine Kunden mit falschem Schmuck betrügt. Man händigt ihm ein Pfand aus, bekommt aber nicht das Original zurück.»

«In welchem Chatroom haben Sie das entdeckt?», fragte ich.

Mir darauf zu antworten, war unter seiner Würde. Wer war

ich denn? Nur ein unbedeutender Abteilungsleiter, und er pflegte sogar Kontakt zum FBI – hatte er Jochen neulich anvertraut. Aber auf dem Weg hatte er nicht in Erfahrung gebracht, was er loswerden wollte. Er ließ sich nun ausführlich über sein Wochenende aus. Ihn hatte es offenbar mächtig gewurmt, dass die alten Hasen – sprich Jochen und ich – nicht willens oder in der Lage waren, ihm Godbergs Computer zur Verfügung zu stellen, damit er den gesamten Kundenstamm auf der Suche nach dem Auftraggeber für den Einbruch durchforsten konnte. Also hatte er auf eigene Faust – und ausnahmsweise nicht im Cyberspace – ein paar Erkundigungen eingezogen.

Äußerst dienstbeflissen hatte Andreas Nießen den Samstag- und den Sonntagabend geopfert und hundert Euro riskiert. Aber das Glück war mit dem Tüchtigen gewesen, er hatte seinen Einsatz verdreifacht. Samstags war er in Aachen gewesen, sonntags in Bad Neuenahr, das war ja mit dem Auto auch schnell zu erreichen. Und tatsächlich kannte man Alex Godberg auch im dortigen Kasino, sah ihn sogar gerne. Half er doch den Spielwilligen, ihren Aufenthalt zu verlängern, wenn das Eigenkapital zur Neige gegangen war.

Dem eigentlichen Zweck seiner Bemühungen war unser guter Andy nur bedingt nahe gekommen. In Aachen hatte niemand ein nachteiliges Wort über Alex Godberg geäußert und keinen seiner Kunden preisgeben wollen. In Bad Neuenahr dagegen hatte Andy mit einem Gläschen Champagner und einem üppigen Trinkgeld eine Angestellte becirct und gehört, dass es einmal mächtigen Ärger gegeben haben sollte.

Mitte April hatte Alex Godberg in Bad Neuenahr angeblich einer jungen Dame namens Katja mit etwas Kleingeld ausgeholfen, nachdem Katja ihr Taschengeld verspielt hatte. Dafür habe Alex angeblich ein Schmuckstück als Pfand genommen, das Katja nur leihweise am Leib trug. Der rechtmäßige Besitzer war ihr Freund, an und für sich ein großzügiger Mann, solange es nur um Geld ging. Bei Preziosen dagegen war er kleinlich, die reichte er vielleicht von einer Gespielin zur nächsten weiter.

Deshalb habe Katja sich bemüht, mit dem geliehenen Kapital ordentlich Gewinn zu machen und das Schmuckstück sofort wieder auszulösen. Als ihr das nicht gelang, seien ein paar Tränen geflossen und diverse Befürchtungen geäußert worden. Danach habe man sie einige Wochen lang im Kasino nicht gesehen. Vielleicht hatte sie ein Veilchen gehabt oder zuerst ihre Zähne wieder in Ordnung bringen lassen müssen.

Erst Mitte Mai sei sie wieder aufgetaucht, hatte die Angestellte erzählt, und habe dem Croupier eine, wie Andreas Nießen fand, höchst bemerkenswerte Geschichte offenbart. Ihr Freund sei nicht bereit gewesen, sechstausend zu zahlen, wo sie nur fünftausend bekommen habe. Godberg habe jedoch auf stur geschaltet, erst Bares sehen wollen – und zwar die verlangte Summe, ehe er den Schmuck wieder rausrückte. Das habe er auch noch als Großzügigkeit bezeichnet. Er habe schließlich mit Katja einen Zinssatz für zwei Tage vereinbart, sollte er gesagt haben, und nun seien bereits einige Tage mehr vergangen. Erst als ihr Freund seiner Forderung Nachdruck verlieh, sei Godberg scheinbar zur Einsicht gekommen. Es habe sich jedoch schnell herausgestellt, dass er gar nicht den echten Schmuck zurückgegeben habe.

Ob es sich bei besagtem Schmuck um eine Halskette oder sonst etwas gehandelt hatte, wusste Andreas Nießen nicht. Und was er vorbrachte, nannte man Hörensagen, in dem Fall auch noch um drei Ecken. Die von ihm interviewte Angestellte hatte es nur vom Croupier gehört, der es seinerseits von Katja erfahren haben wollte, jedoch nicht bereit gewesen war, das zu bestätigen. Aber mit dem zusätzlichen Hinweis auf einen Goldschmied in der Familie Godberg, den ich schon vor einer Woche von Hanne erhalten hatte – ich hatte nur noch niemandem davon erzählt –, und mit einer in den Garten geworfenen Halskette, die einmal in einer Schmuckkassette und einmal im Safe gelegen hatte, musste man das wohl anders bewerten.

Ich sprach Andreas Nießen meine Anerkennung für seinen Diensteifer aus und verlangte: «Fahren Sie nach Kerpen.»

Begeistert von meinem Ansinnen war er nicht. «Aber wir haben doch keinen Durchsuchungsbeschluss, sollte nicht erst mal Herr Becker mit der Staatsanwaltschaft ...»

«Herr Becker ist unterwegs», unterbrach ich ihn. «Und Sie sollen nichts durchsuchen. Sie werden nicht einmal bei Godberg klingeln. Sie reden nur mit seinen Nachbarn. Gegenüber wohnt ein älteres Ehepaar, Kremer heißen sie, die stehen die halbe Zeit am Fenster. Sie haben gesehen, wie Godbergs Auto demoliert wurde. Da war es nur zu dunkel, um den Täter zu erkennen. Fragen Sie nach dem fünften Mai, das war ein Montag. An dem Nachmittag müssen bei Godberg ein Notarzt und ein RTW vorgefahren sein. Der Einsatz der Rettungskräfte ist den Kremers bestimmt nicht entgangen. Vielleicht haben sie auch gesehen, wer vorher zu Besuch war.»

«Das hat Herr Becker doch bestimmt schon ...», brachte Andreas Nießen den nächsten Einwand vor.

«Nein, hat er nicht», unterbrach ich ihn erneut und wunderte mich ein wenig darüber, weil die alten Leutchen nicht von selbst eine entsprechende Beobachtung zum Besten gegeben hatten. «Sie tun es, und zwar sofort. Morgen will mein Sohn wieder bei Godbergs spielen. Ich möchte sicher sein, dass er dort sicher ist.»

Mit Hannes Unnachgiebigkeit noch am Frühstückstisch wähnte ich Oliver zu diesem Zeitpunkt beim Mittagessen mit Oma und Opa und hätte darauf geschworen, dass er am Nachmittag vor Sehnsucht nach seinem Freund und einer ausgiebigen Toberei verging, sich aber große Mühe gab, ganz lieb zu sein.

Wie hätte ich denn ahnen sollen, dass Oma und Opa viele gute Worte für ihn einlegten und Hanne es sich mit ihnen nicht verderben wollte? Vielleicht schmolz auch ihr Mutterherz um halb drei unter den treuherzigen Blicken aus dunklen Kulleraugen. Kurz vor drei rief sie Ella an, ließ sich noch einmal bestätigen, dass unser Sohn willkommen und niemand böse auf ihn war. Durften sie nach Lage der Dinge ja auch nicht sein. Und dann fuhr Hanne ihn hin.

Sie wurde noch auf ein Tässchen Kaffee eingeladen, den sie selbst aufbrühen musste, weil Ella mit ihrem eingegipsten Arm so hilflos war. Hanne blieb bis etwa Viertel vor vier. Das Thema Ehebruch brannte ihr auf der Zunge. Nur konnte sie das nicht offen zur Sprache bringen, ohne mich als Quelle anzugeben. So beließ sie es bei der allgemeinen Feststellung, dass man Männern ja nicht trauen könne. Wenn man sie längere Zeit allein ließe, sei das Risiko noch größer. Und Ella nickte dazu.

Als Hanne sich verabschiedete, saßen Oliver und Sven noch friedlich im Kinderzimmer und schauten sich *In einem Land vor unserer Zeit* um. Kurz darauf muss Ella sie dann in den Garten geschickt haben. Und was danach geschah – hätte Andreas Nießen vielleicht noch mitbekommen, wenn er meiner Anweisung Folge geleistet hätte.

Als ich um halb sechs Feierabend machte, saß er an seinem Platz und erklärte knapp: «Ich habe die Leute nicht erreicht.»

«Und was ist mit anderen Nachbarn?», fragte ich. «Haben die etwas beobachtet?»

Woher hätte er das wissen sollen? Er war ja gar nicht weg gewesen, hatte nur bei den Kremers angerufen, und als niemand abhob, gefolgert, sie seien nicht da. Er gab sich ein wenig tölpelhaft. «Ach, hätte ich auch andere Nachbarn befragen sollen? Davon haben Sie aber nichts gesagt.»

Aber meinen Sohn hatte ich erwähnt. Und für dessen Sicherheit zu sorgen, fand unser Internetfahnder, sei allein meine Sache. Damit hatte er nicht einmal Unrecht.

## Montagabend

Der Tag, mehr die Informationen zu möglichen Betrügereien bei Godbergs Spielbankgeschäften, hatten meinen Abstand zum Rathausparkplatz noch etwas vergrößert. Es heißt wirklich nicht umsonst, Arbeit sei die beste Medizin. Ausgeschwitzt hatte ich die Stunden mit Maren noch lange nicht. Aber es lenkte ab, sich den Kopf über Alex und seinen Ärger zu zerbrechen und zu grübeln, wie ich Hanne beibringen sollte, dass es besser sei, wenn unser Sohn nicht mehr bei Sven spielte, zumindest in nächster Zeit nicht, bis ich genau wusste, ob Godberg Dreck am Stecken hatte.

Während der Heimfahrt hoffte ich inständig, dass meine Mutter im Laufe des Tages nirgendwo ein Schwätzchen gehalten und etwas erfahren hatte, was mir zum Verhängnis werden konnte, dass auch Peter Bergmann nicht zum Arzt gegangen war. Ich versuchte, mich innerlich auf eine zärtliche Stunde mit Hanne einzustimmen. Wenn Oliver im Bett lag und endlich eingeschlafen war, wollte ich tun, woran mich die Rückkehr in den Heimathafen in der vergangenen Nacht gehindert hatte, sie wirklich lieben, nicht nur in ihren Armen Zuflucht suchen. Doch daraus wurde nichts.

Die Tür zu Ollis Zimmer stand offen, als ich die Diele betrat. Sein Zimmer war das erste, wenn man hereinkam. Er saß auf dem Fußboden vor seinem Bett, saß einfach nur da, ohne sich mit Spielzeug zu beschäftigen. Er schaute nicht auf, als ich die Wohnungstür hinter mir schloss. Statt mit seinem sonst üblichen «Hallo» begrüßte er mich mit dem trotzigen Hinweis: «Mama hat gesagt, ich darf erst rauskommen, wenn ich sage, was ich gefressen habe.» Er meinte wohl ausgefressen.

Sein Stimmchen schwamm in Tränen. Ich hockte mich zu ihm, legte ihm einen Finger unters Kinn und hob seinen Kopf an. «Was hast du denn angestellt?»

«Gar nix.» Er schniefte, seine Unterlippe zitterte. «Ich bin doch kein Verbrecher.»

«Nein, ganz bestimmt nicht», sagte ich.

«Aber Mama sagt das. Wer lügt, der stiehlt, hat sie gesagt. Und dann kommen die Fahnder und werfen mich ins Gefängnis.»

«Nein, du stiehlst doch nicht.»

«Ich hab auch nicht gelogen», jammerte er. «Ich hab die Vase nicht kaputtgemacht, Tante Ella hat sie umgeworfen.»

«Hast du doch bei Sven gespielt?»

Ich darf nicht einmal behaupten, mir sei im Nachhinein mulmig geworden. Er saß ja heil und gesund vor mir, nickte, schlang beide Arme um meinen Hals und drückte sein Gesicht so fest gegen meine Schulter, dass ich dachte, er wolle sich ersticken. Die nächsten Sätze kamen nur stockend und von heftigen Schluchzern unterbrochen. «Und jetzt darf ich nie mehr kommen.»

«Wer hat das gesagt?»

«Der Papa von Sven», schluchzte er. «Aber ich hab doch mein Buch in seinem Zimmer liegen lassen, als Tante Ella gesagt hat, wir sollen im Garten spielen und nicht so viel Krach machen.»

Hanne stand längst in der offenen Tür, ging aber freiwillig zurück in die Küche, als ich ihr ein Zeichen gab. Nachdem die ärgsten Schluchzer verebbt waren, schloss ich die Tür, setzte mich aufs Bett und hob ihn auf meinen Schoß. «So, nun sind wir unter uns. Jetzt erzähl mal der Reihe nach. Was war denn los?»

«Das darf ich nicht sagen», murmelte er.

«Wer hat dir das verboten?»

«Der Papa von Sven. Er hat mich über den Zaun gehoben und gesagt, ich muss ganz schnell nach Hause gehen und darf keinem Menschen was erzählen, sonst macht der Rex uns alle tot.»

Ich dachte dabei an eine Zeichentrickfigur und konnte mir nicht vorstellen, dass Alex Godberg etwas in dieser Art zu ihm gesagt haben sollte. Und es gab immer ein paar Tricks, auch das Letzte aus ihm herauszuholen. Man musste nur entsprechend formulieren. «Was darfst du denn nicht erzählen?»

Diesmal funktionierte es nicht. Er dämpfte zwar die Stimme, als läge ein heimlicher Lauscher in seinem Bettkasten. Aber ein Geheimnis wollte er mir nicht anvertrauen, erkundigte sich nur wispernd, ob ich auch Leute verhaften lassen könne, die andere gehauen hatten.

«Klar», sagte ich. «Wer hat dich denn gehauen?»

«Keiner», nuschelte er, nestelte an einem Zipfel seines Shirts und fügte hinzu: «Tante Ella hat geweint.»

«Ist sie geschlagen worden? Waren wieder Rocker da?»

Er schüttelte den Kopf; ob sich das auf Ella oder ungebetenen Besuch bezog, ließ sich nicht feststellen. Ich probierte es noch etliche Minuten lang mit allen erdenklichen Fragestellungen. Aber er wiederholte nur noch mehrfach, er dürfe keinem Menschen etwas erzählen. Mehr war beim besten Willen von ihm nicht zu erfahren. Und das hätte mich eigentlich hellhörig machen müssen, weil es in krassem Widerspruch zu seinem sonstigen Mitteilungsbedürfnis stand. Andererseits, wenn er etwas Schwerwiegendes angestellt hatte, passte seine Verschwiegenheit auch. Vielleicht hätte ich anders darüber gedacht und ihm gut zugeredet, mit der Sprache herauszurücken, wäre ich nicht noch so sehr mit meinem Gewissen und der Furcht vor Entdeckung beschäftigt gewesen.

Hanne ergänzte seine mysteriösen Andeutungen. Klüger als ich war sie auch nicht, nur sehr aufgebracht, in erster Linie erzürnt über Ella, mit der sie vereinbart hatte, ihn um sieben wieder abzuholen. «Ich hab noch zu ihr gesagt, wenn er dir vorher zu viel wird, ruf mich an, dann komme ich sofort. Und dann kam er vor einer halben Stunde wieder mal alleine heim», ereiferte sie sich.

Sie war überzeugt, er hätte etwas ausgefressen und es müsse etwas Gravierendes gewesen sein, weil er sich zuerst geweigert hatte, überhaupt eine Erklärung für sein frühes Heimkommen abzugeben. Erst nachdem sie ihm eine volle Woche Fernsehverbot angedroht hatte, war er mit der zu Bruch gegangenen Vase herausgerückt und hatte sofort beteuert, er habe das nicht gemacht.

Aber selbst wenn er wie ein Berserker durch das Warenlager im Keller getobt wäre und sämtliches Meißner Porzellan zerdeppert hätte, wäre das kein Grund gewesen, ihn erneut alleine quer durch die Stadt laufen zu lassen. Ein kurzer Anruf hätte genügt. Dass Ella nicht zum Telefon gegriffen hatte, bezeichnete Hanne wohl zu Recht als verantwortungslos. Sie verstand es nur nicht. Ella war so nett gewesen beim Kaffee, so erleichtert, wieder daheim zu sein.

«Ich glaube, Alex hat ihn rausgeworfen», sagte ich.

«Der war doch gar nicht da.»

Nicht um Viertel vor vier, als Hanne sich verabschiedet hatte. Aber er konnte ja etwas später gekommen sein. Dass er Oliver geschlagen haben könnte, wie ich es in Betracht zog, schloss Hanne jedoch aus. Das passe überhaupt nicht zu Alex. Er habe im Normalfall eine Engelsgeduld mit den Kindern, nehme das unsrige sogar in Schutz, wenn sein eigenes gar zu zimperlich auf Olivers Attacken reagiere.

Nur befand Alex sich zur Zeit nicht im Normalfall, meinte ich. Er hatte möglicherweise Ärger mit einem Kunden. Die Polizei hatte in seinen geschäftlichen Transaktionen geschnüffelt. Er musste befürchten, dass wir nicht lockerließen und vielleicht etwas ans Licht brachten, was er lieber im Verborgenen halten wollte. Da reagierte man bestimmt nicht wie sonst auf die Streiche eines Polizistensohnes.

Mir blieb nichts anderes übrig, als Hanne in den Stand der Dinge einzuweihen. Damit brachte ich sie erst recht auf die Palme. «Und warum erfahre ich das erst jetzt? Hast du einen

Knall? Warum erzählst du mir, Ellas Bruder hätte Alex das Auto zerdeppert? Du lässt zu, dass ich Oliver da hinbringe, wo du genau weißt, dass da Leute auftauchen können, die ...»

«Ich weiß überhaupt nichts genau», unterbrach ich sie. «Es steht noch nicht fest, dass Alex versucht hat, einen Kunden zu betrügen. Von dieser Möglichkeit habe ich auch erst heute ...»

«Dass Alex krumme Geschäfte macht, weißt du aber schon seit letzter Woche», schnitt Hanne mir ihrerseits das Wort ab. «Und Ella muss das ja auch wissen. Dass sie mir das nicht auf die Nase bindet, kann ich noch nachvollziehen. Aber du.»

«Soweit Jochen bisher festgestellt hat», versuchte ich sie zu beschwichtigen, «sind es keine krummen Geschäfte. Alex darf Geld verleihen, wenn er genug hat. Er darf sogar eine Leihgebühr nehmen, wenn er sie versteuert. Und diese Schmuckgeschichte beruht auf Hörensagen. Vielleicht hat das Mädchen, das im Kasino davon erzählt hat, nur selbst Ärger mit ihrem Freund bekommen und noch etwas dazugedichtet. Warum hast du Ella nicht angerufen und gefragt, was los war?»

«Was meinst du, was ich in der letzten halben Stunde getan habe? Fünfmal hab ich es probiert, ging keiner ran.»

Nach dem Abendessen griff Hanne erneut zum Hörer und legte nach etlichen Sekunden wieder auf, weil nicht abgenommen wurde. Sie fluchte auf ISDN-Anschlüsse. Da sah man ja, wer einen zu sprechen wünschte. Und wenn einem das nicht gelegen kam, ging man eben nicht ans Telefon.

«Vielleicht sind sie nicht da», sagte ich.

«Ella muss da sein», bekam ich zur Antwort. «Ich fahr gleich mal runter. Keine Sorge, ich werde sie nicht auf Alex' Geschäfte ansprechen. Ich will nur wissen, was los war.»

Olli hatte inzwischen schon seine Zähne geputzt, stand im Schlafanzug bei der Küchentür, um Mama einen Gute-Nacht-Kuss zu geben. Er hatte mitgehört. Ich bekam meinen Kuss, nachdem er im Bett lag. Als ich ihn zudeckte, wisperte er: «Ich will nicht, dass Mama zu Sven fährt.»

«Warum nicht?», fragte ich.

«Ich will das nicht», wiederholte er fast trotzig.

Hanne verzichtete auf die Fahrt, nicht damit er seinen Willen bekam, es war eher Vernunft. Wer nicht ans Telefon ging, kam wahrscheinlich auch nicht an die Tür. Wir blieben den ganzen Abend beim Thema. Hanne gestand, dass sie Ella beim Kaffee von seiner Rocker-Story erzählt hatte. Und Ella hatte natürlich die Bananen-Version ihres Mannes bestätigt, Oliver aber nichtsdestotrotz in Schutz genommen. So war er nun mal, unser Kleiner, wenn er spielte, vergaß er alles um sich herum. Und wenn ihm irgendein Missgeschick passierte, flunkerte er ein bisschen.

Danach sahen wir drei Möglichkeiten. Die Godbergs hatten erneut unliebsamen Besuch bekommen. Und da sie nun wussten, dass unser Sohn daheim brühwarm berichtete, was bei ihnen vorging, setzte Alex ihn – im wahrsten Sinne des Wortes – auf die Straße und verbot ihm, sich noch einmal blicken zu lassen. In dem Fall hätte Alex wohl auch verhindert, dass seine Frau zum Telefon griff und Hanne herbeizitierte. Wer wollte denn noch eine Zeugin? Ein Kind, das für seine lebhafte Phantasie bekannt war, konnte man leicht als unglaubwürdig hinstellen.

Oder – ich ging natürlich davon aus, Andreas Nießen hätte dem älteren Ehepaar von gegenüber einen Besuch abgestattet, wusste jedoch nicht, in welchem Wagen er bei ihnen vorgefahren war. Gut möglich, dass gerade kein Zivilfahrzeug zur Verfügung gestanden hatte oder unser Computerfreak mal richtig Polizei spielen wollte und einen Streifenwagen mit Beschlag belegte. In dem Fall hätte Alex mitbekommen, dass die Polizei in seiner Nachbarschaft Erkundigungen einzog. Und vielleicht hatte er unserem Plappermäulchen daraufhin erbost eine runtergehauen und ihn rausgeworfen.

Dazu schüttelte Hanne noch einmal den Kopf. Und Oliver hatte ja auch gesagt, Ella habe geweint. Vielleicht war er nur

Zeuge eines handgreiflichen Ehestreits geworden. Bisher war Hanne zwar davon ausgegangen, Ella und Alex führten eine überaus glückliche Ehe, Schatz hinten, Schatz vorne und all die Geschenke. Doch nach Ellas Nicken auf die allgemeinen Ausführungen zu treulosen Männern, vielleicht war doch etwas dran an der kurzen Affäre. Vielleicht hatte Ella die Frankfurter Klinik viel zu früh verlassen, weil sie Alex nicht traute. Vielleicht hatte sie heute Nachmittag einen Beweis für weitere Untreue gefunden. Vielleicht. Wer mit lächelnder Miene und scheinbarer Sanftmut über den zwielichtigen Gelderwerb des Ehemanns hinwegsah, dem oder der waren noch ganz andere Lügen zuzutrauen.

«Aber das kläre ich morgen», beschied Hanne, als wir zu Bett gingen. Doch ihr war es nicht vergönnt, noch etwas zu klären.

## Dienstag, 27. Mai

Als ich morgens um acht in Hürth eintraf, saß Andreas Nießen noch nicht an seinem Computer. Ich hinterließ für ihn die Nachricht, dass ich ihn umgehend in meinem Büro zu sehen wünschte. Er kam auch ziemlich bald mit der Neuigkeit, das Angebot für das Smaragdcollier stehe nun bei zweiundvierzigtausendfünfhundert. Das interessierte mich momentan nur am Rande. Und als ich versuchte, ihm irgendwelche Beobachtungen vom vergangenen Nachmittag zu entlocken, schaute ich in eine betretene Miene. Er versuchte sich herauszureden, Herr und Frau Kremer seien ja nicht daheim gewesen.

Ich wurde ziemlich laut. «Vielleicht waren sie nur im Garten und haben das Telefon nicht gehört. Und wenn Sie da gewesen wären, hätten Sie vielleicht gesehen, was bei Godbergs vorging! Das war eine dienstliche Anweisung! Und Sie setzen sich einfach darüber hinweg. Es steht nicht alles im Internet, verdammt nochmal! Ab und zu muss man auch Klinken putzen!»

Durch den Lärm in meinem Büro angelockt, kam Jochen dazu und hätte gerne den Grund für mein Gebrüll erfahren. Nachdem er ihn kannte, meinte er: «Jetzt kannst du mir auch gleich den Kopf waschen. Ich hab mir nämlich keinen Kaufbeleg für das Collier zeigen lassen. Ich hab nicht mal geprüft, ob es das Ding in doppelter Ausführung gibt, und bin auch nicht auf den Gedanken gekommen, die Kremers zum fünften Mai zu befragen. Aber das hole ich sofort nach, mache ich in einem Aufwasch. Danach unterhalte ich mich mal mit Ella Godbergs Bruder, hätte ich auch schon letzte Woche tun sollen.»

«Nein», bestimmte ich. «Du kümmerst dich um ein anderes Mitglied der Familie. Godbergs Onkel ist Goldschmied. Für ihn dürfte es eine Kleinigkeit sein, Stempelchen in Blech zu drücken. Nach Kerpen fährt er.»

Das tat Andreas Nießen dann auch – in einem Zivilwagen, der allerdings mit Funk ausgestattet war und eine entsprechende Antenne trug, aus der aufmerksame Beobachter die richtigen Schlüsse ziehen konnten. Und er verschleuderte nur Steuergelder, sprich Benzin. Herr und Frau Kremer hatten weder am vergangenen Nachmittag noch am fünften Mai etwas beobachtet, was uns weitergeholfen hätte. Nicht mal vom Einsatz der Rettungskräfte nach Ellas Armbruch hatten sie etwas mitbekommen. Montags nachmittags machten sie nämlich immer die Wocheneinkäufe, da waren die Läden nicht so voll. Und die restlichen Anwohner in der Straße waren tagsüber nicht daheim.

Als Andreas Nießen zurückkam, war es Mittag vorbei. Er war sehr bestrebt, die Scharte auszuwetzen. «Soll ich heute Abend noch einmal nach Bad Neuenahr fahren? Vielleicht bekomme ich diese Katja zu packen oder bringe ihren Familiennamen in Erfahrung. Dann hätten wir einen Ansatzpunkt.»

«Und was versprechen Sie sich davon?», fragte ich. «Dass Katjas Freund gesteht, Godbergs Wagen demoliert und Frau Godberg den Arm gebrochen zu haben?»

Er wurde tatsächlich rot. «Natürlich nicht, aber ich dachte – ich meine, wegen gestern. Es könnte ja noch mehr betrogene Kunden geben, wenn der Onkel von Herrn Godberg ...»

Sein Stammeln erinnerte mich an Willibald Müllers vergeblichen Versuch, mir Maren vom Leib zu halten. Aber inzwischen hatte ich schon ziemlich viel Abstand gewonnen, fand ich. Die Stunden auf dem Rathausparkplatz kamen mir fast vor wie ein pubertärer Traum. Das schlechte Gewissen und die Furcht, Hanne könnte davon erfahren, hatten sich zwar noch längst nicht zur Ruhe begeben. Doch das Bedürfnis, meine Gewissensbisse und Ängste mit einem Menschen zu teilen, hatte ich nicht mehr.

Als Jochen kurz nach vier noch einmal bei mir erschien, um zu fragen, ob und was Andreas Nießen in Erfahrung gebracht hatte, sprachen wir nur darüber. Jochen hatte seinen Auftrag auch nicht ganz erfüllen können. Godbergs Onkel lebte in Köln-Klettenberg, machte aber zurzeit Urlaub auf Teneriffa. Das hatte Jochen von einer Nachbarin gehört. Ob der Onkel Schmuck für seinen Neffen anfertigte, wusste die Frau natürlich nicht.

Anschließend war Jochen eine Weile hinter Ellas Bruder hergefahren. Manfred Anschütz hieß er, arbeitete bei einem Entsorgungsunternehmen, früher hatte man dazu Müllabfuhr gesagt. Dass sein Schwager fremde Leute mit falschem Schmuck betrog, konnte Svens viel Bier trinkender Onkel sich nicht vorstellen. Damit behängte Alex doch immer die arme Ella.

Manfred Anschütz zog erst mal kräftig über seinen Schwager her. Ja, der Alex, bildete sich wunders was ein auf seinen Charme und seinen Geschäftssinn, schaute auf alle herab, die ihr Geld mit ihrer Hände Arbeit verdienten, und meinte, man müsse ihm dankbar sein, dass er eine wie Ella genommen hatte. Sie kam ja auch aus dem Proletariat. Da glaubte Alex, er könne sich ihr gegenüber alles herausnehmen.

Aber inzwischen hatte Manfred Anschütz ihn eines Besseren belehrt. Er bestätigte den Hammerangriff aufs Auto, obwohl er gar kein Motorrad besaß. Er hatte sich eben eins geliehen, von wem, wollte er nicht verraten, weil das eine aufgemotzte Maschine war, die der TÜV vermutlich sofort aus dem Verkehr gezogen hätte. Manfred Anschütz nahm auch ungefragt den gebrochenen Arm seiner Schwester auf seine Kappe. Von wegen Ollis Banane. Eine schlimme Sache war das gewesen, natürlich nur ein Versehen, das Ella mit ihrem Versuch, Mann und Bruder zu trennen, auch noch herausgefordert hatte.

Und dann, erzählte Manfred Anschütz frei von der Leber weg, habe er dafür gesorgt, dass Ella in eine Frankfurter Klinik gebracht wurde, wo Alex sie nicht täglich bequatschen konnte.

Er habe darauf gehofft, dass sie unter dem Einfluss der Frankfurter Schwester zur Vernunft käme und nicht länger alles schluckte, was Alex ihr zumutete. Und er habe gedacht, nicht richtig zu hören, als die Schwester ihn letzte Woche anrief und erklärte, Alex habe Ella nach Hause geholt.

«Gut», sagte Manfred Anschütz. «Im ersten Moment dachte ich, ist ja ein Kind da, da sollte man die Flinte vielleicht nicht so schnell ins Korn werfen. Alex hatte Zeit zum Nachdenken, vielleicht ist er zur Vernunft gekommen. War er aber nicht, der hatte es toller getrieben als vorher. Der hatte die Tussi bei sich, während Ella in Frankfurt war. Stellen Sie sich das vor, legt seine Freundin in Ellas Bett, so eine Unverschämtheit. Hat Ella aber erst gestern gehört. Das Weib besaß die Frechheit, sie anzurufen und zu fragen, warum sie zurückgekommen ist. Danach rief Ella mich an, völlig aufgelöst war sie. Ich bin natürlich sofort hin, und dann hab ich da mal richtig aufgeräumt.»

Was man sich darunter vorzustellen hatte, erklärte er nicht. Und Jochen war nicht sicher, wie viel er Manfred Anschütz glauben durfte. Bei dem überprüfbaren Punkt Motorrad hatte Ellas Bruder ja gemauert. «Ich schätze», meinte Jochen, «wenn Godberg morgen die Bude in Flammen aufgeht, wird Anschütz das auch auf seine Kappe nehmen, sollte Ella das von ihm verlangen.»

Und mitten hinein in seine Überlegungen, ob es nicht ratsam wäre, die Kollegen von der Wirtschaftskriminalität auf Godberg zu verweisen, klingelte das Telefon auf meinem Schreibtisch. Das Display zeigte einen unbekannten Anrufer, wir hatten in der Dienststelle ja auch ISDN-Anschlüsse. Aber unsere Apparate waren so eingestellt, dass sie ihre Nummern nicht übertrugen.

Ich nahm ab, und Maren fragte: «Wann machst du Feierabend, Konni?»

Ihre Stimme klang nach Rauch, nach Salz, nach Lust und

ein bisschen nach den Vordersitzen eines schäbigen roten Golf.

«Zu spät, um noch nach Hamburg zu kommen», sagte ich und biss mir auf die Unterlippe.

Sie lachte leise. «Hast du ein Glück, Konni. Mein Mann hat immer noch keinen kompletten Überblick über die Konkursmasse und wollte mich nicht alleine zurückfahren lassen. Und da dachte ich, wir beide könnten die Zeit nutzen. In ein paar Tagen sind wir wieder weg, dann tut es mir garantiert Leid, nicht mitgenommen zu haben, was ich noch kriegen kann.»

Meine Lippe begann zu schmerzen. Jochen hatte längst irritiert die Stirn gerunzelt. Dass es sich nicht um ein dienstliches Gespräch handelte, begriff er spätestens, als ich sagte: «Bei mir ist nichts mehr zu holen, Maren.»

«Das sehe ich anders, Konni.» Sie war bereits im Hotel. «Stell dir vor, ich habe sogar dasselbe Zimmer bekommen wie damals. Zweihundertzwölf, falls du dich nicht mehr erinnerst. Ich warte auf dich. Wenn du in einer Stunde nicht hier bist, telefoniere ich noch ein bisschen. Das wird dann aber eine Menge Ärger geben, fürchte ich. Peter erzählte am Samstagabend, deine Mutter reagiere immer noch mit allergischen Ausschlägen, wenn sie nur annehmen müsste, ich könnte in deiner Nähe auftauchen. Also mach dich lieber auf die Socken, wenn du verhindern willst, dass sie von deinem Ausflug mit dem Schmuddelkind erfährt.»

Als ich auflegte, meinte Jochen gedehnt: «Maren? Das hab ich doch hoffentlich missverstanden.»

«Ihr Vater ist neulich gestorben», sagte ich.

«War ja mal mit zu rechnen», meinte er. «Und wie viel Zeit hat sie diesmal, um dich fertig zu machen?»

«Die Gelegenheit bekommt sie nicht», sagte ich.

Jochen lachte unfroh. «Das sah aber gerade ganz anders aus. Du hättest dein Gesicht sehen müssen.» Er verließ mein Büro mit dem Hinweis: «Ich hoffe, du weißt, was du tust.»

Das wusste ich nicht. Ich dachte an Hanne, an die offene und natürliche Art, in der wir miteinander schliefen. Hanne war nicht prüde, nicht verklemmt. Sie hatte Spaß an der Sache und keine Hemmungen, ihre Lust offen zu zeigen. Sie war leidenschaftlich und aufgeschlossen. Und sie wäre am Sonntag bereit gewesen, zu verzeihen, dass sie betrogen worden war. Ich hätte jetzt auf der Stelle nach Hause fahren und ein Geständnis ablegen können, ehe Maren meine Mutter auf die Barrikaden brachte.

Das klingt vielleicht, als hätte ich Angst vor dem Ärger mit meinen Eltern gehabt. Aber das war es nicht. Es ging nur um Olli und Hanne. Wenn sie nicht verzeihen konnte, weil ich sie nicht nur betrogen, sondern auch noch belogen hatte. Sie war jung, sie war tüchtig, sie war hübsch und stand mit beiden Beinen mitten im Leben. Sie würde auch mit Kind schnell einen Ersatz für mich finden. Und dass Maren ihre Drohung wahr machte, wenn ich nicht bei ihr aufkreuzte, durfte ich keine Sekunde lang bezweifeln.

Also machte ich Feierabend und fuhr nach Köln. Nicht, um mit Maren zu schlafen. Ich wollte ihr unmissverständlich klar machen, dass es aus und vorbei war. Noch einmal zum Abschied auf dem Parkplatz beim Rathaus. Und mehr war nicht drin. Während der Fahrt war ich fest entschlossen, ihr das zu sagen, was mir auf dem Heimweg am Sonntag früh durch den Kopf gezogen war. Dass ich mit einer zehn Jahre jüngeren Frau zusammenlebte, mit der sie nicht mehr konkurrieren konnte. Einmal richtig gemein werden, sie beleidigen.

In der Hotelhalle lagen mir die Worte noch auf der Zunge. Im Lift kamen mir Zweifel, ob das die richtige Methode wäre. Und als ich das Zimmer betrat, hatte ich nur noch das im Kopf, was sie am Telefon gesagt hatte. «In ein paar Tagen sind wir wieder weg.»

Wozu ein Risiko eingehen? Was waren ein paar Tage, solange Hanne nichts davon erfuhr? Tagsüber konnte ich mich davonstehlen, ohne Erklärungen abgeben zu müssen. Abends könnte Maren mich nicht belästigen, dachte ich, da würde ihr Mann schon einen Riegel vorschieben. Natürlich sollte man Erpressern nicht nachgeben, aber manchmal musste man, um etwas zu retten. Ich versuchte, mir einzureden, es ginge nur darum. Solange sie nicht wüsste, dass es in meinem Leben wieder etwas gab, was man mir wegnehmen könnte, gäbe sie sich vermutlich zufrieden, wenn ich mit ihr ins Bett stieg. Heldenhaft, nicht wahr? Mann opfert sich, damit Sohn nicht den Papa verliert. Es wäre um Längen ehrlicher gewesen, es so zu formulieren, wie sie es getan hatte.

In Zimmer zweihundertzwölf sah es anders aus als vor neun Jahren. Manchmal mussten halt die Wände neu gestrichen oder Teile der Einrichtung erneuert werden. Aber das war es nicht allein. Damals hatte das Zimmer einen bewohnten Eindruck gemacht. Nun stand oder lag nichts herum, was für einen längeren Aufenthalt sprach, kein Gepäckstück, keine verstreut liegende Kleidung, nur eine prall gefüllte Plastiktüte aus dem Kaufhof auf der Kofferablage.

Maren stand am Fenster, schaute hinaus und drehte sich langsam um, als ich hereinkam. Und auch wenn ich es nicht wahrhaben wollte, war ich wieder siebzehn oder achtzehn, als ich die Zimmertür hinter mir schloss. Ich war der King der Oberstufe, Marens Lover, der Einzige, der sie bändigen konnte. Der Einzige, der es wagte, seine Hände nach ihr auszustrecken, der während der Mathestunde grübelte, wie er seiner Prinzessin risikolos ihren Traum von der Sprossenwand in der Sporthalle erfüllen konnte. Der schon mit vierzehn gewusst hatte, dass es mehr als drei Fixpunkte an einem Frauenkörper gab. Der nicht genug bekommen konnte von all diesen Punkten an ihrem Körper.

Fünf Minuten am Fenster, vielleicht auch zehn, genug Zeit jedenfalls, mich komplett auszuziehen, nur mich. Dann wechselten wir in das Bad hinüber, dessen Enge mich vor neun Jahren so gestört hatte. Jetzt war etwas mehr Platz. Sie hatten die Badewanne durch eine Duschkabine ersetzt. Maren schob mich hinein und stieg dazu. Sie zog nicht einmal ihre Sachen aus, eine weiße Hose mit rotem Gürtel und eine farblich exakt auf den Gürtel abgestimmte Bluse. Und so etwas hätte Hanne nie getan, Hanne war eben vernünftig, rational, normal. Und Maren war verrückt – nach mir.

Beide Hände gegen die Seitenwände der Duschkabine gestützt, stand ich da und ließ sie hantieren. Und Hanne verblasste mit jedem Blick von unten aus halb verhangenen Augen ein wenig mehr. Sogar Ollis Gesicht verlor an Kontur mit jedem Wassertropfen, der über Marens Haut perlte. Ich wusste ganz genau, dass ich ein Schwein war, aber nicht einmal das Wissen verhinderte etwas.

«Wie lange hältst du noch durch, Konni?»

Noch ewig. Ich musste nicht einmal rechnen oder mir die Wetterkarte von gestern vorstellen. Eine Tatsache, die ich einer kleinen Operation in Kindertagen verdankte. Als Junge hatte ich mich oft benachteiligt gefühlt, weil meinen Brüdern nicht die Vorhaut hatte entfernt werden müssen. Bis Maren mir erklärte, das fehlende Hautstück erhöhe für sie den Reiz gewaltig, es sei der Garant für Sauberkeit und mache die Sache so appetitlich.

Tropfnass kehrten wir zurück ins Zimmer. Auf dem Weg zum Bett streifte sie ihre triefende Bluse ab, zog die weiße Hose aus und ließ die vor Nässe durchscheinende Unterwäsche folgen. Eine Viertelstunde später war sie für den Anfang zufrieden und machte erst mal Zigarettenpause.

Ich saß mit dem Rücken gegen das Kopfteil gelehnt, hielt ihren Kopf im Schoß und den Aschenbecher für sie in der Hand. Sie lächelte spöttisch zu mir auf. «Du kannst mir nicht erzählen, dass du solo geblieben bist. Dafür bist du zu gut in Form. Enthaltsamkeit führt zu Erektionsschwierigkeiten, zumindest zu vorzeitigem Samenerguss. Das ist wie beim Sport. Nur wer regelmäßig trainiert, bleibt fit.»

«Ich trainiere ja auch regelmäßig», sagte ich. «Du glaubst nicht, wie viele Pornohefte ich unter der Matratze versteckt habe.»

«Hör auf, Konni!» Das klang unwillig. «Hefte. Das ist etwas für Männer wie Willibald, aber nichts für dich.»

«Na schön», sagte ich. «Ehe es mir zu Kopf steigt, suche ich mir was für eine Stunde. Das kostet mich zwar immer eine Kleinigkeit, aber ich verdiene genug, muss keine Familie ernähren und bei Mama nur wenig Kostgeld abgeben.»

Nun lachte sie leise. «Wolltest du deshalb wissen, ob wir in Kerpen einen Puff eröffnen, damit du nicht weit fahren musst? Da würdest du dich doch gar nicht hintrauen, Konni. Du hättest viel zu viel Angst, es könne der Karriere schaden, wenn dich mal jemand reingehen oder rauskommen sieht.»

Sie drehte sich auf den Bauch, strich mit den Lippen meinen Schenkel hinauf. «Also, wer ist sie?»

«Das geht dich einen Dreck an», sagte ich.

Sie schürzte die Lippen, schaute mich noch zwei Sekunden lang an. Dann drückte sie die Zigarette aus, beugte sich erneut über meinen Schoß und begann mit der Vorbereitung zur zweiten Runde. Zwischendurch murmelte sie undeutlich: «Vielleicht weiß ich es bereits. Es ist die Arzthelferin, mit der du das Kind hast.»

«Wer behauptet das?»

«Mein Instinkt», sagte sie. «Arzthelferinnen sind duldsame und leidensfähige Geschöpfe, das müssen sie sein, sonst könnten sie sich nicht ständig mit den Wehwehchen anderer beschäftigen. Und eine Frau, die nicht bereit ist, dich mit deinem Job zu teilen, kannst du doch gar nicht gebrauchen. Lebst du mir ihr zusammen, oder besuchst du sie nur, wenn dir danach ist, Papa zu spielen?»

«Weder noch», behauptete ich.

«Na schön», meinte sie. «Wenn du nicht über sie reden willst, erzähl mir von deinem Nachwuchs. Ist er ein Schaf, oder schlägt er eher nach dir? Er ist bestimmt ein wüster Bengel und stolz auf dich, oder? Kleine Jungs sind immer stolz auf ihre Väter. Papa ist der starke Mann, der sie einmal werden wollen. Und sein Papa ist Polizist. Damit kann er drohen, wenn ihm einer dumm kommt. Liege ich richtig?»

«Nein», sagte ich, griff in ihr Haar, zog ihren Kopf zurück und schob sie von meinen Beinen. «Schluss für heute. Ich muss los. Mutter wartet nicht gerne mit dem Essen auf mich.»

Sie warf einen Blick auf ihre Armbanduhr und schien erschrocken. «Guter Gott, es ist ja fast sieben. So lange wollte ich gar nicht bleiben. Das könnte Ärger geben.»

«Dein Mann wartet wohl auch nicht gerne mit dem Essen», sagte ich noch. Darauf bekam ich keine Antwort.

Während ich mich anzog, sammelte sie ihre nassen Sachen vom Boden auf und stopfte sie achtlos in die Kaufhoftüte, der sie zuvor trockene und nagelneue Kleidung entnommen hatte. Dass sich noch weitere Neuerwerbungen in der Tüte befanden, die nun zwangsläufig feucht wurden, kümmerte sie nicht. In Windeseile war sie ebenfalls angezogen. Ihr Haar war noch nass, Zeit für den Föhn hatte sie offenbar nicht mehr. Wir verließen das Zimmer gemeinsam. Sie verschloss die Tür und gab den Schlüssel an der Rezeption ab.

Vor dem Hotel trennten sich unsere Wege. Ich hatte meinen Wagen irgendwo draußen abgestellt. Sie offenbar auch, aber sie ging, vielmehr lief in die andere Richtung. Noch einmal zurück zur Dienststelle zu fahren, lohnte nicht. Ich machte mich auf den Heimweg.

Es herrschte dichter Verkehr in der Kölner Innenstadt. Ich brauchte fast eine Stunde bis zur A 4, wo es auch nur im Schneckentempo vorwärts ging. Baustelle zwischen Köln-West und Kreuz Kerpen. Ich blieb auf der rechten Spur. Nach einer Weile bemerkte ich im Rückspiegel einen von den Alleszur-Seite-jetzt-komme-ich-Fahrern. Unentwegt flimmerte die Lichthupe, scheuchte einen Wagen nach dem anderen auf die rechte Seite und pfuschte sich durch.

Ein silberfarbener Opel Omega, neu glänzender Lack. Dass sie am Steuer saß, erkannte ich wohl, mehr nicht. Weil ihr Hintermann sich ihre Rücksichtslosigkeit zunutze machte, praktisch an der Stoßstange des Omega klebte und ich in der Sekunde, in der ich das Kennzeichen hätte lesen können, den Blick auf ihr Profil heftete. Angespannt sah sie aus. Dass sie mich bemerkte, möchte ich ausschließen. Sie schaute nicht zur Seite und war viel zu schnell vorbei.

Danach fragte ich mich wohl flüchtig, ob sie jetzt im Auto ihres Mannes unterwegs war, oder ob der Omega ihrem verstorbenen Vater gehört hatte. Für einen Clubbesitzer war ein Opel wohl zu spießbürgerlich. Aber im Grunde interessierte es mich nicht, wessen Auto sie fuhr. Ich genoss nur die Vorstellung, dass ihr Mann schon ungeduldig auf sie und sein Abendessen wartete. Dass er sie zur Rede stellte. Dass sie tatsächlich Ärger bekam, mächtigen Ärger, der sie zur Vernunft brachte und dazu, mich in Ruhe zu lassen.

Unser Abendessen war noch nicht ganz aufgetaut, als ich die Wohnung betrat. Hanne stand am Herd und rührte einen tiefgefrorenen Eintopf um, den meine Mutter uns spendiert hatte, weil Hanne erst nach sieben aus der Praxis gekommen war. Zur Begrüßung küsste sie mich auf den Hals, wie sie es oft tat, fragte: «Warum kommst du so spät?», und schnupperte verwundert. «Du riechst so frisch.»

Ihre Frage überging ich. «Willst du damit andeuten, dass ich sonst stinke, wenn ich nach Hause komme?»

«Nein, sonst riechst du nach Arbeit, Büro und Zigaretten.»

«Ich war viel an der frischen Luft heute», sagte ich und versuchte, sie rasch auf ein anderes Thema zu bringen. «Wo ist Olli?»

Hanne seufzte. «Ich hab ihn bei deinen Eltern gelassen. Da muss er morgen früh nicht um halb sechs raus, ich muss nämlich schon um sieben in die Praxis, Esther ist ausgefallen. Verdacht auf Blinddarmentzündung. – Was hattest du denn an der frischen Luft zu tun? Machst du neuerdings wieder Außendienst?»

«Nein», sagte ich. «Aber es gibt Dinge, da muss ich eben raus. Weißt du inzwischen, was gestern bei Godbergs los war?»

Sie zuckte mit den Achseln. «Wie man's nimmt. Sven war nicht im Kindergarten. Und Oliver vermutete, der Rex habe nun auch Sven geholt. Dieses Urzeitviech hat es ihm angetan.»

«Du hättest ihm den *Roten Oktober* genehmigen sollen», sagte ich. «U-Boote hatten wir in Kerpen noch nie.»

Hanne lächelte freudlos und berichtete der Reihe nach. Sie hatte am Vormittag nicht arbeiten müssen und sich mehrmals am Telefon um ein klärendes Gespräch mit Ella bemüht, ohne Erfolg. Um zwölf hatte sie Oliver abgeholt und von der Betreuerin erfahren, Herr Godberg habe seinen Sohn mit einer Darmgrippe entschuldigt.

«Um drei rief Alex mich dann in der Praxis an. Er wollte wissen, ob Oliver von dem Durcheinander gestern erzählt hat und ob er gut nach Hause gekommen ist. Ich hätte ihm gerne den Puls gefühlt. Was meinst du, was ich ihm erzählt hätte, wenn Oliver nicht gut nach Hause gekommen wäre?»

Angestellt habe unser Kleiner am vergangenen Nachmittag wirklich nichts, hatte Alex beteuert. Sven habe plötzlich Leibschmerzen und Fieber bekommen und sich mehrfach übergeben. Ella sei in Panik geraten, habe an einen Blinddarmdurchbruch gedacht, darauf bestanden, den Notarzt zu alarmieren, dann jedoch nicht auf dessen Eintreffen warten wollen und darauf gedrängt, mit Sven zum nächsten Krankenhaus zu fahren.

In der Aufregung hatte man unseren Sohn wieder einmal

vergessen. Alex hatte sich dafür entschuldigt, sich auch erkundigt, ob mit Oliver alles in Ordnung sei. Es sei nämlich nicht der Blinddarm, sondern eine Viruserkrankung. Ella habe sich angesteckt. Jedenfalls habe sie nun ebenfalls erhöhte Temperatur und Leibschmerzen. Jetzt könne man nur hoffen, dass uns nicht auch noch eine Darmgrippe ins Haus stünde.

«Für wie blöd hält der mich eigentlich?», fragte Hanne.

Dass Sven plötzlich erkrankt war, durfte man zwar nicht völlig ausschließen. Bei Esther war es ja auch von einer Minute auf die andere gekommen, plötzliche starke Leibschmerzen und Übelkeit. Aber das hätte Olli bestimmt erzählt – wahrscheinlich mit den Dialogen aus *Roter Oktober* – dicke, brockige Kotze. Und Alex hatte am Telefon behauptet, Ella läge im Bett. Hanne hatte jedoch eine Frau sagen hören: «Das reicht jetzt, leg auf.»

Wer sollte das gesagt haben, wenn nicht Ella? Doch zu der passe das überhaupt nicht, meinte Hanne, wo sie sich am vergangenen Nachmittag noch so gut verstanden hatten. Welchen Grund sollte Ella denn heute gehabt haben, nicht mehr selbst mit ihr sprechen zu wollen und Alex in barschem Ton zum Abbruch des Gesprächs aufzufordern?

Das hatte Hanne herausfinden wollen. Deshalb war sie nach Feierabend von der Praxis aus runtergefahren. Um die Zeit war Alex ja in der Regel geschäftlich unterwegs, heute jedoch nicht. Hereingelassen hatte er sie nicht, sie an der Haustür abgefertigt. Ella schliefe, und er sei in Eile, müsse zu einem wichtigen Kunden, hatte er gesagt.

«Eben habe ich nochmal probiert, Ella zu erreichen», erzählte Hanne weiter. «Aber ich bekam wieder nur Alex an die Strippe, so viel zum wichtigen Kunden. Und als ich nicht lockerließ, wollte er mir weismachen, Ella sei mit dem Jungen wieder zu ihrer Schwester nach Frankfurt gefahren.»

Hanne tippte sich bezeichnend an die Stirn. «Gestern war sie froh, wieder hier zu sein. Und heute macht sie sich mit einem eingegipsten Arm, einer Darmgrippe und einem kranken Kind erneut auf den Weg nach Frankfurt? Wie soll das denn vonstatten gegangen sein in einer guten Stunde? Selber fahren kann sie noch nicht, er braucht ja auch sein Auto. Und wenn er sie zum Zug nach Köln gebracht hätte, muss er geflogen sein.»

«Vielleicht hat ihr Bruder sie abgeholt», sagte ich und erzählte ihr, was Jochen von Manfred Anschütz gehört hatte. Eine Geliebte, die von Ella wissen wollte, warum sie zurückgekommen sei.

«Arme Ella», sagte Hanne.

Arme Hanne. Sie machte sich Hoffnungen auf einen netten und garantiert störungsfreien Abend auf der Couch. Ein äußerst seltenes Vergnügen, das wir uns nur leisten konnten, wenn Olli bei Oma und Opa einquartiert worden war, weil Hanne am nächsten Morgen früher anfangen musste. Dann hatte sie keine Zeit für sein ausgedehntes Frühstück. Und die zeitliche Regelung, die sie vor Jahren mit ihrem Chef getroffen hatte, wurde längst nicht mehr immer so genau genommen.

Wir aßen den Eintopf, räumten die Küche auf. Dann ging Hanne ins Bad. «Ich spring mal schnell unter die Dusche.»

Ich schaltete den Fernseher ein, warf einen Blick in die Tagesschau und bekam nur die Hälfte mit. «Du riechst so frisch.» Logisch, ich hatte ja auch lange geduscht. Im Bad rauschte Wasser. Und die Wetterkarte bedeckte sich mit den Wassertropfen auf Marens Gesicht. Ich kämpfte dagegen an, so gut es ging. Aber ich kämpfte auf verlorenem Posten, und das wusste ich auch.

Noch einmal zum Abschied und noch einmal und noch einmal, solange es Maren gefiel. Ich konnte protestieren, alle möglichen und unmöglichen Entschlüsse fassen, abschütteln konnte ich sie erst, wenn sie mich losließ. Es hatte nichts mit Schwäche zu tun, ließ sich nicht erklären. Es war eben so – wie ein Naturgesetz. An dem Abend war ich für Hanne ein miserabler Liebhaber. Ein paar Tage noch, dachte ich, als wir zu Bett gingen. Nur noch ein paar Tage, dann ist Maren weg. Dann mache ich alles wieder gut.

## Mittwoch, 28. Mai

Der Tag begann – rein dienstlich gesehen – durchaus positiv. Der Fall von üblem Vandalismus vom Wochenende und mit ihm drei weitere waren praktisch aufgeklärt. Der zweite Täter leugnete zwar noch, aber der andere war voll geständig. Jochen hatte gute Arbeit geleistet und sprach den ganzen Tag keine drei Sätze mit mir. Ich erfuhr nicht einmal, ob er in Sachen Godberg noch etwas unternahm. Wo er doch gestern überlegt hatte, die Kollegen vom KK 21 bei Alex vorbeizuschicken.

Womit Andreas Nießen sich den Tag vertrieb, keine Ahnung. Ich bekam ihn nicht zu Gesicht, weil er sich nicht bei mir blicken ließ und ich das Telefon auf meinem Schreibtisch bewachte. Jedes Mal, wenn es klingelte, schielte ich zuerst auf das Display. Aber es war immer nur dienstlich.

Schon um halb fünf machte ich Feierabend, weil ich es nicht länger aushielt. Eine halbe Stunde später betrat ich die Wohnung. Olli lag bäuchlings in seinem Zimmer auf dem Fußboden, vor sich ein Malbuch, das er mit einem schwarzen Filzstift bearbeitete. Er hatte sich mit Opa beraten und eine Lösung für sein Problem gefunden. Sein kleines Gesicht war in Skepsis und Nachdenklichkeit verzogen, als er kurz aufschaute. «Wenn ich dir was zeige, Papa, habe ich dir nichts gesagt, oder?»

Ich schüttelte den Kopf.

«Das hat Opa auch gesagt. Guck mal.»

Er hielt mir das Malbuch hin. Über die vorgedruckten Figuren zum Ausmalen hatte er ein rundes Gesicht mit riesigen schwarzen Glupschaugen gezeichnet, dessen untere Hälfte mit Unmengen schwarzer Kringel bedeckt war, die offenbar einen Bart darstellen sollten. «So sieht der Rex aus, Papa. Kannst du den verhaften lassen?»

«Logisch», sagte ich. «Ich gebe ihn morgen in die Fahndung.»

«Du musst aber sagen, dass er ein ganz schlimmer Verbrecher ist, Papa. Sie müssen sich leise anschleichen. Und dann schießen sie ihn am besten sofort tot.»

«Ich werde sie darauf hinweisen», sagte ich. Dass ich bei der Sache gewesen wäre, will ich gar nicht behaupten.

Olli strahlte mich grenzenlos erleichtert an. Ich bekam einen feuchten Kuss auf die Wange gedrückt und zwei weiche Arme um den Nacken geschlungen. Beim Abendessen plapperte er munter von Omas Nymphensittich, Opas Eisenbahn und einem überaus spannenden Film von einem Geist, den böse Männer tot gemacht hatten. Olli hatte leider das Ende nicht gesehen, weil Oma gleich zu meckern anfing, als sie mit dem Käse fürs Abendessen nach Hause kam.

Hanne erzählte von ihren Plänen für den bevorstehenden Geburtstag meines Vaters. Sie wollte eine Diesellok schenken, eine Kirschtorte backen, vielleicht auch zwei oder drei Salate für den Abend machen, um meiner Mutter etwas Arbeit abzunehmen.

Um acht brachte ich Olli ins Bett. Zwei Stunden später folgte ich Hanne ins Schlafzimmer. Und kurz nach Mitternacht rüttelte sie mich an der Schulter.

## Donnerstag, 29. Mai

Als ich die Augen aufschlug, hörte ich Olivers Schluchzen aus dem Nebenzimmer. Er saß aufrecht im Bett, wimmerte, zitterte am ganzen Körper und starrte auf einen unbestimmten Punkt an der Wand. Noch halb im Schlaf warf er mir die Arme um den Hals und klammerte sich an mich, als ich mich zu ihm setzte. Das tränenfeuchte Kinn gegen meine Brust gepresst, stammelte er: «Jag sie weg, Papa. Jag sie weg.»

«Wen?», fragte ich.

«Die weiße Frau war am Fenster und hat gesagt, der Rex soll die Kinder holen.»

Die weiße Frau, da dachte ich zuerst an einen Geist. Er hatte doch beim Abendessen von einem Gespensterfilm erzählt, in den seine Phantasie nun vielleicht einen Dinosaurier eingebaut hatte. Ich legte ihn wieder hin, deckte ihn zu und versuchte, ihn zu beruhigen. «Am Fenster war niemand.» Da konnte auch niemand gewesen sein, wir wohnten im ersten Stock. «Du hast nur böse geträumt.» Das war zwar noch nie vorgekommen, aber einmal ist immer das erste Mal.

«Ich hab doch gar nicht geschlafen», schluchzte er. «Ich war mit Sven im Garten. Der Rex hat seinen Papa gehauen. Dann haben sie Tante Ella mitgenommen. Sie wollten Sven auch mitnehmen, aber sein Papa hat gesagt, der Junge bleibt hier.»

Und da dachte ich an Manfred Anschütz, der seine Schwester von einem treulosen Gatten wegholte, dabei tüchtig aufräumte und vielleicht seine Frau als Unterstützung mitgenommen hatte. Es ist wirklich nicht so, dass ein Mann, nur weil er seinen Beruf mit Erster Kriminalhauptkommissar angeben darf, gleich hinter jedem Strauch eine Leiche vermutet. Ich hatte noch nicht einmal beruflich etwas mit Kapitaldelikten zu tun. Ich wusste oder glaubte zumindest, dass Alex Godberg private und auch geschäftliche Probleme hatte. Ich hatte ebenfalls Probleme, konnte mit niemandem reden und war ziemlich beschäftigt damit.

## Freitag, 30. Mai

Maren ließ nicht locker. Donnerstags hörte ich nichts von ihr, war ja Christi Himmelfahrt, da hatte ich frei. Und am Freitagabend klingelte kurz vor neun das Telefon in unserem Wohnzimmer. Wieder ein unbekannter Anrufer im Display. Hanne nahm ab, meldete sich und hielt mir mit einem Achselzucken, was bedeutete, sie wisse nicht, wer mich um die Zeit noch daheim störe, den Hörer hin.

Ich erkannte ihre Stimme sofort, obwohl sie sich mit einem falschen Namen meldete. Sie gab sich sehr diszipliniert, höflich und unaufdringlich. «Entschuldigen Sie, dass ich Sie privat belästige, Herr Metzner, aber ich weiß beim besten Willen nicht, wen ich sonst um Hilfe bitten könnte. Mein Mann ist unterwegs. Soweit ich mitbekommen habe, trifft er sich mit diesem Kerl, von dem ich Ihnen letzte Woche erzählt habe, wieder in dem Hotel, Zimmer dreihundertsiebzehn. Dabei hatte er mir doch versprochen ...»

Ihre Stimme brach sehr effektvoll. Sie hätte zum Theater gehen sollen. Offenbar befürchtete sie, Hanne könnte mithören. Ich verstand nur knapp die Hälfte der akustischen Show. Besorgte Ehefrau eines kleinen Gauners wendet sich in ihrer Not an den Leitenden Hauptkommissar, um zu verhindern, dass ihr Liebster die ganze Familie ins Unglück stürzt.

Mir summte das Blut in den Ohren, mein Puls beschleunigte sich automatisch, und die Kniegelenke wurden weich. Allein ihre Stimme leerte mir den Schädel und füllte das Becken. Hannes Nähe änderte daran gar nichts. «Ich werde sehen, was ich machen kann», versprach ich und legte auf.

«Musst du nochmal weg?», fragte Hanne verblüfft, als ich mich erhob. Es war ewig nicht mehr vorgekommen, dass ich meinen Feierabend unterbrechen musste.

«Präventionsmaßnahmen», sagte ich und grinste das miese

Gefühl beiseite. Ich konnte doch nicht zu ihr sagen: «Nimm die Wäscheleine und binde mich an die Heizung.»

Während der Fahrt nach Köln stellte ich mir vor, dass Marens Mann in Sachen Konkursmasse irgendwo herumfuhr. Ein ahnungsloser Trottel, der sich seit dem vergangenen November glücklich wähnte, verheiratet mit einem Vollblutweib, stolzer Besitzer einer Katastrophe. Und während dieser arme Idiot sich für sie abstrampelte, pfiff sie einmal kurz, und ich sprang. Ich war nämlich der größere Idiot, rannte freiwillig und mit offenen Augen ins blanke Messer.

Es herrschte kaum Verkehr auf der Autobahn. Ich brauchte nur knapp dreißig Minuten bis zum Stadtrand von Köln. Dann erwischte ich auch noch die grüne Welle. Diesmal war das Schicksal nicht den Tüchtigen, nur den Betrügern hold.

Es gab einen kleinen Tisch in Zimmer dreihundertsiebzehn. Er war nicht sehr standfest, ächzte, knarrte und wackelte verdächtig unter Marens Gewicht und meiner Wut. Es muss Wut gewesen sein – oder Verzweiflung. Lass mich los, du Hexe. Lass mich los, verdammt! Ich habe mir meinen Frieden so teuer erkämpft!

Ein paar Mal schrie sie kurz auf, ob vor Lust oder Schmerz, war mir egal. Vermutlich war es Schmerz. Vor Jahren hatte sie mich schließlich gelehrt, dass bestimmte Praktiken ihre Vorbereitungen und eine gehörige Portion Behutsamkeit brauchten. Aber danach war mir nicht.

Einmal murmelte sie: «Ich muss völlig durchgeknallt sein, da kann man nichts machen.» Einmal fluchte sie auf ihren Vater: «Er hätte sich nicht einmischen dürfen damals. Vielleicht hätte es doch geklappt mit uns beiden. Das Spießbürgertum hätte ich dir schon ausgetrieben.»

Vom Tisch auf den Teppich und weiter zum Bett, einmal quer durch das Zimmer. Maren keuchte, kämpfte, grub mir die Fingernägel in Hüften und Schultern, zog tiefe Rillen in meine Haut und presste mir mit den Beinen die Luft aus den Lungen. Mit hochrotem Gesicht hockte sie schließlich über mir, hielt mitten in der Bewegung inne und ließ sich nach vorne fallen. «Ich kann nicht mehr, Konni. Machen wir eine Pause.»

Mir dröhnte der Schädel. «Wenn du noch einmal in meiner Wohnung anrufst», sagte ich, «prügele ich dich windelweich.»

«Deine Wohnung?», konterte sie spöttisch. «Der Telefonanschluss läuft auf den Namen Hanne Neubauer. So hat sie sich auch gemeldet.»

Sie rollte sich auf die Seite, blieb mit dem Kopf auf meiner Brust liegen und zog mit einem Fingernagel einen Kreis über meine Rippen. Eine volle Minute verging. Der Nagel glitt an meinen Rippen entlang zur Seite. Ich zuckte leicht zusammen, als sie ihn fester in das weiche Fleisch an der Taille drückte.

«Wer hat dir ihren Namen genannt, Porky? Nein, er nicht. Er hat mich letzten Samstag noch gewarnt. Es war Peter.»

Sie richtete sich auf und schaute mir mit einem merkwürdigen Ausdruck ins Gesicht. «Nein», sagte sie knapp. Ihr Blick bekam etwas Abfälliges und Überlegenes. «Hanne Neubauer also», stellte sie fest. Etwas wie ein Grinsen huschte um ihre Lippen. «Das Kind hast du jedenfalls mit ihr.»

«Wenn du noch einmal bei ihr anrufst», setzte ich erneut an.

Sie winkte gelangweilt ab. «Du wiederholst dich, Konni. Dann prügelst du mich windelweich. Das Risiko gehe ich ein. Vielleicht mag ich das sogar. Dein Auftakt hat mir ja auch gefallen. Und die englische Variante haben wir beide noch nicht probiert. Nein, stimmt nicht, damit haben wir angefangen vor ewigen Zeiten. Weißt du noch, wie du mir den Zweig aus der Hand gerissen hast, um eine krepierende Katze zu verteidigen?»

Wieder zog ihr Nagel eine Spur über meine Haut. Ihre Stimme klang träge. «Würde dein Sohn das auch tun? Erzähl doch mal von ihm. Konni Metzner und das Familienleben; Kapitel eins: Mein Sprössling und ich.» Als ich schwieg, seufzte sie. «Aber ein Haus hast du nicht gebaut und auch keine Bäume gepflanzt. Das hätte ich dir nicht verziehen. So ein Knirps hat etwas und passt zu dir. Wenn du mal abtrittst, hinterlässt du jedenfalls eine Kopie. Das kann ich von mir nicht behaupten.»

Ihr Kopf lag wieder auf meiner Brust, rutschte allmählich tiefer. Aber sie hätte Olli nicht ins Spiel bringen dürfen, irgendwie gelang es ihm sogar in dieser Situation, mich zurück auf meinen Platz zu stellen. So ähnlich war es ja auch dienstags gewesen. «Dann lass dir doch eine machen», sagte ich. «Bringt dein Mann das nicht, oder ist er der Meinung, zwei von deiner Sorte wären zu viel?»

Darauf bekam ich keine Antwort. Als ich mich anzog, fragte sie: «Wenn ich dich nicht in der Wohnung deiner Freundin anrufen darf und auch nicht in der Dienststelle, wo kann ich dich dann im Notfall erreichen? Verrätst du mir deine Handynummer?»

«Heb dir die Notfälle für Rex auf», sagte ich, «sonst telefoniere ich mal in Sachen Konkursmasse. Wie wird dein Clubbesitzer wohl reagieren, wenn ihm zu Ohren kommt, dass du nichts Besseres mit dir anzufangen weißt, als mich zu vernaschen?»

«Er wird mir den Kopf abreißen», meinte sie.

«Gut», sagte ich und ärgerte mich, dass mir die Idee, den Spieß umzudrehen, nicht schon am Dienstag gekommen war. «Deinen Kopf willst du doch sicher behalten. Sonst müsstest du dir das ganze Stroh unter den Arm klemmen, das sieht nicht gut aus.»

Sehr einfallsreich war das nicht. Sie war auch nicht etwa beleidigt, lächelte und meinte: «Ach Konni, wenn du wüsstest, was ich zwischen dem Stroh so alles im Kopf habe, würdest du die Klappe nicht so weit aufreißen. Na geh, wenn es dich heimwärts zieht. Genieß dein Glück und sorg dafür, dass es dir erhalten bleibt. Das tu ich auch.»

Eine Stunde später kroch ich neben Hanne ins zweite Bett. Sie schlief, und ich hatte das Bedürfnis, sie in den Arm zu nehmen, sie einfach nur zu halten. Aber ich wagte es nicht einmal, die Hand nach ihr auszustrecken. Eine ganze Weile lag ich noch wach neben ihr, hatte ihre Schulter wie eine dunkle Kugel vor Augen. Ihr leichter Atem machte mich ganz weich. Ich hatte vorher nicht gewusst, wie sehr ich sie liebte.

## Samstag, 31. Mai

Beim Frühstück erkundigte Hanne sich, ob es sehr spät geworden sei. Es war bereits zehn vorbei, und ich fühlte mich immer noch wie zerschlagen. Marens letzte Bemerkung über mein Glück hatte mich die halbe Nacht wach gehalten. «Das tu ich auch.» Ich fand, sie tat alles andere als das.

Hanne goss mir Kaffee ein und wollte wissen: «Wer war die Frau, Konrad?» Misstrauisch klang das nicht.

«Ein armes Luder», sagte ich, wollte sie nicht schon wieder belügen, aber was hätte ich sonst tun sollen? Ich erzählte, was Maren am Telefon geboten hatte, besorgte Ehefrau eines kleinen Gauners, den ich irgendwann mal festgenommen hätte. Jetzt war der kleine Gauner wieder auf Abwege geraten und so weiter.

«Und woher hatte sie meine Nummer?», fragte Hanne.

«Sie war letzte Woche schon mal bei mir und hat sich ausgeweint», formulierte ich die Tatsachen um.

Hanne nickte verstehend und ging zur Tagesordnung über. Hausputz, eine Kirschtorte und die Zutaten für zwei Salate. Kurz nach elf brach ich zusammen mit Olli zur Einkaufstour auf.

«Hat die Fahndung den Rex schon erschossen?», fragte er auf der Treppe.

«Ja», sagte ich knapp.

«Auch die anderen Leute?»

«Welche anderen?»

«Die böse Frau und den kleinen Mann», erklärte Olli.

«Nein, die haben wir noch nicht», sagte ich und fragte nicht einmal, was es mit dem kleinen Mann auf sich hatte, weil ich mit meinen Gedanken wieder mal ganz woanders war.

«Hast du deine Pistole auf der Arbeit, Papa?», wollte er als Nächstes wissen.

Ja, sie lag seit dem letzten Herbst im Schreibtisch. Olli kaute grüblerisch auf seiner Unterlippe. Als wir die Garage erreichten, erkundigte er sich zögernd: «Können wir trotzdem mein Buch bei Sven holen?»

«Klar», sagte ich, «machen wir alles auf einem Weg.»

Eine gute Stunde später stoppte ich den Wagen am Straßenrand vor Godbergs Haus, beugte mich nach hinten und wollte Oliver aus seinem Sitz befreien, weil er keine Anstalten machte, auszusteigen. Er legte schützend die Hand aufs Gurtschloss und schaute mit einem ängstlichen, aber auch fasziniertem Blick zum Haus. «Geh du, Papa.»

«Ist es mein Buch oder deins?» Es widerstrebte mir, selbst bei Godberg zu klingeln. Er kannte mich nur als einen Kollegen von Jochen Becker und mochte wer weiß was denken, wenn am Samstag plötzlich ein Polizist vor seiner Tür stand.

Zur Sicherheit duckte Oliver sich tiefer in seinen Sitz, lugte gerade noch mit den Augen durch die Scheibe. Die Hand behielt er auf dem Gurtschloss, seine Miene war eine einzige Bitte, er flüsterte nur noch: «Ich bleib lieber im Auto. Die böse Frau ist ja noch da. Wenn ich komme, ruft sie bestimmt den kleinen Mann.»

Unwillkürlich schaute ich ebenfalls zum Haus. Links neben der Tür lag ein Fenster, dahinter befand sich die Küche. Das wusste ich von meinem Rundgang nach dem Einstieg. Die untere Hälfte des Fensters war mit einer Gardine bespannt. Darüber sah ich kurz die Augen, die Stirn und das Haar einer Frau, ein sehr helles, fast weißes Blond, glatt anliegend.

Es war nur ein flüchtiger Augenblick. Die Frau zog sich sofort wieder zurück. Und ich kannte Ella Godberg nicht. Sven war zwar ein paar Mal bei uns gewesen, aber abgeholt hatte sie ihn nie. Hanne hatte ihn heimgefahren, weil Alex sein Auto wohl ab dem späten Nachmittag selber brauchte. Fotos von Ella waren im Haus nicht verteilt gewesen, soweit ich mich erinnerte, hatte nicht einmal irgendwo eins von Sven gestanden.

Ich stieg aus und ging zur Tür, vielleicht nur, um den Eindruck abzuschütteln, der sich mir in der einen Sekunde aufgedrängt hatte. Maren hätte einen Blick über die Gardine geworfen. Blödsinn, was sollte sie in Godbergs Küche? Sie hockte mir wie ein bösartiger Gnom im Genick, zirkulierte im Blut, kreiste wie elektrischer Strom durch sämtliche Nervenbahnen. Da bekam man leicht Halluzinationen. Vielleicht war es nur eine Lichtspiegelung gewesen.

Nachdem ich dreimal auf den Klingelknopf gedrückt hatte, wurde mir endlich geöffnet, nicht von der Frau, wie ich gehofft hatte, um sie mir genauer anzusehen. Alex stand vor mir und machte einen sehr nervösen Eindruck. Kein guten Tag, keine Frage, was ich wolle. Er starrte mich nur an wie den Teufel. Als ich mich in privater Mission äußerte, atmete er erleichtert durch.

Aber anscheinend brachte ihn mein simples Anliegen in erhebliche Schwierigkeiten. Zuerst erklärte er: «Meine Frau ist nicht da.»

Als ich daraufhin keine Anstalten machte, Verzicht zu üben, sondern darauf hinwies, Olivers Buch läge wahrscheinlich im Zimmer seines Sohnes, meinte er zögernd: «Da müsste ich nachsehen.» Es klang nicht so, als täte er das gerne. Es vergingen noch etliche Sekunden, in denen er den Blick nicht von meinem Gesicht ließ. Er schien mit sich zu ringen, ob er noch etwas hinzufügen sollte, und sagte dann nur: «Es dauert einen Moment.»

Ehe ich mich versah, war die Haustür wieder zu. Ich drehte mich zum Auto um. Olli drückte sich die Nase an der Scheibe platt, um nur ja nichts zu verpassen. Er hatte sich tatsächlich gefürchtet. Aber wenn ich vor ihm stand, musste er sich nicht ducken. Papa, der starke Mann. Und die böse Frau am Fenster, die zu Rex gesagt hatte, er solle die Kinder holen.

Irgendwo im Haus klang eine weinerliche Kinderstimme auf. Ich hörte sie trotz der geschlossenen Haustür. Sven war daheim. Und Ella musste ebenfalls da sein. Wen sonst hatte ich am Küchenfenster gesehen? Die Geliebte, die frech genug war, Ella zu fragen, warum sie zurückgekommen war? Hätte Ella ihren Sohn bei der Freundin ihres Mannes zurückgelassen? Aus meiner Vaterposition war das schwer vorstellbar. Bei einem verheirateten Paar sah die Sache wahrscheinlich anders aus. Eine hilflose Frau und ein selbstbewusster Mann, der in so einem Moment vielleicht sagte: «Wenn du gehen willst, geh, aber der Junge bleibt hier.»

Alex brauchte erheblich länger als einen Moment, um das Buch zu finden. Aber das musste noch nichts bedeuten. In einem Kinderzimmer dauerte es eben manchmal seine Zeit, einen bestimmten Gegenstand aufzuspüren, vor allem, wenn die ordnende Hand der Hausfrau fehlte. Nach etwa zehn Minuten wurde die Haustür wieder geöffnet. Alex lächelte mich an, das *Land vor unserer Zeit* hielt er fest, als könne er sich nicht davon trennen. Ich musste es ihm förmlich aus den Händen ziehen.

«Geht es Sven wieder besser?», fragte ich und fügte hinzu: «Schönen Gruß von Hanne an Ihre Frau. Wann kommt sie denn aus Frankfurt zurück?»

Er schaute mich an, als hätte ich ihm seine Rechte vorgelesen und erklärt, dass sie in seinem Fall nicht zur Anwendung kämen. «Ich wusste gar nicht, dass Sie ...», begann er, schaute an mir vorbei zum Wagen, hob die Hand und winkte Olli zu. «Der Kleine hat mal was erzählt, aber ich dachte, Sie seien ...»

Vermutlich hatte er angenommen, ich sei bei der Schutzpolizei. Nicht einmal das brachte er über die Lippen. Ich ertappte mich bei einem weiteren Blick zum Küchenfenster. Aus meiner Position vor der Tür war nur die Spanngardine zu sehen.

Ich zeigte mit einem Wink über die Schulter. «Hanne fragt sich schon die ganze Woche, was unser Herzbube bei Ihnen ausgefressen hat. Ihre Verteidigungsrede war nicht sehr überzeugend, und er will nicht so recht raus mit der Sprache, hat nur was von einer zerdepperten Vase erzählt. Was immer die gekostet hat, wir haben eine Haftpflicht, das wissen Sie doch.»

Alex senkte den Kopf, betrachtete die Keramikfliesen zu seinen Füßen. «Nicht der Rede wert. Er ist nur aus Versehen dagegen gestoßen. Es war das Hochzeitsgeschenk einer Tante. Ich konnte es nie ausstehen, aber meine Frau hing sehr daran. Sie hat sich ziemlich aufgeregt. Und mit ihrem Arm ist sie sich selbst eine Last. Da fließen die Tränen schneller. Aber dafür müssen Sie nicht Ihre Versicherung bemühen. Meine Frau bringt es fertig und kauft ein Duplikat.» Nun lachte er – sein jungenhaftes, unbekümmertes Lachen – und winkte Oliver noch einmal zu.

Als ich wieder ins Auto stieg, zeigte Olli zum gegenüberliegenden Haus des Ehepaars Kremer. Der Vorgarten war mit einem niedrigen Lattenzaun eingegrenzt. «Ich hab mich hinter dem Zaun versteckt», erklärte er. «Da konnte mich keiner sehen. Die böse Frau hat nämlich die Tür aufgemacht und geguckt, wo ich bin.»

Das auferlegte totale Schweigegebot hatte sich für ihn mit Alex' freundschaftlichem Winken offenbar erledigt. Oder ich hatte ihm mit der Behauptung, der Rex sei erschossen worden, die größte Sorge abgenommen. Ich startete den Motor, fuhr an, in Gedanken noch bei dem flüchtigen Eindruck über der Spanngardine.

In Godbergs Einfahrt wollte ich wenden. Das zweiflügelige Holztor der Garage war im gleichen Stil gehalten wie die Haustür und klemmte ein wenig, wie ich später hörte. Man musste es schon mit Schwung zuwerfen, sonst rastete der Zapfen nicht im Schloss ein. Und dann schwang der eine Flügel ein Stück zurück. Er stand offen. Nicht völlig, aber ausreichend, um zu erkennen, was für ein Auto in der Garage stand. Plötzlich spürte ich ein unangenehmes Brennen in der Magengrube und eine widerliche Taubheit im Hirn. Ein neuer, silberfarbener Omega, wie Maren am Dienstag einen gefahren hatte. Vom Kennzeichen sah ich nichts, davon hatte ich am Dienstagabend ja auch nichts gesehen.

Als wir heimkamen, wartete Hanne bereits ungeduldig auf die Sauerkirschen. Der Teig war schon in die Backform gefüllt, Olli stürzte sich auf die Teigschüssel, um die Reste auszulecken. Ich erkundigte mich so beiläufig wie möglich nach Ellas äußerer Erscheinung. Hanne machte sich daran, den Kuchenteig zu belegen, und gab automatisch Auskunft. «Ungefähr meine Größe, nur viel zierlicher, eigentlich ist Ella zu dünn.»

«Welche Haarfarbe?»

«Dunkelblond, warum?»

«Ich meine, ich hätte eine Frau am Küchenfenster gesehen», erklärte ich. «Aber die war nicht dunkelblond.»

Ihre Hand mit den Kirschen verharrte mitten über der Backform, der rote Saft tropfte zwischen ihren Fingern durch auf den Teig. Ihr Gesicht spiegelte Triumph und Verachtung. «Das Schwein! Kaum ist Ella weg, quartiert er seine Freundin daheim ein. Und ich hab immer gedacht, er geht für Ella durchs Feuer. So kann man sich irren. Von Alex hätte ich das nicht gedacht.»

«Vielleicht war es eine Kundin», sagte ich, obwohl ich das nicht glaubte.

«Quatsch», meinte auch Hanne, verteilte die restlichen Kirschen und schob die Torte in den Backofen.

Ich schlich ins Wohnzimmer wie ein verlauster Hund, hin zum Telefon und wieder weg. Es juckte mich in den Fingern, bei Godberg anzurufen und Maren zu verlangen. Als Hanne auffiel, dass ich das Telefon hypnotisierte, verging der Drang wieder. Ich wollte mich nicht in etwas hineinsteigern, fühlte mich wie ein Idiot, der sich von einer Kinderstimme verrückt machen ließ. Einen Zusammenhang herzustellen, nur weil Maren ihren Mann Rex nannte, erschien mir hirnverbrannt.

Alex' Nervosität bei meinem Anblick konnte auch einen völlig harmlosen Grund haben. Vor der Freundin setzte man sich vermutlich auch nicht gerne mit der Polizei auseinander.

Mit dem Gedanken beruhigte ich mich noch einmal oder versuchte vielmehr, mich selbst davon zu überzeugen, dass nicht sein konnte, was nicht sein durfte.

Nachmittags mussten wir meinen Eltern einen Besuch abstatten. Offiziell, mit Kuchen und Geschenken, sollte der Geburtstag meines Vaters im Kreise der gesamten Familie am Sonntag gefeiert werden, weil die Frauen meiner Brüder samstags arbeiten mussten. Da wir quasi um die Ecke wohnten, mussten wir zumindest auf den Tag gratulieren und anschließend natürlich zum Kaffee bleiben. Und kaum saßen wir, erschien zuerst Matthias, mein älterer Bruder, kurz nach ihm Ludwig, der jüngere. Es geht doch nichts über ein harmonisches Familienleben.

Mutter ging noch einmal in die Küche, um frischen Kaffee aufzubrühen. Mich winkte sie mit einer energischen Geste hinterher. «Konrad!», sprach die Frau Mama, stemmte beide Arme in die Hüften und legte los, dass der Donnergott vor Neid erblasst wäre. Ihr Blick hatte etwas von einer Bohrmaschine. Es war mehr als unangenehm, weil die Wohnung meiner Eltern nicht sonderlich geräumig ist und die anderen gleich nebenan saßen. «Gestern Abend hat dieses Weib hier angerufen und wollte dich sprechen.»

Für meine Mutter war Maren ab der sechsten Klasse nur noch dieses Weib gewesen. Und wäre Mutter anders erzogen worden, hätte sie bestimmt andere Ausdrücke benutzt, um klar zu machen, was die einzige Tochter eines der ehemals reichsten Männer im Ort in ihren Augen darstellte. Das Wort Flittchen hatte sie einmal über die Lippen gebracht, zu mehr war sie nicht fähig. Und Flittchen passte ihrer Meinung nach nur zu einem jungen Mädchen. Die Intensität ihres Blickes steigerte sich, bekam die Qualität und Durchdringlichkeit von Röntgenstrahlen. «Kannst du mir vielleicht mal erklären, was die von dir wollte?»

Nein, konnte ich nicht. «Sie hat letzten Samstag doch mal kurz vorbeigeschaut», sagte ich. «Aber nur, weil ihr Mann hier zu tun hatte, er kümmert sich um die Angelegenheiten ihres verstorbenen Vaters.»

«Blödsinn!», schnaubte Mutter. «Was es da zu kümmern gab, hat die doch längst erledigt.»

Wie immer war sie bestens informiert über alles, was in der Stadt vorging und getratscht wurde. Der alte Koska war nicht kürzlich, sondern schon im Oktober des vergangenen Jahres beerdigt worden. In aller Stille beigesetzt – im wahrsten Sinne des Wortes. Nicht mal eine Todesanzeige in der *Rundschau*, dem *Kölner Stadtanzeiger* oder wenigstens in der *Werbepost* habe es gegeben. Und die einzige Tochter, seine Prinzessin Silberhaar, hatte es für überflüssig befunden, als trauernde Hinterbliebene dem Sarg das letzte Geleit zu geben und am offenen Grab ein oder zwei Tränen zu vergießen.

«Aber abkassieren», polterte Mutter.

Konkurs hatte der Alte laut ihr nicht gemacht. Wie denn auch, bei sieben Mietshäusern, in denen durchschnittlich acht Parteien lebten, die zwischen drei- und vierhundert Euro pro Monat zahlten? Das waren rund zwanzigtausend pro Monat. Gut, es gab zwei oder drei Blocks, in denen das Sozialamt bedürftige Leute untergebracht hatte, aber für die zahlte das Amt ja auch die Miete.

Die Immobilien verwaltete Maren nun selbst. Seit November mussten meine Eltern die Miete nach Hamburg überweisen. Eine Mieterhöhung hatte es natürlich auch sofort gegeben, aber keinen neuen Durchlauferhitzer fürs Bad. Ein paar Tage vor dem Tod des Alten hatte Fred Pavlow – der Geschäftsführer mit der sozialen Ader, der vor Jahren dafür gesorgt hatte, dass die Nachtspeicherheizung eingebaut wurde, damit niemand mehr Kohlen schleppen musste – noch versprochen, den Austausch des Durchlauferhitzers zu veranlassen und sich darum zu kümmern, dass isolierverglaste Fenster eingesetzt wurden, damit man Heizkosten spare. Nur hatte Fred Pavlow dann nichts mehr zu sagen gehabt.

Bis Ende Februar hatte er sich noch um den Gebrauchtwagenhandel und die Baumaschinen kümmern dürfen und dann von einem Tag auf den anderen die Papiere bekommen, weil das Weib der Meinung war, er erziele nicht genug Gewinn. Keinen Pfennig oder Cent, wie das neuerdings hieß, Gehalt für den letzten Monat seiner Tätigkeit hatte der arme Fred gesehen, von einer Abfindung für langjährige treue Dienste ganz zu schweigen.

Das wusste Mutter aus einer absolut sicheren Quelle, von Frau Pavlow. Die saß beim Lidl an der Kasse und hatte seit März mehr als einmal gejammert, wie schlecht der arme Fred behandelt worden sei. Er war immer noch arbeitslos, in seinem Alter fand er wohl auch keine neue Stelle mehr, hatte ja nicht mal ein ordentliches Zeugnis bekommen. Und als er davon sprach, einen Anwalt einzuschalten, um sein Recht durchzusetzen, hatte das Weib etwas von Unterschlagung gefaselt. Und so ein Fiesling aus Hamburg, der seit März in Koskas Haus logierte, hatte dem armen Fred Prügel angedroht. Angeblich hatte Fred Gebrauchtwagen weit unter Wert verkauft. Da solle er lieber die Klappe halten, sonst würde er sie bald nicht mehr gerne aufmachen, weil ihm dann nämlich sämtliche Zähne fehlten.

Mir gegenüber in den vergangenen Monaten einmal etwas davon zu erwähnen, hatte niemand für notwendig erachtet. Wozu auch? Was hatte ich denn noch mit dem Koska-Weib zu tun?

«Ich dachte, mich trifft der Schlag», sagte Mutter, «als die gestern Abend hier anrief.»

Und natürlich hatte sie Maren in aller Deutlichkeit zu verstehen gegeben, dass ich in festen Händen war. Also hatte sie in bester Absicht dafür gesorgt, dass Maren erfuhr, wo man mich privat erreichen konnte. Ihr Gesicht bestand nur noch aus

Besorgnis. «Konrad, du wirst doch nicht wieder ... Junge, tu mir das nicht an. Denk an den armen Kleinen und an Hanne. Was soll denn werden, wenn du ...»

Ich brachte ein zuversichtliches Lächeln zustande, nahm sie in den Arm und tätschelte ihr den Rücken, damit ich nicht in ihre sorgenvolle Miene schauen musste. «Wofür hältst du mich?»

Mutter schüttelte betrübt den Kopf. «Das geht nicht gut, wenn die in der Nähe ist. Das haben wir ja schon mal erlebt. Die gibt nicht eher Ruhe, bis sie dich da hat, wo sie dich haben will.» Ihre Stimme wurde um eine Spur schärfer. Es fehlte nur der erhobene Zeigefinger. «Wenn ich dahinter komme, dass du dich wieder mit ihr einlässt, ist hier die Tür ein für alle Mal zu. Merk dir das. Damals war es schon schlimm. Aber da war kein Kind da, das drunter leiden musste. Und jetzt ...»

Ich hatte genug und konnte nicht einmal heftig reagieren. Es war noch keine vierundzwanzig Stunden her, dass ich Maren quer durchs Hotelzimmer getrieben hatte. Und da sollte ich nun meiner Mutter in die ängstlichen Augen schauen und schwören, dass ich niemals, wirklich nie wieder, dass ich nicht einmal im Traum daran dachte. Das schaffte ich auch noch, ohne eine Miene zu verziehen. Es gelang mir, sie halbwegs zu überzeugen, ich sei mit der Zeit völlig immun geworden. Sie fühlte sich jedoch anschließend verpflichtet, Hanne zu warnen.

An diesem Nachmittag erfuhr Hanne auch noch die allerletzten Details des Dramas Maren Koska und Konrad Metzner. Einiges von dem, was auf den Tisch kam, war sogar mir völlig neu. Sie wechselten sich ab, Mutter, Matthias und Ludwig. Jeder wusste noch ein bisschen mehr als die anderen.

Dass Maren vor neun Jahren weiß Gott nicht bloß wegen der Beerdigung ihrer Mutter aus Florida zurückgekommen war. Wann hatte dieses Weib sich denn jemals Gedanken um seine Eltern gemacht? Im Knast gewesen war sie, hatte in Bars

Männer aufgegabelt, es mit ihnen getrieben und ihnen anschließend die Dollars geklaut. Beischlafdiebstahl nannte sich das, war in Florida genauso verboten wie hier. Mehr als einmal hatte ihr Vater eine Kaution überwiesen, damit sie rauskam. Und dann hatte er sich geweigert, sie noch zu unterstützen. Gearbeitet hatte sie ja nie. Da hatte sie zwangsläufig nach Hause kommen müssen.

Die hatte doch schon als Kind nichts anderes im Kopf gehabt als Sauereien. Mit vierzehn das erste Mal auf frischer Tat erwischt worden. Von dem alten Dings, wie hieß der noch gleich? Na, egal, jedenfalls von dem ehemaligen Leiter der Polizeiwache. Die lag ja damals noch in Horrem, und das Flittchen trieb sich dort oft am Bahnhof herum – während Mami sie im Ballettunterricht oder bei sonst einer gesitteten Tätigkeit wähnte.

Matthias wusste ganz genau, dass Maren schätzungsweise ab dem dreizehnten Lebensjahr ihr üppiges Taschengeld aufgebessert hatte, indem sie in Mamis Fußstapfen trat und sich von schrägen Vögeln unter den Rock greifen ließ. Und fürs Geld hätte sie das wirklich nicht tun müssen. Der alte Koska hatte ihr doch jeden Wunsch von den Augen abgelesen und die Welt nicht mehr verstanden, als – hieß der nicht Schröder? Nein, Mettmann. Nein, Krings oder so ähnlich –, sie heimbrachte, nachdem er sie mit einem Reisenden in der Gleisunterführung erwischt hatte.

Das musste man sich mal vorstellen, da liefen Dutzende von Leuten durch. Und dieses Aas stand da mitten im Volk und ließ sich betatschen für einen Zehnmarkschein. Den Kerl hatte das natürlich erheblich mehr gekostet, Schröder, Mettmann, Krings oder so ähnlich hatte ihn rangenommen wegen Unzucht mit einem Kind, wobei bezweifelt werden durfte, dass Maren jemals ein Kind im Sinne von Unschuld gewesen war, dafür hatte sie wohl die falschen Gene.

Ludwig legte Zeugnis ab von der kleinen Katze, die bei der

Grundschule angefahren worden war. Er meinte, damals hätte ich mich von Maren noch nicht einwickeln lassen, sondern es ihr ordentlich gegeben. Gemeint war der Hieb mit dem Zweig. Die Doppeldeutigkeit seiner Worte wurde Ludwig nicht bewusst. Aber er hatte Recht, auf andere Weise hätte ich es ihr in dem Alter noch nicht ordentlich geben können. Dazu war ich erst fünf Jahre später fähig gewesen, als das mit der Schraube passiert war. Davon wusste Ludwig nichts, er hatte es ja wie Matthias nicht aufs Gymnasium geschafft.

Aber ich wusste es noch ganz genau, sah das Messer vor mir, das Maren einem Jungen aus der Zehn in die Hand drückte, sah ihren lüsternen Gesichtsausdruck, als der Knabe das Messer ansetzte und Anstalten machte, die Klinge in einen Autoreifen zu stoßen. Im letzten Moment fiel sie ihm in den Arm. «So doch nicht. Das macht man ganz anders.»

Der Autoreifen gehörte zum Wagen eines Oberstudienrats, von dem der nach Rache dürstende Knabe eine Note in Mathe kassiert hatte, die er daheim nicht gerne vorzeigen wollte, aber zwangsläufig musste – zur Unterschrift eines Erziehungsberechtigten. Am nächsten Tag brachte Maren eine Schraube von gut sechs Millimeter Durchmesser mit und klemmte sie so hinter einen der Reifen, dass sie sich beim Zurückfahren automatisch hineinbohren musste.

Ich war nicht dabei. Da sie immer noch von Mami zur Schule kutschiert wurde, traf sie morgens meist ein paar Minuten vor mir ein. Ich hörte erst am nächsten Tag von der Schraube. Peter Bergmann erzählte es mir und prophezeite düster: «Das gibt Tote.» Die Schraube steckte noch im Reifen, und ich brachte Maren dazu, ins Sekretariat zu gehen und es zu melden, ehe der Oberstudienrat mit seinem Auto verunglückte, weil ihm während der Fahrt der Reifen platzte.

Hanne nahm die Aufklärung gelassen zur Kenntnis, wusste ja auch das meiste schon von mir. Nur einmal streifte sie mich mit einem Blick, der alles Mögliche bedeuten konnte. Erst auf dem Heimweg stellte sie in nüchternem Ton fest: «Sie hat gestern bei uns angerufen.»

Ich nickte und fasste Olivers Hand fester. Wir hatten darauf verzichtet, für drei Straßen das Auto zu nehmen. Ich hatte ein paar Bier zum Abendbrot einkalkuliert und nicht damit gerechnet, dass wir uns erheblich früher als geplant verabschiedeten.

«Und du hast dich mit ihr getroffen», sagte Hanne.

«Ja.»

Aus den Augenwinkeln sah ich, dass nun sie nickte und sich kurz auf die Lippen biss. «Wann siehst du sie wieder?»

«Vermutlich gar nicht.» Mit meiner Mutter oder Hanne erpressen könnte Maren mich nun nicht mehr, dachte ich. Und der Rest sei reine Willenssache. Und verdammt nochmal, ich hatte doch einen Willen, konnte nein sagen.

Auf die üblichen Fragen in solchen Fällen – warum, wie oft, und was hat sie, was ich nicht habe – verzichtete Hanne. Nachdem wir daheim angekommen waren, versorgte sie Oliver mit einem Leberwurstbrot und einem Glas Milch. Dann brachte sie ihn ins Bett, was sonst immer ich tat. Gute zwei Stunden las sie ihm aus seinem Buch vor, erklärte ihm anschließend noch sehr ausführlich einen Meteoriteneinschlag, die vernichtenden Folgen für sämtliche Tiere der Urzeit und ansatzweise die Evolution, woraus Olli schloss, die Rexe seien die Vorfahren böser Menschen.

Danach ging Hanne ins Bad und schloss die Tür hinter sich ab. Das tat sie sonst nie. Zehn Minuten lang hörte ich dem Wasserrauschen zu. Es rauschte einfach nur, klang nicht, als ob jemand duschte, Zähne putzte oder sonst etwas tat. Und als ich dachte, es keine Sekunde länger auszuhalten, wurde es still, absolut still.

Als Hanne nach mehr als einer Stunde endlich im Wohnzimmer erschien, hatte sie sich in ihren alten Bademantel gehüllt. Den trug sie sonst nur nach dem Aufstehen. «Vermutlich», sagte sie, während sie zu einem Sessel ging, «ist keine Garantie.» Sie setzte sich, schlug die Beine übereinander, zupfte den Bademantel darüber und hielt den Blick auf ihre bedeckten Knie gerichtet.

«Willst du eine Garantie?», fragte ich.

Sie lächelte geringschätzig. «Nach allem, was ich weiß und heute nochmal gehört habe, scheint mir das nicht sehr sinnvoll. Das Weib ist eine Naturkatastrophe. Dagegen ist man machtlos. Man kann nur hoffen, dass die Katastrophe schnell vorüberzieht und man mit einigermaßen heiler Haut davonkommt.»

Der Bademantel störte mich. Er war wie eine Wand aus Stahlbeton. Dass sie in einem Sessel saß statt neben mir auf der Couch wie sonst, störte mich noch mehr. Und am meisten störte mich, dass ich darüber erleichtert war. Ich hätte an dem Abend nicht mehr den feurigen Liebhaber spielen können.

## Sonntag, 1. Juni

Den Vormittag brachten wir mit viel Mühe und wenig Anstand hinter uns. Hanne war verletzt, natürlich war sie das. Aber sie bemühte sich um Haltung. Im Grunde war sie großartig. Und ich war fest entschlossen, nun, wo es auf Messers Schneide stand, war ich das wirklich. Eine seit sieben Jahren prächtig funktionierende und harmonische Beziehung setzte man doch nicht aufs Spiel, für eine weitere Nummer mit einer Maren Koska. Nicht einmal mehr zum Abschied.

Sollte sie sich noch einmal bei mir melden, wollte ich ihr das unmissverständlich klar machen – und vielleicht noch ein paar Fragen stellen. «Warst du am Samstag bei Alex Godberg? Was hattest du bei ihm zu tun? Wo ist seine Frau?»

Nachmittags saßen wir noch einmal im Kreise der gesamten Familie eingeklemmt um zwei gedeckte Tische im Wohnzimmer meiner Eltern. Für große Feiern wurde immer der Küchentisch dazugeholt und alles an Sitzgelegenheiten herangeschleppt, was verfügbar war. Sodass, wer als Erster erschien und sich leichtsinnigerweise auf die Couch setzte, sich erst entfernen konnte, wenn alle anderen aufgestanden waren und das Mobiliar größtenteils beiseite geräumt war.

Eine knappe Stunde lang ging es gut. Jeder war mit Kaffee und Torte beschäftigt. Hannes Kirschkuchen fand reißenden Absatz. Für die Diesellok bekam sie einen Kuss auf die Wange. Mein Vater küsste sonst nie vor Zeugen. Matthias und Ludwig mussten sich jeweils mit einem Händedruck begnügen. Aber Matthias schenkte auch nur drei Päckchen Schienen und Ludwig den Bausatz einer Lagerhalle, die vom Stil her absolut nicht zu der alpinen Landschaft passte, die Vater seit Beginn seines Rentenalters zusammengebastelt hatte. Es musste trotzdem ein Platz für das Ding gefunden werden.

Vater und Ludwig begaben sich ins ehemalige Kinderzimmer, seit Jahren das Eisenbahnzimmer genannt. Insgesamt fünf Kinder folgten ihnen. Im Wohnzimmer wurde es luftiger. Hanne und meine Schwägerinnen machten sich daran, die Tische abzuräumen, und marschierten geschlossen in die Küche, um mit vereinten Kräften das Geschirr abzuspülen, die Reste der Torten zu verstauen und den vorbereiteten Salaten den letzten Schliff zu geben. Zurück blieben Mutter, Matthias und ich.

Es kam, was kommen musste, die zweite Belehrung in Sachen Vernunft und Verantwortungsgefühl. Hätten sie doch nur den Mund gehalten. Warum mussten sie in einer entzündeten und vereiterten Wunde stochern? Und das ihrem Wissensstand nach auch noch vorbeugend. Hanne hatte mit keiner Silbe angedeutet, das Kind sei bereits in den Brunnen gefallen.

Matthias eröffnete mit einer Erinnerung an die Liste, die er in jungen Jahren erstellt hatte. Nun setzte er die beiden Punkte Frau und Sohn darauf, die ich um keinen Preis der Welt hergeben wollte, aber seiner Meinung nach nun müsste, weil er sich nicht vorstellen konnte, dass Hanne es sich gefallen ließ, mit einer Nutte betrogen zu werden.

«Du musst nicht glauben, dass du hier nochmal einziehen kannst, wenn Hanne dich rauswirft», griff Mutter den Faden auf und knüpfte im Eifer des Gefechts einige Details ein, die sie sich am vergangenen Nachmittag verkniffen hatte.

Ihre Überzeugung, dass Maren im März nicht nur einen Fiesling aus Hamburg in ihrem Elternhaus einquartiert hatte. Nein, das waren zwei. Lichtscheues Gesindel, das man nie zu Gesicht bekam. Nur der Himmel wusste, was die da aushecken. Und das Weib war auch jedes Wochenende da. Das war eine von Frau Pavlow übermittelte feststehende Tatsache. Mutter hatte schon Blut und Wasser geschwitzt, als sie es Ende März beim Lidl zum ersten Mal hörte. Deshalb hatte sie sich so über die Einladung zum Klassentreffen aufgeregt. Weil sie voraussetzte, dass Maren erschien. Eine weite Anreise hätte sie wahrhaftig nicht gehabt.

Der Vormittag hatte bereits kräftig an meinen Nerven gezehrt. Aber jetzt war glücklicherweise Platz genug. Ich stand vom Sofa auf und ging. Als ich an der Küchentür vorbeikam, drehte Hanne sich mit tropfenden Händen und wundem Blick zu mir um. «Gehst du schon, Konrad?» Ich nickte nur.

Eine Viertelstunde später stieg ich in meinen Wagen und fuhr ins Gewerbegebiet. Was mich dort hintrieb, war das gleiche Verlangen, das mich vor zwanzig Jahren veranlasst hatte, nachmittags zum Sportplatz zu schleichen, das Gebüsch dort nach Maren und einem Viertel Dutzend Spielgefährten abzusuchen und alle Heiligen im Himmel anzuflehen, dass ich niemanden fand.

Meinen Wagen stellte ich bei einem Tapetenmarkt ab, ging zurück Richtung Boelcke-Kaserne. Es gab noch genügend Bäume rund um Koskas Grundstück, hinter denen man Deckung beziehen und sich in Ruhe umschauen konnte. Der Zaun aus Maschendraht hing zwischen den ehemals grün gestrichenen, jetzt rostenden Pfosten durch. Das breite, weit offene Tor, ebenfalls aus Maschendraht, war halb zur Seite gekippt. Alles machte einen heruntergekommenen Eindruck.

Der klotzige Bau mitten auf dem Gelände wirkte verlassen. An sämtlichen Fenstern waren die Rollläden unten. Das sah nicht danach aus, als sei das Haus seit März wieder bewohnt. Gerüchte, dachte ich, nichts als Gerüchte. Mutter schnappt etwas auf und verbreitet es als nackte Tatsachen weiter.

Es stand noch einiges herum, was der sozial eingestellte Fred Pavlow vielleicht niemandem hatte andrehen mögen. Ein paar vor sich hin rostende Baumaschinen. Planierraupe, Schaufellader, ein Bagger und zwei verrottete Laster, dazwischen drei alte Autos. Ein weißer Nissan, ein blauer VW-Polo und ein grauer Golf.

Ich wagte mich näher heran. An keinem der Fahrzeuge gab

es Kennzeichen. Nirgendwo stand ein neuer, silberfarbener Omega, nirgendwo ein roter Golf. Es war wie das Auftauchen eines Ertrinkenden, wenn der Rettungsschwimmer ihn gerade noch erwischt hat. Luft schnappen und langsam zurück auf festen Boden. Leider hielt meine Erleichterung nur knappe zehn Minuten vor.

Auf der Rückfahrt kam mir kurz hinter der Kreuzung, bei der man abbiegen musste, um zur Boelcke-Kaserne oder Koskas Grundstück zu gelangen, der rote Golf entgegen. Im Kennzeichen das BM, das jedes im Erftkreis zugelassene Fahrzeug trug. Aber es war unzweifelhaft das Auto, in dem Maren und ich eine gute Woche zuvor unsere Abschiedsorgie begonnen hatten. Ich erkannte es an der zerschrammten und eingedellten Fahrertür.

Am Steuer saß ein schmächtiges Bürschchen mit Lederjacke, dunklem Haar und schmalem Gesicht. Südländischer Typ. Vermutlich der Jugendliche, den Godbergs aufmerksame Nachbarn vor dem Einstieg in seinen Keller zweimal gesehen hatten. Auf dem Beifahrersitz ein Bulle von Kerl. Sein Gesicht konnte ich im Vorbeifahren hinter der spiegelnden Frontscheibe nicht so deutlich erkennen, dass ich eine Zeichnung von ihm hätte anfertigen lassen können. Aber dass er eine Sonnenbrille und einen schwarzen Vollbart trug, war nicht zu übersehen. Olli hatte ein sehr gutes Personengedächtnis und zeichnete für sein Alter auch ganz passabel.

Im Rückspiegel sah ich noch, dass der Golf den Blinker setzte und abbog. Und plötzlich war ich nur noch müde, ganz lahm und schwer in den Knochen, das Hirn wie ein Ballon aufgeblasen und mit Watte ausgestopft. Es hätte mich nicht gewundert, wenn plötzlich ein Dinosaurier quer über die Straße gelatscht wäre.

Ich hatte das Gefühl, in einem großen Fass zu stecken. Es war mit zähflüssigem Sirup gefüllt. Und ich paddelte hilflos wie ein Insekt darin herum, zog Schlieren in dem klebrigen

Brei, schnappte nach Luft und spürte, es war alles vergebens. Nun brauchte ich dringend Hilfe, einen Menschen zum Reden, Jochen Becker, wen sonst? Er könnte genug Abstand bewahren, dachte ich, um die ganze Sache objektiv zu betrachten und nicht ebenfalls zu ersticken in der Pampe.

Dritter Teil

# Ella Godberg

Ich fuhr zu unserer Wohnung, um alles noch einmal in Ruhe zu überdenken: Olivers Andeutungen, sein Gestammel nach dem Albtraum, meine Eindrücke und ein roter Golf mit zwei verschiedenen Kennzeichen, der bewies, dass etwas nicht mit rechten Dingen zuging. Wenn ich meinen Verdacht, Ella Godberg könne möglicherweise am vergangenen Montag nicht von ihrem Bruder aus dem Haus geholt worden sein, aus allen Richtungen betrachtet hatte, wollte ich Jochen anrufen. Doch ich kam nicht dazu.

Schon im Treppenhaus hörte ich das Telefon klingeln, wieder und wieder. Ich dachte an Mutter, Matthias und die entrüstete Frage: «Was fällt dir ein, einfach abzuhauen, wenn wir mit dir reden wollen?»

Nach einem weiteren Vortrag war mir nicht. Mit dem Aufschließen der Tür ließ ich mir Zeit, bis das Klingeln aufhörte. Doch kaum hatte ich mich in einen Sessel gesetzt, begann es von neuem, zehnmal, zwölfmal, Stille, und wieder von vorne, zehnmal, zwölfmal, Stille, und noch einmal. Ich saß zu weit weg, um einen Blick aufs Display zu werfen.

Und als ich nach einer halben Stunde zu der Erkenntnis kam, dass kein Mitglied meiner Familie ein Telefon bis zum Abwinken läuten ließ, als ich endlich den Hörer abnahm und mich mit einem knappen «Ja» meldete, sagte Maren mit rauer, gedrängter Stimme: «Na endlich, Konni. Ich versuche schon seit einer Stunde, dich zu erreichen. Kannst du reden?»

Ich wusste nicht, ob ich konnte, und machte erst gar keinen Versuch. Sie interpretierte mein Schweigen falsch. «Alles klar, lass dir etwas einfallen, um wegzukommen. Ich muss dich unbedingt sehen, sofort, es ist sehr wichtig.»

Als ich immer noch keinen Ton über die Lippen brachte, wurde sie wütend. «Verdammt, Konni, spiel jetzt nicht den Heldenvater. Ich fahre in ein paar Minuten nach Köln und sehe dich in spätestens einer Stunde im Hotel, Zimmer zweihundertfünf.»

Es war ihr erster Satz, der in mir etwas zum Einsturz brachte. Spiel jetzt nicht den Heldenvater! Ich war in dem Moment verdammt sicher, dass sie am vergangenen Montag zu Rex gesagt hatte, er solle die Kinder holen. Eins dieser Kinder war mein Sohn gewesen. Und das hatte sie schon gewusst, als sie ihn in Godbergs Garten sah. Ich hatte ihr doch beim Klassentreffen das neueste Foto von Oliver gezeigt. Ich hatte am Dienstag Andreas Nießen zu Godbergs Nachbarn geschickt. Welchen Grund es am Freitagabend gegeben haben könnte, mich nach Köln zu bestellen, wusste ich nicht. Vielleicht einfach nochmal nachhaken. Hätte ja sein können, dass ich mich anders verhielt, wenn bereits Ermittlungen im Gang gewesen wären. Und jetzt. Sie hatte gestern mein Auto vor Godbergs Haus gesehen. Und vor einer Stunde war dieses Auto am roten Golf vorbeigefahren.

Endlich bekam ich die Stimme frei. «Nein.»

«In einer Stunde», wiederholte sie. Dann war die Leitung tot.

Es war kurz vor sechs, ich wusste nicht, wie lange Hanne noch an der Geburtstagsfeier teilzunehmen gedachte. Vielleicht nahm sie an, ich sei nur nach Hause gegangen, weil ich meine Ruhe haben wollte. Mit etwas Glück war ich wieder da, ehe sie kam. Und mit noch mehr Glück wusste ich dann, ob ich mich nur verrückt machte. Ich hatte nicht vor, nach Köln zu fahren, wollte mich nur überzeugen, dass Maren auf dem Weg zum Hotel war, und dann mit Alex Godberg sprechen.

Ich fuhr sofort runter, parkte in einer Querstraße, wartete. Nach einer Viertelstunde war immer noch kein silberfarbener Omega vorbeigefahren. In ein paar Minuten, hatte sie gesagt. Wenn sie sofort losgefahren war, musste sie längst auf der Autobahn sein. Ich stieg aus und ging bis zur Straßenecke. Vor Godbergs Grundstück parkte ein Lieferwagen mit offenen

Hecktüren. Im Laderaum sah ich drei Teppichrollen. Zwei junge Männer liefen geschäftig zwischen dem Hauseingang und den Hecktüren hin und her, jedes Mal beladen mit einer weiteren Rolle. Ab und zu erschien auch Alex in der Haustür und überwachte die Aktion. Insgesamt zählte ich zwölf Teppiche, ehe der Lieferwagen abfuhr und die Haustür geschlossen wurde. Geöffnet wurde sie danach nicht mehr, obwohl ich ziemlich lange auf den Klingelknopf drückte, gegen die Haustür klopfte und nach ihm rief.

Also fuhr ich doch nach Köln – in der Absicht, Maren ins Kreuzverhör zu nehmen. Erst kurz vor der Abfahrt Köln-West wurde mir klar, dass ich ihr keine Fragen stellen und auf gar keinen Fall ihr Misstrauen wecken durfte. Wenn mein Sohn letzten Montag nicht Zeuge einer familiären Auseinandersetzung geworden sein sollte, sondern eine Entführung beobachtet hatte. Allein die Vorstellung drehte mir den Magen um, mein Olli. Und wie hieß es in solchen Fällen immer: «Keine Polizei.» Am liebsten hätte ich kehrtgemacht. Aber mit ihrem Drängen im Hinterkopf fuhr ich weiter.

Was so wichtig war, erfuhr ich nicht. Anscheinend ging es nur um das Übliche. Und mein Verhalten, vielmehr meine Reaktion musste sie stutzig machen. In den ersten zehn, fünfzehn Minuten rührte sich gar nichts. Sie gab sich redlich Mühe, spielte auf der Flöte wie in alten Zeiten. Aber schließlich richtete sie sich auf und schaute mir mit einem undefinierbaren Blick in die Augen. «Was soll ich denn davon halten, Konni? Vor so einem Problem standen wir noch nie. Verrätst du mir etwas über die Gründe? Hast du dich letzte Nacht daheim als Liebhaber total verausgaben müssen? Drückt dich das schlechte Gewissen? Oder hast du berufliche Sorgen?»

So konnte man das wohl ausdrücken, aber das Nicken verkniff ich mir lieber. Spiel jetzt nicht den Heldenvater, dachte ich. Sie setzte sich rittlings auf meine Oberschenkel und begann mit sanften, kreisenden Bewegungen über meine Bauchdecke zu streichen. «Sprich dich aus, Konni, dafür bin ich immer noch gut. Ich werde es auch nicht weitererzählen, großes Ehrenwort.» Für einen Scherz klang das nicht leicht genug.

«Warum musste ich gerade jetzt unbedingt kommen?»

Sie lächelte. Auf mich wirkte es wie blanker Hohn. «Vielleicht hatte ich Sehnsucht nach einer Tracht Prügel. Du wolltest mich doch windelweich schlagen, wenn ich dich nochmal unter dieser Nummer anrufe.»

Bis dahin hatte sie sich nicht die Zeit genommen, irgendein Teil ihrer Oberbekleidung auszuziehen. Sie trug einen kurzen, engen Rock, den sie nur hochgeschoben hatte, und dazu die rote Bluse, in der sie am Dienstag unter die Dusche gestiegen war. Die Bluse öffnete sie nun, ganz langsam, Knöpfchen für Knöpfchen, schob den Stoff über die linke Schulter zurück, dann über die rechte und die Oberarme. Dabei schüttelte sie ihr Haar mit einer raschen Kopfbewegung nach hinten und betrachtete mich mit einem sezierenden Blick – so wie damals das verletzte Kätzchen.

Auf ihrem linken Oberarm befand sich ein Bluterguss, ziemlich frisch, noch überwiegend blaurot, stellenweise sogar schwarz, nur wenige gelbgrüne Sprenkel dazwischen. Vier Finger, ein Daumen und der Handballen hatten sich eingeprägt, als sei sie gewaltsam festgehalten worden von einer richtigen Pranke, passend zu dem Kerl, der im Golf gesessen hatte.

«Hattest du Ärger mit Rex?», fragte ich und legte meine Hand auf das Hämatom. Ich versuchte es zumindest, aber meine Hand war zu klein.

Sie lächelte immer noch. «Nicht der Rede wert. Er argwöhnte am Freitagabend, ich könne mehr getan haben, als nur irgendwo gut zu essen.» Während sie sprach, zog sie die Bluse ganz aus, darunter trug sie ein Seidenhemd. Und als sie das über den Kopf zog, wurde mir übel. Auf Brust und Rippen hatte sie weitere großflächige Blutergüsse. Der Form nach Faustschläge oder Quetschungen.

Ich tippte behutsam mit einer Fingerspitze gegen zwei der Hämatome. «Wenn das nur Argwohn war, sollten wir aufhören, ehe Rex richtig misstrauisch wird.»

«Das hat mich an dir immer so gestört, Konni», sagte sie. «Du kannst einfach kein Risiko eingehen. Ich nehme einiges in Kauf, um dich zu treffen. Dafür lasse ich mich sogar mit dem Kopf ins Klo drücken, während die Spülung abgezogen wird, bis ich meine, beim nächsten Schwall zu ersaufen.»

«Macht er das auch mit dir?»

«Nein, dafür hat er seine Leute. Und die haben von der Pike auf gelernt, wie man ein Klo schrubbt. Aber mach dir darum keine Gedanken, Konni. Es war mein Fehler, ich hätte am Dienstag die nassen Klamotten nicht mit zurücknehmen dürfen.»

«Du bist verrückt.»

Sie lachte, es klang fast fröhlich. «Ja, nach dir, habe ich dir doch vor neun Jahren schon mal gesagt. Und bisher dachte ich, das beruhe auf Gegenseitigkeit. Was ist los mit dir, Konni?»

Sie wusste ganz genau, was mit mir los war. Ich hätte geschworen, dass sie es wusste. Ein guter Schauspieler war ich nie. Und der Gedanke, dass ich Hanne mit einer Frau zu betrügen versuchte, die vielleicht in eine Entführung verwickelt war, stand mir wohl auf der Stirn geschrieben.

Ihre Finger glitten immer noch spielerisch kreisend über meine Haut, umrundeten den Nabel, strichen an den Leisten abwärts. Ich konnte den Blick nicht lösen von diesen Flecken, hatte die Stimme meiner Mutter im Kopf. Lichtscheues Gesindel, Hamburger Fiesling, der Fred Pavlow drohte, ihm sämtliche Zähne auszuschlagen. Über die Erinnerung fand ich eine harmlose Frage: «Wie konntest du am Freitag bei meinen Eltern anrufen?»

Nun lachte sie hellauf. «Ach Gottchen, ist das der Grund für deinen Hänger? Haben sie dir mit vereinten Kräften die Hölle heiß gemacht? Lass mich raten, was hat Mama gesagt?»

Sie hob den Zeigefinger, drohte mir damit und traf sogar

fast den Wortlaut meiner Mutter. «Und dass du dir nicht einbildest, du könntest wieder bei uns einziehen, wenn Hanne dir den Koffer vor die Tür stellt. Wir haben dich einmal aufgenommen. Wer sich freiwillig zum zweiten Mal aufs Glatteis begibt, dem ist nicht zu helfen.»

Dann ließ sie sich nach vorne fallen, hauchte mir eine Unzahl von kleinen Küssen auf Kinn, Hals, Mund und Nase. «Nicht böse sein, Konni. Du hättest mich eben nicht beschwindeln dürfen, du einsamer Wolf. Ich wollte doch nur wissen, wo ich dich finden kann. Du stehst nicht im Telefonbuch, mein Lieber. Die Auskunft konnte mir auch nicht helfen. Gehört sich denn das für einen anständigen Polizisten? Gib mir deine Handynummer, dann haben wir das Problem aus der Welt.» Während sie sprach, rutschte sie langsam tiefer und versuchte ihr Glück noch einmal.

«Ich hab kein Handy», log ich. Es lag im Auto, da hatte es auch am Dienstag und am Freitag gelegen, während ich bei ihr gewesen war. «Du hättest meine Familie aus dem Spiel lassen sollen.»

Sehen konnte ich ihr Gesicht nicht, aber ich fühlte ihr Grinsen auf der Haut. Sie unterbrach ihre Bemühungen für einen Moment. «Lässt deine Familie mich aus dem Spiel, Konni?»

Jetzt sprachen wir also endlich Klartext. Ich nahm es jedenfalls an, blieb aber auf Vorsicht bedacht. «Wie sollten sie, wenn du dich selbst ins Gespräch bringst? Ich hab mir gestern einige Widerwärtigkeiten anhören müssen. Beischlafdiebstahl, etliche Aufenthalte im Knast, Umgang mit lichtscheuem Gesindel und eine Mieterhöhung.»

Wieder lachte sie. «Ist ja köstlich, was die Leute sich so alles einfallen lassen, wenn sie einen nicht mögen. Aber das mit der Mieterhöhung stimmt. Ich habe eben keine soziale Ader. Du kannst sie schon mal auf die nächste vorbereiten, ich will wenigstens den üblichen Satz und orientiere mich am Mietspiegel. Noch liegen sie drunter.»

Dann packte sie fester zu. Und irgendwo im Adergeflecht löste sich ein Knoten. Vielleicht war es auch ihr Lachen, die scheinbare Erleichterung. Die Blutzirkulation kam in Gang. «Na also», meinte sie. «Man muss den Stier bei den Hörnern packen und den Bullen beim Schwanz, dann funktioniert das auch.»

Es war weit nach acht, als ich das Hotelzimmer wieder verließ. Sie lag noch ausgestreckt auf dem Bett, einigermaßen, aber wie ich wohl kaum völlig zufrieden. Mit einem langen, nachdenklichen Blick schaute sie mir hinterher. Ihre Augen verfolgten mich fast bis zum Stadtrand von Kerpen. Und die ganze Zeit dachte ich, ich hätte sie vielleicht fragen müssen, warum sie bei einem Mann blieb, der sie misshandelte. Ob es schon vorher Ausbrüche von Gewalt gegeben habe, oder ob er erst jetzt sein wahres Gesicht zeige. Irgendeine Art von Anteilnahme heucheln, um zu demonstrieren, dass ich wirklich von nichts eine Ahnung hätte.

Ich fuhr langsam, ständig den Rückspiegel im Blick – und nicht sofort nach Hause. Es spielte keine Rolle mehr, ob Hanne bereits daheim war und auf mich wartete, ob sie sich fragte, was ich gerade trieb, ob sie litt. Ich war sehr wohl imstande, ein Risiko einzugehen, meinte jedoch, so groß sei es gar nicht. Rex konnte mich nicht persönlich kennen. Dass sie ihm mal ein Jugendfoto von mir gezeigt hätte, war nur schwer vorstellbar. Und dass sich ihm mein Gesicht im Moment des Vorbeifahrens eingeprägt haben könnte, schloss ich aus. Meinen Wagen stellte ich wieder weit entfernt ab. Auf die Gefahr hin, dass er ausfallend wurde, wenn ich an den Zaun pinkelte, mehr als ein paar Kraftausdrücke befürchtete ich nicht.

Dass ich, wie man so schön sagt, das Pferd von hinten aufzäumte, war mir durchaus bewusst. Ich hätte runter zu Godberg fahren müssen, um sie ankommen zu sehen. Aber es war wohl so, dass sich ein großes Stück Konrad Metzner gegen den unumstößlichen Beweis ihrer Anwesenheit in seinem Haus wehrte.

Auf Koskas Grundstück hatte sich in den letzten Stunden nichts verändert. Keine Spur von dem roten Golf, immer noch sämtliche Rollläden unten, was nicht bedeutete, dass sich nicht doch jemand im Haus aufhielt. Vielleicht hatte der Kleine Rex abgesetzt und war weitergefahren. Vielleicht hatten sie das Auto auch anderswo abgestellt. Eine geschlagene Stunde arbeitete ich mich unter dem Deckmäntelchen des einsamen Spaziergängers, der von einem menschlichen Bedürfnis überwältigt worden war und nicht unbedingt öffentliches Ärgernis erregen wollte, vom Zaun zum Bagger, weiter zum Tieflader, über das komplette Grundstück und um das Haus herum. Maren kam nicht, von Rex oder dem Schmalgesicht in Lederjacke sah ich nichts. Entweder interessierte es sie nicht, dass sich draußen jemand vergebens abmühte, seine Blase zu entleeren. Oder sie hielten es für ratsamer, sich abwesend zu stellen.

Danach machte ich noch einen Abstecher zu Godberg. Das Garagentor war geschlossen. An sämtlichen Fenstern die Rollläden unten. Es gab nichts zu sehen. Also fuhr ich endlich heim.

Ich wollte nur rasch meinen Wagen in die Garage fahren, die Hanne zusammen mit der Wohnung gemietet hatte. Dann wollte ich Oliver wecken und einem strengen Verhör unterziehen, mir den Ablauf des vergangenen Montags haarklein von ihm schildern lassen unter der Androhung, dass es für jede phantasievolle Ausschmückung mindestens drei Monate Stubenarrest und ein halbes Jahr Fernsehverbot gab. Aber in der Garage stand Hannes Fiat.

Er stand exakt in der Mitte. Rechts und links, vorne und hinten war genügend Platz für einen Pulk Motorräder. Hannes Fiat einen Kleinwagen zu nennen, wäre bereits maßlos übertrieben. Man hätte von seiner Sorte bequem zwei in der Garage unterbringen können. Sie hatte ihn vor Jahren überaus preisgünstig aus dritter Hand erstanden und fand seitdem, er reiche völlig für ihre Stadtrundfahrten und gelegentlichen Abstecher nach Köln.

Ein paar Kinder aus der Nachbarschaft hatten den Fiat bereits mit der unschönen Bezeichnung Rostlaube belegt. Aber der TÜV-Prüfer war beim letzten Termin gnädig gewesen und hatte ihn noch einmal durchgelassen in der Ansicht, es sei Hannes Problem, wenn es ihr auf den Kopf regnete oder sie nasse Füße bekam. Rein technisch war das Vehikel so weit einsatzfähig, dafür sorgte mein jüngerer Bruder. Ludwig war beruflich als gelber Engel unterwegs, er arbeitete für den ADAC.

Normalerweise stand der Fiat in der Nähe der Haustür geparkt, weil an ihm ohnehin nichts mehr zu verderben war. Weder saurer Regen, Hagelstürme, Taubenschwärme noch spielende Kinder konnten ihm einen Schaden zufügen, den er nicht bereits gehabt hätte. Mein Wagen dagegen war ziemlich neu, erst zwei Jahre alt, die Familienkutsche sozusagen. Technisch in Topzustand, in puncto Sicherheit ausgerüstet mit allem, was auf dem Markt war. Er hatte sogar Seitenairbags, Hannes Fiat hatte gar keine. Sie hatte mir sofort nach der Überführung den Platz in der Garage nicht nur überlassen, sondern förmlich aufgedrängt. Und jetzt stand der Fiat drin. Es war fast schon der Tritt in den Hintern.

Hanne hatte den Fehdehandschuh aufgenommen. Irgendwie erleichterte mich das. So, wie der erste, paukenartige Donnerschlag einen durchatmen lässt, nachdem es zuvor stundenlang gewetterleuchtet und nur von Ferne gegrummelt hat. Das klingt vielleicht komisch in Anbetracht der Gesamtsituation. Aber wenn man meint, bis zum Hals in der Scheiße zu stecken, hat ein kräftiger Schauer, der zumindest den Kopf freiwäscht, einiges für sich.

Ich rechnete damit, einen Koffer oder eine Tasche mit ein paar Sachen vor der Wohnungstür zu finden. Vielleicht noch einen Zettel, auf dem stand, ich solle zusehen, wo ich bliebe.

Meinen restlichen Kram könne ich in den nächsten Tagen abholen.

Die Haustür war bereits abgeschlossen, wie sich das für ein anständiges Mietshaus gehörte. Ich stieg die Treppen hinauf zu unserer Wohnung. Vor der Tür stand nichts, aber man durfte auch nicht erwarten, dass eine betrogene Frau einem noch fürsorglich frische Wäsche für den nächsten Tag einpackte. Ich ging davon aus, die Tür sei von innen blockiert, ich müsse im Auto nächtigen und morgen früh zerknautscht zum Dienst.

Wider Erwarten ließ sich mein Schlüssel jedoch einstecken und problemlos drehen. Die Tür war nicht einmal abgeschlossen. In der Diele empfing mich ein Geruch, der mir völlig neu war. Die gesamte Wohnung war damit aufgeladen. Ein süßlicher Duft, nicht allzu schwer, ein Hauch von Ambra und wilden Blüten. Genauso gut hätte Hanne einen roten Teppich ausrollen und mit Rosenknospen bestreuen können. Es war ein Duft wie ein Versprechen, sehr erotisch und sehr massiv.

Hanne hatte den Kampf tatsächlich aufgenommen. Und sie kämpfte eben auf ihre Weise, saß auf der Couch im Wohnzimmer, frisch geduscht und geföhnt, von Kopf bis Fuß gesalbt und parfümiert, komplett geschminkt, was sie sonst nur zu ganz besonderen Anlässen tat. Ihre Kleidung war noch die gleiche wie am Nachmittag, dunkle Jeans, weiße Bluse. Nur war an der Bluse ein Knopf mehr offen als üblich. Und sie hatte Pumps angezogen.

Im ersten Moment dachte ich, bitte nicht. Ich war müde, deprimiert, frustriert und ausgelaugt von meinen krampfhaften Bemühungen, für Maren den feurigen Liebhaber auferstehen zu lassen. Hanne blätterte interessiert in einem Modekatalog, hielt kurz inne und schaute auf, als ich eintrat. Kein Wort zur Begrüßung, keine Frage, nur die Andeutung eines wohlwollenden Lächelns – ungefähr so, wie man einen streunenden Kater anlächelt, wenn er den Heimweg gefunden hat. Dann vertiefte

Hanne sich wieder in den Anblick eines spitzenbesetzten Mieders. Ich blieb bei der Tür stehen und wartete.

Nachdem sie jede Einzelheit des Mieders studiert hatte, was kaum länger als fünf Minuten dauerte, hob sie den Kopf erneut, lächelte auch wieder – durchaus freundlich, aber auch ein wenig besorgt. Ich wusste nicht, wie ich dieses Lächeln auslegen und was ich sagen sollte. Und Hanne sagte: «Du hast bestimmt noch nicht zu Abend gegessen, Konrad. Ich hab dir etwas Kartoffelsalat mitgebracht und zwei Paar Wiener Würstchen.»

Es war noch verwirrender als die Wolke von Ambra und wilden Blüten, die tonnenschwer im Wohnzimmer hing. Sie musste in dem Zeug gebadet und die Möbel damit eingesprüht haben. Ich fragte mich, wo sie das an einem Sonntagabend herbekommen hatte, bis mir einfiel, dass parterre eine Kosmetikberaterin wohnte, die mit einem Köfferchen von Tür zu Tür pilgerte und auf diese Weise ihr Haushaltsgeld aufbesserte. Hanne hatte wohl bei ihr geklingelt.

Ich schüttelte den Kopf. Und Hanne gab mir den Rest. «Es tut mir Leid, Konrad. Aber es wird nicht wieder vorkommen.»

Das klang, als hätte sie mich betrogen. Ich schüttelte noch einmal den Kopf und lehnte mich an den Türrahmen. Sie sprach unbeirrt weiter. «Ich habe ihnen gesagt, sie sollen dich in Ruhe lassen, dass du im Moment keine Moralapostel und keine Vorwürfe gebrauchen kannst. Da musst du alleine durch.»

Großartig, wirklich phantastisch. Aber ich will nicht behaupten, sie hätte mit ihrer Großmut mein gesamtes Konzept über den Haufen geworfen. Ich hatte im Treppenhaus – mit der Befürchtung einer verbarrikadierten Tür – den Entschluss gefasst, notfalls im Hausflur lautstark den Verdacht einer Entführung zu äußern, um wenigstens vorübergehend von der frischen Fährte abzulenken und reingelassen zu werden. Natürlich wäre das feige gewesen, aber ein Held war ich nie.

Ich holte einmal tief Luft und erklärte: «Das werde ich kaum schaffen, wenn ich mit meiner Vermutung richtig liege. Es könnte sein, dass Ella am vergangenen Montag entführt wurde. Und möglicherweise ist Maren daran beteiligt. So wie es aussieht, hat sie sich bei Alex einquartiert und fährt mit seinem Auto herum.»

Hannes Blick bekam etwas Tadelndes, die Stimme einen Hauch von Strenge, als sie mir den ersten Vorgeschmack gab, wie das auf andere wirken musste. Sie klang fast, als hätte sie mit meiner Mutter geübt. «Hast du das nötig, Konrad? Ich meine, bist du wirklich darauf angewiesen, dich auf so erbärmliche Weise aus der Affäre zu ziehen?»

Ich schüttelte erneut den Kopf und zählte auf, was dafür sprach. Viel war es zugegebenermaßen nicht. Ollis Geschichte und die Tatsache, dass er diesmal keinen kompletten Film erzählt, sondern es bei diffusen Andeutungen belassen hatte. Alex' Nervosität und ein flüchtiger Eindruck über der Spanngardine des Küchenfensters, vielleicht nur eine Lichtspiegelung, der Omega und ein roter Golf, in dem ich meinte, den lebendigen Gegenpart einer Zeichnung von Oliver gesehen zu haben.

Hanne hörte ungläubig, misstrauisch und voller Abwehr zu. Als ich wieder schwieg, meinte sie: «Es hat überhaupt keinen Zweck, Oliver jetzt aus dem Schlaf zu reißen. Da wachsen Rex nur Drachenflügel. Wenn du von ihm etwas erfahren willst, warte bis morgen früh.» Erst danach gab sie sich eine winzig kleine Blöße. «Heißt das, du hast Maren gar nicht gevögelt?»

Da war dieses leichte Zittern in ihrer Stimme. Und ich hätte so gerne im Brustton der Überzeugung gesagt: «Natürlich nicht, wo denkst du denn hin.»

Aber ich senkte nur den Kopf. Und Hanne murmelte: «Schon gut. Ich hätte dir auch nicht geglaubt, wenn du jetzt nein gesagt hättest. Du hattest gestern früh Kratzer auf dem Rücken. Von mir waren die nicht. Ich hab ja in den letzten Tagen keine Gelegenheit bekommen und hatte es auch noch nie nötig, mich auf diese Weise einzuprägen.»

Dann erhob sie sich, der Katalog blieb aufgeschlagen auf der Couch zurück. Inzwischen saß ich längst in einem Sessel. Hanne ging an mir vorbei zur Tür, aufrecht, stolz, unverwundbar, das Selbstbewusstsein der modernen jungen Frau wie einen Stacheldrahtzaun um sich gezogen. Bei der Tür drehte sie sich noch einmal um. «Was uns beide angeht, das klären wir, wenn ich mit Ella oder Alex gesprochen habe. Ich werde morgen runterfahren und nicht eher von der Tür ...»

«Bist du wahnsinnig?», fuhr ich sie an. «Hast du nicht verstanden, was ich sagte? Maren ist wahrscheinlich bei ihm. Du wirst überhaupt nichts tun. Das fehlt mir noch. Was da zu tun ist, überlassen wir Leuten, die etwas davon verstehen.»

Hanne starrte mich aus zusammengekniffenen Augen und mit gerunzelter Stirn an. Dann fetzte ein Donnerschlag durch das Wohnzimmer, der Blitz schlug direkt zu meinen Füßen ein. «Schrei mich nicht an! Was bildest du dir ein, du gemeiner Kerl? Willst du Oliver Konkurrenz machen? Erzählst mir eine haarsträubende Geschichte und denkst, ich nehme das hin? Da hast du dich aber geirrt. Damit ist die Sache nicht vom Tisch, damit nicht. Oder willst du mir weismachen, du hättest Maren aus lauter Diensteifer gevögelt? Für Schwerverbrechen bist du doch gar nicht zuständig. Das hättest du ihr mal sagen sollen.»

Sie holte nicht einmal Luft zwischen den einzelnen Sätzen. «Wer bespitzelt denn hier wen? Hat sie sich nur nochmal an dich rangemacht, weil sie von Sven gehört hat, wer Olivers Vater ist? Da sollten wir uns aber fragen, ob sie von alleine auf die Idee gekommen ist. In Zuhälterkreisen ist es ja üblich, die eigene Freundin als Lustobjekt einzusetzen. Da spielt es keine große Rolle, ob man Geld dafür bekommt oder Informationen. Erhoffen sie sich Einblick in die Ermittlungen, falls es welche geben sollte? Sag ihr beim nächsten Mal, dass man beurlaubt wird, wenn man Tatverdächtige besteigt. Dann verliert sie garantiert das Interesse an dir und macht sich lieber an den Leiter vom KK elf ran.»

Bevor ich dazu kam, über all das nachzudenken, drehte Hanne sich um, ging ins Bad und knallte die Tür hinter sich zu. Ich folgte ihr, öffnete die Tür wieder und wollte etwas sagen. Sie zerrte sich gerade die Jeans vom Leib. Die Pumps lagen bereits vor der Badewanne, ihre Bluse auf dem Toilettendeckel. Die Jeans flog in die Ecke neben der Waschmaschine. Sie stand vor mir in Büstenhalter, Slip und Strümpfen, die von weißer Spitze oben gehalten wurden. Das hatte ich auch noch nicht an ihr gesehen, aber Ludwigs Frau trug solche Dessous, von ihr stammte wahrscheinlich auch der Katalog.

«Pass auf, dass dir nicht die Augen aus dem Kopf fallen», zischte Hanne. «Dein Bedarf für heute dürfte doch gedeckt sein.»

Dann drehte sie sich zum Waschbecken um, öffnete den Wasserhahn und erklärte dabei: «Ich hätte ohnehin eine Pillenpause machen müssen. Jetzt sparen wir auch noch die Kondome. Das trifft sich ganz gut, Gummis hasse ich. Bilde dir nicht ein, dass ich dich vor die Wahl stelle, sie oder ich. Ich werde dir nicht den Koffer vor die Tür setzen, wie deine Mutter es mir wärmstens empfohlen hat. Für eine Nutte räume ich doch nicht das Feld. Da müsste ich ja Prügel bekommen. Ich hab schließlich ein Kind und verdiene nicht die Welt. Tob dich ruhig aus, der Spaß kostet ja nichts. Ihre anderen Freier kommt das garantiert teurer.»

Und all das ohne einen Blick. Ihre rechte Hand prüfte unentwegt die Wassertemperatur, wedelte hin und her, ungeduldig, herzergreifend. Eine Hand, die verzweifelt nach der Kante tastete, um nicht vollends abzustürzen. Endlich schien das Wasser richtig temperiert. Hanne beugte sich vor, warf sich zwei Hände voll ins Gesicht, verschmierte das ganze Make-up und reckte mir dabei ihr spitzenverpacktes Hinterteil entgegen.

Wenn sie wild fauchend und mit gewetzten Krallen auf mich losgegangen wäre, hätte die Wirkung nicht durchschlagender sein können. Ich war nicht mehr müde, und unser Badezimmer war nicht sehr groß. Ich brauchte nur einen Schritt zu tun, dann stand ich hinter ihr und fasste mit beiden Händen zu. Sie stemmte sich mir entgegen und murmelte: «Wenn das Weib dich mit irgendwas angesteckt hat, bringe ich sie um.»

## Montag, 2. Juni

Kurz nach sechs bemühte ich mich, von Oliver zu erfahren, was nun genau sich eine Woche zuvor bei seinem Freund abgespielt hatte. Mit blanken Augen saß er vor seinem Teller und rührte sorgfältig sein Müsli um. Dass kleine Kinder frühmorgens immer gleich so hellwach sein müssen. Mit skeptischer Miene hörte er sich an, dass er mir alles sagen musste, nicht lügen, nichts dazuerfinden und nichts weglassen durfte. Die letzte Forderung war vermutlich überflüssig, weggelassen hatte er bisher äußerst selten etwas. Wenn doch, dann nur die Wahrheit. Aber die hatte ich ja ausdrücklich mit der ersten Forderung verlangt.

«Und wenn der kleine Mann Tante Ella frisst?», gab er zu bedenken.

«Kleine Männer fressen keine Frauen», sagte ich. «Und wir können dafür sorgen, dass Tante Ella auch sonst nichts passiert.»

«Ganz bestimmt?»

«Ja», behauptete ich.

Er schob sich einen Löffel voll Müsli in den Mund und kaute bedächtig. Damit war er eine Weile beschäftigt. Dann erklärte er: «Aber der Papa von Sven hat gesagt ...»

«Der Papa von Sven hatte Angst», unterbrach ich ihn. «Und mit Angst helfen wir Tante Ella nicht. Wenn man aus Angst vor bösen Menschen den Mund hält, ist das immer falsch. Dann kann kein Polizist die bösen Menschen verhaften. Du warst doch schon so mutig, hast mir ein Bild von Rex gemalt und erzählt, dass du dich hinter dem Zaun versteckt hast. Da kannst du mir auch erzählen, was Rex und der kleine Mann gemacht haben.»

Das leuchtete ihm ein. Er nickte, sich der Tragweite seiner Aussage voll und ganz bewusst. Eine halbe Stunde später hatte ich ein relativ klares Bild gewonnen. Demnach waren am vergangenen Montagnachmittag ein großer Mann mit Bart, ein kleiner Mann in einer Lederjacke und eine böse Frau bei Godbergs aufgetaucht. Fremde Leute, Olli hatte sie nie zuvor gesehen. Es waren ganz bestimmt nicht die Rocker gewesen. Und Onkel Manfred könne nicht einer der beiden Männer gewesen sein, meinte er. Onkel Manfred war ja ein Prolet und durfte Tante Ella nicht besuchen. Dass Ellas Bruder uneingeladen und mit Verstärkung aufgetaucht sein könnte, konnte Olli sich nicht vorstellen.

Er hatte mit Sven im Garten gespielt. Das Arbeitszimmer von Alex lag wie das Wohnzimmer an der Rückseite des Hauses. Das Fenster war offen, davor gab es keine Gardinen. Man konnte problemlos in den Raum schauen, wenn man sich weiter hinten im Garten aufhielt.

Oliver und Sven hatten kein Klingeln an der Haustür gehört. Sie wurden durch die Stimme von Alex aufmerksam. Er protestierte lautstark gegen ein Ansinnen der Besucher. Der große Mann brachte ihn mit einem Faustschlag ins Gesicht zum Schweigen. Ella rannte mit einem Aufschrei aus dem Zimmer, kam ins Wohnzimmer und stieß dort eine Vase um, die zerbrach. Ella blutete aus ihrem wehen Arm, wie das passiert war, wusste Olli nicht. Wahrscheinlich versuchte Ella zu fliehen. Doch der kleine Mann war ihr dicht auf den Fersen, bekam sie bei der Terrassentür zu packen und setzte ihr ein Messer an den Hals.

Die Kinder bekamen Angst – auch wenn Olli steif und fest behauptete, er hätte keine gehabt. Sie zogen sich weiter in den Garten zurück. Hinter einer Gruppe junger Tannen gingen sie in Deckung und verhielten sich still. Ihr Blickfeld war jetzt beschränkt auf die Terrassentür.

Der große Mann, Alex und die böse Frau kamen ins Wohnzimmer. Der kleine Mann bohrte sein Messer in Ellas blutenden Arm. Sie schrie wieder. Alex sprach mit heftigen Gesten auf die beiden Männer ein. Was er sagte, war im Garten nicht zu verstehen. Die böse Frau trat ans Fenster neben der Terrassentür und schaute hinaus. Die Tannennadeln piksten Sven in die Beine. Er kroch ein Stück aus seiner Deckung. Olli wollte ihn zurückziehen. Die böse Frau wurde aufmerksam, trat ins Freie und sagte: «Rex, da sind zwei Kinder im Garten, die holst du besser rein.»

Ob diese Aufforderung an den großen oder den kleinen Mann gerichtet war, blieb offen. Nach Ollis Überzeugung musste Rex der große sein – das größte Raubtier aller Zeiten. Und bevor einer der beiden Männer reagieren konnte, stürmte Alex ins Freie, hievte Oliver über den Zaun, trug ihm auf, schnell heimzulaufen und – um Gottes willen – zu schweigen, damit Rex nicht alle totmachte. Seinen Sohn klemmte Alex sich unter den Arm und ging mit ihm zurück ins Haus.

Nur dachte Olli nicht daran, heimzugehen, wo es gerade richtig spannend war. Er bezog Posten im Vorgarten der Kremers, hockte sich hinter den niedrigen Lattenzaun und spähte aufmerksam durch eine Lücke. So wurde er Zeuge, wie die böse Frau Godbergs Haustür öffnete, die Straße entlangschaute und die Tür wieder zumachte. Kurz darauf verließen die beiden Männer mit der weinenden Ella das Haus. Die böse Frau griff nach Sven und wollte mit ihm zum Auto.

Alex protestierte: «Der Junge bleibt hier, sonst spiele ich nicht mit.»

Da zeigte der kleine Mann auf die böse Frau und sagte: «Dann muss sie auch hier bleiben, halte ich ohnehin für besser. Hier tauchen garantiert bald die Bullen auf. Sie kann dafür sorgen, dass er keine Dummheiten macht.»

Die Frau zeigte ihm einen Vogel und sagte: «Du spinnst wohl.»

Und Rex sagte: «Keine Diskussion, der Vorschlag gefällt mir.»

Weggefahren waren die beiden Männer mit Tante Ella

dann in einem weißen Auto. So weit, so gut, vielmehr gar nicht gut.

Hanne, die bis dahin schweigend zugehört hatte, ermahnte ihn, etwas schneller zu essen, und erkundigte sich mit einem Seitenblick in meine Richtung: «Wie sah die böse Frau denn aus?»

Oliver dachte nach. Zeugenbefragung! Ein aktuelles Foto von Maren konnte ich ihm nicht vorlegen. Und für einen Fünfjährigen ist ein Mann ein Mann und eine Frau eine Frau. Er mag sie jederzeit wieder erkennen, doch wenn er Personen beschreiben soll, gibt es nur dick oder dünn, groß oder klein, jung oder alt.

Aber dann kamen doch ein paar Anhaltspunkte. «Sie hatte eine weiße Hose an mit einem roten Gürtel drauf und ein rotes Hemd. Und sie hatte Haare wie Oma, aber keine Locken und bis hier.»

Seine Hand zeigte Schulterlänge. Dreimal verdammt! Meine Mutter war seit Jahren ergraut und ließ sich die Haare regelmäßig aufhellen. Und die Kleidung, dieselben Sachen hatte Maren am vergangenen Dienstag im Hotel getragen, die Bluse gestern noch einmal. Es gab keinen Zweifel mehr – so gerne ich noch welche gehabt hätte.

Ich überlegte, auch gleich noch mit Koskas ehemaligem Geschäftsführer zu sprechen und bei ihm ein paar Informationen über den Hamburger Fiesling oder das lichtscheue Gesindel einzuholen, ehe ich nach Hürth fuhr. Doch zum einen war es früh am Tag, es bestand die Gefahr, dass Frau Pavlow sich noch daheim aufhielt, alles mithörte und es anschließend beim Lidl verbreitete, woraufhin es dann zwei Stunden später halb Kerpen gewusst und wohl ein Pilgerzug zu Koskas Grundstück eingesetzt hätte.

Zum anderen war ich persönlich verwickelt und durfte niemanden befragen. Das mussten Kollegen übernehmen, die unvoreingenommen waren. Ich durfte nur noch mit Jochen sprechen und mit meinem Chef, Kriminalrat Eckert. Und wie ich ihm die Sache präsentieren sollte, wusste ich noch nicht. Alle Karten offen auf den Tisch oder die Kreuzdame im Ärmel behalten? Sobald ich Maren erwähnte, war ich draußen, wurde vermutlich beurlaubt und durfte nicht einmal darauf hoffen, von irgendeinem Kollegen zu erfahren, was vorging. Aber verschweigen durfte ich sie natürlich auch nicht.

Es war ein elendes Gefühl. Die Frau, die mir Himmel und Hölle zur gleichen Zeit bereiten konnte, als Mittäterin in einem Entführungsfall zu etlichen Jahren hinter Gittern verurteilt. Keine Gefahr mehr für meinen Seelenfrieden. Im wahrsten Sinne des Wortes aus dem Verkehr gezogen. Ich wusste nicht, ob ich ihr das wünschte. Im Geist sah ich mich zum Telefon greifen. Der Verräter in den eigenen Reihen. Der letzte Liebesdienst. Nicht noch einmal zum Abschied, sieh nur zu, dass du Land gewinnst, am besten eins, das nicht ausliefert.

Kurz nach acht saß ich am Schreibtisch und klärte ab, was sich ohne größeren Aufwand und richterliche Beschlüsse in Erfahrung bringen ließ. Der alte Koska war – wie meine Mutter behauptet hatte – am 12. Oktober 2002 verstorben. Und seitdem galt sein Haus als unbewohnt. In den überprüfbaren Jahren vor seinem Tod hatte Marens Vater keinen Privatwagen mehr besessen.

Auf die Firma waren immer noch drei Fahrzeuge zugelassen, ein Nissan, ein VW Polo und ein VW Golf Baujahr 92. Ob es sich bei diesem Golf um einen roten oder einen grauen handelte, war beim Straßenverkehrsamt nicht vermerkt. Die Lackierung eines Fahrzeugs wurde nie registriert, konnte man ja jederzeit umspritzen lassen. Aber das für den 92er ausgegebene Kennzeichen hatte ich am vergangenen Nachmittag an dem roten Golf gesehen, in dem der Schmächtige und der Bulle zu Koskas Grundstück unterwegs gewesen waren. Und ich hätte jeden Eid geschworen, dass Maren in exakt diesem Auto zum Klassentreffen gekommen war.

So weit war ich, als Jochen zum Dienst kam. Mürrisch, unausgeschlafen und immer noch sauer auf mich, legte er wortlos eine Spesenabrechnung auf meinen Schreibtisch. Hundertzwanzig Euro, angeheftet war ein Bon aus dem Spielkasino Bad Neuenahr über zwanzig Euro für Getränke.

«Was soll ich damit?», fragte ich.

«Ich hatte kein Glück im Spiel», erklärte er. «Und das Bier ist da verdammt teuer.»

«Dein Pech», sagte ich.

«Nein, deins», widersprach Jochen. «Das wirst du mir aus deiner Privatschatulle erstatten. Immerhin war ich unterwegs, um festzustellen, ob du deinen Sohn in Zukunft wieder sorglos zu seinem Freund lassen kannst. Daraus wird wohl nichts. Es hat sich aber trotzdem gelohnt. – Ach, und noch was, ich erwarte, dass du dich bei Andy für den Anschiss von letzter Woche entschuldigst, der Junge hat gute Vorarbeit geleistet.»

«Andy?», fragte ich. Bislang war noch kein Kollege auf die Idee gekommen, Andreas Nießen zu duzen.

«Wenn es ihm Spaß macht», sagte Jochen. «Es klingt amerikanisch, und er steht aufs FBI. Wir sind uns am Sonntagabend etwas näher gekommen und zum Du übergegangen.»

In Bad Neuenahr waren sie gewesen, um die ominöse Katja aufzuspüren, von der Andreas Nießen letzten Montag gemeint hatte, sie habe Alex Godberg ein echtes Schmuckstück als Pfand überlassen und ein falsches zurückbekommen. Und sie hatten die junge Frau tatsächlich im Kasino angetroffen.

Jochen hatte ein wenig Druck auf Katja ausgeübt. Vielleicht war sie auch nur gesprächig gewesen, weil ihr Freund sich in der Zwischenzeit eine neue Gespielin zugelegt hatte. Nun war sie nicht mehr so gut auf ihn zu sprechen, weil sie jetzt einen alten Knacker umgarnen musste, um Taschengeld zu bekommen.

«Solche wie die wissen offenbar noch gar nicht, dass man für Geld auch arbeiten kann», sagte Jochen. «Aber das weiß ihr Verflossener vermutlich auch nicht. Er hat geerbt und nichts weiter zu tun, als das Geld auszugeben. Henning Grossert heißt er, besitzt zwei Sportwagen und eine Yamaha. Damit waren sie am fünften Mai bei Godberg – in Motorradkluft. So ist dein Kleiner wohl auf die Hell's Angels gekommen.»

Henning Grossert hatte auch Ende April Godbergs Wagen mit einem Hammer bearbeitet. Dabei war Katja zwar nicht gewesen, aber er hatte ihr davon berichtet – und den Einsatz erst mal für erfolgreich gehalten, weil Alex daraufhin scheinbar das von Katja in Zahlung gegebene Schmuckstück herausrückte. Nur war das edle Teil Grossert etwas schwerer oder heller vorgekommen. Er hatte es von einem Juwelier begutachten lassen und sich anhören müssen, da habe man ihm eine Imitation angedreht.

Die hatte Grossert dann am fünften Mai vor Godbergs Füße beziehungsweise in den Garten geworfen und gebrüllt: «Damit kannst du Weiber aufs Kreuz legen, mich nicht!» Vollständig hatte Olli den Dialog also nicht wiedergegeben. Und der kleine Unterschied machte eine Menge aus.

Mit Katjas Angaben stand nun unwiderruflich fest, dass es sich beim Corpus Delicti um das Smaragdcollier handelte, für das seit letztem Montag die Auktion bei ebay lief. Das Höchstgebot stand inzwischen bei fünfundvierzigtausend. Und Jochen warf die Frage auf, ob Godberg das Original oder die Imitation anbot.

«Katja wusste nicht, was aus den Verhandlungen geworden ist. Aber wenn er ein bisschen Grips im Schädel hat, hat er das echte zurückgegeben, um seiner Frau weitere Unannehmlichkeiten zu ersparen. Und dann versucht er jetzt, irgendeinen arglosen Menschen zu bescheißen. Sein Onkel soll heute aus dem Urlaub kommen, den kaufe ich mir als Ersten. Danach schicke ich Godberg die Kollegen von der Wirtschaft vorbei.

Dann dürfte es mit der Kinderfreundschaft Essig sein. Aber da kann ich kein Auge mehr zudrücken. Wer weiß, wie lange er das Spiel schon treibt. Einen Goldschmied in der Familie hat er ja nicht erst seit April.»

«Nicht so schnell», sagte ich. «Da ist noch eine blöde Sache.»

Natürlich war Henning Grossert ein Strohhalm, doch sich daran festzuhalten, rettet einen nicht vor dem Ertrinken. Olli hatte doch ausgeschlossen, dass es letzte Woche noch einmal die Rocker gewesen waren. Ich zählte Punkt für Punkt auf. Marens Erscheinen beim Klassentreffen, ihre nachweislich falschen Behauptungen zum Tod ihres Vaters, ein roter Golf mit eingedellter Fahrertür, der mal mit HH und mal mit BM im Kennzeichen fuhr, eine Zeichnung in einem Malbuch und die Frühstücksunterhaltung mit Oliver. Ich erwähnte auch, was bei Vaters Geburtstag alles zur Sprache gekommen war, Beischlafdiebstahl und mehrere Gefängnisaufenthalte in den USA.

Wie Hanne am vergangenen Abend hörte auch Jochen ungläubig und misstrauisch zu. Als ich zum Ende kam, fragte er: «Was denn, ist die Tussi diesmal nicht nur zum Ficken hier? Oder fickt sie gleichzeitig einen erfolgreichen Geschäftsmann, der mit den Gesetzen auf Kriegsfuß steht? Das ist aber ein herber Schlag für dein Selbstbewusstsein. Wie steckst du das weg?»

Dann ersparte er sich und mir weiteren Sarkasmus, was aber nicht bedeutete, dass er einer Meinung mit mir war. «Blöde Sache», stimmte er mir zu. Damit meinte er hauptsächlich meine drei Aufenthalte in Kölner Hotelzimmern. «Ich hätte dich wirklich für klüger gehalten. Muss denn erst wieder alles den Bach runtergehen, ehe du zur Vernunft kommst?»

Was den Rest anging, war er mehr als skeptisch. Entführung. Ein Messer an Ellas Hals. Er kannte Olivers blühende Phantasie, hatte sich anlässlich unserer gemeinsamen Kaffeenachmittage oder Grillabende schon etliche Geschichten anhören müssen. Wobei sich außerdem die Frage stellte, ob mein Sohn diesmal der wahre Urheber war. Hätte ja sein können, dass ich ihn vorschob, um Maren eins auszuwischen, weil sie sich diesmal zusätzlich, vielleicht auch hauptsächlich einen Sonnyboy leistete.

«Das kannst du ausschließen», sagte ich.

«Was?», fragte Jochen. «Dass sie mit Alex in die Kiste springt oder dass du ihm das nicht gönnst?»

«Letzteres», sagte ich.

Jochen zuckte mit den Achseln. «Gut, schließe ich das aus. Aber ich muss trotzdem nicht glauben, dass die Koska bei ihm ist, um zu verhindern, dass er die Polizei einschaltet. Dass du sie in einem Omega gesehen haben willst, beweist noch gar nichts. Davon gibt es bestimmt mehr als einen. Was das Hamburger Kennzeichen am Golf angeht, in der Nacht hattest du einiges intus und warst der Meinung, sie käme geradewegs aus Hamburg. Da sieht man schon mal Dinge, die nicht da sind. Was haben wir sonst noch? Rote Blusen. Dürfte es auch in rauen Mengen geben. Vielleicht ist Grosserts neue Gespielin weißblond. Wenn überhaupt was dran sein sollte an Olivers Geschichte, sollten wir erst mal in die Richtung schauen.»

Da hatte er nun seinen Sonntagabend mit Frau und Tochter geopfert und einen möglichen Übeltäter ausgemacht, den wollte er so schnell nicht aufgeben. Was ich vorgebracht hatte, war eine Fünfzigprozentsache, eher zwanzig Prozent, gestützt auf die Aussage eines fünfjährigen Knaben, der im Neffelbach schon weiße Haie gesehen und ET mit Kleingeld ausgeholfen hatte.

«Oliver hat beteuert, dass es fremde Leute waren. Und ich glaube ihm, es ist eine Sache der Logik. Wenn es doch Grossert mit Anhang gewesen wäre, hätte Godberg seine hilflose Frau nicht mit zwei Männern wegfahren lassen müssen. Es hätte gereicht, das echte Collier rauszurücken.»

«Vielleicht war Grossert damit nach all dem Ärger nicht mehr zufrieden», meinte Jochen. «Oder es sind noch andere beschissen worden, und einer von denen hat Ella als Pfand genommen. Es gibt tausend Möglichkeiten. Aber inzwischen dürften sie sich geeinigt haben. Vielleicht ist Ella längst wieder zu Hause. Bedenk mal die Zeit, eine Woche, und Godberg hat nichts unternommen.»

«Wie soll er denn, wenn ständig jemand in seiner Nähe ist?»

Jochen grinste. «Das ist doch mal ein Argument. Und es spricht gegen die Koska. Wenn die bei ihm wäre, hätte er nämlich am Dienstagnachmittag, am Freitagabend und gestern sehr wohl um polizeiliche Hilfe bitten können, oder sehe ich das falsch?»

«Hättest du das riskiert an seiner Stelle?», fragte ich. «Kennst du einen Kollegen, der sich mit einer telefonischen Auskunft zufrieden gibt? Die rücken an, um ein Mitglied der Bande zu kassieren. Daraufhin tauchen die beiden Komplizen ab, und du siehst deine Frau nie wieder.»

Frustriert von meinem Beharren schürzte Jochen die Lippen. «Ich glaube, du hast genau wie dein Olli einen Film zu viel gesehen. Godberg hat selbst eine Menge zu verbergen, das wird viel eher der Grund sein, uns rauszuhalten. Warum hast du dich nicht mal bei der Putzfrau erkundigt?»

Ihre Telefonnummer stand in der Akte. Jochen erreichte sie in ihrer Wohnung und erhielt die Auskunft, Alex habe letzten Montagabend seinen Hausschlüssel abgeholt und erklärt, vorerst werde sie nicht gebraucht. Ella sei mit dem Sohn wieder zur Schwester gefahren. Er selbst müsse auf eine längere Geschäftsreise. Bei Ellas Schwester in Frankfurt konnten wir nicht nachfragen. Um ihre Telefonnummer in Erfahrung zu bringen, hätten wir erst einmal wissen müssen, wie sie mit Familiennamen hieß. Aber es gab ja noch den Bruder, der so bereitwillig jeden Zoff auf seine Kappe genommen hatte und nun bei Hammerangriff und Armbruch widerlegt war.

Damit könnte man Manfred Anschütz in die Zange nehmen, meinte Jochen, griff erneut zum Telefon, um von dem Entsorgungsunternehmen zu erfahren, wo er Ellas Bruder heute beim Mülleinsammeln finden könne. Nirgendwo. Er hatte letzte Woche Urlaub genommen – wegen eines Unglücksfalls in der Familie.

«Besuche ich ihn eben zu Hause», sagte Jochen und brach auf, kam aber nach zwei Stunden unverrichteter Dinge zurück. Ihm war nicht geöffnet worden. Ob sich jemand in der Wohnung aufgehalten hatte, war nicht feststellbar gewesen. «Die sind auf Tauchstation gegangen», meinte er und klang dabei ein wenig nachdenklich.

Nun ersatzweise mit Koskas ehemaligem Geschäftsführer zu sprechen, brächte uns nicht weiter, fand er. Fred Pavlow könne ja höchstens etwas über lichtscheues Gesindel, aber nichts über Ella Godbergs Verbleib erzählen. Dass ich bei Hamburger Behörden Erkundigungen über Maren einzog, hielt Jochen auch nicht für klug.

«Darum kümmere ich mich, wenn es notwendig werden sollte. Du lässt die Finger davon. Jetzt sehen wir erst mal zu, dass wir risikolos in Erfahrung bringen, ob Godberg momentan alleine zu Hause ist oder nicht. Ich fahre heute Abend hin. Was für ein Glück, dass du letzten Dienstag Andy nach Kerpen gescheucht hast. Er wurde vielleicht gesehen. Ich war nicht mehr da. Probieren wir es erst mal so, ehe du dich beim Chef in die Nesseln setzt. Wenn für uns kein Handlungsbedarf besteht, wird Godberg mir den Puls fühlen. Ansonsten kann er mir notieren, in welcher Klemme er steckt.»

«Du glaubst nicht im Ernst, dass er dir öffnet, wenn jemand bei ihm ist», sagte ich.

«Doch.» Jochen war zuversichtlich. «Dir hat er am Samstag ja auch die Tür aufgemacht. Es wird dich nur eine Kleinigkeit mehr kosten als mein Ausflug ins Kasino. Aber jetzt geht es ja auch um entschieden mehr. Hast du auch nur einen blassen

Schimmer, was auf dich zukommt, wenn du mit deinem Verdacht richtig liegst? Dann geht die Sache nach Köln, und die werden dich auseinander nehmen. Am Ende heißt es noch, du hättest der Koska erzählt, was bei Godberg zu holen ist.»

Über diesen Aspekt hatte ich noch nicht nachgedacht. Für den nächsten Schritt benötigte Jochen die Unterstützung von Andreas Nießen. Sein neuer Duzfreund brauchte nur ein paar Sekunden, um Godbergs E-Mail-Adresse ausfindig zu machen und zu verhindern, dass der Polizeicomputer einen verräterischen Hinweis auf den tatsächlichen Absender gab.

Jochen verfasste eine Botschaft, die seiner Meinung nach Godberg davon überzeugen müsste, dass er dieses Gesprächsangebot nicht ausschlagen dürfe. Er gab sich als Henning Grossert aus und verdrehte die Tatsachen ein wenig. Erinnerte an den Tag, an dem Alex ihm ins Auto gefahren sei, und bekundete sein Interesse an einem Meißener Figürchen, Geschenk für die Frau Mama. Seinen Besuch kündigte er für acht Uhr abends an. Tagsüber war ja noch eine Menge mehr zu tun.

Ich fuhr um halb sechs nach Kerpen, zog am Automaten fünfhundert Euro, ungefähr so viel hatte die Figur gekostet, die Olli zerdeppert hatte. Ich fuhr auch nochmal heim, aber essen konnte ich nichts. Hanne hatte keine Lust zu kochen. Der mir zugedachte Kartoffelsalat stand ja noch im Kühlschrank. Olli bekam ein Paar Wiener Würstchen mit einem Butterbrot, sie nahm sich das zweite Paar und den Salat. Als sie sich an den Tisch setzten, verließ ich die Wohnung wieder. Gesprochen hatten wir keine drei Sätze.

Ich konnte Hanne nicht erklären, dass ich noch nicht beim Chef gewesen war und es sich nicht um eine offizielle Aktion handelte. Jochens düstere Prognose bezüglich des Verdachts, der bei anderen entstehen könnte, lag mir wie ein Stein im Magen. Wenn es so weit käme, wie sollte ich beweisen, dass ich nicht mit Maren über Godberg gesprochen hatte? Ein zwielichtiger Geschäftsmann, der um die Polizei lieber einen Bogen machte, in dessen Haus ein Vermögen herumstand oder -lag. Das wäre wirklich ein guter Tipp gewesen.

Schon um sieben Uhr stellte ich meinen Wagen in einer Querstraße ab. Eine knappe Stunde lang schlich ich herum. Über den Feldweg und hinter den Gärten vorbei, immer darauf bedacht, harmlos zu wirken und von Godbergs Anwesen aus nicht gesehen zu werden. In einem der Gärten war ein Mann beschäftigt. Auf dem Feldweg behandelte ein Junge von vielleicht zehn Jahren sein Mountainbike wie ein bockiges Pferd.

Die ganze Zeit hatte ich Ollis Stimmchen im Kopf. «Ich hab mich hinter dem Zaun versteckt. Da konnte mich keiner sehen.» Ich war sicher, dass Maren ihn sehr wohl gesehen hatte, als sie Godbergs Haustür öffnete und die Straße entlangschaute. Und dass ich nur aus dem Grund dreimal ins Hotel bestellt worden war. Das Nützliche mit dem Angenehmen verbinden. Wenn du wüsstest, was ich zwischen dem Stroh so alles in meinem Kopf habe, würdest du die Klappe nicht so weit aufreißen. Scheiße, Scheiße, dachte ich unentwegt, zu mehr reichte es nicht.

Godbergs Haus lag – aus der Entfernung betrachtet – friedlich und wie ausgestorben da. Um halb acht meinte ich, an einem der oberen Fenster ein kleines Kind auszumachen. Näher heran wagte ich mich nicht. Inzwischen war der eifrige Gärtner aufmerksam geworden. «He, Sie, suchen Sie was?»

Ich erzählte ihm eine verworrene Geschichte von einem Schlüssel, den mein Sohn in dieser Gegend verloren haben müsse, und ging zurück zu meinem Auto.

Um zehn vor acht hielt Jochen kurz bei mir an. Korrekt mit Anzug, Hemd und Krawatte bekleidet, sah er aus wie einer, der seiner Mutter teuren Nippes schenkte. Er nahm die fünfhundert Euro in Empfang und versuchte sich noch an einer Aufmunterung. «Nun lass den Kopf nicht hängen. In spätestens einer halben Stunde wissen wir, ob Alex dringend ein paar Spezialisten braucht, oder ob du dich umsonst aufgeregt hast. Na ja, völlig umsonst nicht.»

Er grinste, steckte die Geldscheine ein und stieg wieder in seinen Kombi. Ich fuhr nach Hause. Und während Hanne sich erbarmte, mir zwei Spiegeleier briet und ich allein vom Geruch schon restlos satt war, versuchte Jochen sein Glück bei Alex. Doch es war scheinbar alles in bester Ordnung.

Alex spielte bereitwillig mit, präsentierte sich als der Mann, den Jochen bei seinen Ermittlungen kennen gelernt hatte, überheblich, amüsiert und die Bemühungen der Polizei keinesfalls ernst nehmend. Er begrüßte «Henning Grossert» mit einem Bedauern für den Zusammenstoß ihrer Fahrzeuge und freute sich, dass dieses Missgeschick nun noch ein kleines, durchaus angenehmes Nachspiel hatte. Jochen kam sich ziemlich verarscht vor.

Im Wohnzimmer sah es kahl aus. Keine Teppiche mehr auf dem Parkett, nur noch zwei Bilder an den Wänden. Das Kunstwerk von Uhr, das ich bei unserem Rundgang nach dem Einbruch bewundert hatte, stand auch nicht mehr auf dem Schrank. Alex erklärte die Nacktheit ungefragt damit, er wolle auswandern und sei dabei, seinen Haushalt aufzulösen.

Auf dem Wohnzimmertisch stand ein Figürchen bereit, aber dort konnte man nicht ungehört reden. Jochen versuchte es mit Zetteln, die er – bereits beschriftet – in der Jackettasche trug. «Brauchen Sie Hilfe?» «Wo ist Ihre Frau?»

Alex schüttelte nur den Kopf. Obwohl die Frage nach Ellas Aufenthaltsort damit nicht beantwortet war, machte er keine Anstalten, den Kugelschreiber zu ergreifen, den Jochen ihm hinhielt. Also behauptete Jochen, das Figürchen sei nicht ganz das, was er sich als Geschenk für die Frau Mama vorgestellt habe. Er wolle gerne selbst eins aussuchen. Er hoffte darauf, in den Keller geführt zu werden, da hätte er reden können.

Den Gefallen tat Alex ihm jedoch nicht. «Viel Auswahl kann ich Ihnen leider nicht mehr bieten, Herr Grossert», sagte er.

«Die besonders wertvollen Stücke liegen bereits für die Verschiffung eingepackt in Kisten. Aber die Gänseliesel wird Ihrer Frau Mutter bestimmt gefallen.»

Die holte er dann alleine, setzte ordnungsgemäß einen Kaufvertrag auf, knöpfte Jochen mein Geld ab. Und das war's.

Eine Frau bekam Jochen nicht zu Gesicht. Allerdings hörte er zwei Stimmen aus dem oberen Stockwerk, die weinerliche eines Kindes und eine weibliche. Während sein Vater mit «Henning Grossert» im kahlen Wohnzimmer saß, wurde Sven im Obergeschoss aufgefordert, sich die Zähne gründlich zu putzen, ob von Maren oder einer anderen Frau, konnte Jochen nicht feststellen.

Er kam anschließend mit der Gänseliesel, dem Kaufvertrag und einem Aufnahmegerät zu mir, das er ebenfalls in einer Jacketttasche gehabt hatte. Kaum hatte er die Frauenstimme erwähnt, wollte Hanne zum Telefon. Sie hatte längst begriffen, dass es sich nicht um eine offizielle Polizeiaktion handelte, und nahm wohl an, Jochen unterstütze mich, wie er es vor neun Jahren getan hatte.

«Das ist mir aber jetzt zu dumm. Ihr mit euren Faxen. Das konntet ihr mit Karola machen, mit mir nicht. Jetzt rufe ich an, und dann werden wir ...»

«Das wirst du auf gar keinen Fall tun», unterbrach ich sie.

Hanne funkelte mich wütend an. Sie machte keine Anstalten, sich wieder zu setzen. «Warum nicht? Ich kenne Ellas Stimme. Wenn sie daheim ist, könnt ihr euch den Zirkus ...»

«Frau Godberg war es mit Sicherheit nicht», schnitt nun Jochen ihr das Wort ab. «Mit ihr habe ich mich unterhalten, ich hätte ihre Stimme erkannt.»

Wir hörten das Band ab, mehrmals hintereinander. An einer bestimmten Stelle sagte Jochen jedes Mal: «Jetzt.» Aber so aufmerksam ich auch lauschte, ich hörte nur Alex reden. Hanne erging es nicht besser.

«Da ist etwas faul», meinte Jochen. «Von Haushaltsauflösung und Auswanderung hätte er nicht ohne Not ausgerechnet dem Polizisten erzählt, der ihn der Hehlerei verdächtigt und mit dem Namen Grossert bewiesen hat, dass er einem Betrug auf die Spur gekommen ist. Und die besonders wertvollen Stücke in Kisten hat er irgendwie komisch betont. Ich schätze, er will nur nicht, dass wir uns einmischen.»

Jochen lotete unsere Möglichkeiten aus. Wir könnten uns um die neue Gespielin von Henning Grossert kümmern, das hielt ich für Zeitverschwendung. Wir konnten auch versuchen, etwas Licht in Marens Umgang zu bringen, ehe ich mich beim Chef als triebgesteuert outete. Rex, Clubbesitzer, Hamburger Fiesling und lichtscheues Gesindel, das war ziemlich vage. Und wozu gab es Standesämter, Einwohnermeldeämter, entlassene Geschäftsführer und Computer, mit denen sein neuer Duzfreund so vortrefflich umgehen konnte.

## Dienstag, 3. Juni

Jochen machte sich nach Dienstbeginn umgehend an die Arbeit, tatkräftig unterstützt von Andreas Nießen. Unser Internetfahnder betrachtete es als Abwechslung vom gewohnten Alltag. Möglicherweise eine Entführung. Vielleicht eine riesengroße Sache, die unsereins normalerweise nur aus gebührender Entfernung mitbekam. Ein Fall für psychologisch geschulte Spezialisten und andere Leute mit einschlägiger Erfahrung. Mit anderen Worten: ein Fall für die Kriminalhauptstelle Köln oder das LKA.

Das heißt nicht, dass ich Jochens Vorgehensweise im Nachhinein kritisiere. Er überschritt keine Kompetenzen, fuhr nur nach Kerpen, um mit Fred Pavlow zu sprechen. Dass Andreas Nießen mit seinen Aktivitäten brutale Gangster aus ihren Löchern aufscheuchte und zum Äußersten trieb, kann ich auch ausschließen. Er tat, was ich mir nach der Einladung zum Klassentreffen verkniffen hatte, holte ein paar Erkundigungen bei Hamburger Behörden und der Telekom ein – völlig legal.

Maren war seit zwei Jahren ordnungsgemäß in der Hansestadt gemeldet und arbeitete auch als Immobilienmaklerin. Sie wohnte allerdings nicht an der Außenalster, sondern in einem preiswerten Randbezirk. Separate Firmenräume hatte sie nicht, ihr Büro musste sich in der Wohnung befinden. Von einer Eheschließung war nichts bekannt.

Bis Februar war sie recht nobel motorisiert gewesen, hatte einen Mercedes besessen. Den hatte sie offenbar verkauft und fuhr seitdem ganz bescheiden einen VW Golf Baujahr 94, den sie der väterlichen Firma entnommen hatte. Der Wagen war ordnungsgemäß in Hamburg zugelassen – mit dem Kennzeichen, das ich nach dem Klassentreffen gesehen hatte.

«Die haben ihr das Auto wahrscheinlich abgenommen, damit sie keine Extratouren macht», mutmaßte Andreas Nießen.

«Dann haben sie die Kennzeichen von dem 92er Golf angebracht, der noch auf die Firma zugelassen ist. Das erregt weniger Aufmerksamkeit als ein Auto mit einer Nummer von auswärts. Es fällt nicht mal bei einer Verkehrskontrolle auf, wenn nicht jemand ganz genau hinschaut. Zwei Jahre mehr oder weniger sieht man einem alten Golf nicht an.»

Die! Damit waren Rex und der kleine Mann gemeint. Um etwas über die beiden Männer herauszufinden, hätte Andreas Nießen entschieden mehr Anhaltspunkte gebraucht. Die bekam er auch. Jochens Unterhaltung mit Fred Pavlow brachte uns einen sehr großen Schritt weiter.

Koskas ehemaliger Geschäftsführer hatte bei allem, was ihm lieb und teuer war, versichert, mit keinem Menschen, auch nicht mit seiner Frau, über den unerwarteten Besuch eines Kriminalhauptkommissars zu reden. Gefreut hatte er sich, dass die Kripo die Koska-Tochter und ihren widerlichen Umgang mal unter die Lupe nehmen wollte. Bereitwillig hatte er Jochen alles erzählt, was er wusste. Und das deckte sich auch mit dem, was meine Mutter von sich gegeben hatte.

Es hatte ja ständig Probleme mit Maren gegeben. Bis zum Tod ihrer Mutter hatte ihr Vater viermal Kautionsgelder in die USA schicken müssen. Da meldeten sich immer irgendwelche Rechtsanwälte, weil sie in Schwierigkeiten war. Sie nahm Männer aus, sollte einige sogar betäubt haben, um sie risikoloser bestehlen und verschwinden zu können.

Nach dem Tod der Mutter und den vier Monaten in der Heimat war es noch schlimmer geworden mit ihr. An allen Ecken und Enden der Welt trieb sie sich herum. Nirgendwo blieb sie lange. Ein Vermögen hatte sie ihren Vater gekostet, bis sie vor zwei Jahren nach Deutschland zurückkam und in Hamburg zu arbeiten begann. Ihr armer Vater hatte glauben wollen, sie habe sich die Hörner abgestoßen und sei nun zur Vernunft gekommen. Gewartet hatte er, immerzu gewartet, dass sie einmal zu Besuch käme, tat sie aber nicht.

Im ersten Jahr rief sie nur an, wenn sie Geld brauchte, weil ihre Geschäfte schlecht liefen. Im zweiten Jahr verdiente sie dann entweder genug oder ließ sich aushalten von einem, der genug hatte. Bei jedem Anruf hatte sie ihrem Vater von der großen Liebe vorgeschwärmt. Einem überaus tüchtigen Menschen mit Namen Helmut Odenwald, den sie Papi gerne einmal persönlich vorgestellt hätte. Leider war ihre große Liebe zu beschäftigt für eine Fahrt nach Kerpen. Und alleine kam sie auch nicht.

Erst als Fred Pavlow sie informierte, dass es mit ihrem Vater zu Ende ginge, ließ sie sich einmal daheim blicken. Wollte sich wohl ansehen, was vom Erbe noch da war. In einem Ferrari war sie vorgefahren und hatte bedauert, dass ihre große Liebe nicht abkömmlich gewesen sei. Aber immerhin stand der Beweis seiner Tüchtigkeit nun vor der Haustür. Die rote Protzkiste sollte Helmut Odenwald gehört haben. Leider war dieser überaus fleißige Mensch dann – laut Maren – nur zwei Tage nach dem Tod des alten Koska mit seinem Ferrari tödlich verunglückt.

Damit hatte sie ihre Abwesenheit bei der Beerdigung ihres Vaters entschuldigt. Sie müsse sich in Hamburg ebenfalls um ein Begräbnis kümmern, fühle sich nach dem schrecklichen Verlust von gleich zwei lieben Menschen binnen weniger Tage vor Trauer wie gelähmt und wisse gar nicht, wo ihr der Kopf stehe, hatte sie am Telefon verlauten lassen.

Sie war aber gut genug beisammen, sofort ihre Interessen wahrzunehmen. Die Verwaltung der Mietwohnungen, die bis dahin Fred Pavlows Metier gewesen war, hatte sie umgehend nach Hamburg geholt und ihm sowie zwei weiteren Angestellten gekündigt. Nicht fristlos, wie meine Mutter meinte. Zum ersten März, dann sollte die Firma aufgelöst werden. Bis dahin sollten sie zusehen, den Gebrauchtwagenpark und die noch vorhandenen Baumaschinen zu verkaufen.

Das war ihnen nicht ganz gelungen. Aber da Maren pünktlich zum ersten März die Schlösser an ihrem Elternhaus austauschen ließ, konnte niemand weiterarbeiten. Die Büroräume befanden sich im Erdgeschoss. Fred Pavlow war bis in den April hinein noch häufig zu seinem früheren Arbeitsplatz gepilgert, um zu sehen, was dort vorging, wer sich dort breit gemacht hatte. Und um Kniefälle zu tun. Er hatte schließlich fast zwanzig Jahre für die Firma Koska gearbeitet und meinte, er hätte das Recht auf eine Abfindung. Aber da war nichts zu machen. Die Woche über konnte er Sturm klingeln, es kam niemand an die Tür. Es brüllte nur manchmal jemand aus dem Innern des Hauses, er solle sich zum Teufel scheren, wenn ihm etwas an seinen Zähnen läge.

An den Wochenenden hatte Maren ihm zweimal geöffnet, aber nicht mit sich reden lassen. Sie habe nichts zu verschenken, hatte sie einmal gesagt. Und beim zweiten Mal, er habe der Firma genug Schaden zugefügt und solle dankbar sein, dass man ihn nicht verklage.

Dass er nach dem Tod des alten Koska ein bisschen in die eigene Tasche gewirtschaftet haben könnte, bestritt Fred Pavlow vehement. Vielleicht den einen oder anderen Gebrauchtwagen etwas unter Wert verkauft. Er hatte eben von diesem Geschäft keine Ahnung gehabt und einmal so eine alte Rostlaube, die ohnehin niemand mehr gekauft hätte, an einen armen Schlucker verschenkt.

Zu dem Fiesling aus Hamburg konnte Fred Pavlow nicht viel sagen, hatte ihn ja meist nur brüllen hören und war nicht einmal sicher, ob dieser widerwärtige Mensch tatsächlich aus Hamburg stammte. Das war nur eine Vermutung, weil sie dort wohnte. Gesehen hatte Fred Pavlow den Widerling nur ein einziges Mal, weit hinten im dämmrigen Hausflur, während er selbst im Sonnenlicht vor der Haustür stand. Da waren bloß die Konturen eines großen, kräftigen Mannes auszumachen gewesen.

Ende April hatte Fred Pavlow auch einmal einen zweiten Mann auf dem Gelände gesehen. Leider nur flüchtig und aus einiger Entfernung, weil er sich nicht mehr aufs Grundstück traute, nur regelmäßig daran vorbeischlenderte, um zu sehen, ob nicht doch noch Autos gekauft und verkauft wurden. Der zweite Mann – es hätte auch ein Jugendlicher sein können – stand bei dem Nissan und bückte sich, als schaue er sich die Reifen an. Fred Pavlow hatte nur für zwei Sekunden einen Kopf über Autodächern gesehen und gedacht, es handle sich um einen Kaufinteressenten.

Eventuell bei der Erstellung von Phantombildern behilflich zu sein, traute Fred Pavlow sich nicht zu. An das Kennzeichen des Ferrari, in dem Maren kurz vor dem Tod ihres Vaters angereist war, erinnerte er sich auch nicht mehr. Es war eine Hamburger Nummer gewesen, das wusste er noch.

Damit und mit dem Namen Helmut Odenwald ließ sich etwas anfangen. Andreas Nießen brauchte nur wenige Minuten, um in Erfahrung zu bringen, dass Marens große Liebe keineswegs im Oktober 2002 bei einem Verkehrsunfall ums Leben gekommen war. Helmut Odenwald war bislang auch nicht beerdigt worden. Der Ferrari stand seit Monaten ohne eine Schramme auf einem Gelände, zu dem nur LKA-Beamte Zutritt hatten. Und sein Besitzer stand auf der Fahndungsliste, leider ohne Foto.

Einiges von dem, was Maren mir über Rex erzählt hatte, traf auf Helmut Odenwald zu. Er war zwei Jahre jünger als sie und hatte – jedenfalls bis Oktober – an der Außenalster gewohnt. Inhaber eines Clubs war er jedoch nicht gewesen, nur ein Strohmann, wie das LKA Hamburg es ausdrückte.

Den Anruf dort ließ Andreas Nießen sich nicht streitig machen. Er wurde dreimal weiterverbunden und geriet dann an einen Beamten, der zwar etwas gönnerhaft, aber sehr auskunftsfreudig war. Geschäftsführer eines so genannten Saunaclubs war Helmut Odenwald gewesen, Rotlichtmilieu. Die Besitzverhältnisse waren diffus. Das LKA hatte eine Gruppe von osteuropäischen Staatsbürgern im Visier, die lieber im

Hintergrund blieben. Seit über einem Jahr wurde diese Gruppe schon observiert, weil sie im Verdacht stand, mit Rauschgift, Waffen und Menschen zu handeln und den Club nur zu betreiben, um darin einen Teil ihrer Schmuggelware, nämlich junge Frauen aus Russland, arbeiten zu lassen und den Einkünften aus anderen illegalen Geschäften einen einigermaßen soliden Anstrich zu verpassen.

Da mochte Odenwald gedacht haben, seine Bosse verdienten mehr als genug. Laut Aussage eines Barkeepers – ja, eine Bar gab es auch, nach einem Saunagang war man ja durstig – hatte Odenwald die Herren aus Osteuropa bei den Abrechnungen tüchtig beschummelt und war verpfiffen worden. Von einer jungen Russin namens Tamara, die sich illegal in Deutschland aufgehalten und in der Sauna gearbeitet hatte. Odenwald sollte Tamara ziemlich mies behandelt haben, Prügel und mehrfache Vergewaltigung, einarbeiten nannte man das in dem Gewerbe.

Tamara war Mitte Oktober zuletzt gesehen worden. Anfang November hatte man ihre in ziemlich viele Einzelteile zerlegte Leiche aus der Elbe gefischt. «Die war zu Hundefutter verarbeitet», hieß es wörtlich. Ob Helmut Odenwald etwas mit dem entsetzlichen Tod der bedauernswerten jungen Frau zu tun hatte, war nicht hundertprozentig gesichert. Bei einer Prostituierten kamen auch noch andere Täter infrage. Aber da er zum gleichen Zeitpunkt aus Hamburg verschwunden war wie sie, hätte man sich doch gerne einmal mit ihm über Tamara und noch lieber über die Machenschaften der wahren Clubbesitzer unterhalten.

Ob Helmut Odenwald auf den markigen Spitznamen Rex gehört hatte, konnte der LKA-Beamte Andreas Nießen nicht sagen. Und erst nach dieser Frage wunderte er sich über das Interesse einer kleinen Polizeidienststelle an solch einem Kaliber. Wie hatten wir denn von Odenwald erfahren? Hatten wir auch Probleme mit den Russen? Wo saßen wir überhaupt?

Hürth, wo war das? Im Erftkreis. Und wo lag der? In der Nähe von Köln. Ach so, am Rhein. Nein, an der Erft. Das war kein Vergleich zur Elbe und sagte dem Nordlicht geographisch nicht viel.

Dass Helmut Odenwald sich eventuell in unserem Zuständigkeitsbereich aufhalten könnte, hielt er für ausgeschlossen. Er lachte richtig herzhaft. Nicht jeder, der Ferrari fuhr, hatte etwas mit Kerpen zu tun. Odenwald sei entweder von seinen Bossen zur Rechenschaft gezogen und gründlicher entsorgt worden als die junge Russin. Oder er habe sich ins Ausland abgesetzt, Südamerika vielleicht. Jeder andere Boden wäre für ihn verdammt heiß gewesen. Die Russenmafia hatte einen langen Arm.

Jochen war um einiges kleinlauter geworden. «Kannst du dir vorstellen, dass sie sich mit so einem Kerl eingelassen hat?»

Ich konnte sehr wohl – mit der Erinnerung an ihre Blutergüsse. Aber ich wollte nicht, weil es plötzlich eine Dimension bekommen hatte, von der ich mich erschlagen fühlte. Eine zu Hundefutter verarbeitete junge Frau. Weil ich meinen Sohn hinter einem mickrigen Lattenzaun hocken sah. Und Ella Godberg wurde von zwei Männern in ein weißes Auto gezwungen.

«Was machen wir jetzt?», fragte Jochen lustlos.

Die Antwort darauf erübrigte sich. Ich musste sofort zum Chef. Doch ehe ich gehen konnte, klingelte das Telefon auf meinem Schreibtisch. Ich nahm ab und hörte ein dunkles, kitzelndes: «Hallo, Konni.» Darauf folgte ein sinnliches Lachen, das die Härchen auf meinen Unterarmen aufrichtete. Aber Lust war das bestimmt nicht. «Nicht böse sein, dass ich dich doch wieder auf der Arbeit anrufe. Ich kann dich ja sonst nicht erreichen. Hast du ein bisschen Zeit heute Abend?»

Ich räusperte mich erst einmal, schaute mit einem zweifelnden Blick zu Jochen, der mich mit kaum verhohlener Spannung musterte und lautlos die Frage formulierte: «Sie?»

Als ich kurz nickte, veränderte sich seine Miene. Ich meinte, seine Gedanken lesen zu können. Na los, du Trottel, bleib am Ball. Oder bringst du das jetzt nicht mehr? Wer bespitzelt wen, dachte ich und fragte ins Telefon: «Wann?»

«Um acht?», fragte sie.

«Kann ich einrichten», sagte ich. «In welchem Zimmer?»

«Sag ich dir, wenn ich es weiß», erklärte sie. «Ich kümmere mich sofort darum. Wie lange bist du im Büro?»

«Bis um fünf, schätze ich.»

«Dann mach dir noch einen geruhsamen Nachmittag», empfahl sie, bevor sie die Verbindung unterbrach.

Ich schaute Jochen an. «Ich weiß nicht, ob das richtig ist.»

Das wusste er auch nicht. Und unser Vorgesetzter, mit dem ich anschließend sprach, wusste es noch weniger.

Wenn ich befürchtet hatte, mich eventuell lächerlich zu machen oder umgehend aus dem Dienst entfernt zu werden, erwies sich diese Furcht als unbegründet. Es gab kein abfälliges Grinsen und keine Vorwürfe, nur eine Viertelstunde lang geduldiges Zuhören. Dann meinte Kriminalrat Eckert höflich, aber sehr distanziert: «Mir ist kein Fall bekannt, in dem eine an einer Entführung beteiligte Person zurückblieb, um die Angehörigen zu überwachen.»

«Es ist aber eine effiziente Methode», sagte ich.

Kriminalrat Eckert gestattete sich ein kleines Lächeln. «Aber bedenken Sie das Risiko.»

«Für wen?» Der Gedanke kam mir erst jetzt, aber ich hatte ja vorher auch keine Ahnung gehabt, wer Rex sein könnte. «Für die zurückbleibende Person oder für das Opfer und die Angehörigen? Wo ist für mich als Täter ein Risiko, wenn ich nicht beabsichtige, Zeugen zurückzulassen?»

«Nun mal langsam», meinte Kriminalrat Eckert. «Bevor wir über Mord und Totschlag nachdenken, sollten wir erst einmal sicherstellen, ob überhaupt und zu welchem Zweck sich Frau Koska bei Herrn Godberg aufhält.»

«Das herauszufinden, haben wir gestern Abend doch schon vergebens versucht», erinnerte ich.

Kriminalrat Eckert presste kurz die Lippen aufeinander, zitierte Jochen vor seinen Schreibtisch und ließ sich das Tonband mit Godbergs Stimme vorspielen. Anschließend trommelte er die erste Garde des für Schwerkriminalität zuständigen KK 11 zusammen. Thomas Scholl, vom Wesen her ein Mann wie Jochen, nur etwas jünger, und Helga Beske. Sie war Mitte vierzig und machte den Eindruck einer netten Tante, die den Kindern vor dem Einschlafen Märchen erzählt. Aber das täuschte. Sie ließ sich lieber etwas erzählen, und wenn man dabei auch nur ein bisschen schwindelte, lernte man die nette Tante von einer ganz anderen Seite kennen. Und den Leiter des KK 11, Rudolf Grovian.

Er war ein Mann mit Erfahrung, hatte die fünfzig überschritten, schon einiges erlebt und sich auch schon einiges rausgenommen. Manche sagten, er sei ein sturer Hund. Wenn er sich seine Meinung einmal gebildet hatte, ließ er sich so leicht nicht mehr davon abbringen. Vor ein paar Jahren hatte er die Ermittlungen in einem Mordfall geführt, der für einiges Aufsehen gesorgt hatte. Am Otto-Maigler-See war ein Mann erstochen worden, von einer jungen Frau, die dem Anschein nach nicht das geringste Motiv für die Tat gehabt hatte. Alle hielten sie für geisteskrank, sogar ihr Anwalt und der von der Staatsanwaltschaft eingeschaltete psychologische Sachverständige, der einen ausgezeichneten Ruf genoss.

Aber was kümmerte Rudolf Grovian der ausgezeichnete Ruf eines Experten? Er hielt die Täterin eben nicht für geisteskrank und ließ nicht eher locker, bis er allen bewiesen hatte: Es war nur ein Moment von geistiger Umnachtung gewesen. Einen Gefallen hatte er der jungen Frau damit nicht getan. Sie war wegen mangelnder Schuldfähigkeit zum Tatzeitpunkt gar nicht erst vor Gericht gestellt worden und hatte kurz nach ihrer Entlassung aus der Psychiatrie versucht, sich umzubringen.

Seitdem wurde hinter seinem Rücken gemunkelt, er kümmere sich sehr intensiv darum, dass die junge Frau wieder Freude am Leben fand, weil er bei seiner Angetrauten seit langem nur noch unter «fernen liefen» rangierte. Aber was man über ihn und seine Privatsphäre tuschelte, berührte ihn an keiner Stelle.

Die erotischen Abenteuer eines Kollegen dagegen schienen ihm sauer aufzustoßen. Aber die hatten ja auch einen äußerst unangenehmen Beigeschmack. Kriminalrat Eckert umriss meinen Verdacht. Jochen musste noch einmal ausführlich berichten und kassierte im Anschluss von Rudolf Grovian die Zigarre, die der Chef nicht verteilt hatte. Was bildeten wir uns denn ein? Kleiner Freundschaftsdienst, private Gefälligkeiten? Das käme bei den Kölner Kollegen gut an, wenn man sie hinzuziehen musste. Aber musste man?

Dann wurde erst mal ausgiebig über Godbergs Nebenjob und sein Verhalten am gestrigen Abend diskutiert. Da hatte er schließlich mit einem Polizisten in seinem Wohnzimmer gesessen. Aber er hatte weder Schweißausbrüche bekommen noch hatten ihm beim Ausfüllen des Kaufvertrags für die Gänseliesel die Hände gezittert um das Leben seiner Frau. Im Gegenteil, von Haushaltsauflösung und Auswanderung hatte er erzählt.

«Dreister Kerl», meinte Rudolf Grovian. «Er hat sich wahrscheinlich köstlich über Sie amüsiert. Aber gehen wir sicherheitshalber mal vom allerschlimmsten Fall aus. Könnte ja sein, dass er mit den besonders wertvollen Stücken seine Frau gemeint hat und nicht will, dass wir uns einmischen. Einer wie Godberg traut uns nicht viel zu.»

Er wies Jochen an, dafür zu sorgen, dass mein Schreibtisch besetzt wurde, weil noch ein Anruf von Maren ausstand. «Wenn die Frau sich meldet, ist Metzner gerade auf dem Klo. Das übernimmt einer, der noch nicht in Erscheinung getreten ist.»

Damit war Jochen entlassen. Kaum hatte er die Tür hinter sich geschlossen, wandte Rudolf Grovian sich mir zu und begann ein hochnotpeinliches Verhör, wobei ihn weniger meine gestrige Frühstücksunterhaltung mit Olli interessierte. Auch den roten Golf mit zwei verschiedenen Kennzeichen tat er erst mal als nebensächlich ab. Meine bisherigen Fehltritte hatte ich offen zu legen, die drei Aufenthalte im Hotel und den gemütlichen Abend im Kreise ehemaliger Mitschüler. Den vor allem.

Die intimen Stellen durfte ich auslassen, nur Dialoge bitte. Es war trotzdem peinlich, weil auch die anderen aufmerksam zuhörten. Thomas Scholl und der Chef bemühten sich um stoische Mienen. Helga Beske war moralisch über jeden Zweifel erhaben und machte keinen Hehl aus ihrer Entrüstung. Wenn man mit Blicken operative Eingriffe hätte vornehmen können, hätte ich anschließend wahrscheinlich im Knabenchor gesungen.

Anschließend bemühte Rudolf Grovian sich, Marens Verhalten zu analysieren. Den schlimmsten Fall vorausgesetzt, hatte sie an dem Samstagabend wohl nur ihren Spaß haben wollen, bevor es ernst wurde. Theoretisch hätte sie ja schon am vierundzwanzigsten Mai wissen müssen, was für die nächsten Tage auf dem Plan stand. Aber dann: Von den Komplizen gegen ihren Willen dazu verdonnert, bei der Familie des Entführungsopfers auszuharren und eventuell auftauchende Polizei abzuwimmeln. Traf man sich in so einer Situation noch dreimal mit einem Liebhaber, der exakt dem unerwünschten Personenkreis angehörte? Nun gut, vielleicht wollte sie auf eigene Faust herausfinden, ob der entlaufene Augenzeuge bei Papa geplaudert und Ermittlungen in die Wege geleitet hatte. Im Bett waren schon Minister zum Reden gebracht worden. Dass sie von ihren Kumpanen auf mich angesetzt worden sein könnte, schloss er aus. In dem Fall wäre sie nicht verprügelt worden.

Dann sprach er minutenlang über die Tatsache, dass jeder

Art von polizeilicher Ermittlungsarbeit sehr enge Grenzen gesetzt waren, wenn die Beteiligten nicht mitspielen wollten. Solange wir nicht von Godberg hörten, was nun genau und zu welchem Zweck mit seiner Frau geschehen war, waren uns die Hände mit Kälberstricken gebunden.

Ich hörte immer «uns». Aber ich fühlte mich gar nicht zuständig, hatte die Sache an die kompetente Stelle weitergeleitet, wollte nur noch um acht Uhr ein Hotelzimmer betreten und Maren erklären, dass ich nicht länger für diverse Spielchen zur Verfügung stand. Nicht einmal mehr zum Abschied. Dann wollte ich heimfahren und zusehen, dass ich Hanne versöhnte.

Irrtum! Rudolf Grovian wollte wissen, was Sache war, um den allerschlimmsten Fall seinerseits so schnell wie möglich in kompetente Hände, nämlich zur Kriminalhauptstelle Köln weiterleiten zu können. Und dafür brauchte er mich.

«Sie sind doch ein Freund der Familie.»

Nein, so fühlte ich mich nicht. Na schön, aber möglicherweise war ich Godberg zu großem Dank verpflichtet, weil er meinen Sohn auf die Straße gesetzt hatte, als es für seine Familie brenzlig wurde.

«Wir müssen dem Mann begreiflich machen, dass uns nur das Wohlergehen seiner Frau am Herzen liegt. Sollte es sich um eine Differenz mit einem Kunden handeln, die mit drastischen Mitteln bereinigt wird, ist von uns eine Einmischung nur auf seine ausdrückliche Bitte hin zu erwarten. Im anderen Fall darf er sicher sein, dass wir nichts, absolut gar nichts tun, was das Leben oder die Gesundheit seiner Frau in irgendeiner Weise gefährdet.»

Und die beste Möglichkeit, ihm das zu erklären, böte sich heute Abend um acht Uhr, fand Rudolf Grovian, wenn Frau Koska in einem Kölner Hotelzimmer auf ihren Lover wartete. Sobald sie Godbergs Haus verlassen hatte, sollte ich auf der Matte stehen. Nicht allein, er wollte mich begleiten, aber im Hintergrund bleiben. Damit Frau Koska nicht zu lange warten musste und eventuell ungeduldig oder gar misstrauisch wurde, sollte sich ein Kollege darum bemühen, sie auf der Autobahn festzuhalten. Mit der Baustelle dürfte es nicht schwer sein, einen Stau zu provozieren.

Ich hätte währenddessen zu sagen: «So, lieber Herr Godberg, jetzt reden wir mal von Mann zu Mann, von Vater zu Vater.»

Natürlich musste ich das richtig anfangen. Frau Koska durfte ich auf gar keinen Fall erwähnen, das würde bei ihm verständlicherweise nicht gut ankommen. Ich sollte mich nur auf meinen Sohn berufen und durfte keine Sekunde lang vergessen, dass ich eventuell Ella Godbergs Leben in meinen Händen hielt.

Ich fluchte nur noch, ohne einen Ton über die Lippen zu bringen. Ich wollte weder Ellas Leben noch sonst etwas in den Händen halten. Er konnte mich doch nicht allen Ernstes auffordern, gegen eine Frau zu ermitteln, mit der ich eine Affäre hatte, der ich möglicherweise hörig war. Seltsamerweise fiel mir das erst in diesem Zusammenhang ein, beziehungsweise auf. Ich war doch gar nicht objektiv und nicht vertrauenswürdig.

Ob er konnte, durfte oder nicht, Rudolf Grovian tat es, weil er meinte, es sei das Einzige, was wir nach Lage der Dinge tun könnten. Er tat noch einiges mehr, schöpfte unsere Möglichkeiten bis zur Neige aus. Dass er es auf die leichte Schulter genommen hätte, darf ich wirklich nicht behaupten.

Die nächste Viertelstunde verbrachte ich an einem Computer und bemühte mich um ein vorzeigbares Bild von Maren. Nachdem es so weit gediehen war, dass man es ausdrucken konnte, meinte ich, zumindest bei Thomas Scholl einen Anflug von Verständnis zu entdecken.

Mit Rex und dem kleinen Mann konnte ich nicht dienen, die hatte ich am Sonntagnachmittag ja nur für eine oder zwei Sekunden durch eine spiegelnde Autoscheibe gesehen. Fred

Pavlow herzuholen schien auch Zeitverschwendung. Er hatte doch bereits erklärt, er könne in dieser Hinsicht nicht behilflich sein.

Kriminalrat Eckert meldete sich zu Wort: «Wir sollten zusehen, aus Hamburg ein Foto von diesem Odenwald zu bekommen.»

«Die haben anscheinend kein Foto von ihm», sagte ich.

«Quatsch», meinte Rudolf Grovian. «Sie hatten Zugang zu seiner Wohnung, da haben sie garantiert eingesammelt, was nicht niet- und nagelfest war. Da wird wohl ein Bildchen von ihm dabei sein. Und wenn sie seit einem Jahr die Russen observieren, da wird auch fotografiert, gefilmt und abgehört, was das Zeug hält. Vielleicht ist er da irgendwo mit drauf. Die sollen uns schicken, was sie haben.»

Er griff zum Telefon, stieß jedoch auf wenig Entgegenkommen. Angeblich war nun niemand mehr da, der mit dem Fall vertraut gewesen wäre und gewusst hätte, wo er ein Foto von Helmut Odenwald auftreiben könnte.

«Wahrscheinlich sind die schon alle auf dem Weg nach Kerpen», meinte Rudolf Grovian mit einem Anflug von Humor und schickte Thomas Scholl mit Marens Konterfei los, um bei Godbergs Nachbarn Erkundigungen einzuholen. Er sollte gleich vor Ort bleiben, Godbergs Haus observieren und Maren, wenn sie sich auf den Weg nach Köln machte. Ein Stau auf der Autobahn durfte nämlich erst provoziert werden, wenn sie nicht mehr ausweichen konnte.

Den ersten Bericht gab Thomas Scholl schon eine gute halbe Stunde später durch. Nach dem Überraschungsschock der erneuten Konfrontation mit der Kriminalpolizei – und dann kam der Kommissar auch noch durch den Garten, weil er von Godbergs Küchenfenster aus nicht gesehen werden wollte! – war das Ehepaar Kremer zu jeder Art von Unterstützung bereit. Thomas Scholl bekam auf der Stelle Kaffee, Gebäck, wahlweise Schnittchen offeriert und alle gewünschten Auskünfte.

Am fünften und am sechsundzwanzigsten Mai waren sie ja leider Gottes einkaufen gewesen und hatten erst nachher erfahren, dass es speziell montags bei Godbergs hoch herging. Deshalb kauften sie jetzt nur noch freitags ein, ganz früh am Morgen, da waren die Läden auch noch nicht so voll.

Ella Godberg und den kleinen Sven hatten sie seit Anfang Mai nicht mehr gesehen. Deshalb waren sie der Meinung, Ella habe ihren Mann verlassen und er sich mit einer Weißblonden getröstet. Auf dem Computerausdruck erkannten sie Maren zweifelsfrei als die Frau, die seit letzter Woche bei Godberg lebte, sein Auto spazieren fuhr, Einkäufe machte, die Post reinholte, mit anderen Worten, sich benahm, als gehöre sie nun zur Familie.

Den vermeintlich Halbwüchsigen in Lederjacke und Stiefeln, den sie des Einbruchs verdächtigten, hatten die Kremers nicht mehr zu Gesicht bekommen. Ein bulliger Bartträger war ihnen bisher auch nicht aufgefallen, ein roter Golf oder ein weißer Nissan ebenso wenig. In den vergangenen Tagen hatten sie nur mehrfach Lieferwagen bemerkt und Männer, die Unmengen von Sachen einluden, sogar eine komplette Schlafzimmereinrichtung.

Alles in allem sprach das eher für eine gescheiterte Ehe und eine Haushaltsauflösung als für eine Entführung. Es sah ganz danach aus, als hätte ich mich völlig umsonst nicht nur beim Chef, sondern auch noch vor Kollegen als notorischer Fremdgänger und Spinner bloßgestellt.

Aber so leicht wollte Rudolf Grovian die Sache nicht abtun. «Was dagegen, wenn ich Ihren Sohn nochmal von Frau Beske befragen lasse?», wollte er wissen.

Ich schüttelte den Kopf, durfte kurz Hanne anrufen und eine nette Kollegin ankündigen. Hanne hatte sich einen freien Tag genehmigt, nicht wegen Maren. Am späten Vormittag hatte sie einen Termin beim Zahnarzt gehabt. Sie war erleichtert, dass die Sache nun ihren offiziellen Gang nahm.

Helga Beske bekam ebenfalls einen Ausdruck von Marens Porträt und brach auf, um sich mit Olli zu unterhalten. Gut anderthalb Stunden später rief Hanne mich auf meinem Handy zurück. Sie meinte, unser Kleiner habe sich tapfer geschlagen. Marens Bildnis hatte ihn in helle Begeisterung versetzt. Ja, genau, das war die böse Frau.

«Haben Sie die jetzt verhaftet? Nicht? Wo haben Sie denn das Bild gefunden? Haben Sie auch ein Bild von dem kleinen Mann? Soll ich schnell eins machen?»

Das hatte er getan, flugs auch noch eins von Rex gemalt und dabei seine Interpretation der Evolutionsgeschichte erklärt. Und Helga Beske hatte wohl die Welt im Allgemeinen und bestimmte Männer im Besonderen nicht mehr verstanden, weil sie sah, welche reizende junge Frau – sprich Hanne – und welches aufgeweckte Kind unter meinen hormonell gesteuerten Ausflügen zu leiden hatten. Für Hanne war die Sache auch wenig angenehm gewesen, sie hatte bis dahin von Maren nur eine vage Vorstellung gehabt.

Nach ihrem Anruf wunderte Rudolf Grovian sich, warum Helga Beske sich noch nicht gemeldet hatte, um ihren Bericht und ihre Einschätzung durchzugeben. Er rief sie an, schaltete auf Lautsprecher, so konnte ich mithören, dass mein Sohn ihrer Ansicht nach seine Sicht der Dinge wahrheitsgemäß wiedergegeben und sich bezüglich des Messers an Ella Godbergs Hals auch durch Fangfragen nicht in Widersprüche habe verwickeln lassen.

«Gut», sagte er. «Dann fahr zu dem älteren Ehepaar. Lass dir auch einen Kaffee machen und halt die Augen offen. Thomas hängt sich an die Frau, wenn sie aufbricht.»

«Ich schau mich zuerst noch auf dem Koska-Grundstück um», teilte Helga Beske mit.

«Das halte ich für keine gute Idee», sagte ich.

«Warum nicht?», fragte Rudolf Grovian. «Sie waren doch am Sonntag auch da.»

«Da waren die beiden Kerle aber unterwegs», sagte ich. «Die sind mir erst auf dem Rückweg begegnet.»

«Bleib mal lieber weg da, Helga», sagte Rudolf Grovian noch. Zu spät, Helga Beske war bereits ausgestiegen und gab durch, was sie sah. Der düstere Klotz machte denselben verlassenen Eindruck wie sonntags. Alle Rollläden unten, nirgendwo ein roter Golf zu sehen. Aber in dem weißen Nissan meinte sie, braune Flecken auf den Rücksitzen auszumachen.

Und knappe zehn Minuten später meldete der Kollege, der mein Telefon bewachte, Frau Koska habe die Verabredung für den Abend abgesagt. Einen Grund hatte sie nicht genannt.

«Vielleicht hat sie kein Zimmer mehr bekommen», meinte Rudolf Grovian. Daran glaubte er wohl selbst nicht. Es gab ja auch mehr als ein Hotel in Köln.

«Vielleicht hätte Frau Beske sich diese Eigenmächtigkeit verkneifen sollen», hielt ich dagegen.

«Ach was, das kann nichts miteinander zu tun haben. Nur ein Vollidiot quartiert sich mit einer Geisel im Elternhaus einer Komplizin ein, wenn ein fünfjähriger Junge abgehauen ist. Ihr Kleiner hätte ja schon letzten Montag alle Welt rebellisch machen können.»

«Hat er aber nicht», sagte ich. «Vielleicht ist Rex ein Vollidiot. Am Sonntag war er jedenfalls auf dem Weg dahin.»

Nun grinste Rudolf Grovian. «Vielleicht nur, um seine Sachen rauszuholen und sich zu verkrümeln. Wenn Frau Koska ein Verhältnis mit Herrn Godberg hat, und danach sieht mir das aus, Schlafzimmer verkauft man gerne, wenn man der Freundin nicht zumuten will, das Bett der Frau zu benutzen. Vielleicht hat sie die Tracht Prügel deswegen bezogen.»

«Wenn Sie meinen», sagte ich. «Dann kann ich ja gleich nach Hause fahren.»

«Nichts da», erklärte er. «Wer sich mit einem Teufelsweib einlässt, muss dumme Bemerkungen wegstecken können. Legen Sie sich für die nächsten Stunden mal ein dickeres Fell zu, sonst kriegen wir beide ein Problem. Ich kann Leute nicht ab, die sich immer gleich auf den Schlips getreten fühlen. Ich sagte ja, vielleicht. Ebenso gut könnte sich die Absage in einem angekündigten Besuch ihrer Komplizen begründen.»

Binnen weniger Minuten organisierte er den ersten Großeinsatz. Thomas Scholl erhielt die Anweisung, auf jeden Fall vor Ort zu bleiben, um Godbergs Haus und Helga Beske im Auge zu behalten. Damit die tüchtige Helga nicht noch eigenmächtig zur Festnahme schritt, weil sie meinte, nun hätte man alle Täter beisammen, da könne man zufassen. Im Verhör käme schon raus, wo die entführte Frau sei.

Rudolf Grovian trommelte weitere Leute zusammen, die in der Dienststelle oder auf den Straßen nicht unbedingt gebraucht wurden. Vier Kollegen von der Schutzpolizei wurden mit Ferngläsern, Fotoapparaten und mobilen Funkgeräten ausgestattet und angewiesen, ihre Uniformen gegen Zivilkleidung zu tauschen. Zwei von ihnen sollten sich einen Hund organisieren und dem Tier etwas Auslauf verschaffen. Spaziergänger mit Hund waren unverfänglicher als solche, die nur herumliefen und nicht wussten, wohin sie schauen sollten. Die beiden anderen, ein Pärchen, wurden zu Koskas Grundstück abkommandiert, um Liebespaar zu mimen. Er glaubte zwar nicht, dass sich dort jemand aufhielt, aber sicher war sicher. Mich behielt er an seiner Seite wie der Meister den Lehrling.

Eine halbe Stunde später bezogen wir Posten in der Querstraße, in der ich am vergangenen Abend auf Jochen gewartet hatte. Die beiden Kollegen mit Hund tollten bereits mit dem Tier hinter den Gärten vorbei. Dort boten Bäume, Büsche, Zäune und Hecken genügend Deckung, um Funkgeräte, Fotoapparate und Ferngläser unauffällig zum Einsatz zu bringen. Die Rückseite von Godbergs Grundstück hatten sie gut im Blick. Für Thomas Scholl und Helga Beske galt an Kremers Küchenfenster dasselbe für die Vorderfront.

Die Verständigung über Funk war ausgezeichnet, der Eindruck friedlich. Alex Godberg saß im Arbeitszimmer am Computer. Maren lief mit Handy am Ohr im Wohnzimmer herum und machte dabei einen gut gelaunten Eindruck. Nachdem sie das Gespräch beendet hatte, ging sie zu Alex, unterhielt sich mit ihm. Er lächelte zu ihr auf, als herrsche zwischen ihnen bestes Einvernehmen.

Um sieben begab Alex sich in die Küche, die nicht eingesehen werden konnte. Es war nur ein Stück der Diele zu sehen, weil die Wohnzimmertür offen stand. Maren saß inzwischen auf der Couch und blätterte in einer Illustrierten. Alex brachte ihr einen Kaffee, gab ihr Feuer für eine Zigarette, rückte den Aschenbecher zurecht. Sie bedankte sich mit ein paar – durchs Fernglas betrachtet – durchaus netten Worten.

Einer der Kollegen wagte sich dicht an die Rückseite des Gartens heran, drückte auf Knien liegend in Deckung der jungen Tannen ein paar Mal auf den Auslöser und über Funk seine Hoffnung aus, dass die Lichtverhältnisse reichten, um auf den Fotos etwas zu erkennen.

Kurz darauf wurde der kleine Sven in der Diele wahrgenommen. Sah aus, als ginge er zum Abendessen in die Küche. Maren verschwand aus dem Wohnzimmer, wohl um mit Vater und Sohn zu speisen. Um Viertel vor acht führte sie den Jungen an der Hand durch die Diele zur Treppe. «Sieht liebevoll aus», gab der Kollege durch, der es beobachtete. Dann wurden an zwei Fenstern im Obergeschoss die Rollläden heruntergelassen. Bad und Kinderzimmer. «Anscheinend bringt die Frau das Kind ins Bett.»

Rudolf Grovian enthielt sich jeden Kommentars. Auf Koskas Grundstück rührte sich überhaupt nichts. Nicht der kleinste gelbe Schimmer in den Schlitzen, die es bei alten Rollläden immer gab. Obwohl der ganze Aufwand vergebens schien, dachte er nicht daran, den Einsatz abzubrechen.

Es war eintönig, nur im Auto zu sitzen, seine neutrale Miene zu betrachten, sich die Funksprüche der Kollegen anzuhören und nicht mehr zu wissen, was ich denken sollte. Ein Verhältnis mit Godberg, nachdem sie im Oktober den überaus tüchtigen Helmut Odenwald verloren hatte – auf welche Weise auch immer? Ich konnte das nicht glauben. Er war Rex, darauf hätte ich geschworen, fragte mich nur, wo er sich bis Anfang März aufgehalten hatte. Eine Immobilienmaklerin hatte wohl Möglichkeiten, einen Mann unterzubringen, der sich versteckt halten musste.

Und irgendeine Erklärung musste es ja geben für die Tatsache, dass Maren sich bei monatlichen Einkünften von rund zwanzigtausend Euro brutto kein anständiges Auto mehr leisten konnte. Einer wie Odenwald, daran gewöhnt, auf großem Fuß zu leben, stellte wohl hohe Ansprüche. Und wenn sie die erfüllte, musste er etwas haben, was ihn für sie wertvoll machte.

Hatte sie in ihm ihren Herrn und Meister gefunden? Hatten sich die Worte über mein Glück mehr auf das ihre bezogen? Funk mir bloß nicht dazwischen, Konni, jetzt habe ich nämlich ein richtiges Tier. Er mag nicht dein Standvermögen haben, aber er hat auch nicht die geringsten Skrupel. Was wusste ich denn wirklich von ihr? Aus den letzten zwanzig Jahren nur, dass sie mich eine mittelmäßige Ehe gekostet hatte, weil sie erst nach vier Monaten feststellte, dass sie nur verrückt nach mir war, mich jedoch nicht liebte. Ansonsten nur das, was ich in den letzten Tagen von anderen gehört hatte.

Mitten hinein in meine Gedanken sagte Rudolf Grovian: «Wir hätten uns besser erst mal Godbergs Onkel vorgenommen. Das tun wir auch morgen früh. Hier machen wir nur Überstunden für nichts. Vielleicht hat die Frau sich nur nochmal an Sie rangemacht, um eventuell in Erfahrung zu bringen, ob es Ermittlungen gegen Godberg gibt.»

«Sie wusste nicht, dass ich noch im Dienst bin.»

Er lächelte irgendwie mitleidig. «Wollen Sie darauf eine Wette abschließen? Ihr Junge ging bei Godberg ein und aus.»

«Aber sie ist fast acht Jahre älter als er.»

«Ja und?», fragte er. «Bei ihrem Aussehen dürfte das Alter keine Rolle spielen. Und eine Frau mit Erfahrung, manche mögen das.»

Ich zuckte mit den Achseln. Er sprach unbeirrt weiter. So ist das, man hat einen Fall, der drei Nummern zu groß sein könnte für eine Polizeibehörde in der Provinz. Dann bespricht man ihn eben, bis man ihn kleingeredet hat.

«Betrachten wir es doch mal von dieser Seite. Am neunzehnten Mai wurde bei Godberg eingebrochen, am vierundzwanzigsten war dieses Klassentreffen, zu dem sie ursprünglich nicht kommen wollte. Dann kam sie doch und erzählte Ihnen was von einem Hamburger Ehemann. Erzählen Sie mir noch ein bisschen, damit ich mir ein besseres Bild machen kann. Ist doch keiner hier, der die Nase rümpft.»

So horcht man Leute aus. Über Marens Triebhaftigkeit hatten wir doch schon ausführlich debattiert. Ich verlor noch ein paar Worte über ihre Kindheit. Einzige Tochter reicher, aber im Ort nicht wohl gelittener Eltern. Der Vater nicht unbedingt das, was man einen seriösen Geschäftsmann nennt, die Mutter als ehemalige Bordsteinschwalbe schief angesehen. Spät geboren, über alle Maßen verwöhnt, nie in die Schranken verwiesen worden.

«So ein Herzchen hab ich auch in die Welt gesetzt», seufzte er. «Sie hat ihren Mann verlassen, weil er zu viel arbeitete. Jetzt zieht sie ihm das letzte Hemd aus und treibt sich mit zwielichtigen Gestalten herum. Wenn ich was sage, heißt es nur, halt dich raus, Rudi. Papa, das hat sie sich so mit vierzehn abgewöhnt. Und ab einem gewissen Alter lassen die sich gar nichts mehr sagen, fühlen sich irgendwie zum Sumpf hingezogen. Gerade die, die eigentlich ein schönes Leben haben könnten. Kann man nicht nachvollziehen.»

Nach dieser Einleitung begann er, von seinem Privatleben zu erzählen. Patenter Schwiegersohn, der nun leider Gottes nicht mehr zur Familie gehörte. Ein Enkel, der die halbe Zeit in Opas Bett nächtigte, weil seine Mutter speziell nachts ihr Leben genießen wollte und der Kleine ständig Albträume hatte. Die missratene Tochter, der das Leben in geordneten Verhältnissen zu trist gewesen war. Und seine Frau hatte schon vor Jahren ihr Herz für Bedürftige entdeckt. Sie brachte es fertig, seine Hosen an Penner zu verschenken, vergaß aber, für ihn ein mageres Schnitzel zu besorgen. Dabei wusste sie, dass er wegen seiner Galle nichts Fettes vertrug.

Und zweimal im Monat erholte er sich von seinem häuslichen Elend, fuhr für ein Wochenende rauf in den Norden. Buchholz in der Nordheide, lag in der Nähe von Hamburg. Dort lebte Cora Rosch, die junge Frau, der er mit seinem Einsatz zur Freiheit verholfen hatte, da hatte sie allerdings noch Bender geheißen und war verheiratet gewesen. Nun war sie geschieden, trug wieder den Mädchennamen, hielt ihr Elternhaus in Schuss, arbeitete für ihren Lebensunterhalt und kämpfte um ein regelmäßiges Besuchsrecht für ihren kleinen Sohn, der beim Vater und einer Stiefmutter lebte.

Er wusste, was hinter seinem Rücken in der Dienststelle getratscht wurde. Und er genoss es, dass man ihm in seinem Alter noch so viel Anziehungskraft auf das weibliche Geschlecht unterstellte, ein junges Ding von nicht mal dreißig für sich zu gewinnen. Dabei spielte er für Cora Rosch nur den Vater, den sie dringend brauchte, und sie für ihn eine Tochter nach seinem Geschmack. So hatten sie beide einen Ersatz, und er bekam wenigstens zweimal im Monat ein mageres Stück Fleisch oder Fisch auf den Teller. Fisch aß er auch gerne.

«Man soll sich ja nicht persönlich engagieren», sagte er. «Aber wenn so eine Sache abgeschlossen ist und man das Gefühl nicht loswird, man hätte einen großen Fehler gemacht ... Ich wusste schließlich, dass sie suizidgefährdet war. Sie hatte es in der Landesklinik schon mal probiert, war ich nicht ganz schuldlos dran. Nach ihrer Entlassung hätte sie es beinahe geschafft. Ich konnte sie nicht so einfach sich selbst überlassen. Sie wollte ihre Strafe, ich hab verhindert, dass sie die bekam. Da kann man nicht sagen, was geht's mich an.»

Ob er mit seiner Offenheit einen bestimmten Zweck verfolgte, mir vielleicht zu verstehen geben wollte, er befinde sich in einer Situation, die der meinen durchaus vergleichbar sei, e pflege auch Umgang mit einer Person, über die moralisch einwandfreie Gemüter wie Helga Beske die Nase rümpften, keine Ahnung.

Aber ich begann ebenfalls zu reden: über die Zeit in der Grundschule, die angefahrene Katze, den Zweig in Marens Hand und den Schlag in ihr Gesicht. Über die ungezählten Male im Gymnasium, wenn sie sich bei Brigitte Talber Unterstützung in sämtlichen Fächern holte, weil sie scheinbar die simpelsten Zusammenhänge nicht begriff. Zu dämlich, um sich zu merken, wie lange der Dreißigjährige Krieg gedauert hatte. Aber gut Flöte spielen konnte sie. Ich erwähnte auch die Schraube in einem Autoreifen und meine damalige Macht über sie. Ich musste doch nur den Zauberstab aus der Hose holen, dann verwandelte sich die bösartige Hexe in ein sanftmütiges Wesen. Aber jetzt funktionierte das wohl nicht mehr, sie hatte vermutlich in den letzten zwanzig Jahren eine Menge dazugelernt.

Um zehn nach neun, als keiner mehr damit rechnete, dass sich noch irgendetwas tun könnte, kam der Durchruf von Thomas Scholl: «Godberg kommt aus dem Haus. Er hat einen Aktenkoffer bei sich, öffnet die Garage.»

Rudolf Grovian atmete vernehmlich durch, offenbar hatte er sich doch ein paar Gedanken über einen Zusammenhang zwischen Helga Beskes Visite von Koskas Grundstück und Marens Absage gemacht. «Da haben wir ja die Erklärung. Er braucht sein Auto selbst.» Er ließ den Motor an und wartete, bis der Omega an der Querstraße vorbeigefahren war.

Alex fuhr Richtung Autobahn, wir blieben auf Abstand bedacht hinter ihm. Die Kollegen mit dem Hund schlossen auf. Thomas Scholl, Helga Beske und das Pärchen bei Koskas Grundstück hielten weiter Nachtwache.

Es ging nach Köln. Und außer uns war niemand an dem Omega interessiert. Auf der Autobahn herrschte nicht mehr so viel Verkehr, dass etwaige Verfolger oder Beobachter nicht rasch auszumachen gewesen wären. Alex ließ sich Zeit, benahm sich keinesfalls wie ein Mann, der sein Kind in den Händen einer sadistisch veranlagten Erotomanin hatte zurücklassen müssen und seine Frau in der Gewalt brutaler Verbrecher wusste.

Sein Ziel war ein Juwelier. Wir warteten, bis er wieder in seinem Wagen saß und von den Kollegen eskortiert heimwärts fuhr. Es war nicht mehr die Rede davon, dass ich mit ihm reden und sein Vertrauen gewinnen sollte. Rudolf Grovian klingelte lieber den Juwelier an die Tür. Es gab ein bisschen Erschrecken, ein paar Beteuerungen von Unwissenheit und Unschuld. Doch uns interessierte weniger, ob Alex sich als rechtmäßiger Besitzer der Schmuckstücke ausgewiesen hatte. Wir wollten nur hören, wie viel er dafür erhalten hatte. Runde zweihunderttausend – in bar. Rudolf Grovian pfiff anerkennend durch die Zähne.

Es war nicht der erste Handel. Mitte vergangener Woche hatte Alex bereits diverse Schmuckstücke, darunter zwei hochwertige Herrenarmbanduhren verkauft, eine Rolex und eine Patek Phillipe. Bei der Gelegenheit hatte er insgesamt knapp hunderttausend erhalten – ebenfalls in bar, das hatte er zur Bedingung gemacht. Darüber hinaus hatte er Hochglanzfotos von weiteren Stücken vorgelegt. Unter anderem ein Foto des Colliers, das nun vor uns lag. Smaragde, eingefasst in Platin.

«Das muss die Kette aus der Grossert-Sache sein», meinte Rudolf Grovian.

Da konnte ich ihm nur zustimmen. Und es war das Original, immerhin war der Juwelier ein Fachmann. Fünfzigtausend hatte Alex für das gute Stück haben wollen. Die sei es auch wert, meinte der Juwelier, hatte ihn aber auf dreißigtausend heruntergehandelt. Die hatte Alex nach zähem Ringen akzeptiert, obwohl das letzte mir bekannte Internetgebot fünfundvierzig betragen hatte.

«Er nimmt doch nicht einen Verlust von fünfzehntausend hin», meinte Rudolf Grovian. «Wollen wir wetten, dass er die Imitation bei ebay verhökert?»

Ich mochte nicht wetten, hörte lieber dem Juwelier zu. Alex hatte sich ausbedungen, das Collier binnen vierzehn Tagen zurückkaufen zu können, gegen einen kleinen Aufpreis, versteht sich. Umsonst ist nicht einmal der Tod, der kostet das Leben.

Wir fuhren zurück. Feierabend, es war spät genug. Vor der Heimfahrt eine kurze Besprechung. Kriminalrat Eckert hatte eigens auf uns gewartet und wollte wissen, warum wir den Juwelier befragt hatten. Das hätten doch die Kollegen übernehmen können. Wir hätten Herrn Godberg auf dem Heimweg abfangen sollen, um mit ihm zu reden. Warum hatten wir das nicht getan?

«Weil ich das nicht mehr für sinnvoll hielt», sagte Rudolf Grovian. «Das Gespräch mit dem Juwelier war aufschlussreicher. Morgen früh holen wir uns Godbergs Onkel. So lange bleiben unsere Leute noch draußen, sicher ist sicher.»

## Mittwoch, 4. Juni

Es war Mitternacht vorbei, als ich endlich die Wohnungstür hinter mir schloss. Ich war noch eine ganze Weile in der Dunkelheit hinter Godbergs Garten herumgelaufen. Hanne lag längst im Bett, aber sie schlief noch nicht. Jochen hatte sie informiert, dass ich wirklich nur dienstlich unterwegs sei und es sehr spät werden könne. Kaum hatte ich meine Schuhe ausgezogen, ging im Schlafzimmer das Licht an. Die Tür stand offen, sie saß aufrecht. «Wie sieht's aus?»

«Frag mich nicht», sagte ich.

Sie senkte den Kopf und schwieg sekundenlang. Ich dachte schon, sie sei immer noch wütend und verletzt, da hob sie den Kopf wieder. Ihre Miene bestand aus Zweifeln und Unschlüssigkeit. So sprach sie auch. «Oliver behauptete, heute Mittag sei der kleine Mann beim Kindergarten gewesen.»

«Dir ist niemand aufgefallen?»

«Ich war nicht da.» Weil sie für ihren Routinecheck beim Zahnarzt nur einen Termin für halb zwölf bekommen und erfahrungsgemäß noch eine längere Wartezeit einkalkuliert hatte, war es meiner Mutter überlassen geblieben, Oliver abzuholen.

Ich wollte sofort zum Telefon. Hanne hielt mich zurück. «Jetzt mach nicht gleich alle Pferde scheu, Konrad. Es ist ja nicht sicher, ob da tatsächlich jemand war. Du kennst doch Oliver. Ihm hat es Spaß gemacht, als wichtiger Zeuge befragt zu werden, da hat er aber keinen kleinen Mann erwähnt. Das fiel ihm erst ein, als Frau Beske wieder weg war. Ich habe deiner Mutter schon gesagt, sie soll morgen die Augen offen halten.»

Dass erhöhte Wachsamkeit nötig wäre, hatte sie damit begründet, es treibe sich vielleicht ein Sittenstrolch beim Kindergarten herum. Sie musste an dem Mittwoch arbeiten, ging nicht anders, Esther war immer noch krank. Oliver war bereits bei meinen Eltern, weil Hanne um halb acht den ersten Patienten Blut abzapfen sollte. Und ich war ganz und gar nicht damit einverstanden, dass Olli in den nächsten Tagen einen Fuß auf die Straße setzte. Er musste bei Oma und Opa bleiben, sicherheitshalber.

«Deine Mutter wird sich freuen», meinte Hanne. «Jetzt komm ins Bett. Ich muss morgen früh raus.»

Das musste ich auch. Um sechs klingelte mein Wecker. Um sieben stand ich vor der Wohnung meiner Eltern. Große Überraschung, eisige mütterliche Miene, aber reinkommen durfte ich noch. Olli saß beim Frühstück und beteuerte, dass der kleine Mann tatsächlich beim Kindergarten gewesen sei. Er habe Tobias, den Jungen, der mit seinem Papa nur noch in den Zoo gehen und Eis essen durfte, mitgenommen.

«Vielleicht holen die jetzt alle Kinder», vermutete er mit blitzenden Augen, es sah verdächtig nach Sensationslust aus.

«Vielleicht war es der Vater von Tobias», sagte ich.

Olli schüttelte heftig den Kopf. «Nein, der darf nur sonntags kommen. Es war der kleine Mann. Ganz ehrlich, Papa, ich hab ihn genau gesehen, er hatte auch wieder die Jacke an. Die hat auf einem Arm ein silbernes Zeichen. Wie ein großer Vogel oder ein Flieger oder so. Und auf dem Rücken stand was geschrieben.»

Er gab sich lautstark Mühe, mir einen Eindruck von dem Schriftzug zu vermitteln. Seinen Namen konnte er schon schreiben, vielmehr malen. Aber Buchstaben in größerer Anzahl waren ihm noch ein Mysterium.

Mein Vater, vom Lärm in der Küche aus dem wohlverdienten Morgenschlaf des Rentners gerissen, erschien bei der Tür und wollte wissen, was der Krach sollte. Olli erklärte es ihm, ehe ich den Mund öffnen konnte. Es ging um den kleinen Mann, der Tante Ella mit einem Messer gestochen und im Nacken gepackt hatte, weil sie nicht in das weiße Auto steigen wollte. Aber als der kleine Mann ihr den wehen Arm auf den Rücken drehte und ihr wieder das Messer an den Hals hielt, stieg sie doch ein.

Plötzlich sprachen vier Personen gleichzeitig. Gute zehn Minuten später waren wir uns zumindest dahingehend einig, dass Olli den Tag besser mit dem Bausatz der Lagerhalle verbringen sollte, die Opa von Ludwig zum Geburtstag geschenkt bekommen hatte. Die passte ja ohnehin nicht in die alpine Landschaft. Wenn sie schief zusammengeklebt wurde, konnte Opa sie reinen Gewissens in irgendeine Ecke stellen.

Mutter brachte mich lamentierend zur Tür. Sie hatte sich bereits erstochen auf der Straße liegen sehen, verstand nicht, wie Hanne sie bei so einer blutrünstigen Sache mit einem Sittenstrolch hatte belügen können, und schob in einer Abschlussrede alle Schuld in Marens Schuhe. «Wo soll das nur hinführen? Hab ich es dir nicht immer gesagt, Konrad? Es gibt ein Unglück, wenn dieses Weib in der Nähe ist.»

Auf dem Weg durchs Treppenhaus hörte ich sie noch jammern, ob sie es wohl wagen könnte, einen Salat fürs Mittagessen zu besorgen. Wenn diese Verbrecher da draußen auf der Lauer lagen, immerhin wusste das Weib ganz genau, wo meine Mutter zu finden war. Schuster, bleib bei deinem Leisten, dachte ich.

Mein Leisten ging mir manchmal gehörig auf die Nerven. Es waren gutmütige, biedere alte Leute, rechtschaffen und ehrlich bis auf die Knochen. Sie wären niemals auf die Idee gekommen, ein verletztes Tier zu quälen. Sie stocherten mit ihren Zweigen nur in anderen Wunden. Ich hatte Maren doch gar nicht erwähnt. Auch Oliver hatte mit keiner Silbe, mit keiner Geste angedeutet, dass der kleine Mann und sie etwas miteinander zu tun hatten. Aber meine Eltern brauchten keine Gesten oder Silben. Sie lebten seit mehr als zwanzig Jahren in der unumstößlichen Gewissheit, dass Maren für alle Schlechtigkeit dieser Welt verantwortlich zeichnete. Und wenn auf dem Ganges ein Ausflugsboot absoff, hatte sie es persönlich hinuntergezogen.

Vielleicht machte das ihren Reiz für mich aus. Mein ganz persönlicher Pakt mit dem Teufel. Mitten hineinstoßen in die Glut der Hölle, wer konnte das schon? Und wer durfte erwarten, mit heiler Haut davonzukommen, wenn er sich mit dem Teufel einließ?

Kurz nach acht traf ich in Hürth ein, Andreas Nießen fing mich vor Rudolf Grovians Büro ab mit der Auskunft, das Smaragdcollier sei bei ebay für siebenundvierzigtausend und ein paar Zerquetschte weggegangen – zusammen mit einem Echtheitszertifikat. Andy hatte sich mit ausdrücklicher Genehmigung von oben als Hacker betätigt und in das Frage- und Antwortspiel zwischen Alex und dem Käufer eingeklinkt.

«Das muss die Imitation gewesen sein», mutmaßte er. «Jetzt hat Godberg zwei Uhren im Netz, eine Rolex und eine Patek Phillipe. Auf drei Tage begrenzt, kein Safetrade diesmal, also erst Cash, dann die Ware. Herr Grovian sagte, die Uhren hätte Godberg letzte Woche schon verkauft. Wenn rauskommt, was er treibt, ist er seinen Ruf als äußerst zuverlässiger Powerseller aber los.»

«Das dürfte derzeit seine geringste Sorge sein», sagte ich, wollte anklopfen und erhielt von Andy noch den Hinweis: «Da gehen Sie jetzt besser nicht rein. Herr Grovian und Frau Beske haben Godbergs Onkel in der Mangel.»

Der Onkel war schon um sechs aus dem Bett geholt worden. In aller Herrgottsfrühe schüchtert man die Leute wesentlich besser ein. Und es schien ein lohnender Fang. In der Goldschmiede war ein dicker Packen Hochglanzfotografien sichergestellt worden, auf denen auserlesene Preziosen von allen Seiten und in allen Details abgelichtet waren. Von jedem Stück hatte Alex im Laufe der Zeit ein Duplikat anfertigen lassen.

Bis zu diesem Geständnis hatten Rudolf Grovian und Helga

Beske den Onkel schon gebracht, als ich Andys Warnung zum Trotz ohne zu klopfen eintrat und mir einen unwilligen Blick von Helga Beske einfing. Godbergs Onkel, der ebenfalls Godberg hieß, wurde durch mein Erscheinen unterbrochen. Helga Beske half ihm, den Faden wieder aufzunehmen.

Angeblich war der falsche Schmuck nur für Ella hergestellt worden. Das hatte ihr Bruder ja auch behauptet. Alex betrog keine Leute damit, Alex betrog überhaupt niemanden, er war als Geschäftsmann durch und durch integer. Das wollte sein Onkel beim Leben irgendeines Kindes beschwören. Das glaubte ihm nur keiner. Von Schwierigkeiten, in denen sein Neffe stecken könnte, wusste er nichts. Er war doch gerade erst aus dem Urlaub gekommen. Seines Wissens war Ella in Frankfurt, zusammen mit Alex und Sven. Gestern Abend hatte Alex noch aus Frankfurt angerufen und gesagt, sie würden noch ein paar Tage bleiben.

Eheprobleme, Haushaltsauflösung und Auswanderung, dazu schüttelte der Onkel verblüfft und entrüstet den Kopf. Wer verbreitete denn solch einen Unsinn? Dass Alex seine vergötterte Ella mit einer anderen Frau betrügen sollte, nein! Völlig ausgeschlossen, absolut unvorstellbar. Sie waren füreinander die erste Liebe gewesen, und sie würden füreinander die einzige Liebe bleiben.

Was unsere Leute am vergangenen Abend durch ihre Ferngläser beobachtet hatten – man musste einfach bedenken, dass ein Mann, der seine Frau vergötterte, eine Menge tat, um sie möglichst unbeschadet zurückzubekommen. Wahrscheinlich küsste so ein Mann den Entführern auch die Füße oder wischte ihnen die Hintern ab, wenn sie das von ihm verlangten.

Was ich auf dem Herzen hatte, musste ich verschieben. Helga Beske fuhr den Onkel nach Hause. Rudolf Grovian betrachtete mich mit einem Blick, der deutlicher war als jedes Wort. Wir hätten uns Godberg gestern Abend wohl doch schnappen müssen. Mein Fehler. Wer weiß, ob sich so eine Chance noch einmal bietet. Dann bemühte er sich um einen richterlichen Beschluss, der uns einen Einblick in Godbergs Konten verschaffen sollte.

Fünf Minuten später saßen wir wieder im kleinen Kreis im Büro des Chefs. Thomas Scholl hatte dem Familienidyll zum Trotz die ganze Nacht an Kremers Küchenfenster ausgeharrt und saß immer noch da. Er meldete sich telefonisch; keine besonderen Vorkommnisse. Aber zwei neue Aspekte. Godberg verhökerte auch Imitate hochwertiger Uhren. Und beim Kindergarten hatte sich gestern ein kleiner Mann herumgetrieben.

Meine einsame Entscheidung, dass Olli in den nächsten Tagen bei Oma und Opa bleiben müsse, stieß zwar auf menschliches Verständnis, war aber trotzdem falsch. Es glaubte zwar niemand, der kleine Mann könne ein anderer gewesen sein als der Vater von Tobias. Aber wenn uns der Glaube trog, vielleicht hatten wir Glück – obwohl ich das nicht so bezeichnen wollte. Vielleicht tauchte heute nochmal einer von den Kerlen auf und lief uns vor die Linse. Am besten der, bei dem wir noch nicht mal eine Ahnung hatten, wer er sein könnte.

Für mich hieß das, ab ans Telefon. Mutter war um keinen Preis der Welt bereit, heute einen Fuß vor die Tür zu setzen, schon gar nicht zusammen mit dem armen Kleinen. Auch nicht, wenn hundert Polizisten als Leibwache abkommandiert wurden und Spalier standen. Da war gar nichts zu machen, wir hatten auch keine hundert Polizisten für ein Spalier.

Vater war einsichtiger, und nun war das ja Männersache. «Soll ich zur Sicherheit bei dem Kleinen bleiben?», wollte er wissen. «Oder soll ich der Kindergärtnerin sagen …»

Nein, nein! Auf gar keinen Fall. Was immer es zu sagen und zu regeln gab, übernahmen wir. Das beruhigte ihn. Er hatte seit jeher uneingeschränktes Vertrauen zur Polizei gehabt. Und bei den meisten meiner Kollegen war das auch berechtigt.

Helga Beske fuhr, nachdem sie Godbergs Onkel vor seiner Wohnung abgesetzt und dafür gesorgt hatte, dass er sich nicht umgehend ans Telefon klemmte, um seinen Neffen über den blödsinnigen Verdacht zu unterrichten, nach Kerpen und bezog Posten an Kremers Küchenfenster, weil Thomas Scholl vor Müdigkeit die Augen kaum noch offen halten konnte. Rudolf Grovian schickte zwei Leute mit dem richterlichen Beschluss zur Kreissparkasse. So kamen wir zu einer Aussage von Peter Bergmann, die sich allerdings nur auf Godbergs Konten bezog. Darauf herrschte seit Tagen gähnende Leere. Alex hatte Anfang vergangener Woche nicht nur abgeräumt, auch um einen Kredit ersucht. Eine halbe Million hatte er haben wollen. Die konnte Peter Bergmann ihm ohne entsprechende Sicherheit nicht leihen.

Bis um elf rief Rudolf Grovian dreimal das LKA Hamburg an und hörte jedes Mal, man könne uns leider nicht helfen. Helmut Odenwald sei nie erkennungsdienstlich behandelt worden, sonst hätten sie doch sein Foto in die Fahndungsliste gegeben. Erst als er beim vierten Anruf energisch auf die Observation der Russen hinwies – und darauf, er würde die Unterstützungsfreudigkeit ausgiebig in den Medien zur Debatte stellen, sobald wir die zu Hundefutter verarbeitete Leiche einer entführten jungen Mutter aus der Erft gefischt hätten, erhielt er die Zusage, dass sie ihr Bildmaterial sichten und uns etwas schicken würden.

Um Viertel nach elf machte Jochen sich auf den Weg zum Kindergarten nach Kerpen, zusätzlich bewaffnet mit einer Kamera. Doch außer ihm und meinem Vater trieben sich dort keine Männer herum. Jochen ließ sich von Olli den kleinen Tobias zeigen, sprach auch mit dem Jungen, der zuerst heftig bestritt, mit einem kleinen Mann gegangen zu sein. Er gehe immer alleine nach Hause, beteuerte er, habe es nicht weit und Mama habe verboten, mit einem Fremden zu gehen.

Erst mit gutem Zureden, etwas Nachdruck und dem polizeilichen Versprechen, seiner Mama nichts davon zu erzählen, vorausgesetzt natürlich, er ließe sich nicht noch einmal mitnehmen, rückte Tobias mit der Auskunft heraus: Ja, da sei gestern ein fremder, ziemlich kleiner Mann in einer Lederjacke gewesen, der widerlich gestunken, aber einen supertollen Gameboy gehabt hätte. Mitgegangen war Tobias wirklich nicht, der Mann sei nur ein kleines Stück neben ihm gegangen, hätte ihm den supertollen Gameboy gezeigt und irgendeinen Gruß an Papa aufgetragen. Was genau der Mann gesagt hatte, wusste Tobias nicht mehr.

«Vielleicht war es ein Bekannter vom Vater», meinte Jochen. «Vielleicht war es aber auch einer, der Tobias mit deinem Oliver verwechselt hat. Sie sind beide fünf, etwa gleich groß und blond.»

Noch eine Diskussion mit Rudolf Grovian. Ich hätte gerne eine Leibwache für Olli gehabt. Aber da war nichts zu machen. «Wenn Entführer sich für Ihren Sohn interessieren würden, hätten sie sich letzte Woche um ihn gekümmert, aber nicht mehr nach neun Tagen. Die wollen abkassieren und keinen unnötigen Wirbel. Der Gruß an Papa könnte eine Warnung gewesen sein, die Finger von Frau Koska zu lassen. Aber vielleicht war es ein Sittenstrolch, die machen sich gerne an Kinder heran, indem sie vorgeben, die Eltern zu kennen. So einer fehlt uns gerade noch. Ich sag den Kollegen in Kerpen mal Bescheid.»

Nach Hause fahren durfte ich nicht, weil er darauf spekulierte, dass Maren sich im Laufe des Tages meldete, um zu bekommen, was ihr gestern versagt geblieben war. Wenn sie das Haus heute verließ, wollte er mit mir rein. Aber Maren rief nicht an.

Irgendwie verging der Nachmittag mit Ängsten, Spekulationen und vergeblichen Bemühungen, Klarheit zu gewinnen. Um fünf hatten wir aus Hamburg immer noch kein Foto von Helmut Odenwald erhalten. Entweder gab es so viel zu sichten, dass sie noch nicht durch waren, oder sie fanden nichts.

Rudolf Grovian ließ ihnen Ollis Zeichnungen schicken und bat um Auskünfte zum kleinen Mann, besondere Kennzeichen: Lederjacke und übler Geruch. Es war der schiere Galgenhumor.

Wenige Minuten vor sechs Uhr gab Helga Beske durch, dass Godberg zur Garage ging. Das Spiel vom vergangenen Abend wiederholte sich. Thomas Scholl war bereits wieder vor Ort und nahm die Verfolgung auf. Zusammen mit Rudolf Grovian ging ich zum Wagen. Diesmal fuhr ich.

«Glück gehabt», sagte er unterwegs. «Was Sie zu sagen haben, wissen Sie ja.»

«Konrad», sagte ich.

Er grinste flüchtig. «Soll mir recht sein. Wie ich heiße, weißt du ja. Aber bitte immer Rudolf. Wenn einer Rudi zu mir sagt, fühle ich mich wie zu Hause.»

Thomas Scholl lotste uns über Funk in die Kölner Innenstadt bis zu einem unscheinbaren Messingschild neben einer Eingangstür, ein Münzhändler diesmal. Er blieb zurück, um dem Mann ein paar Fragen zu stellen. Wir fuhren hinter dem Omega her zur Autobahn. Nach einigen Minuten gab Thomas Scholl durch, dass Godberg ein Vermögen bei sich trug. Er hatte die Münzsammlung verkauft – für sechshunderttausend.

«Du meine Güte», sagte Rudolf. «Das sind Zahlen. Wie viel mag er denn fürs Schlafzimmer bekommen haben? Irgendwie unkoordiniert, erst Kleinkram und dann die dicken Batzen. Aber dafür musste er wohl auch erst mal geeignete Käufer finden. Oder er hat sich erst entschlossen, die Sammlung herzugeben, als das mit dem Kredit nicht geklappt hat.»

Es herrschte der typische Feierabendverkehr. Kurz vor der Raststätte Frechen mussten wir unseren Wagen als Polizeifahrzeug kenntlich machen, um Alex überholen zu können. Rudolf winkte ihn an unsere Stoßstange. Er fuhr brav hinter uns her auf den Parkplatz, hielt neben uns, ließ die Seitenscheibe herunter und schaute mich erwartungsvoll an, als wir ausstiegen.

Ich zeigte zur Raststätte hinüber. «Trinken Sie einen Kaffee mit uns, Herr Godberg, oder haben Sie keine Zeit?»

Den Motor hatte er abgestellt, der Schlüssel steckte noch. Er zog ihn ab, öffnete die Tür, schwang sich lässig aus dem Sitz und reckte sich wie nach einer stundenlangen Fahrt. Dann verriegelte er den Wagen. Auf dem Beifahrersitz lag ein recht großer, dunkler Aktenkoffer.

«Ein Stündchen kann ich abzweigen», sagte er. «Und eine freundliche Einladung von den Hütern des Gesetzes schlage ich nur selten aus.» Er deutete auf den Aktenkoffer. «Ich habe allerdings keine Lust, Gepäck mitzuschleppen. Wenn Ihr Kollege so freundlich ist, beim Wagen zu bleiben und aufzupassen.»

«Nein», sagte Rudolf, zückte seinen Dienstausweis und stellte sich vor – mit Namen und Funktion, Leiter des für Schwerkriminalität zuständigen Kommissariats. Damit keine Irrtümer aufkamen, erklärte er auch noch, was man sich unter Schwerkriminalität vorzustellen hatte. Raub, Überfall, Mord, Totschlag, räuberische Erpressung, Geiselnahme und Entführung. «Ich trage Ihr Gepäck, wenn es Ihnen zu schwer ist. Aber einen Kaffee trinke ich mit.»

Alex zögerte. Ihm war anzusehen, dass er unter diesen Voraussetzungen lieber auf seinen Kaffee verzichtet hätte. Erst als Rudolf sagte: «Wir können auch anders, Herr Godberg, zum Beispiel ein Gespräch ohne Kaffee in der Dienststelle führen. Das wird dann nur etwas länger dauern», fügte er sich, nahm den Koffer aus dem Wagen und schloss sich uns an.

Dann saßen wir zu dritt da, wobei Alex sich die größte Mühe gab, Rudolf zu übersehen. In den ersten Minuten sprach er ausschließlich zu mir und schlug sich tapfer, mimte den Mann ohne Probleme so lässig und locker, dass niemandem, der sich nicht einbildete, es besser zu wissen, Zweifel an seiner Unbeschwertheit gekommen wären.

Seinen Kaffee ließ er mich zahlen, trank einen Schluck und

zündete sich eine Zigarette an. «Ein seltenes Vergnügen», sagte er dabei. «Daheim darf ich dem Laster nicht frönen.»

Durfte ich auch nicht, da hatten wir schon etwas gemeinsam. Nachdem er genüsslich den Rauch in Richtung Fenster geblasen hatte, erkundigte er sich: «Was für ein Spiel spielen wir eigentlich, Herr Neubauer, Räuber und Gendarm?»

«Metzner», korrigierte ich.

Er tippte sich salopp an die Stirn und setzte zur Entschuldigung sein jungenhaft unbekümmertes Lächeln auf. «Sorry, ich vergaß. Sie sind ja nicht mit Hanne verheiratet.»

«Aber Sie mit Ella», stellte ich fest.

Er nickte, sein Lächeln veränderte sich. Ich hätte nicht sagen können, ob es hilflos oder selbstgefällig wurde. «Ja, und zwar schon seit zwölf Jahren. Wir waren beide gerade mal achtzehn, als wir uns getraut haben», teilte er mit. «Früher ging es ja leider nicht. Aber derzeit bin ich Strohwitwer.» Darauf folgte ein Seufzer. «So ein Seitensprung kann üble Folgen haben. Ich hoffe nur, dass Ella mir bald verzeiht. Es ist ganz schön einsam ohne sie.»

Ich stellte mich auf seinen lockeren Plauderton ein und machte den ersten Fehler, weil ich überzeugt war, dass er ihren Namen kannte. Herrgott, sie war doch seit über eine Woche bei ihm. «Sie sind doch gar nicht allein», sagte ich. «Ihr Sohn ist bei Ihnen, und Maren kann eine durchaus angenehme Gesellschafterin sein.»

Alex war pure Überraschung. «Wer ist Maren?»

Rudolf sah es wohl ebenso wie ich, schob ihm eines der Fotos hin, die am vergangenen Abend entstanden waren. Allzu viel war darauf nicht zu erkennen, weil der Kollege von draußen in einen Raum fotografiert hatte. Man sah eigentlich nur, dass jemand auf einer Couch saß.

«Maren Koska», sagte ich. «Die Dame, die Ihr Auto benutzt und Ihren Sohn derzeit beim Zähneputzen beaufsichtigt.»

Alex hob erstaunt eine Augenbraue an, als hätte ich ihm

gerade ein Geheimnis offenbart, hinter dem er schon lange her war. «Koska», wiederholte er und wiegte den Kopf dabei. «So hat sie sich mir nicht vorgestellt.»

«Wie dann?», nahm Rudolf die Sache in seine Hände.

Alex streifte ihn mit einem ausdruckslosen Blick, schob das Foto wieder zu ihm hinüber und kapitulierte. «Gar nicht. Aber das kann man von Tieren auch nicht erwarten. Mit Namen anreden muss ich sie nicht. Für den täglichen Umgang reicht ein devotes Sie. Gedanken lesen kann sie zum Glück nicht.»

Mit einem vernehmlichen Atemzug richtete er den Blick aufs Fenster. Ob er die Blätter an den Büschen draußen zählte, war nicht ersichtlich. «Wahrscheinlich muss ich dem Schicksal auch noch dankbar sein», fuhr er nach einer Weile fort, «dass sich nicht anstelle der Frau der Doktor bei mir einquartiert hat. Er hätte meinem Sohn inzwischen vielleicht schon alle Zähne gezogen. Kennen Sie den auch namentlich?»

Rudolf schüttelte den Kopf.

«Schade», meinte Alex. «Sein Name hätte mich mehr interessiert. Ich nenne ihn Ratte, eine hundsgemeine, dreckige Ratte. Er stinkt auch wie so ein Vieh.»

Nach diesem Hinweis war ich mir absolut sicher, dass die Ratte gestern beim Kindergarten gewesen war. Rudolf tat so, als hätte er es nicht gehört. «Und wie nennen Sie den anderen?», fragte er.

Alex lächelte wieder, aber jetzt war sein Lächeln schmerzlich. «Rex? Den nenne ich Boss, das hört er gerne. Da fühlt er sich geschmeichelt, nehme ich an. Und es kann ja nicht schaden, sich den gewogen zu machen, der sich für den Boss hält.»

«Was heißt hält?», fragte Rudolf. «Ist Rex Ihrer Meinung nach nur ein Befehlsempfänger?»

Alex zuckte mit den Achseln. «Das nicht, aber er hat nicht alles so im Griff, wie sich das für einen Boss gehört.»

Ich holte noch einmal Kaffee an den Tisch. Er zündete sich die vierte Zigarette an und starrte zum Fenster hinaus. Rudolfs weitere Fragen beantwortete er, als wolle er der Fensterscheibe etwas erzählen. Mit Henning Grossert und dem Smaragdcollier hatte es absolut nichts zu tun. Das edle Schmuckstück war nach Ellas Armbruch völlig legal in seinen Besitz übergegangen. Schadenersatz fürs demolierte Auto und Schmerzensgeld. Grossert sei ein Großmaul, meinte Alex, spiele den starken Mann, tobe seine Wut jedoch nur an leblosen Gegenständen aus. Als Ella stürzte, sei er in die Knie gegangen – im wahrsten Sinne des Wortes. Das hatte Olli ja auch berichtet. Vermutlich hätte Grossert Ella huckepack ins nächste Krankenhaus getragen, wenn der Rettungswagen nicht gekommen wäre.

Was Rex anging – mit dem Namen Helmut Odenwald konnte er nichts anfangen –, meinte er, er habe den Boss einmal gesehen, in Aachen, allein, Anfang April. So ein Bulle, mit einem Gestrüpp wie eine unbeschnittene Hecke im Gesicht, fiel eben auf und prägte sich ein, auch wenn er sich in edlen Zwirn wickelte und locker ein paar Jetons verteilte.

Mit Rex zu tun gehabt habe er nichts, erklärte er. Sie seien aus heiterem Himmel über ihn und seine Familie gekommen. Der Einbruch hätte ihn vielleicht vorwarnen müssen. Aber wie denn, wenn die Kremers von einem Jugendlichen sprachen? Jugendlich war die Ratte weiß Gott nicht. «Bei seiner Statur mag er auf Distanz wie ein Halbwüchsiger wirken. Er wiegt im Höchstfall sechzig Kilo, eher weniger. Ich schätze ihn auf Ende vierzig, Anfang fünfzig. Aber ich kann mich täuschen, vielleicht ist er zwanzig Jahre jünger, kampiert lieber im Freien als in geschlossenen Räumen und sieht deshalb aus wie ein zerknittertes Hemd. Seine Hände und sein Geruch sprechen jedenfalls dafür, dass er sich in Badezimmern nicht auskennt.»

Er wandte sich mir zu. «Als es die ganze Woche ruhig blieb, war ich sicher, dass Ihr Kleiner nicht geplaudert hat. Das war wohl ein Irrtum. Aber wenn Sie mich jetzt in Ruhe lassen, ist Ella vielleicht schon Anfang nächster Woche wieder bei mir.

Ich habe Herrn Becker am Dienstagabend doch zu verstehen gegeben, dass ich keine Hilfe brauche. Ich habe es fast zusammen, da werde ich auf den letzten Drücker keine Leute ins Boot nehmen, die ihr eigenes Süppchen kochen wollen.»

«Wie viel?», fragte Rudolf.

Alex schaute wieder ihn an. Seine Unterlippe zitterte leicht. «Was meinen Sie, wie viel die schon haben, wie viel noch fehlt, oder wie viel die insgesamt wollen?»

«Das letzte zuerst», sagte Rudolf.

Alex rührte bedächtig seinen Kaffee um. «Zwei Millionen.»

«Und die bringen Sie bis Anfang nächster Woche zusammen?» Die Frage konnte ich mir nicht verkneifen. Vielleicht hätte ich ihn bewundern müssen. Ein Mann, der seine Frau gelegentlich mit zwanzig Euro Haushaltsgeld abspeisen musste, machte innerhalb von vierzehn Tagen zwei Millionen flüssig, eine reife Leistung.

Alex nickte, ein bisschen feindselig und ein bisschen trotzig. «Vielleicht nicht ganz auf legalem Weg, wenn Sie das meinen. Aber ich schaffe es. Wenn ich mich strafbar mache, können wir das später klären. Wenn Sie allerdings meinen, Sie müssten jetzt unbedingt mitmischen, brauche ich nicht einmal mehr das Geld für einen Sarg und die Grabstelle. Beckers Auftritt hat das Weib zum Glück geschluckt. Der Mann weiß wenigstens, was er tut. Er brachte Geld, nicht viel, aber Kleinvieh macht auch Mist, meinte sie. Aber wissen Sie, was passiert ist, als Sie am Samstag das verdammte Bilderbuch abgeholt haben?»

Natürlich wusste ich es nicht. Er erzählte es uns. «Kaum waren Sie weg, ging das Weib zur Garage, völlig harmlos. Ich habe mir nichts dabei gedacht, sie macht ja auch Einkäufe für uns oder fährt zu ihrem Vergnügen in der Gegend herum. Und sie konnte doch nicht ahnen, dass Sie von der Kripo sind. Ich habe Sven eingeschärft, dass er nicht über Olivers Vater reden darf. Das hat er auch nicht getan. Beinahe hätte ich mich verplappert. Ich hab's mir im letzten Moment verkniffen. Aber die

Sau wusste trotzdem Bescheid. Nach einer knappen Stunde kam sie zurück.»

Seine Stimme brach, er hatte Mühe, die Tränen zurückzuhalten, biss sich auf die Lippen. «Sie brachte Ellas blutverschmierten Gips mit und sagte, beim nächsten Mal bringt sie mir den Arm, den könnte meine Frau jetzt sowieso nicht mehr gebrauchen.»

Ich hatte unvermittelt die kleine Katze vor Augen, den abgebrochenen Zweig in Marens Hand und den faszinierten Ausdruck in ihrem Gesicht. Mein Kaffee schmeckte plötzlich wie mit Salzsäure aufgebrüht und mit einer Mistgabel umgerührt. So ist das, wenn der letzte Funke einer ohnehin schmalbrüstigen Hoffnung erlischt. Maren stocherte wieder einmal in blutigen Wunden. Ein Aspekt, über den ich in all den Jahren, nicht einmal in den letzten Tagen, richtig nachgedacht hatte. Freude am Leid, dem Leid anderer wohlgemerkt. Warum sonst tat man so etwas, quälte hilflose Kreaturen? Weil es Spaß machte, weil man sich groß und stark fühlte dabei, mächtig, allmächtig, die Herrin über den Schmerz.

Mir war entsetzlich übel. Rudolf dagegen ließ sich von dem blutverschmierten Gipsverband nicht aus der Ruhe bringen. Er wollte das Gespräch wohl nicht in eine Richtung abdriften lassen, in der es zwangsläufig Scherben geben musste. In sachlich nüchternem Ton erklärte er: «Strafbar gemacht haben Sie sich bereits. Sie haben für siebenundvierzigtausend Euro ein Collier verkauft, dass nicht mehr wert sein dürfte als die Fensterscheibe.»

Alex fand seine Fassung unerwartet schnell zurück und grinste abfällig. «Etwas mehr schon. Es ist Silber, und die Steine sind fachmännisch geschliffen. Das war eine Heidenarbeit, muss man ja auch honorieren.»

Insgeheim bewunderte ich ihn und fragte mich, wie ich in seiner Situation wohl reagiert hätte, wenn mir einer mit solchen Sprüchen gekommen wäre. «Das erzählen Sie mal dem Mann, der sich nun einbildet, seine Frau mit Platin und Smaragden zu beglücken», sagte Rudolf. «Und er ist ja nicht der einzige Betrogene. Sie verkaufen auch gefälschte Uhren.»

«Nein», widersprach Alex gelassen. «Was ich nicht habe, kann ich nicht verkaufen. Ich borge mir nur etwas Geld bei Leuten, die eine Nobeluhr tragen möchten. Solchen Leuten tut es nicht weh, für ein paar Tage ihr Geld einem guten Zweck zur Verfügung zu stellen. Und ich denke, das Leben meiner Frau zu erhalten, ist ein sehr guter Zweck. Wenn Ella wieder bei mir ist, schicke ich das Geld zurück und erkläre, mir sei aufgefallen, dass die Uhr nicht in Ordnung ist.»

«Und wovon wollen Sie das zurückzahlen?», fragte ich.

Nun lächelte Alex etwas gönnerhaft, so eine Frage konnte wohl nur ein Mann stellen, der mit seiner Lebensgefährtin und dem gemeinsamen Kind zur Miete wohnte. Er besaß ein großes Grundstück und ein Haus, schuldenfrei, wie er versicherte. Das sei ihm wichtig gewesen. Als selbständiger Kaufmann sollte man den Rücken frei haben, damit man sich, wenn es eng wurde, auf das Notwendigste beschränken konnte und nicht grübeln musste, wovon man die Hypothekenzinsen zahlen könnte. Aber wenn er das Haus nun verkaufte, das brachte gut und gerne dreihunderttausend. Und er hatte schon mehr als einmal bei Null angefangen, mit Frau und Sohn von der Hand in den Mund gelebt, zu anderen Zeiten im Geld geschwommen. Er käme finanziell wieder auf die Beine, gar keine Frage. Er hatte ja auch noch ein paar Sachen in seinem Lager, von dem Rex und Konsorten nichts wussten.

Es tat ihm anscheinend gut, uns seine Geschicklichkeit und seinen Werdegang zu schildern. Mit fünfzehn hatte er den Dachboden seiner Großeltern entrümpeln müssen, den alten Ramsch zusammen mit Ella auf dem nächsten Trödelmarkt feilgeboten und fast hundert Mark dafür bekommen. Danach hatten sie sich beide eingebildet, man könne als Trödler reich werden. Das war ein Irrtum gewesen. Sie hatten sich in den ersten Jahren ihrer Ehe mehr schlecht als recht durchgeplackert.

Aber einmal, mit zweiundzwanzig, hatte er etwas Geld übrig gehabt und Ella, die so oft auf alles Mögliche verzichten musste, einen schönen Abend bieten wollen. Es war ihre Idee gewesen, ins Spielkasino nach Aachen zu fahren, nur mal schauen, wie andere ihr Geld verzockten, selber spielen wollte sie gar nicht. Und da war dann dieser Mann, der nicht mehr weiterspielen konnte, aber überzeugt war, er hätte in spätestens zehn Minuten eine Glückssträhne. Und Ella lieh ihm ihr Geld.

So hatte es angefangen mit dem Nebenerwerb, der bald zur Haupteinnahmequelle geworden war. Er hatte rasch gelernt, die armen Hunde von den anderen zu unterscheiden. Krankhafte Spieler bekamen von ihm nichts. Und weil dieses Geschäft so gut lief, Ella aber höllischen Respekt vor dem Finanzamt hatte, deklarierte er seine Einnahmen aus Geldverleih als Gewinne aus dem Verkauf von Nachlässen.

«Können Sie alles nachprüfen», sagte er. «Sie müssen mir nur mal jemanden vorbeischicken, der wirklich etwas von Buchführung versteht. Aber bitte erst nächste Woche. Und Sie dürfen mir glauben, dass der Mann, der das Collier gekauft hat, in spätestens vierzehn Tagen seiner Frau das echte um den Hals legen kann. Ich nehme die Imitation zurück. Die gehört nämlich Ella. Ich wollte Grossert damit nicht betrügen. Erst als er sich weigerte, die Schulden seiner Freundin zu bezahlen, als er mir auch noch ein fast neues Auto kaputtschlug, da dachte ich – sagte ich ja eben, Schadenersatz.»

Rudolf brachte ihn vorsichtig zurück aufs Thema, Maren Koska und ihre Komplizen. Wir hörten uns den Ablauf der Geschehnisse noch einmal aus seiner Sicht an. Er hatte an dem Montagnachmittag Einkäufe gemacht, während Hanne da war. Ella konnte ja nicht fahren. Er war gerade erst wieder nach Hause gekommen, saß am Computer. Vormittags hatte er das

Smaragdcollier ins Netz gestellt, das Ella sich nie um den Hals hängen würde. Sie war immer sehr zufrieden mit den Duplikaten.

Durch einen erschreckten Aufschrei seiner Frau wurde er in die Diele gelockt. Er hatte die Türklingel nicht gehört, weil die Kinder im Garten herumtobten. Und da standen die drei. Ella war blass und verstört, gab irgendwelche Zeichen. Dem schmächtigen Stinktier schenkte Alex nicht sofort die notwendige Beachtung, weil die imposante Erscheinung von Rex dominierte und der das Reden übernahm. Er gab vor, für einen Bekannten eine Uhr auslösen zu wollen. Nur hatte er keinerlei Vollmacht, wusste nicht mal genau, welche Uhr er haben wollte.

Alex weigerte sich, den Wandsafe zu öffnen. Energisch forderte er das Trio auf, sein Haus auf der Stelle zu verlassen. Ella gab immer noch Zeichen, und endlich bemerkte Alex die Pistole. Die Ratte hielt sie locker in der nach unten hängenden Hand, zog nun einen Schalldämpfer aus einer Jackentasche, den er an der Mündung befestigte. Dann richtete er die Waffe auf Ella.

Alex öffnete den Wandsafe, breitete die Kostbarkeiten auf dem Schreibtisch aus, legte ein Päckchen Betriebskapital dazu und hoffte inständig, Rex möge alles nehmen und verschwinden. Das Geld nahm er auch – als Vorschuss –, betrachtete die einzelnen Stücke mit anerkennendem Blick und wollte wissen, welchen Wert die Münzsammlung habe. Dann meinte er, es ginge bestimmt schneller, wenn Alex den Verkauf übernähme. Bei einer Spekulation über diese und andere im Haus befindliche Werte kam Rex auf die runde Summe von zwei Millionen.

Alex tippte sich an die Stirn und erklärte, das sei unmöglich. Die meisten Sachen gehörten ihm ja gar nicht und waren in der Regel nur mit einem Bruchteil des eigentlichen Wertes beliehen. Daraufhin bekam er von Rex einen Klaps auf die Nase.

Gleich im Anschluss deutete Rex mit einer Kopfbewegung auf Ella. Die Ratte drückte ab und schoss Ella in den ohnehin schon gebrochenen Arm. Sie schrie vor Schmerz und Schock, rannte in Panik aus dem Arbeitszimmer, die Ratte hetzte ihr nach. Alex lief hinterher, Rex und das Weib folgten.

Im Wohnzimmer hatte die Ratte Ella ein Messer an den Hals gesetzt. Rex drückte seine Hoffnung aus, dass Alex nun begriffen habe, wie ernst die Lage sei. Die Kugel sei kein Problem. Sein Begleiter habe eine medizinische Ausbildung, könne den Schaden rasch und für Ella völlig schmerzlos beheben, vorausgesetzt, man werde sich nun einig. Anderenfalls dürfe der Doktor sich einmal richtig austoben. Er habe im ehemaligen Jugoslawien gelernt und könne sogar Geschlechtsumwandlungen vornehmen, das mache ihm besonderen Spaß, wenn die Patientin nicht narkotisiert sei.

Zum Beweis seiner Fähigkeiten pulte die Ratte mit dem Messer in Ellas Wunde herum, als wolle er die Kugel auf der Stelle herausholen. Ella schrie erneut vor Schmerz. Alex wollte dazwischengehen und fing sich von Rex die zweite Ohrfeige ein. Das Weib wandte sich – vielleicht angewidert, vielleicht aber auch nur gelangweilt – der Terrassentür zu und entdeckte die beiden Kinder im Garten.

Den Rest kannte ich zur Genüge. Nein, nicht ganz. Nachdem Alex meinen Sohn heimgeschickt hatte, machte sich die Ratte erneut und diesmal heftiger an Ellas Arm zu schaffen, sodass Alex schon dachte, er wolle ihn aus dem Gelenk schrauben. Anschließend erklärte Rex, man werde Ella nun mitnehmen, die Kugel entfernen und die Wunde behandeln, bis Alex die gewünschte Summe beisammen habe.

Man räumte ihm dafür eine großzügig bemessene Frist ein. Er möge nur bedenken, dass man für die medizinische Versorgung seiner Frau keinen sterilen Operationssaal zur Verfügung habe. Für den kleinen Eingriff könne man sich behelfen. Sollten jedoch größere Operationen erforderlich werden, eine

Amputation oder gar die bereits erwähnte Geschlechtsumwandlung, weil Polizei ins Spiel käme, könne es für Ella sehr kritisch werden.

Über seinen nüchtern vorgebrachten Rapport hatte er unentwegt mit seinem Kaffeelöffel gespielt und war merklich blasser geworden, was den Wahrheitsgehalt unterstrich. Man mochte noch so überzeugend lügen können, willentlich die Gesichtsfarbe wechseln konnte niemand. «Wenn sie mich zusammengeschlagen, angeschossen oder mit einem Messer traktiert hätten, okay», sagte er. «Aber Ella ... Ich kann und will kein Risiko eingehen. Und wir sind nicht in Italien. Sie können mir nicht verbieten zu zahlen.»

Endlich legte er den Löffel hin, sprach mit gefasster Stimme weiter. Nachdem die beiden Kerle mit Ella weg waren, qualmte das Weib ihm die Bude voll, verlangte unentwegt frischen Kaffee und nörgelte, weil sie auf einen längeren Aufenthalt nicht eingerichtet war. Sie führte zwei Telefongespräche, bei denen sie Termine absagte – mit großem Bedauern, jedenfalls kam es ihm so vor. Er dachte schon, er könne sie auf seine Seite ziehen, machte ihr ein Angebot. Achthunderttausend, wenn sie ihm sagte, wohin seine Frau gebracht wurde. So viel war die Münzsammlung wert, und die gehörte ihm.

Aber sie lachte ihn aus und erging sich in der genüsslichen Schilderung des Ortes, an dem Ella sich die nächsten Tage und Nächte aufhalten müsse. Eine Kiste, gemütlich ausgepolstert und irgendwo im Waldboden versenkt. Eine dünne Schicht Erde darüber, natürlich auch ein Rohr, um die Sauerstoffzufuhr zu gewährleisten. Ella müsse jedoch nicht unnötig leiden. Sie werde zweimal täglich versorgt und erhalte jedes Mal eine neue Dröhnung, sodass sie die meiste Zeit schlafe und gar nicht richtig mitbekomme, wo sie gefangen gehalten werde.

Nach Einbruch der Dunkelheit kam die Ratte noch einmal –

allein und durch den Garten, wie sich das für eine Ratte gehörte, waren ja vorsichtig, diese Biester. Das Weib bekam fünf oder sechs Prepaid-Karten für ihr Handy. Alex musste das seine abliefern, damit er nicht auf dumme Gedanken kam, wenn er unterwegs war. Die Ratte versicherte ihm, den kleinen Eingriff habe Ella bereits überstanden, sei aber von der Narkose noch sehr benommen.

Seinen Worten zufolge lag Ella noch nicht in einer Kiste, werde jedoch in einer solchen an einem absolut sicheren Ort untergebracht, sobald sie sich etwas erholt habe. Alex solle sich in den nächsten Tagen, wenn er das Haus verlasse, um seine Verkäufe zu tätigen, beim Anblick eines Telefons vor Augen halten, dass seine hilflose Frau elend zugrunde ginge, wenn man ihre Frischluftquelle entferne. Und beim geringsten Anzeichen einer polizeilichen Aktivität träte dieser Fall ein.

Am Dienstagmorgen rief Rex auf Marens Handy an. Alex durfte kurz mit Ella sprechen, erfuhr dabei natürlich nichts über ihren Aufenthaltsort, nur dass die Ratte bezüglich ihres Arms offenbar die Wahrheit gesagt hatte. Ella bestätigte, die Kugel sei gestern Nachmittag entfernt worden, sie könne die Finger bewegen, habe keine Schmerzen, sei nur sehr müde.

Alex verbrachte den Tag am Telefon, versuchte zuerst, die Schuldscheine einzulösen, nahm aber auch schon Kontakt mit möglichen Kaufinteressenten für diverse Wertgegenstände auf. Hanne nervte mit ihren Versuchen, in Erfahrung zu bringen, was geschehen war. Maren stand unentwegt neben ihm, überwachte jedes Gespräch und nörgelte, weil sie sich nicht umziehen konnte. Sie hatte nicht mal Unterwäsche zum Wechseln dabei, wühlte in Ellas Kleiderschrank, aber Ellas Sachen passten ihr nicht.

Um halb drei gestattete sie ihm, Hanne anzurufen, um in Erfahrung zu bringen, ob der Kleine daheim geplaudert habe. Danach verlor sie das Interesse an seinen Telefonaten, baute wohl auf seine Angst um Ella und verlangte ihm den Autoschlüssel und die Wagenpapiere ab. Sie müsse sich etwas zum Anziehen kaufen, erklärte sie und fuhr weg.

Gegen sieben Uhr kam die Ratte, wieder durch den Garten. Maren war noch nicht zurück. Die Ratte musste eine Weile warten. Alex erfuhr, dass Rex mehrfach vergeblich versucht hatte, «seine Frau» zu erreichen, ihr Handy war anscheinend nicht in Betrieb. Und bei einem Einkaufsbummel musste man das nicht ausschalten. Als sie endlich zurückkam – in anderer Kleidung und mit der Kaufhoftüte, die ich im Hotelzimmer gesehen hatte, riss die Ratte ihr die Tüte aus der Hand und kontrollierte den Inhalt. Die Neuerwerbungen waren feucht, die Sachen, in denen sie losgezogen war, noch pitschnass. Die Ratte setzte ihr mächtig zu, um in Erfahrung zu bringen, wie das passiert war.

Was die Ratte mit ihr anstellte, erklärte Alex nicht, das hatte sie mir ja gesagt. Mit dem Kopf ins Klo und die Spülung abgezogen. Alex grinste nur flüchtig. «Ich bin kein Sadist, aber das habe ich genossen. Nur lässt dieses Biest sich nicht unterkriegen. Als sie wieder genug Atem hatte, hat sie der Ratte erzählt, sie habe nur versucht, in Erfahrung zu bringen, ob ...»

Er stockte, setzte neu an: «Ob ...», brach wieder ab, schaute mich an und schluckte trocken. «Es ging um Oliver. Sie hat nicht lange gebraucht, um seinen Namen aus Sven herauszuholen. Und sie meinte, man müsse nicht unnötig Beete zertrampeln. Sie habe sich umgehört, der Kleine habe den Mund gehalten. Die Ratte sagte, sie solle sich nicht um Dinge kümmern, die sie nichts angingen. Dann gab er mir eine Telefonnummer. Ich sollte Rex anrufen, wenn sie nochmal auf Tour geht und länger wegbleibt.»

Umgehört, dachte ich, sah die Hämatome auf ihrem Oberkörper vor mir und machte noch einen Fehler. «Haben Sie Rex am Freitag angerufen?»

Ich war sicher, dass er es getan hatte, aber er schüttelte den Kopf. «Sie hat gewartet, bis Rex sich meldete. Er rief letzte

Woche jeden Abend an, meist so gegen sieben, um sich zu erkundigen, wie viel Geld ich schon hatte. Sie hat ihm tüchtig Honig ums Maul geschmiert. Dann nahm sie den Autoschlüssel und hat mich gewarnt. Wenn ich sie verpfeife, lässt sie Ella bluten. Ich habe ihr keine Veranlassung gegeben, wirklich nicht.»

«Wir brauchen diese Telefonnummer», sagte Rudolf.

Alex schüttelte erneut den Kopf. «Es ist nur ein Handy.»

«Das können wir orten.»

«Das vielleicht, aber meine Frau nicht. Und kommen Sie nicht auf die Idee, das Weib bei mir rauszuholen und in die Mangel zu nehmen. Da spiele ich nicht mit, dann ist sie eben eine gute Bekannte und nur zu Besuch. Sie weiß nicht mehr, wo Ella ist.»

«Was macht Sie da so sicher?», fragte Rudolf.

«Rex hat dafür gesorgt, dass Ella an einen anderen Ort gebracht wurde. Er kam am Sonntag, um die erste Rate abzuholen. Ich hatte noch nichts von Ella gehört. Rex geriet außer sich, als ich ihm den Gips zeigte. Das Weib versuchte, sich rauszureden, sie habe nur getan, was vereinbart gewesen sei. Er hat sie trotzdem fürchterlich zusammengeschlagen. Ich dachte schon, jetzt müsste ich den Notarzt für sie rufen. Dann hat er den Doktor aufgescheucht und zur Schnecke gemacht, weil der ihn nicht gleich am Samstagabend informiert hatte. Er hätte ja sehen müssen, was mit Ella geschehen war.»

«Wurde der Doktor bisher nicht einmal beim Namen genannt?», fragte Rudolf.

Alex schüttelte noch einmal den Kopf.

Mein Kaffee schmeckte unverändert widerlich. Ich hätte längst nicht mehr gewusst, was ich sagen sollte, und war dankbar, dass ich nicht reden musste.

«Ich verstehe Ihre Befürchtungen», fasste Rudolf zusammen. «Sie vertrauen lieber auf die Worte eines Schwerkriminellen als auf die Polizei. Obwohl Ihnen klar sein müsste …»

«Ich vertraue keinem, Herr Grovian», wurde er unterbrochen. «Ich will meine Frau. Ich will sie möglichst schnell und möglichst heil zurück. Können Sie dafür garantieren? Nein! Es liegt im Ermessen der Täter, und an die kommen Sie nicht ran.»

«Woraus ziehen Sie die Gewissheit, dass Ihre Frau noch lebt?», fragte Rudolf. «Vielleicht wurde sie am Samstag umgebracht.»

«Nein, ich habe heute Morgen noch mit ihr gesprochen. Gestern und vorgestern übrigens auch, da ging es ihr sehr schlecht. Heute ging es ihr wieder etwas besser.»

«Na schön», meinte Rudolf. «Dann kann ich nur an Ihre Vernunft appellieren. Glauben Sie im Ernst, dass Ihre Frau freigelassen wird, wenn Rex auch die zweite Rate kassiert hat?»

Alex nickte mehrmals hintereinander und bekräftigte es noch mit dem inbrünstigen Satz: «Das glaube ich nicht nur, Herr Grovian, davon bin ich überzeugt.»

«Ich nicht», sagte Rudolf. «Ihre Frau wurde bereits sehr schwer verletzt. Keiner der Täter ist maskiert in Erscheinung getreten. Die können es sich gar nicht leisten, Ihre Frau am Leben zu lassen, Sie und Ihren Sohn auch nicht. Niemand kassiert zwei Millionen und lässt sich anschließend um die halbe Welt hetzen. Dafür ist die Summe nicht groß genug.»

«Wer soll sie denn hetzen, wenn Sie sich nicht einmischen?»

«Ihre Einstellung in allen Ehren», sagte Rudolf. «Darauf vertrauen, dass sich daran nichts ändert, dürfen die Täter nicht. Momentan sind Sie noch sehr gefügig. Aber sollte Ihre Frau freigelassen werden, werden Sie rebellisch. Ich will Ihnen nicht einmal unterstellen, dass Sie das Geld unbedingt zurückhaben wollen. Sie sind es einfach Ihrer Frau schuldig, Herr Godberg. Kein Mann sagt in dem Moment: ‹Pfeif auf deinen Arm, Schatz, Hauptsache, wir leben.› Sie mögen sich das jetzt noch so fest vornehmen. Rex weiß, dass all Ihre guten

Vorsätze beim Teufel sind, wenn Sie erst sehen, was Ihrer Frau angetan wurde.»

Eine volle Minute lang war Alex still, schaute Rudolf nur unverwandt ins Gesicht. Dann meinte er: «Vielleicht haben Sie Recht. Aber darüber denke ich nach, wenn es so weit ist.» Er erhob sich. «Ich muss jetzt los. Etwas Spielraum habe ich für Verhandlungen. Allzu spät möchte ich nicht zurückkommen, um das Weib nicht misstrauisch zu machen.»

Uns blieb nichts anderes übrig, als ihm zu folgen. Als wir ins Freie traten, klingelte Rudolfs Handy. Er nahm das Gespräch entgegen und setzte sich schon mal in unser Auto. Und kaum war ich mit Alex allein, erklärte er: «Da ist noch etwas, Herr Metzner, ich wollte das eben nicht ansprechen, um Ihren Kollegen nicht doch zu irgendeiner Aktion zu veranlassen.»

Trotz seines Zeitmangels geriet er noch einmal ins Plaudern. «Ich fürchte, das Weib will Rex die Prügel heimzahlen. Kaum war er am Sonntag wieder weg, hatte sie das Handy am Ohr. Der Typ, mit dem sie telefoniert hat, heißt Konni. Das habe ich zufällig mitbekommen, mehr leider nicht. Es könnte sich auch um eine Frau handeln, aber das glaube ich nicht. Sie hat sich mit Konni getroffen, da bin ich ziemlich sicher, wahrscheinlich auch schon dienstags und am Freitagabend. Der Verdacht liegt ja nahe. Und wenn da noch eine Person mitmischt, von der Rex nichts weiß ... Wenn das Weib sich mit Konni und dem restlichen Geld absetzen will, habe ich das Nachsehen. Ich muss ihr sofort alles aushändigen, wenn ich heimkomme. Und ich kann ihr nicht selbst folgen, wenn sie nochmal aufbricht. Aber Sie könnten, nicht offiziell und nicht in Ihrem Wagen, den hat sie am Samstag gesehen. Morgen Nachmittag treffe ich einen Galeristen, der mir ein paar Bilder abnehmen will. Ich weiß nicht, wie lange ich verhandeln muss, aber wenn Sie warten könnten – danach hätte ich mehr Zeit. Dann könnten wir noch einmal darüber reden.»

Er entriegelte seinen Omega und wartete auf meine Antwort. Als ich schwieg, sagte er: «Wenn Sie ablehnen, muss ich Rex informieren.»

«Das wird nicht nötig sein», sagte ich. «Aber Sie sollten das besser mit meinem Kollegen besprechen. Herr Grovian kann mehrere Fahrzeuge für eine Observierung abstellen. Das ist unauffälliger als ein Wagen.»

«Nein», sagte Alex knapp. «Von Herrn Grovian werde ich kaum erfahren, wer Konni ist. Ich will das wissen. Immerzu muss ich mir vorstellen, dass die sich einfach absetzen können und ich bis an mein Lebensende nicht erfahre, wo sie Ella verscharrt haben. Ich will Rex etwas bieten können. Wenn ich ihn nur auf das Weib hetze, die prügelt er in seiner Wut wahrscheinlich tot, aber er prügelt nichts aus ihr raus. Konni und das Weib gegen meine Frau, verstehen Sie?»

Er öffnete die Autotür, wollte einsteigen, hielt jedoch mitten in der Bewegung inne und schaute mich nachdenklich an. «Maren Koska. Das ist eben an mir vorbeigerauscht. Von den Kerlen wissen Sie nichts. Aber Sie wissen, wie das Weib heißt und dass sie am Freitag unterwegs war. Und sie wusste, dass Sie ein Bulle sind, woher?»

Ich hätte vielleicht sagen können, dass wir schon seit Tagen ermittelten und observierten. Vielleicht hätte er sich damit zufrieden gegeben. Doch das fiel mir auf die Schnelle nicht ein. Es bestand ja auch die Möglichkeit, dass Maren noch einmal in seiner Gegenwart mit mir telefonierte und er dann von selbst darauf kam, wer Konni war. Ich winkte Rudolf zu, dass ich ihn unbedingt brauchte. Aber er verstand nicht, dass es dringend war, telefonierte weiter. Ich musste allein entscheiden, Offenheit gegen Vertrauen. Man macht viele Fehler im Leben. Manchmal kommt nichts nach, manchmal kommt es knüppeldick.

Als Alex begriff, ließ es sich nicht mehr ungeschehen machen. Sekundenlang starrte er mich fassungslos an. Dann drosch er mit der Faust auf das Wagendach. «Nein!», schrie er. «Das darf nicht wahr sein! Sie stecken mit dieser Sau unter einer Decke? Mann, müssen Sie krank sein. Dabei ist Ihr Kleiner so ein liebes Kerlchen, ich habe ihn immer gerne gemocht. Weiß Hanne, dass Sie mit so einem Tier rummachen? Weiß Ihr Kollege das?»

«Ja», sagte ich nur.

Rudolf bequemte sich endlich ins Freie, legte ihm eine Hand auf die Schulter und versuchte, ihn zu beschwichtigen. Er wollte meine Rolle in dem Trauerspiel mit der Aufgabe eines Ermittlers erklären. Eine äußerst gefährliche Position, in der ich mich da befand. Der Mann zwischen den Fronten, ein Undercoveragent sozusagen, bei dem nicht zu befürchten stand, dass er gemeinsame Sache mit Frau Koska machte.

Besänftigen ließ Alex sich davon nicht. Er schüttelte Rudolfs Hand ab, warf sich hinters Steuer und fuhr mit aufkreischenden Reifen los. Das Heck des Omega schlingerte beträchtlich, als er sich in den Verkehr einreihte. Wir waren dicht hinter ihm, Rudolf schüttelte besorgt den Kopf. «Das hat ihn ziemlich aus der Fassung gebracht.»

Mich auch, aber das stand nicht zur Debatte.

Einen Vorwurf ersparte er mir, meinte nur: «Den können wir so nicht ins Haus lassen.»

«Scholl soll Frau Koska rausholen», sagte ich.

«Und Frau Godberg?», fragte Rudolf entgeistert.

«Die holen wir raus.»

«Wo denn?», fragte Rudolf verständnislos. «Hast du nicht gehört, was er sagte?»

Natürlich hatte ich, aber das glaubte ich nicht. Maren hätte sich nie die Mühe gemacht, eine Kiste irgendwo auszubuddeln. Nur eine Stunde, sogar nur eine knappe Stunde hatte sie gebraucht, um Ella für meine Bitte um ein Kinderbuch zu quälen. Die Fahrt hin und zurück, das Abnehmen des Gipsverbands, vielleicht noch ein Viertelstündchen Erbauung an der wehrlosen Frau. Ella musste irgendwo sein, wo man sie schnell und ohne größeren Aufwand erreichen konnte. In dem düsteren Kasten nahe der Boelcke-Kaserne. Ich hätte darauf geschworen.

«Hast du einen Knall?», brauste Rudolf auf. «Willst du jetzt Rambo spielen? Nichts da. Wir sind nicht das SEK. Wir sind ja nicht mal bewaffnet. In der Bude ist auch keiner. Sonst hätten die Kollegen gestern Abend irgendwas sehen müssen.»

«Was gibt es denn zu sehen, wenn die Rollläden unten sind?»

«So dicht sind die Dinger nicht», sagte Rudolf energisch. «Und das Haus wäre ein viel zu großes Risiko für die Kerle.»

«Verdammt nochmal! Ich hab sie doch beide am ...»

«Jetzt komm mir nicht wieder mit Sonntag», unterbrach Rudolf mich gereizt. «Heute ist Mittwoch. Die können inzwischen überall sein. Vielleicht benutzen sie den Kasten als Depot. Das Weib kauft ein, bringt die Sachen hin, und die holen sich den Kram. Schon aus dem Grund können wir nicht rein. Wenn sie sehen, dass einer da war, sind sie weg, und wir können Frau Godberg vergessen. Die kampieren im Freien.»

«Wer einen Ferrari fährt, macht kein Camping.»

«Wir wissen doch noch gar nicht, ob wir es mit Odenwald zu tun haben», hielt Rudolf dagegen. «Und bei der Ratte bin ich mir sicher, dass er sich draußen aufhält. Körpergeruch, dreckige Hände und ein wettergegerbtes Gesicht. Der ist daran gewöhnt. Im Freien ist er flexibel, da ist er weg, bevor man sich umgedreht hat.»

Trotzdem beorderte er zwei Wagen mit je zwei Kollegen zu Koskas Grundstück. Nur observieren. Und sollte sich wider Erwarten in den nächsten Stunden doch jemand von dort absetzen oder auftauchen, nur dranbleiben, keine Festnahme.

«Jetzt beruhige dich», verlangte er, nachdem das erledigt war. «Wir tun, was wir können.»

Wir konnten doch gar nichts tun, waren immer noch dicht

hinter dem Omega, näherten uns dem Kreuz Kerpen. Alex fuhr jetzt etwas gesitteter. Rudolf spähte angestrengt durch die Frontscheibe. «Auf der Landstraße reden wir nochmal mit ihm.»

Alex ließ sich ein zweites Mal zu einem Stopp veranlassen. Diesmal sprach Rudolf allein mit ihm. Was er sagte, verstand ich nicht. Ich sah nur Alex ein paar Mal nicken und einmal den Kopf schütteln. Die Handynummer, die es ermöglicht hätte, wenigstens Rex zu orten, verweigerte er auch diesmal.

Als Rudolf wieder einstieg, meinte er: «Sturer Hund, aber ich denke, er packt es. Er weiß jedenfalls, dass jetzt alles von seinem Verhalten abhängt. Er ist auch bereit, morgen Nachmittag nochmal mit uns zu reden, aber nur mit Becker, den hält er für vertrauenswürdig.»

Wir folgten ihm fast bis vor die Haustür. Auf den letzten Metern fuhren wir ohne Scheinwerfer. Als er vor seiner Garage ausstieg, um das Tor zu öffnen, machte er den Eindruck, als sei er wieder völlig Herr seiner Sinne. Und als er ins Haus ging, murmelte Rudolf: «Jetzt müsste man Mäuschen spielen können.»

Nach einer halben Stunde, in der sich absolut nichts gerührt hatte, fuhren wir zurück zur Dienststelle. Dort wurden die Ergebnisse, die wir mitbrachten, mit Entsetzen zur Kenntnis genommen. Nun hatten wir also Gewissheit. Und ob Alex uns ins Boot nehmen wollte oder nicht: wir hatten Kenntnis einer Straftat und durften gar nicht mehr so tun, als hätten wir keine Ahnung.

Neue Lagebesprechung im ganz kleinen Kreis, nur Kriminalrat Eckert, Rudolf und ich. Besteht eine Gefahr für Kollege Metzner? Wahrscheinlich nicht, sonst hätte er inzwischen Besuch bekommen. Was können wir für Frau Godberg tun? Wir überhaupt nichts. Kriminalrat Eckert bemühte sich sofort um Unterstützung aus Köln. Doch als er die Situation schilderte, fühlten sie sich nicht zuständig, vielleicht genauso hilflos wie wir. Das sei ein Fall fürs LKA, hieß es, die hätten mehr Erfahrung und Gerätschaften, man werde die Sache sofort weiterleiten. Nur ein paar Minuten später kam ein Rückruf mit der Zusicherung, morgen früh kämen zwei Spezialisten aus Düsseldorf, einer davon sei psychologisch geschult.

Wir warteten noch zwei Stunden. Auf Koskas Grundstück rührte sich nichts. Thomas Scholl meldete in zehnminütigem Abstand, bei Godberg sei alles dunkel. «Die schlafen vermutlich längst.»

Der Chef fand, wir bräuchten auch eine Mütze voll Schlaf. Er fuhr nach Hause, ich auch, nachdem ich meine Dienstwaffe aus dem Schreibtisch geholt hatte. Rudolf zog ein Nickerchen an seinem Schreibtisch vor. Davon bekam man zwar einen steifen Nacken, blieb aber für die Leute im Einsatz erreichbar. Nur für den Fall, dass sich in den nächsten Stunden doch noch etwas tat.

Vierter Teil

# Die letzten Tage

Wie in der vergangenen Nacht lag Hanne im Bett, als ich die Wohnung betrat. Olli schlief in seinem Zimmer, ich setzte mich für ein paar Minuten zu ihm auf die Bettkante, ohne ihn zu wecken, schaute ihn nur an, das kleine, entspannte Gesicht, den Haarschopf auf dem Kissen, seine linke Hand dicht vor den Lippen, fast so, als wolle er am Daumen nuckeln. Und irgendwie wachte Hanne davon auf. Vielleicht hatte sie auch meinen Schlüssel in der Wohnungstür gehört.

Sie kam zur Tür des Kinderzimmers. «Warum kommst du nicht ins Bett, Konrad? Ist was passiert? Warst du nochmal bei ihr?»

«Nein», sagte ich nur.

«Hast du was zu Abend gegessen, ich kann dir ...»

Ich erinnerte mich, um die Mittagszeit in ein Mettbrötchen gebissen zu haben. Aber mein Magen war randvoll mit blutigem Gips. Ich schüttelte den Kopf und unterbrach sie damit.

«Du bist ganz grau», stellte Hanne fest.

So fühlte ich mich auch.

«Komm ins Bett», sagte Hanne.

«Ich muss nochmal weg.»

Rudolf mochte darüber denken, wie er wollte. Mich ließ der düstere Kasten nahe der Boelcke-Kaserne nicht los. Wozu die Mühe, ein Versteck im Wald vorzubereiten, zweimal täglich hinzufahren, eine Kiste freizulegen und eine Frau zu versorgen, was jedes Mal eine gewisse Zeit in Anspruch nähme, wenn ein Haus zur Verfügung stand, an dem man nur die Rollläden runterlassen musste? Wozu Gefahr laufen, dass Spaziergänger, ein Förster, Jäger oder Waldarbeiter auf ein aus der Erde ragendes Rohr oder sonst etwas aufmerksam wurden? So große Waldstücke gab es in der näheren Umgebung gar nicht. Dass Ella am Sonntag in ein anderes Versteck gebracht worden war, glaubte ich auch nicht. Einen Kerl, der mit einem Kopfnicken veranlasste, dass eine Frau angeschossen wurde, kümmerte es doch nicht, was sonst noch mit ihr geschah.

«Wohin?», fragte Hanne.

«Nicht zu Maren», sagte ich.

«Wohin dann?»

Ich wollte es ihr nicht sagen. Aber ich konnte es ihr auch nicht verschweigen. Dafür, dass Oliver heil nach Hause gekommen war, hatte Ella leiden müssen. Vielleicht konnte sie ihren Arm wirklich nie mehr richtig gebrauchen. Ich war kein Arzt, kannte mich nicht aus mit komplizierten Armbrüchen und Schusswunden. Hanne wusste auch nicht genau, was passieren könnte, wenn in unsachgemäßer Weise in den Heilungsprozess eingegriffen wurde. Kein Gericht der Welt würde uns dafür verantwortlich machen. Aber das änderte nichts.

Ich hatte eine ganze Woche Zeit gehabt, meinem Sohn aufmerksam zuzuhören. Hätte ich mich nicht stattdessen mit Maren und meinem schlechten Gewissen beschäftigt, hätte ich vielleicht rechtzeitig die richtigen Schlüsse aus seinen Andeutungen und dem Albtraum gezogen. Dann wäre das LKA Düsseldorf schon in der vergangenen Woche aktiv geworden. Man hätte die beiden Kerle überwacht und geschnappt und Maren festgenommen. Ella läge längst in einem sauberen Klinikbett und bekäme die medizinische Betreuung, die sie brauchte.

«Du bist verrückt», protestierte Hanne, als ich in die Küche ging, um mir einen starken Kaffee zu machen. «Konrad, sei vernünftig. Du bist völlig erledigt. Schau dich doch an. Bitte, um Gottes willen, du kannst da nicht allein rein. Wenn einer von den Kerlen da ist, oder vielleicht beide, sie bringen Ella um und dich gleich mit. Tu mir das nicht an.»

«Wenn überhaupt», sagte ich, «dann nur allein. Kannst du dir nicht vorstellen, was passiert, wenn da das SEK anrückt? Ich gehe kein Risiko ein.»

Sie blieb bei mir in der Küche, bis ich wieder fit genug war, um geradeaus zu sehen. Sie trank ebenfalls Kaffee, bis ihr die

Hände davon zitterten, rauchte, was sie seit Beginn der Schwangerschaft nicht mehr getan hatte. Und sie atmete, als seien ihre Lungen mit glühenden Kohlen gefüllt. Als ich vom Stuhl aufstand und meine Jacke anzog, war ihr Blick wie eine Spiegelscherbe. Sie ging mit bis zur Wohnungstür.

«Ich bin ganz vorsichtig», versprach ich.

«Du bist völlig übergeschnappt», sagte Hanne tonlos und schloss die Wohnungstür hinter mir.

Den Wagen stellte ich ein paar hundert Meter von Koskas Grundstück entfernt ab. Es war so verdammt still, kein Mensch, keine Deckung auf der Straße. Eine Gegend so tot wie ein alter Friedhof. Mir war kalt, aber vielleicht war es nur die Müdigkeit, die mich frieren ließ. Eine Taschenlampe, eine geladene Pistole und Herzklopfen bis in die Fingerspitzen.

Wo steht geschrieben, dass Polizisten keine Angst haben? Ich hatte erbärmliche Angst, auch um mich, aber mehr um andere. Ella Godberg, etwa Hannes Größe, nur zierlicher und dunkelblond. Ich hatte sie nie gesehen und sah die ganze Zeit ihr Gesicht vor mir. Ein feines, schmales Gesicht mit hellem Teint und dunklen Augen, älter und weiblicher als das von Sven, ansonsten gleich. Und ich hörte die ganze Zeit Olivers Stimme. «Tante Ella hat geweint.» Ja, natürlich, letzte Woche Montag, vor Schmerzen und Todesangst. Und am Samstag, als Maren sie bluten ließ. Oder hatte sie da vor Entsetzen keine Tränen mehr gehabt?

Was ich Hanne versprochen hatte, zählte nicht. Auch wenn jemand da war. Ich konnte doch eine gepeinigte Frau, die meinem Sohn schon so viele Mittagessen spendiert hatte, nicht hilflos einem Tier überlassen. Dabei kam ich mir selbst so hilflos vor, ein Zwerg mit einer Pistole, deren Kugeln einem Dinosaurier höchstens die Schuppenhaut zerkratzten.

Es war lächerlich, diesen Vergleich zu ziehen, aber ich kam nicht dagegen an, wünschte mir, ich hätte Jochen dabei und Rudolf und Thomas Scholl und ein Dutzend anderer, von denen ich wusste, dass man sich auf sie verlassen konnte. «Du bist völlig übergeschnappt», flüsterte Hanne die ganze Zeit neben mir. Sie hatte – verdammt nochmal – Recht.

Irgendwo schlug ein Hund an. Er war zu weit weg, als dass er mich hätte meinen können, aber er machte mich noch vorsichtiger. Endlich am Ziel. Der Hund hatte sich wieder beruhigt. Von den beiden Wagen und den vier Kollegen, die Rudolf hingeschickt hatte, sah ich nichts. Wahrscheinlich steckten sie irgendwo in Deckung nahe der Zufahrt.

Ich näherte mich dem Grundstück von der Rückseite. Dort gab es theoretisch keinen Weg aufs Gelände. Doch der Maschendrahtzaun war leicht zu überwinden, stellenweise defekt oder von den Pfosten gelöst. Ich musste ihn nur anheben und drunter durchkriechen, trat behutsam auf, tastete mit der Schuhspitze den unebenen Boden ab, bevor ich den betreffenden Fuß belastete, um den nächsten Schritt zu tun. Die Taschenlampe zu benutzen, wagte ich nicht. Die drei Autos ohne Kennzeichen waren seit Sonntag nicht bewegt worden. Ich warf in jedes einen langen Blick, um sicherzugehen, dass niemand drinlag.

Beim Schaufellader legte ich eine Pause ein, hockte mich neben einen der Vorderreifen und wartete – mit einer Schuhsohle in einem Haufen Hundescheiße, soll ja Glück bringen. Fünf Minuten, zehn Minuten, eine Viertelstunde, alles blieb ruhig. Einmal ganz langsam um das Haus herum. Ich erreichte den Abgang zum Keller. Daneben befand sich dicht über dem Erdboden ein von einem Strauch größtenteils verdecktes, nur angelehntes Kellerfenster, unvergittert. War ich doch nicht umsonst in die Hundescheiße getreten.

Ich drückte den Strauch zur Seite, hockte mich so hin, dass ich das Fenster mit dem Körper verdeckte, streckte den Arm hinein, ließ einmal kurz die Lampe aufflammen und den Strahl wandern. Ein ganz normaler Kellerraum, leere Regale an den Wänden, ein paar Stapel alter Zeitungen in einer Ecke. Der Boden war gefliest und mit dicken Staubflusen bedeckt.

Ich stieg ein und tastete mich im Dunkeln bis zur Tür vor. Sie war geschlossen. Als ich behutsam die Klinke nach unten drückte, knackte es leise. Die Tür schwang auf, ohne ein weiteres Geräusch zu verursachen. Ich machte zwei Schritte in den stockfinsteren Gang hinein, blieb stehen und horchte. In meinen Ohren summten der Kaffee und die Übermüdung. Rundum war es so schwarz, dass ich grüne und rote Punkte flimmern sah. Mein Pulsschlag beschleunigte sich. Noch ein Versuch mit der Lampe, rasch und ängstlich. Der Strahl holte vier Türen und den Treppenaufgang zum Erdgeschoss aus der Finsternis.

Die Türen waren alle zu. Ich öffnete vorsichtig eine nach der anderen, ließ anschließend immer ganz kurz den Strahl der Lampe wandern und hoffte, dass die Kollegen irgendwo draußen das Flackern nicht bemerkten.

Hinter der ersten Tür befand sich die Waschküche, unschwer zu erkennen an Waschmaschine, ein paar gespannten Leinen und einem tröpfelnden Wasserhahn, der eine ziemlich große Pfütze auf dem Boden hinterlassen hatte. Hinter der zweiten stand ein alter Heizkessel, daneben ein Eimer mit Resten von Briketts. Hinter der dritten Tür war nur ein leerer Raum, kleiner als die übrigen, hier war das Heizmaterial gelagert worden. Mein Lichtstrahl wanderte über rauen Zementboden, gekalkte und stark verschmutzte Wände, ein mit Pappe verklebtes Fenster.

Ich riskierte es, die Lampe brennen zu lassen, und schaute mir den Boden genau an. Auch er war mit Staubflusen bedeckt, unter dem Fenster zusätzlich mit dem Dreck von Kohlen und Briketts. Und in der Ecke hinter der Tür sah es aus, als hätte jemand ein paar Eimer Wasser über den Zement gekippt. Die Staubflusen lagen nicht mehr locker auf. Sie waren zu Knäueln zusammengepappt und von Wellen neu geordnet.

Der Lichtkegel holte dunkle Flecken aus dem Beton. Viele waren es nicht, drei insgesamt, der größte davon etwa wie meine Handfläche. Ich vermutete, dass es sich um Blut handelte.

Doch das war Sache des Erkennungsdienstes und des gerichtsmedizinischen Labors. Etwa zwanzig Zentimeter von den Flecken entfernt lagen winzige weiße Krümel direkt an der Wand. Sie waren anscheinend vom Wasserschwall in die Kante gespült worden und fielen erst auf, wenn man in die Hocke ging. Es konnten Splitter von der gekalkten Wand sein. Aber ich tippte auf etwas anderes, Gips.

Mir war entsetzlich kalt bei der Vorstellung, dass Ella hier gelegen hatte, vielleicht betäubt, auf jeden Fall völlig wehrlos. Und Maren beugte sich über sie, Maren hielt ein scharfes Messer, eine Zange, eine Säge oder sonst etwas in der Hand und machte sich damit über den Gipsverband her. Warum, zum Teufel? Hatte sie meine Bitte um Ollis Buch für einen Vorwand gehalten? Und selbst wenn, konnte Ella doch nichts dafür. Aber mit der Wahl des Raumes hatte sie einen Fehler gemacht. Sie hätte Ella für die Tortur in die Waschküche schleifen sollen. Auf dem gefliesten Boden dort wäre Blut kaum so zurückgeblieben, dass man es mit bloßem Auge sah. Und die Gipskrümel hätte sie mühelos auffegen können.

Ich hatte Papiertücher dabei, und gerade als ich das Päckchen aus der Tasche zog, um mit einem Tuch einige der Krümel aufzusammeln, hörte ich das Geräusch aus dem Nebenraum, in den ich eingestiegen war. Das satte Auffedern von Gummisohlen auf dem Fußboden.

Da kam noch jemand, der nicht bemerkt werden wollte. Ich sah kein Licht, außer meiner eigenen Lampe, die auszumachen sich nicht mehr gelohnt hätte. Ich hörte auch keine Schritte, nur meinen donnernden Herzschlag und dann die Stimme.

«Tatsächlich! Hast du dir gut überlegt, was du hier treibst?»

Jochen stand in der offenen Tür, schüttelte im Strahl meiner Lampe vorwurfsvoll den Kopf und flüsterte weiter: «Ich wollte es nicht glauben, als Hanne mich anrief. Du kannst doch nicht alle Tassen im Schrank haben.»

Ich richtete mich auf und winkte ihn heran. Wie zuvor ich ging nun er in die Knie, betrachtete die Flecken auf dem Boden und die Krümel an der Wand. Ich berichtete in knappen Worten, was wir von Alex gehört hatten und was ich dachte. Und da wir nun zu zweit waren, schlug ich vor: «Gehn wir mal rauf?»

Jochen zögerte, jedoch nicht sehr lange, dann nickte er und zog gleichzeitig seine Pistole. Mir schien, er war blasser als sonst, doch das mochte am grellen Lichtkegel meiner Lampe liegen. Vorsichtig, überaus leise und ohne Unterstützung durch die Lampen tasteten wir uns die Treppe hinauf. An deren Ende befand sich eine massive Holztür. Sie quietschte ein wenig in den Scharnieren, ließ sich jedoch widerstandslos öffnen. Ich glaube, wir hielten beide die Luft an, als wir den Hausflur betraten.

Absolute Finsternis. In der Haustür gab es keine Glasscheibe. Die Rollläden in den Zimmern waren alle dicht, keine noch so winzige Ritze. Jochen überprüfte alle Fenster äußerst sorgfältig. Aber da wir nicht den geringsten Grauschimmer sahen, konnte draußen auch niemand etwas sehen. Also hätte gestern sehr wohl jemand im Haus sein und Festbeleuchtung einschalten können.

In jungen Jahren hatte ich immer eine bestimmte Vorstellung von Marens Elternhaus gehabt, überall Luxus, vielleicht goldene Wasserhähne. Aber es war nur düster und bedrückend. Wuchtige, größtenteils verschlissene Möbel, verdorrte Pflanzen. In der Küche und im Wohnzimmer Reste von vergammelten Lebensmitteln, etliche Pizzaschachteln und Behältnisse, in denen man italienische oder chinesische Küche mit nach Hause nehmen oder liefern lassen konnte. Getrockneter Reis und steinharte Krusten sprachen dafür, dass die Sachen schon länger da standen.

In den Büroräumen herrschte eine gewisse Ordnung. Koskas Büro war leicht auszumachen, eine Wand war förmlich tapeziert mit Fotos, immer wieder Maren, vom Baby bis zur jungen Frau irgendwo am Wasser, vielleicht in Florida. So jedenfalls hatte sie vor neun Jahren ausgesehen. Aus den letzten Jahren gab es keine Bilder.

Keine Spur von Leben, auch keine vom Tod, nicht im Erdgeschoss. Die Treppe ins obere Stockwerk knarrte unter unseren Tritten. Hinter mir hörte ich Jochens gepressten Atem und sein Flüstern: «Scheiße, Mann, ich hab ganz feuchte Hände. So kann ich nicht abdrücken, wenn es nötig wird.»

Es wurde nicht nötig. Verlassene Zimmer und das Bad, vor dreißig Jahren mochte es als komfortabel gegolten haben, jetzt war es nur noch alt und verwohnt. Abgesprungenes Email in der Wanne, ein Riss im Waschbecken, den die Zeit schwarz gefärbt hatte. In einem Schlafzimmer war das Doppelbett längere Zeit benutzt worden, ohne die Wäsche zu wechseln. Das Bettzeug roch nach Schweiß. Das Bett in Marens Jugendzimmer war nur verstaubt. Darüber hing ein Poster vom Herzen Jesu und über der Tür ein gekreuzigter Jesus.

Jochen schüttelte ungläubig den Kopf. Ich öffnete den Schrank, darin hingen noch etliche Sachen, die ich aus jungen Jahren kannte, auch das aufregende rote Kleid, das sie bei der Abschlussfeier im Gymnasium getragen hatte. Ich sah sie noch einmal darin vor mir mit heruntergezogenem Oberteil und geschürztem Rock – ohne Unterwäsche, hörte sie im Geist sagen: «Schau dir alles noch einmal gut an, Konni. Das sind Dinge, die du nie wieder anfassen wirst.»

Und ich dachte, diesmal hätte sie Recht. Ich glaubte nicht, dass ich sie noch einmal anfassen könnte, höchstens die Hände um ihren Hals legen und zudrücken, ganz langsam, mich an ihrer Todesangst weiden. Mit der Vorstellung von Ella im Kohlenkeller könnte ich das, dachte ich. Ich hatte Maren nie vorher so verabscheut.

«Komm», sagte Jochen, «letzte Woche hätte sich das vielleicht gelohnt. Jetzt können wir uns nur noch eine Menge Ärger einhandeln. Machen wir, dass wir wegkommen.»

Auf dem Rückweg einigten wir uns darauf, die weißen Krümel im Keller an Ort und Stelle zu belassen und unsere Stippvisite nicht zu erwähnen. Ungesehen von den unsichtbaren Kollegen kamen wir zurück zu meinem Auto. Jochen hatte seinen Wagen sicherheitshalber noch weiter weg geparkt. Ich denke, wir waren beide gleichermaßen unzufrieden, aber auch ein wenig dankbar, dass wir bei unserem Ausflug nicht über Rex oder die Ratte gestolpert waren.

Kurz nach vier war ich wieder daheim. Hanne hatte mit Unmengen von Kaffee und etlichen Zigaretten am Küchentisch auf mich gewartet. Neben der Erleichterung war ihr Blick eine einzige Frage. Ich schüttelte nur den Kopf, und sie biss sich auf die Unterlippe. «Wo können sie Ella denn hingebracht haben?»

Es war eine rhetorische Frage, doch zum ersten Mal schwang darin viel Unsicherheit mit. Vielleicht begann Hanne erst jetzt, sich mit der Tatsache auseinander zu setzen, wie zerbrechlich das Leben ganz allgemein war.

Ich legte mich ins Bett. Sie blieb in der Küche. «Ich kann jetzt doch nicht mehr schlafen.»

Ich konnte sehr wohl und schlug mich bis zum Morgen in Koskas Keller mit einem Dutzend zähnestarrender Ungeheuer herum. Sie rissen mir den Arm ab, und Maren stocherte mit einem Zweig in der offenen Wunde herum. Als Hanne mich um sieben Uhr weckte, weil ich den Wecker nicht gehört hatte, spürte ich tatsächlich den Schmerz im Arm. Vermutlich hatte ich falsch darauf gelegen.

Nach dem Frühstück verhandelte ich eine geschlagene Stunde mit ihr. Sie musste nicht in die Praxis, hatte in aller Herrgottsfrühe mit ihrem Chef telefoniert, ein paar Tage Urlaub erpresst und auch bekommen. Es wäre mir lieb gewesen, sie hätte diese Tage mit Oliver in der Nähe von Hannover verbracht. Die Wohnung ihrer Mutter war wieder frei, für die Aussöhnung mit Siegfried hatte Bärbel diesmal nur drei Tage gebraucht.

Aber Hanne weigerte sich. «Ich gehe hier nicht weg, solange ich nicht weiß, was mit Ella ist. Und solange das Weib in deiner Nähe ist, gehe ich sowieso nicht.»

Ich brauchte sie allerdings nicht zu überreden, Oliver in der Wohnung zu behalten. Er war ziemlich enttäuscht, dass er nicht mal in den Kindergarten gehen oder zu Opa durfte. «Was soll ich denn machen den ganzen Tag? Da hab ich ja gar nix zu tun.»

Genau das konnte ich kurz darauf auch sagen.

## Donnerstag, 5. Juni

Während ich noch mit Hanne diskutierte, traf in der Dienststelle die versprochene psychologisch geschulte Beratung aus Düsseldorf ein. Ein Mann, nicht zwei. Aber der eine reichte völlig, ersetzte locker ein ganzes Dutzend, weil er nicht nur psychologisch geschult war, er konnte auch vortrefflich kommandieren und betrachtete jeden, der nicht mindestens vom BKA kam, als Laufburschen oder Informationsquelle.

Ich war nicht dabei, aber ich kann mir lebhaft vorstellen, wie die Begrüßung von Kriminalrat Eckert ausfiel. Vermutlich machte der Neuankömmling unserem Chef mit knappen Worten deutlich, ihm fehle die Zeit, sich länger mit «Verwaltungsangestellten» zu befassen. Nun ja, er war angefordert worden, um einen Kriminalfall zu lösen, so was machte er sonst vermutlich in einer halben Stunde.

Von Rudolf ließ er sich gründlich informieren nach dem Motto: «Fassen Sie sich kurz.» Dann erteilte er als Erstes der Kriminalhauptstelle den guten Rat, mal ganz schnell ein paar ihrer Leute in den Erftkreis zu schicken.

Als ich in Hürth ankam, war es halb zehn vorbei, und auf den Fluren liefen ein paar Leute herum, die ich nur flüchtig oder gar nicht kannte. Sie machten alle einen furchtbar beschäftigten Eindruck. Ich wurde bereits ungeduldig im Büro des Chefs erwartet. Sie waren zu dritt, Kriminalrat Eckert, Rudolf und der neue Kommandeur. Er stellte sich vor mit dem Allerweltsnamen Schmitz, mochte Anfang dreißig sein, trug einen grauen Anzug und sah darin aus wie ein toter Fisch. So benahm er sich auch. Rudolf machte mit Blicken deutlich, dass er nicht mit sämtlichen Maßnahmen des Neulings einverstanden war. Kriminalrat Eckert lächelte nur diplomatisch. Was es zu sagen gab, übernahm Schmitz.

Ich gehörte ab sofort nicht mehr zum Team. Darauf hatte

ich dienstags noch spekuliert, sogar inständig gehofft. Es hätte nichts mit Misstrauen zu tun gehabt, wäre eine reine Vorsichtsmaßnahme gewesen, für die ich jederzeit vollstes Verständnis aufgebracht hätte. Jederzeit, nur nicht gerade in dem Moment, wo die Polizeimaschinerie richtig anlief.

Schmitz erklärte, auf welche Weise ich an dem Fall mitarbeiten solle. Als Kontaktmann. Ich hatte mich zur Verfügung zu halten, falls Frau Koska noch einmal Lust auf mich bekam. Im Hinblick auf meine Beziehung zur Mittäterin in einem Entführungsfall hatte ich jedoch kein Recht auf Informationen oder Auskünfte zum weiteren Vorgehen der Polizei.

Nachdem das gesagt war, wechselten wir in mein Büro, damit der Chef und Rudolf ihrer Arbeit nachgehen konnten und wir ungestört waren. Auch mir wurde ein umfassender Bericht abverlangt. Bitte von Anbeginn, so musste ich etwas weiter ausholen und bei der Schulzeit anfangen, was Schmitz damit begründete: «Die Frau ist die Schwachstelle und unser Ansatzpunkt.»

Meine Aufenthalte in Kölner Hotelzimmern interessierten ihn nur in einer Hinsicht: «Trauen Sie sich zu, die Beziehung so fortzusetzen, dass die Frau keinen Verdacht schöpft?»

Nein, verdammt! Für was hielt er mich denn?

Er lächelte so dünn wie eine Rasierklinge. «Ich halte Sie für einen Mann mit Führungsqualitäten, sonst hätte man Sie kaum zum Ersten Kommissar befördert. Und Sie hatten am Sonntag schon den Verdacht, dass die Frau in ein Kapitaldelikt verwickelt ist. Trotzdem sind Sie zu ihr gefahren und haben es geschafft, eventuelles Misstrauen auszuräumen.»

Der Rest vom Vormittag ging für meine psychologische Schulung drauf. Schmitz mühte sich nach Kräften ab, mir ein paar Gewissensnöte zu nehmen und Marens Motivation darzulegen. Das tat er so ruhig und emotionslos, als rede er über einen Film, den er neulich gesehen hatte.

Der Gipsverband sei Ella Godberg nicht erst am Samstag

und bestimmt nicht von Frau Koska abgenommen worden, behauptete er. Obwohl es nur eine Behauptung war, äußerte er sie mit einer Sicherheit, als wäre er dabei gewesen. Das habe mit meiner Bitte um ein Kinderbuch überhaupt nichts zu tun. Er hatte den Verband so wenig gesehen wie einer von uns, konnte nicht wissen, ob er außen oder innen verschmiert gewesen war, erklärte nichtsdestotrotz, das Blut müsse bereits durch die Schussverletzung und den anschließenden Einsatz des Messers auf den Gips geraten sein. Da der als Doktor bezeichnete Täter die Kugel entfernt habe, was ja durch Ella Godberg bestätigt worden sei, habe er den Verband deswegen entfernen müssen. Und der sei dann wohl an Ort und Stelle liegen gelassen worden, sodass Frau Koska ihn am Samstag nur habe holen müssen, um Godberg für seinen Verrat eine Lektion zu erteilen.

«Herr Godberg hat zwar erklärt, die beiden Männer am Freitagabend nicht über den Ausflug der Frau informiert zu haben. Aber versetzen Sie sich einmal in seine Lage. Er musste es einfach tun, um beim Haupttäter Pluspunkte zu sammeln», meinte Schmitz. «Die Gefahr, dass Rex noch einmal vergebens versuchen könnte, Frau Koska zu erreichen, und dass er seinen Zorn über Godbergs komplizenhaftes Schweigen an dessen Frau ausließ, war viel zu groß.»

Auf diese Worte folgte noch ein so dünnes Lächeln. «Es fällt mir auch schwer zu glauben, dass einer Frau, die gerade erst fürchterlich zusammengeschlagen wurde, der Sinn nach einem erotischen Abenteuer steht. Das muss früher passiert sein. Ich gehe davon aus, dass Frau Koska abgefangen wurde, als sie am Freitagabend aus Köln zurückkam. Sie haben die Verletzungen am Sonntag doch gesehen, waren sie frisch?»

«Ziemlich frisch.»

«War Frau Koska in ihren Bewegungen beeinträchtigt?»

«Nein, jedenfalls nicht so, dass es mir aufgefallen wäre.»

«Na bitte», sagte Schmitz.

Danach sprach er eine Weile über die Egozentrik des verwöhntes Kindes, das sich von niemandem sein liebstes Spielzeug verbieten oder gar wegnehmen ließ. Es war ja noch in Ordnung, dass ich an diesem Vormittag als unzuverlässig eingestuft wurde. Das war ich zweifellos. Aber es schmeichelte mir nicht sonderlich, in diesem Zusammenhang auf eine Stufe mit einem Plüschtier gestellt zu werden. Vor allem nicht, weil Maren für Schmitz in die Kategorie fiel, die man sonst nur in Blondinenwitzen fand. Und so dämlich, wie er meinte, konnte sie gar nicht sein, das bewies die Art, wie sie sich nach Oliver erkundigt hatte, beiläufig, harmlos, raffiniert.

«Ich gehe davon aus», sagte Schmitz wieder, es war sein Standardspruch, «dass die Frau nicht weiß, in welcher Lage sie sich befindet. Sie wurde bereits zweimal für ihre Eskapaden bestraft, ohne daraus eine Lehre zu ziehen. Sie wird es wieder tun, und zwar nicht, um aus Ihrem Verhalten eventuelle polizeiliche Aktivitäten abzuleiten. Es interessiert sie gar nicht, ob wir involviert sind. Mit Frau Godberg als Pfand wähnt sie sich in einer unangreifbaren Position. Sie wird es nur tun, um ihre Komplizen zu bestrafen. So hat sie es schon in ihrer Kindheit und Jugend gehalten. Vati war nicht lieb zu mir, jetzt bin ich böse mit ihm und tue, was er mir verboten hat.»

«Sie wurde in ihrer Kindheit nicht verprügelt», sagte ich. «Und es hat garantiert auch niemand mit ihren Haaren ein Klo geputzt.»

«Ich rede ja auch nur von Verhaltensmustern», belehrte Schmitz mich. «Von Strafaktionen. Frau Koskas bisheriges Leben war die exemplarische Bestrafung ihres Vaters. Er mag sich hin und wieder revanchiert haben, indem er ihr den Unterhalt kürzte oder ganz vorenthielt. Aber letztendlich konnte sie ihn um den Finger wickeln. Mit anderen Männern hat sie es ähnlich erlebt. Sie war immer die Starke, darauf vertraut sie auch jetzt. Von ihren Komplizen, zumindest von dem, mit dem sie liiert ist, erwartet sie nicht, dass er für sie zu einer Gefahr wird.

Er mag sie verprügeln oder Misshandlungen durch den zweiten Täter anordnen, dass er weiter gehen könnte, schließt sie aus.»

Kurze Pause, nachdenklicher Blick. Er schien im Zweifel, ob er mir erklären durfte, wie er Marens Zukunft sah. Wer wusste denn, ob ich anschließend zum Telefon griff? Aber vielleicht rechnete er auch genau damit.

«Es gibt zwei Optionen», fuhr er nach ein paar Sekunden fort. «Man kann die Frau zurücklassen, wenn die Summe vollständig übergeben wurde. Oder man schafft sie aus der Welt. Das halte ich für wahrscheinlicher. Ihre Komplizen wissen inzwischen, dass sie nicht loyal ist. Und beide müssen davon ausgehen, dass sie als Einzige zu einer zweifelsfreien Identifizierung beitragen kann. Folglich wird sie ebenso zu einer Gefahr wie die Opfer.»

Die Möglichkeit, dass Rex seine Gespielin nach der Übergabe der gesamten Lösegeldsumme mit auf Reisen nehmen könnte, kalkulierte Schmitz nicht ein. Als ich das anklingen ließ, lächelte er wieder dieses Rasierklingenlächeln und schloss: «Ich weiß, was ich Ihnen abverlange. Und ich hätte Verständnis dafür, wenn Sie ablehnen, Frau Koska noch einmal zu treffen.»

Ja, natürlich. Er hätte Verständnis heucheln und ich so tun können, als sei ich ein zivilisierter Mensch. Eine Affäre, ja, aber um Gottes willen keine schmutzige. Ich hätte vielleicht sogar glauben können, nur reagiert zu haben, wie jeder normal empfindende Mann in solch einer Situation reagieren musste. Entrüstet, voller Ablehnung und Rückbesinnung auf die bürgerliche Moral. Und wenn ich nicht ablehnte, wenn ich es wider Erwarten sogar schaffen sollte, einen hochzukriegen, durfte ich mir einreden, dass ich nur noch für Ella Godberg «alle meine Entchen» spielte. Köpfchen in das Wasser, Schwänzchen in die Höh, damit Maren nur ja nicht misstrauisch wurde.

Nach den letzten Tagen, den Schuldgefühlen der vergangenen Nacht und der Degradierung der allerletzten Stunden kam es nicht mehr darauf an, ob ich mir einen Verweis einhandelte. Entgegen meiner Vereinbarung mit Jochen, allerdings ohne ihn zu erwähnen, erzählte ich, dass ich in der Nacht in Koskas Haus gewesen war und was ich im Keller entdeckt hatte. Vielleicht war es ein letzter, verzweifelter Versuch, mich selbst in die Wüste zu schicken. Aber Schmitz runzelte ob meines Alleingangs nur für eine Sekunde die Stirn. Dann ging er und sorgte dafür, dass ich in Ruhe und völlig ungestört meine Entscheidung treffen konnte, ob ich die mir zugedachte Rolle übernehmen wollte oder nicht.

Rundum hing etwas in der Luft wie elektrische Spannung, vielleicht nur meine eigene Nervosität, das Bewusstsein, abgeschottet zu werden von der Anspannung und den Bemühungen der anderen. Auch wenn ich nicht sofort in sämtliche Maßnahmen oder Erkenntnisse eingeweiht wurde, weiß ich natürlich, was vorging. Fast alles konzentrierte sich auf diese eine Sache. Der gesamte Polizeiapparat – nicht nur der des Erftkreises – arbeitete seit dem frühen Morgen auf Hochtouren.

Schmitz hatte einiges an technischem Gerät aus Düsseldorf mitgebracht beziehungsweise bringen lassen. Richtmikrophone, Aufzeichnungsgeräte, Videokameras. Er ließ Telefonleitungen und Computer heiß laufen, kontaktierte das BKA und Interpol, um hinter die Identität der Ratte zu kommen. Der Hinweis auf eine medizinische Ausbildung und auf Jugoslawien schien es wert, dass man ihm nachging.

Natürlich hatte Schmitz, bevor er sich mit mir beschäftigte, auch bereits Dampf beim LKA Hamburg gemacht. Und siehe da, plötzlich fanden sie die Zeit, nicht nur ihr Bildmaterial zu sichten. In Helmut Odenwalds schöner Wohnung an der Außenalster hatten sie keine Fotos gefunden, nicht ein einziges. Da hatte wohl schon vor ihnen jemand gründlich eingesammelt, was den Verdacht untermauerte, er sei untergetaucht.

Fingerabdrücke und DNA-Material von drei verschiedenen Personen hatten sie sichergestellt. Die Abdrücke wurden zusammen mit Laborberichten und zwei im vergangenen Sommer entstandenen Gruppenfotos übermittelt, auf denen Odenwald sich befinden sollte. Leider hatte man in der Eile versäumt, ihn zu markieren. Vielleicht hatten sie das auch für überflüssig gehalten, weil ein Mann auf beiden Aufnahmen abgebildet war und seine Gesprächspartner um Hauptesläng überragte.

Fünf Männer standen zur Auswahl, keiner trug einen Vollbart. Ich schätze, ich wäre mir trotzdem sicher gewesen. Nur wurde ich nicht um meine Meinung gebeten. Fred Pavlow musste passen. Und ehe man Alex Godberg die Gruppenfotos vorlegen könnte, würden noch etliche Stunden vergehen. So lange wollte Schmitz nicht warten. Es gab ja noch einen Zeugen, meinen Sohn.

Helga Beske fuhr los, um Olli abzuholen. Nicht einmal darüber wurde ich informiert. Hanne kam natürlich mit und meinte später, es habe ihm gut gefallen, auch wenn Helga Beske ihn nicht mit Tatütata kutschieren durfte, ein Blaulicht konnte sie ihm bieten auf freier Strecke.

Dann nahm Olli sich der Sache an. Die nackten Gesichter sagten ihm nichts. Mit Hilfe der Technik ließ Andreas Nießen, für den man sonst keine Verwendung hatte, üppige Bärte sprießen. Olli schaute fasziniert zu und schüttelte unentwegt den Kopf. Nein, nein, der Rex sah ganz anders aus. «Darf ich das mal selber probieren? Ich mach nix kaputt. Ich weiß, wie man mit einem Computer arbeiten muss. Der Papa von Sven hat ein Spiel auf seinem, da durfte ich auch schon mal.»

Und dann erstellte Olli – unter Anleitung und den argwöhnisch-aufmerksamen Augen unseres Computerfachmanns richtige Phantombilder. Mit roten Wangen, glänzenden Augen und vor Eifer eingeklemmter Zunge nahm er sich alle Gesichter vor. «Wo kann ich dem hier eine Sonnenbrille machen? Wenn der da eine dicke Nase kriegt, könnte er Rex sein. Soll ich mal? Darf ich einen Kakao haben? Mit Sahne, bitte. Ich hab nämlich Hunger. Ich konnte ja nicht fertig Mittag essen, weil ich hier helfen muss.»

Er bekam seinen Kakao und ein paar Kekse, probierte sämtliche zur Verfügung stehenden Nasen und Brillen aus, verpasste einer glatten Stirn Zornesfalten und einem schmallippigen Mund ein Grinsen mit gebleckten Reißzähnen. Nach einer guten Stunde gab es keinen Unterschied mehr in den Gesichtern, und Olli war endlich zufrieden mit seinem Werk. So sah der Rex aus, ganz genau so!

«Soll ich noch den kleinen Mann machen und die böse Frau?»

Um Maren hätte er sich eigentlich nicht bemühen müssen. Sie ließen ihn trotzdem werkeln, um festzustellen, wie es um sein Personengedächtnis stand. Er traf sie sehr gut. Den kleinen Mann machte dann doch lieber Andreas Nießen. Olli dirigierte ihn nur und gab schließlich sein Okay.

«Darf ich jetzt mal zu meinem Papa? Ich hab noch nie das KK 41 gesehen.»

Er durfte nicht, weil Hanne dabei war und Schmitz befürchtete, sie könnte meine Entscheidung negativ beeinflussen. Helga Beske fuhr sie zurück.

Alle um mich herum waren unheimlich beschäftigt. Und ich saß einfach nur da. Der Mann, der die Maschinerie angeworfen hatte und nicht wusste, wie es weitergehen sollte. Der nicht einmal wusste, wie er sich verhalten würde, wenn sein heißes Eisen noch einmal Sehnsucht nach ihm bekam. Ich meinte unentwegt, Brandblasen an meinen Händen zu sehen, und wusste wirklich nicht, ob ich mir wünschte, dass mir in Kürze eine erneute Kontaktaufnahme der Mittäterin bevorstand, damit ich sie warnen und zur Flucht überreden konnte, oder ob ich inständig hoffte, nicht in diese Versuchung geführt zu werden. Immer wieder ertappte ich mich bei Seitenblicken zum Telefon. Ruf an, du Biest, ruf endlich an.

Aber den Gefallen konnte sie mir nicht tun, weil Alex sein Auto am Nachmittag selber brauchte. Das hatte er uns bereits angekündigt. Und da seit dem Morgen in Kremers Küche nicht nur ein Mann am Fenster stand, sondern auch ein Richtmikrophon in Positur, konnte Schmitz sich vergewissern, dass es den Tatsachen entsprach. Jedes Wort, das in Godbergs Haus gesprochen wurde, zeichnete ein Tonbandgerät auf. Damit Schmitz nicht so lange warten musste, bis er die Bänder abhören konnte, bekam er viertelstündlich telefonische Berichte.

Maren diskutierte eine Weile mit Alex, er solle sich ein Taxi und seinen Sohn mitnehmen. Demnach musste sie große Sehnsucht haben. Der kleine Sven würde bestimmt nicht bei den Verhandlungen mit dem Kaufinteressenten für einige Bilder stören, meinte sie. Aber Alex blieb hart, Sven hätte ihr ja hinterher brühwarm von seinem Treffen mit Jochen Becker berichten können.

Gegen vier Uhr schaute Jochen kurz bei mir rein, um zu sagen, dass er sich jetzt auf den Weg mache. «Keine Ahnung, wann ich zurückkomme, aber wenn du wartest, können wir noch irgendwo ein Bier trinken, haben wir lange nicht mehr gemacht.»

«Setz dich lieber nicht in die Nesseln», sagte ich. «Ich bin draußen. Wahrscheinlich ist es besser so. Wer nichts weiß, kann nichts verraten.»

«Scheiß ich drauf», sagte Jochen. «Wenn dieser LKA-Fritze sich einbildet, er wüsste alles besser, sieht er das falsch, denke ich. Und Grovian denkt das offenbar auch. Die haben sich eben schon beinahe die Köpfe eingeschlagen.»

«Warum?», fragte ich.

Jochen zuckte mit den Achseln. «Frag doch nicht mich. Ich bin bloß ein Botenjunge, der hier und da was aufschnappt. Ich nehme an, sie waren geteilter Meinung über die weitere Vorgehensweise. Jetzt kriegen sie ja alles mit, was zwischen Godberg und der Koska vorgeht. Die Telefonüberwachung steht auch. Und es gibt wohl irgendein Problem, hab ich von Scholl gehört. Der kommt gut aus mit den Kölnern und kriegt einiges mit.»

Dann war Jochen weg und ich wieder allein. Um mir die Zeit zu vertreiben, telefonierte ich ein wenig, rief daheim an aus dem Bedürfnis heraus, mir von Hanne versichern zu lassen, dass Dienst eben Dienst sei.

Olli hob ab und begrüßte mich mit: «Nicht so laut, Papa.»

Dann sprudelte er los: «Ich war heute schon bei dir auf der Arbeit, aber du warst nicht da. Wo warst du denn? Ich hab der Fahndung geholfen und Bilder gemacht. Eins von dem kleinen Mann und eins von der bösen Frau und auch ein richtiges von Rex. Warum braucht ihr von dem noch eins? Den habt ihr doch schon totgeschossen.»

«Sieht so aus, als hätten wir den Falschen erwischt», sagte ich. «Gibst du mir mal Mama?»

«Das geht nicht», teilte Olli mit. «Sie schläft.»

Und um sie nicht zu stören, hatte er sich entschlossen, einmal zu testen, ob er auch unseren Videorecorder bedienen konnte. Er hatte ja schon oft gesehen, wie Mama das machte. Und nachdem er so erfolgreich am Polizeicomputer gearbeitet hatte, hielt er sich technisch gesehen für ein Genie. Den Fernsehton hatte er ganz leise gemacht, damit Mama nicht aufwachte.

«Was schaust du dir denn an?»

Das wusste er nicht genau, er konnte ja noch nicht lesen. Aber am Anfang war viel geschossen und gezankt worden. Und jetzt sollten bald ein paar Männer mit einer Rakete fliegen, um einen großen Stein mit Zacken zu sprengen, ehe der die Welt traf und alles kaputtmachte.

Es war sein eifriges Stimmchen, das mich einigermaßen zur Vernunft brachte oder zurück auf den Boden der Tatsachen. Dieses verflucht normale Leben, eine übermüdete Frau, ein ausgeschlafenes Kind, ein Videorecorder und ein Fernseher, in dem der einsame Held in letzter Sekunde den Weltuntergang verhinderte. *Armageddon*. Und Bruce Willis opferte sich, damit seine Filmtochter nicht die Liebe ihres Lebens verlor. Während seine Gefährten sich retteten, sprengte er sich mitsamt dem Asteroiden ins Universum. Ich kannte den Film. Aber ich war kein Held, nur verdammt allein.

«Wann kommst du denn nach Hause, Papa?», fragte Olli.

«Ich weiß es noch nicht», sagte ich. «Es kann spät werden.» Ich wollte auf jeden Fall mit Jochen noch ein Bier trinken.

Er kam gegen sieben Uhr von seinem Treffen mit Alex zurück und musste zuerst zum Rapport antreten. Das dauerte eine Weile, weil es viel zu berichten gab. Ich erfuhr das alles erst nach neun.

Obwohl er ihn ausdrücklich verlangt hatte, war Alex enttäuscht gewesen, als an meiner Stelle tatsächlich Jochen erschien. In den ersten Minuten hörte Jochen von ihm nur ein paar unwesentliche Details der Farce eines Familienlebens. Abwesende Mutter wird durch liebevolle, leider sehr ungeschickte Tante ersetzt, die züchtig auf der Couch schlief, nicht kochen konnte und sich gerne mit einem völlig verängstigten Kind beschäftigte. Dass Maren den kleinen Sven immer wieder aufforderte, ihr doch etwas von seinem Freund zu erzählen, wusste Schmitz bereits. Aber ihr Interesse an meinem Sohn begründete sich für ihn in unserer Beziehung.

Dem von Schmitz zusammengestellten Fragenkatalog widmete Alex sich nur widerwillig. Wozu sollte es gut sein, jedes Lebenszeichen von Ella zu datieren, wörtlich wiederzugeben und eventuelle Hintergrundgeräusche anzuführen? Er wollte lieber reden über Ella und den Tag, an dem sie wieder bei ihm wäre.

Jochen musste ihn mehrfach energisch auf das Vordringliche verweisen. Anhand der bearbeiteten Fotografien wurde Rex endgültig als Helmut Odenwald identifiziert. In dem mit

Ollis Hilfe erstellten Phantombild vom kleinen Mann erkannte Alex auch die Ratte alias den Doktor wieder.

Um die Handynummer, mit der man Odenwald hätte lokalisieren können, brauchte Jochen sich eigentlich nicht mehr zu bemühen. Aber nun nannte Alex sie freiwillig. Schmitz hatte sie jedoch über die Telekom längst in Erfahrung gebracht und damit bewiesen, dass er die Sache richtig beurteilte. Es hatte am Freitagabend eine kurze Verbindung zwischen Godbergs Hausanschluss und diesem Handy gegeben. Und warum hätte Alex Rex anrufen sollen, wenn nicht, um Maren zu verpfeifen?

Leider war die Nummer inzwischen offenbar nicht mehr aktuell. Alex hatte bis zu seinem Aufbruch am Nachmittag unentwegt vergeblich versucht, Rex zu erreichen, weil der vormittägliche Anruf, bei dem er mit Ella sprechen durfte, ausgeblieben war.

«Er war völlig am Ende», sagte Jochen.

Und das war Alex auf der ganzen Linie, körperlich, seelisch und finanziell. Alles, was einigermaßen von Wert war oder so aussah, hatte er verkauft. Für die Bilder, über die er gerade verhandelt hatte, bekäme er im Höchstfall zwanzigtausend. Seine Lagerbestände, die er in der Raststätte noch mit Stolz angeführt hatte, waren höchstens gut, um auf Trödelmärkten verramscht zu werden und damit einen neuen, bescheidenen Anfang zu machen.

Er hatte bei seinen Verkäufen nicht immer die Summen erzielt, die er gefordert hatte. Für die Münzsammlung zum Beispiel hatte er zweihunderttausend weniger bekommen. Und er hatte den Fehler gemacht, Maren zu erklären, die Sammlung habe einen Wert von rund achthunderttausend, als er sie mit Bestechung auf seine Seite ziehen wollte. Entsprechend enttäuscht hätte sie gestern abend reagiert, als er mit nur sechshundert nach Hause kam. Sie hätte sofort Rex verständigt und sich bitter beschwert, dass sie wohl entschieden länger als gedacht auf seine Nähe verzichten müsse.

Insgesamt fehlte noch eine Viertelmillion, auf die Maren dem Anschein nach gerne verzichtet hätte, die Odenwald aber unbedingt haben wollte. Alex, der nicht wusste, dass inzwischen das LKA ermittelte, hatte sich bei Jochen erkundigt, ob die Polizei vielleicht erst mal in dieser Hinsicht helfen könne.

Als ich das hörte, musste ich unwillkürlich lachen. Darüber haben Rudolf und Schmitz wohl den ganzen Abend heiß diskutiert. Eine Viertelmillion! Woher nehmen, wenn nicht stehlen? Die Kassen waren leer, man durfte dem Verbrechen auch nicht Vorschub leisten. Wenn es um größere Geschichten ging, wenn politische oder religiöse Wirrköpfe ein Dutzend Geiseln irgendwo festhielten, deren Angehörige tüchtig Wirbel in den Medien machten, sah die Sache vielleicht anders aus. Für einen einzelnen Bürger dagegen, dessen Ehefrau von ganz gewöhnlichen Gangstern festgehalten wurde, konnte man nichts tun.

Man stelle sich nur vor: Der Mann gibt nach geglücktem Freikauf ein Interview und lässt dankbar verlauten, wer ihm aus der Patsche geholfen hat. Dann haben wir bald einige tausend solcher Fälle am Hals. Und wo kommen wir denn hin, wenn wir gemeinen Erpressern nachgeben?

Wohin kommt Ella, dachte ich, wenn wir es nicht tun? Wahrscheinlich zuerst in die Forensik und dann auf den Friedhof.

Jochen sah das wohl auch so. Auf ein Bier hatte er weder Lust noch Zeit. Er sollte heimfahren und ein paar Stunden auf Vorrat schlafen. Um drei in der Nacht stand ihm die Teilnahme an einem Großeinsatz bevor. Weil es nicht so voranging, wie Schmitz sich das wohl ausgemalt hatte, wollte er die Ermittlungen auf andere Weise vorantreiben.

«Jetzt stürmen wir die Bude», seufzte Jochen.

«Godbergs Haus?», fragte ich ungläubig.

«Nein, Koskas Grundstück. Sie haben noch keine Ahnung, wer die Ratte sein könnte. Aber der wird da wohl Fingerabdrücke hinterlassen haben. Vielleicht sind die registriert.

Schmitz will sie auf jeden Fall mit denen vergleichen, die er aus Hamburg bekommen hat.»

«Dafür muss doch kein Großaufgebot rein», sagte ich. «Da soll einer vom Erkennungsdienst durch das Kellerfenster steigen.»

«Ist aber nicht die übliche Art, Beweismaterial zu beschaffen», sagte Jochen.

«Und wenn die Kerle dahin zurückkommen?», fragte ich. «Oder wenn Maren mal hinfährt?»

Jochen zuckte mit den Achseln. «Die Kerle hätten am Sonntag die Kurve gekratzt, meint Schmitz. Und wenn die Koska nochmal losführe, hätte sie bestimmt ein anderes Ziel. Er nimmt an, dass sie im Laufe der Nacht aufbricht mit den achthunderttausend, die Godberg diese Woche eingenommen hat. Zusammen sind es eindreiviertel Millionen. Damit lässt sich ja schon was anfangen. Wenn sie sich irgendwo mit ihren Kumpanen trifft, schnappen wir alle drei. Ansonsten wird eben nur sie festgenommen.»

«Und Ella Godberg?», fragte ich.

«Ist wahrscheinlich tot», sagte Jochen.

«Blödsinn! Sie hat doch gestern noch mit Alex gesprochen.»

«Aber heute nicht», sagte Jochen. «Schmitz meint, dass Odenwald unbedingt die Viertelmillion noch haben will, sei eine Finte. Vielleicht hat die Koska das erfunden, um sich etwas Zeit für den Abgang zu verschaffen. Eigentlich müsste sie ja wissen, dass sie aus Godberg nicht mehr rauspressen können.»

«Schmitz meint», fuhr ich auf. «Hat er hellseherische Fähigkeiten? Liest er aus dem Kaffeesatz oder aus Karten?»

«Jetzt reg dich doch nicht so auf», meinte Jochen. «Konrad, du hast die Blutflecken im Kohlekeller gesehen. Auch wenn sie da wirklich nur die Kugel rausgeholt haben, glaubst du, die haben Ella Godberg anschließend gebadet, gesalbt und in ein frisch bezogenes Bett gelegt? Wenn es stimmt, dass sie in einer

Kiste verbuddelt wurde und die Kerle sich abgesetzt haben, wie lange, glaubst du, kann sie überleben?»

Ehe ich ihm darauf antworten konnte, winkte er ab. «Ach, was soll's? Es geht so oder so schief.»

Dann ging er. Ich fuhr auch nach Hause. Seit dem Sonntagmorgen, als ich nach dem Nahkampf im Golf heimgeschlichen war, hatte ich mich nicht mehr so mies gefühlt.

Olli lag schon im Bett, schlief aber noch nicht. Hanne wärmte mir irgendwas von Mittag auf, Kartoffelpüree mit Sauerkraut und Kassler, glaube ich. Ich weiß es nicht mehr, jedenfalls etwas, wofür es viel zu warm war. Sie hielt sich mit Fragen zurück, obwohl ich die von ihrer Stirn ablesen konnte. Wie sieht es aus?

Nachdem ich den Teller geleert hatte, saß ich noch eine halbe Stunde auf Ollis Bettkante und ließ mir noch einmal berichten, wie toll er meinen Kollegen geholfen hatte. Er hatte Sehnsucht nach seinem Freund. «Wenn ihr die Verbrecher alle eingesperrt habt, darf ich doch wieder in den Kindergarten und auch wieder bei Sven spielen, oder? Wann sperrt ihr die denn ein?»

«Bald», sagte ich.

Als er endlich eingeschlafen war, sprach ich mit Hanne. Nicht über den Stand der Dinge, nur über meine besondere Verwendung, weil sie darauf wartete, dass ich ihr irgendetwas erzählte. Dass ich tun müsste, was Schmitz von mir erwartete, glaubte ich nicht. Wenn er die Lage richtig beurteilte und Maren in dieser Nacht die Kurve kratzen wollte, bekäme ich ja gar keine Gelegenheit mehr für solch einen Einsatz, dachte ich.

Hanne hörte mir mit unbewegter Miene zu, ließ sich zweimal Feuer für eine Zigarette geben und fummelte an ihren Fingernägeln herum.

«Warum sagst du nichts?», fragte ich.

«Was soll ich denn sagen?»

«Das ist nicht allein meine Entscheidung. Wenn du nicht einverstanden bist, lehne ich ab.»

Ein Ausdruck von Unsicherheit und Verachtung huschte um ihre Lippen. Sekundenlang betrachtete sie ihren linken Daumen, dann hob sie den Kopf und schaute mich an. «So nicht, Konrad. Ich sag nein, und dann ist es meine Schuld, wenn Ella etwas passiert. Dieser Schmitz hat garantiert nicht gesagt, du sollst dir meinen Segen holen. Die Entscheidung triffst du gefälligst allein. Und warum sollst du ablehnen?»

Auf diese Frage kam die Andeutung eines geringschätzigen Lächelns. «Du hast Maren gevögelt, als Ella noch gar nicht zur Debatte stand. Und hätte das eine nichts mit dem anderen zu tun, würdest du gar nicht darüber nachdenken, sondern einfach losfahren, wenn sie dich anruft. Hab ich Recht?»

«Nein», sagte ich.

Hanne stampfte mit dem Fuß auf. «Doch! Du würdest, ohne einen Gedanken, nur mit einer Riesenlatte. Ich gebe nicht viel auf das, was andere sagen. Aber in dem Punkt hat deine Mutter ausnahmsweise Recht. Wenn dieses Weib in deine Nähe kommt, sind alle guten Vorsätze beim Teufel. Tu, was du für richtig hältst, aber verschone mich mit deinen Sondereinsätzen. Wir reden nicht darüber. Du brauchst mir gegenüber kein schlechtes Gewissen zu haben. Ich komme schon klar. Und wenn du meinst, du kriegst bei ihr jetzt keinen mehr hoch, kann ich dir ein Rezept besorgen. Dann brauchst du nur eine Pille einwerfen und kannst sie bis zur Bewusstlosigkeit vögeln.»

Beim letzten Wort schaltete sie den Fernseher ein. Dann war jeder für sich allein. Als ich ins Bad ging, holte sie ihr Bettzeug auf die Couch. Und obwohl ich auch in der Nacht zuvor kaum geschlafen hatte, kam ich nicht zur Ruhe, wälzte mich von einer Seite auf die andere, fühlte das leere Bett neben mir und horchte ins Wohnzimmer. Die halbe Nacht hatte ich Jochens Prophezeiung im Kopf. Es geht so oder so schief. Was Ella betraf, man durfte nicht nachdenken über sie, musste ihre Angst, ihren Schmerz und ihre Verzweiflung weit von sich weg halten, sonst drehte sich einem der Magen um und man konnte nicht mehr klar denken. Aber die Hoffnung durfte man nicht aufgeben. Was hingegen Hanne und mich anging, war es schon schief gegangen.

## Freitag, 6. Juni

Beim Frühstück sprachen wir nicht miteinander. Olli schaute mit ängstlichen Augen zwischen Hanne und mir hin und her. Er nahm wohl an, wir hätten uns seinetwegen gestritten. Auf seine naiv-unbeholfene Art versuchte er zu vermitteln. Aber er hatte ja nichts getan, nur unerlaubt ein Video eingeschoben, das wollte er nie wieder tun, ganz ehrlich nicht.

Als ich vom Tisch aufstand, erkundigte er sich unsicher: «Kommst du heute auch wieder so spät, Papa?» Ebenso gut hätte er fragen können, ob ich überhaupt noch einmal heimkäme.

«Ich hoffe nicht», sagte ich. «Und wenn es doch später wird, sag ich dir auf jeden Fall noch gute Nacht.»

«Auch wenn ich schon schlafe?»

«Ja, auch dann», sagte ich.

Eine gute halbe Stunde später saß ich an meinem Schreibtisch, allerdings nicht lange, dann holte mich jemand in den Besprechungsraum. Schmitz sah zerknittert aus, als hätte er seinen gestrigen Elan in einem Tag aufgezehrt. Und in der Nacht, muss man der Fairness halber dazu sagen. Er hatte die ganze Nacht auf irgendwelche Ergebnisse oder Ereignisse gewartet und erst gegen Morgen in einer Gewahrsamszelle noch etwas Schlaf gefunden. Trübsinnig schaute er in seinen Kaffee und bekam den Mund nicht auf. Kriminalrat Eckert war zwar wie aus dem Ei gepellt, wusste aber offenbar auch nicht, was er sagen sollte.

Rudolf wirkte wie der sprichwörtliche Fels in der Brandung. Es sprach einiges dafür, dass er den Ton angab und die Kölner Kollegen sich dem fügten. Und er hielt es offenbar nicht für sinnvoll, mich völlig auszuschließen. Zwei gute Nachrichten vorweg. Frau Koska hielt sich immer noch bei Herrn Godberg auf. Und der kleine Sven hatte gegen sieben Uhr morgens mit seiner Mama telefonieren dürfen.

Der Anruf war auf dem Hausanschluss eingegangen und abgehört worden. Mehr als: «Es geht mir gut, Schatz», hatte Ella zwar nicht von sich gegeben, und das auch noch undeutlich, weil sie in ein Handy sprach, das sehr schlechten Empfang gehabt hatte. Trotzdem ein Grund für befreites Aufatmen. Schmitz jedenfalls hatte mit seiner Prognose falsch gelegen und mit der nächtlichen Razzia ein unnötiges Risiko heraufbeschworen. Jetzt konnten wir nur hoffen, dass Frau Koska ihrem Elternhaus nicht im Laufe des Tages einen Besuch abstattete. Aber warum sollte sie das tun?

Damit kam Rudolf zu der nächtlichen Aktion. Es war nichts dabei herausgekommen, was wir nicht schon gewusst oder zumindest vermutet hätten. Sie waren da gewesen – Ella Godberg wahrscheinlich nur kurze Zeit, um ihre Verletzung notdürftig zu versorgen und sie für den weiteren Transport ruhig zu stellen. Helmut Odenwald seit Anfang März. Die Ratte alias der Doktor war ein paar Wochen später dazugestoßen. Etwa ab Mitte April war der ungepflegte Typ in der Lederjacke mehrfach in Kerpen gesehen worden, hauptsächlich beim Chinesen, wo er häufiger Essen für zwei Personen abgeholt hatte.

Die letzte Pizzalieferung hatte Odenwald selbst am 28. Mai in Empfang genommen. Das war der Mittwoch nach der Entführung, und die Lieferung war nur für eine Person gedacht gewesen. Der Bote hatte Odenwald anhand der bearbeiteten Fotos wiedererkannt. Das deckte sich auch mit den Beobachtungen anderer Zeugen.

Am vergangenen Nachmittag war im Gewerbegebiet und in der Boelcke-Kaserne eine Art Umfrage gestartet worden. Etliche übereinstimmende Auskünfte besagten, dass Koskas Haus seit Ende Mai wieder denselben unbewohnten Eindruck machte wie in den ersten Monaten nach dem Tod des Hausbesitzers.

Wie es schien, war ich der Letzte, der die beiden Männer gesehen hatte, am ersten Juni – in dem roten Golf. Der war gestern – mit Hamburger Kennzeichen – in einem Kölner

Parkhaus entdeckt worden. Wie lange er schon dort gestanden hatte, wusste niemand. Nun stand er bei der Kriminaltechnik (KTU). Ein lohnendes Objekt. Sitzbezüge, Fußmatten, der Kofferraum, Erdproben aus Reifenprofilen und Fingerabdrücke, es waren eine Menge Spuren zu sichern. Die KTU hatte die ganze Nacht daran gearbeitet, die Kiste auseinander zu nehmen. Ergebnisse lagen noch nicht vor. Das konnte auch noch dauern.

Kurze Spekulation, ob der Golf von den männlichen Tätern als Fluchtfahrzeug für Frau Koska bereitgestellt worden war. Es war schließlich ihr Auto, und sie war darin am vierundzwanzigsten Mai angereist. Nicht nur «unsere Leute», wie Rudolf das ausdrückte, obwohl die meisten der Leute aus Köln kamen, hatten sich am vergangenen Nachmittag die Schuhsohlen abgelaufen. Auch Hamburger Kollegen waren unterwegs gewesen, um Erkundigungen einzuziehen.

Maren hatte am vierundzwanzigsten Mai vormittags noch eine Gruppe von Interessenten durch eine Wohnung geführt. In Richtung Kerpen aufgebrochen war sie vermutlich erst am frühen Nachmittag. Ein Nachbar hatte gesehen, wie sie in den Golf stieg und losfuhr. Da war sie bereits mit dem eleganten dunkelblauen Kostüm bekleidet gewesen, in dem sie abends beim Klassentreffen erschienen war. Und dass sie vor ihrem Aufbruch großartig Gepäck ins Auto geladen hätte, war dem Nachbarn nicht aufgefallen. Natürlich bestand die Möglichkeit, dass sie Kleidungsstücke in ihrem Elternhaus aufbewahrte, weil sie sich seit März doch häufig am Wochenende dort aufgehalten hatte und vielleicht nicht immer mit Gepäck hin- und herfahren wollte. Aber weibliche Bekleidung jüngeren Datums hatte der Erkennungsdienst in Koskas Haus bislang nicht finden können.

Die Männer seien vermutlich noch den halben Tag mit der Spurensicherung in dem Haus und auf dem Grundstück beschäftigt, meinte Rudolf. Fingerabdrücke en masse auch hier, dazu all die Essenreste. Davon sollten Speichelproben genommen, mit dem DNA-Material aus Hamburg und mit dem Blut von den Glasscherben verglichen werden, die ich nach dem Einbruch in Godbergs Keller hatte aufsammeln lassen. Wahrscheinlich ließ sich damit beweisen, dass die Ratte bei Godberg eingestiegen war. Vielleicht sei das sogar schon der erste Versuch einer Entführung gewesen, meinte Rudolf, es habe sich an dem Wochenende nur kein Familienmitglied im Haus aufgehalten.

Die Krümel aus dem Kohlenkeller, die ich für Gips hielt, waren ebenso eingesammelt worden wie Unmengen Staubflusen, in denen sie Haare und Fasern von Kleidung zu finden hofften. In einer Couchritze in Koskas Wohnzimmer hatten sie ein unbeschriftetes Fläschchen mit Tropfvorrichtung entdeckt, das vermutlich ein Medikament enthalten hatte.

Nach der Kugel, die aus Ella Godbergs Arm entfernt worden sein sollte, suchte der Erkennungsdienst noch. Aber die würden sie wohl nie finden, meinte Rudolf. Vielleicht war sie in den Müll geworfen oder das Klo runtergespült worden, oder sie lag irgendwo draußen zwischen den rostenden Baumaschinen.

Die Auswertung sämtlicher Spuren würde einige Tage in Anspruch nehmen. Doch deshalb mussten uns keine grauen Haare wachsen. Die Ergebnisse brauchte man erst später für die Beweisführung. So weit waren wir noch lange nicht. Augenblicklich wusste auch keiner so recht, wie wir dahin kommen sollten.

Rudolf warf Schmitz, der seine nun leere Kaffeetasse betrachtete, einen irgendwie unsicheren, zweifelnden Blick zu und fuhr fort. «Es ist anzunehmen, dass Odenwald längst falsche Papiere hat und inzwischen auch ein sauberes Fahrzeug. Er hat letzte Woche genug kassiert, um sich einen neuen Ferrari zu kaufen. Frau Godberg war heute früh bei ihm, das ging aus dem Anruf hervor.»

Dass unser LKA-Mann und er geteilter Meinung waren,

was diesen Anruf anging, erwähnte Rudolf nicht. Ich erfuhr erst später, dass Schmitz schon am frühen Morgen erhebliche Zweifel angemeldet hatte, Ella Godberg könne noch am Leben sein. Ihre Stimme über ein Handy mit schlechtem Empfang, nur wenige Worte, das bewies gar nichts. Schmitz war der Profi, aber Rudolf hielt es lieber wie ich: Nur die Hoffnung nicht aufgeben.

«Odenwald hat auch selbst noch mit Herrn Godberg gesprochen», erklärte er, «sich erkundigt, wie lange es dauern könnte, bis die Restsumme beisammen ist.»

Er warf noch einen Blick zu Schmitz hinüber, nicht unsicher-zweifelnd, diesmal schaute er eher skeptisch und ein wenig abwertend, um deutlich zu machen, wessen Meinung er nun vertrat. «Zwei Millionen, darauf besteht Odenwald. Möglicherweise drängt er nur deshalb auf eine runde Summe, weil er sich damit bei den Russen in Hamburg freikaufen will. In dem Fall könnten die ihm auch ein Quartier für Frau Godberg geboten haben. Aber ich kann mir das nicht vorstellen, warum sollte er sich dem Risiko aussetzen und die Russen auf sich aufmerksam machen? Als Maklerin hat Frau Koska garantiert auch einiges im Angebot. Irgendwas Kleines, Abgelegenes, wo man ungestört abwarten kann. Er muss ja auch bis Ende Februar irgendwo untergekrochen sein. Das LKA Hamburg hat sich bereits um einen Durchsuchungsbeschluss für Frau Koskas Büro bemüht.»

Es klang nicht so, als sei das in seinem Sinne. Was half es ihm auch, wenn die Hamburger Kollegen sich einen Überblick über die von Maren vertretenen Objekte verschafften? Um ein abgelegenes Häuschen im Norden würden die sich dann selbst kümmern. Er schaute mich an, als wolle er sagen: Wenn dir sonst noch eine Stelle einfällt, an der wir nach dem Kerl suchen könnten, ich bin für jeden Tipp dankbar.

«Was ist mit Koskas Immobilien?», fragte ich. «Sieben Mietshäuser, in einigen sind Asylbewerber untergebracht worden. Die kümmern sich wahrscheinlich nicht um ihre Nachbarn. Wenn es da Leerstand gab.»

Rudolf nickte. «Sind wir schon dran. Sonst noch was?»

Ja, ich hatte noch ein ganz bestimmtes Objekt im Kopf, klein und abgelegen. Der schlechte Handyempfang hätte dazu gepasst. Ich sah Maren zusammen mit dem dicken Müller auf dem Pausenhof in zerfledderten Pornoheften blättern, hörte sie eine Verabredung fürs Wochenende treffen. «Mein Vater hat ein kleines Haus in der Eifel, in der Nähe von Nideggen.»

Aber mir war nicht danach, das zu erwähnen. Nach der Razzia auf Koskas Grundstück hatte ich nicht mehr sehr viel Vertrauen in den Einfluss meines geschätzten Kollegen. Es sah zwar momentan so aus, als hielte Rudolf das Heft in der Hand. Aber vielleicht war Schmitz nur zu müde, um sich am Gespräch zu beteiligen. Oder er genierte sich, über Fehleinschätzungen zu plaudern.

Mit Rudolf allein hätte ich auf der Stelle über das Wochenendhaus in der Eifel gesprochen. Aber nicht, solange der für solche Fälle geschulte Spezialist dabeisaß. Auch denen gingen mal die Pferde durch, das hatte er mit der nächtlichen Aktion bewiesen. Ich hätte geschworen, dass er zu neuem Leben erwachte, wenn ich den nächsten Einsatzort nannte.

Rudolf sah an meinem Blick, dass mir etwas durch den Kopf ging. Aber er hakte nicht nach, nickte nur und schloss: «Ja, das war's dann erst mal.»

Wir verließen den Raum gemeinsam. Auf dem Korridor sagte er: «Ich hab noch nicht gefrühstückt. Jetzt sehe ich erst mal zu, dass ich was in den Magen kriege. Was ist mit dir?»

Ich hatte zum Frühstück nur einen Kaffee getrunken, weil mir Hanne wie ein Stein im Magen gelegen hatte. «Könnte ich eigentlich auch», sagte ich, obwohl ich keinen Appetit hatte. Aber ich hatte auch keine Lust, den ganzen Vormittag wie abgeschnitten in meinem Büro zu sitzen.

Wir suchten uns ein kleines Café, wo wir ungestört waren. Rudolf stellte sich eine Mahlzeit zusammen, die für den ganzen Tag reichte. Ich begnügte mich mit einem Toast.

«Wo ist Jochen Becker?», fragte ich, nachdem wir die Bestellung aufgegeben hatten.

«Schläft wahrscheinlich noch, er war bis sechs im Einsatz. Es reicht, wenn er um vier kommt. Dann kann er Posten bei Godbergs Nachbarn beziehen. Schmitz ist überzeugt, dass die Koska sich heute eine Spritztour nach Köln gönnt.»

«Woraus zieht er die Gewissheit denn diesmal?» Blöde Frage. Sie hatte doch schon gestern vehement mit Alex übers Auto verhandelt.

Rudolf grinste. «Aus ihrem Hormonhaushalt, nehme ich an. Sie kocht seit letzten Sonntag auf Sparflamme und wird sich wohl noch ein Weilchen gedulden müssen, ehe sie Odenwalds Nähe genießen darf. Deshalb erscheint es mir auch logisch, dass sie es heute nochmal bei dir probiert. Ich hoffe sogar inständig, dass sie es tut. Sobald sie aus dem Haus ist, schick ich Becker rein. Schmitz passt das nicht, aber einen anderen akzeptiert Godberg ja nicht. Und man muss auch an das Kind denken, das könnte zum Problem werden, wenn ein fremdes Gesicht auftaucht. Becker kann nochmal als Grossert auftreten und zur Not eine Kleinigkeit kaufen. Und Godberg braucht ein bisschen Aufmunterung. Schmitz versucht das Geld aufzutreiben.»

«Will er eine Bank plündern?», fragte ich.

«Nein, die Asservatenkammer. Sie haben neulich eine größere Summe sichergestellt. Blüten, sollen aber gut gemacht sein. Er will zusehen, dass er die lockermachen kann. Wird nicht leicht, schätze ich. Da sind garantiert drei Dutzend Anträge auszufüllen.»

Er ließ sich Zeit, plauderte noch minutenlang über seine Ansicht, dass Maren nicht halb so blutrünstig sei, wie Godberg uns habe glauben machen wollen, und über die Tatsache, dass Schmitz bei all seiner Psychologie den Bluthund nicht verleugnen könne. «Diese Jungs meinen immer, wenn sie auf der Bildfläche erscheinen, müsste das wie am Schnürchen laufen. Aber was willst du machen in einem so untypischen Fall? Wenn wir früher eingeschaltet worden wären, ich meine, ehe Odenwald sich mit der ersten Million absetzen konnte.»

Die Spekulationen, wie es dann hätte ablaufen können, ersparte er mir. Erst nach seinem Rührei kam er zum Kernpunkt. Die Verdauungszigarette zwischen den Fingern, lehnte er sich zurück. Die halbe Stunde Abschalten und Atemholen war vorbei. Eine Aufforderung kam nicht, nur ein Blick.

«Keine große Aktion», begann ich. «Ein oder zwei Leute höchstens und die auch nur als Spaziergänger.»

Rudolf nickte bedächtig. «Wo sollen sie spazieren gehen?»

Wenn ich es nur genau gewusst hätte. Aber ich war nie in das Wochenendhaus des alten Koska eingeladen worden. Und den dicken Müller danach zu fragen, war ein Unding. Möglicherweise telefonierte Maren auch jetzt hin und wieder noch mit ihm. Aber wozu gab es Ämter? Manchmal ist deutsche Gründlichkeit und Bürokratie ein Segen. Als wir zurückfuhren, war mir etwas wohler.

«In spätestens einer Stunde wissen wir, wo das Haus ist», meinte Rudolf. «Dann schicke ich Scholl und Helga hin, die gehen garantiert kein Risiko ein.»

Er klopfte mir auf die Schulter, riet noch: «Denk nur an das, was Frau Godberg heut früh zu ihrem Kleinen gesagt hat. Es geht ihr gut. Wir unternehmen nichts, um das zu ändern.»

Dann ging er, um seine Pflicht zu tun. Ich saß wieder in meinem Büro wie bestellt und nicht abgeholt und war dankbar für jede Ablenkung. Am Vormittag gab es keine. Sie waren alle zu beschäftigt, um mir Gesellschaft zu leisten. Ich wollte auch nicht unnötig herumlaufen und den Eindruck erwecken, ich sei auf Informationssuche, um Frau Koska, nachdem ich ihren Hormonhaushalt ausgeglichen hatte, noch in anderer Weise zufrieden stellen zu können.

Rudolf kam um die Mittagszeit noch einmal, nur um rasch zu sagen, dass Koskas Wochenendhaus in der Eifel nicht mehr existierte. Es hatte dafür nie eine Baugenehmigung gegeben. Vor zehn Jahren war das Haus abgerissen worden. An der Stelle befand sich jetzt eine Fichtenschonung. Rudolf ließ sie auf frische Grabespuren und aus der Erde ragende Rohre checken.

«Nur zur Sicherheit», sagte er. «Könnte ja sein, dass die Frau heute Morgen nur kurz telefonieren durfte und dann wieder weggesperrt wurde. Könnte auch sein, dass der Doktor sich dort irgendwo aufhält. Zu Odenwald passt es nicht, dass er selbst einen Spaten in die Hand nimmt.»

Nur zur Sicherheit ließ er auch die Umgebung der Fichtenschonung überprüfen, weil dem alten Koska ein größeres Stück Wald gehört hatte und die Möglichkeit bestand, dass er an anderer Stelle ein neues Häuschen ohne Genehmigung gebaut hatte. Ich konnte mir das nicht vorstellen. Wozu hätte ein Mann, der vor zehn Jahren schon über achtzig gewesen war, noch ein Wochenendhaus errichten lassen sollen?

Jochen kam schon um zwei zum Dienst, schaute auch mal kurz bei mir herein und wollte wissen: «Was Neues?»

«Ein Lebenszeichen von Ella», sagte ich.

«Gott sei Dank», meinte er, kam näher und dämpfte die Stimme, als gäbe es Wanzen in meinem Büro. Vielleicht gab es welche. «Hat Grovian mit dir über die Bedingung gesprochen, die Godberg gestellt hat?»

«Welche Bedingung?»

«Wenn wir für ihn den Kreditgeber spielen können, will er, dass du ihm das Geld bringst. Du und kein anderer.»

«Warum ausgerechnet ich?»

«Frag mich was Leichteres», sagte Jochen. «Er hat es mir nicht erklärt. Vielleicht will er dir bei der Gelegenheit einfach ein paar Sachen über eine Sau erzählen, von denen er meint, dass du sie nicht weißt, aber wissen solltest. Du hättest dich nicht als Konni outen dürfen. Das hat ihn ziemlich aus der

Bahn geworfen. Aber er ist nicht in der Position, Bedingungen zu stellen. Er soll froh sein, wenn er das Geld kriegt.»

Da Rudolf dieses Thema weder bei der Besprechung noch beim Frühstück angesprochen hatte, konnte ich wohl davon ausgehen, dass sie nicht einverstanden waren. Dabei hatte er mir das Gefühl vermittelt, ich säße mit im Boot. Vielleicht nur ein Trick. Tun wir so, als hätten wir grenzenloses Vertrauen zu Metzner, dann halten wir ihn besser unter Kontrolle.

«Noch haben sie die Viertelmillion ja nicht», sagte Jochen und brach wieder auf, um seinen Posten bei Kremers zu beziehen.

Kurz nach ihm schaute Schmitz bei mir rein, ehe er nach Düsseldorf fuhr, um die drei Dutzend Anträge auszufüllen. Er brachte mir einen Kaffee, damit ich bei Kräften blieb. Nervös war er und gab sich keine Mühe, es zu verbergen. Kurz zuvor hatte er erfahren, dass Maren sich für einen Ausflug vorbereitete. Wie ich mich entschieden hätte, fragte er nicht, betrachtete mich nur nachdenklich. «Sind Sie sicher, dass Sie die Situation unter Kontrolle behalten? Wenn Sie Frau Koska stutzig machen ...»

«Keine Sorge», unterbrach ich ihn. «Ich bin voll einsatzfähig und weiß auch genau, was von meinem Verhalten abhängt. Ich fühle mich zwar beschissen, aber wenn es drauf ankommt, lasse ich weder den Kopf hängen noch sonst etwas.»

Völlig überzeugt schien er von meiner Behauptung nicht, gab noch ein paar gute Ratschläge, die ich auch ohne seine Empfehlung beherzigt hätte. «Geben Sie sich völlig ahnungslos. Keine Fragen nach Rex oder seinem derzeitigen Aufenthaltsort. Und erwähnen Sie auf gar keinen Fall den Namen Odenwald.»

Dann war auch er wieder weg. Und eine knappe Viertelstunde später kam jemand mit der Botschaft: «Frau Koska hat das Haus gerade verlassen. Sie ist nun auf dem Weg nach Köln.» Und dabei dieser wissende Blick. Ich kam mir vor wie ein seltenes Tier. Es schien sich in der gesamten Dienststelle herumgesprochen zu haben, dass Kollege Metzner eine besondere Verwendung hatte. Der James Bond im Westentaschenformat, unter Einsatz von Leib, Leben und Potenz.

Angerufen hatte Maren mich noch nicht. Das tat sie auch in der nächsten Stunde nicht. Ich saß wie auf heißen Kohlen, das Warten machte mich ganz konfus. Und mit jeder Minute, die verging, festigte sich meine Überzeugung, dass Schmitz sich auch bei seinen Berechnungen ihres Hormonhaushalts verschätzt hatte. Hatte er aber nicht. Kurz vor fünf geschah endlich, worauf alle außer mir sehnlichst warteten.

Später bildet man sich ein, man hätte dieses oder jenes gedacht. So versuche ich immer noch zu glauben, ich hätte mir während der Fahrt nach Köln eingeredet, ich sei dienstlich unterwegs und nicht, um mit Maren zu schlafen. Der Witz an der Sache ist, dass es den Nagel auf den Kopf traf. Es war dienstlich, und geschlafen hatte ich in all den Jahren nie mit ihr, nicht ein einziges Mal. Es ging doch immer nur um das eine. Aber das anders zu bezeichnen, fiel mir immer schwer.

Das war schon früher so gewesen, reine Erziehungssache. Mutter hatte sich stets bemüht, den Straßenjargon von uns fern zu halten. Meine Brüder und ich hatten uns große Mühe gegeben, sie nicht zu enttäuschen. Nur nicht aus der Reihe tanzen, ein ordentliches Leben führen, vielleicht ein paar winzige Dellen im Lack, aber die Sprache geschliffen.

Und wahrscheinlich dachte ich während der Fahrt überhaupt nicht. Nicht an Ella Godberg, nicht an Hanne, nicht an Olli, nicht an Rudolf und seine Ansicht über Marens gar nicht mal so ausgeprägte Blutrünstigkeit. Und ganz bestimmt nicht an Schmitz und meinen Auftrag, so weiterzumachen wie bisher und um Gottes willen nichts zu tun, was Maren stutzig machen könnte.

Ich sah nur Bilder, aufregende, erregende Bilder. Marens

nackter Körper, vollendete Formen, Gier und Raserei. Ein Teil von mir war überzeugt, dass diese Bilder der Vergangenheit angehörten. Dass ich Schmitz beschwindelt hatte und sich überhaupt nichts mehr rühren konnte. Ich hielt mich doch für einen gesitteten Menschen. Und ein gesitteter Mensch, der nicht auf jede bürgerliche Moral pfiff, konnte weder seine Finger noch sonst etwas in eine Frau schieben, von der er wusste, dass sie ihre Finger nach einem blutigen Gipsverband ausgestreckt hatte.

Aber es kam, wie es immer gekommen war. Ordnung, Gesetz, Anstand, Sitte und Moral huschten mir zu den Ohren hinaus, verkrochen sich unter dem Läufer, der zwischen Tisch und Bett im Hotelzimmer lag, gurgelten mit dem Wasser der Dusche den Abfluss hinunter, verschwanden zwischen den Laken und Decken auf dem Bett. Noch einmal zum Abschied. Und diesmal wirklich und wahrhaftig zum allerletzten Mal.

Vielleicht war es nur das, das erdrückende Bewusstsein von Endgültigkeit. Das Verlangen, Maren irgendwie und irgendwo in Sicherheit zu bringen, unerreichbar für den langen Arm des Gesetzes, unerreichbar auch für Helmut Odenwald und die Ratte. Beschützerinstinkt, und das war es vielleicht immer gewesen. Das Bedürfnis, etwas Reines zu bewahren. Sex hat etwas Reines. Er verwischt die Unterschiede, macht alle Menschen gleich, macht sie wieder zu Kindern, die nichts weiter wollen als ihr Vergnügen und ihren Vorteil, in aller Unschuld. Und Maren war reiner Sex.

Schon als ich das Hotelzimmer betrat, rückten in meinem Hirn die Dinge wieder in die richtige Position. Sie lag ausgestreckt auf dem Bett. Und es war eben Maren, die auf dem Bett lag. Es war nicht irgendein verkommenes, sadistisches Weibsstück, das sich an den Qualen anderer Geschöpfe weiden konnte. Es war ausschließlich Maren, neugierig, experimentierfreudig, erotisch, die personifizierte Sinnlichkeit – und verrückt nach mir.

Sie war vollständig bekleidet mit einem dunkelblauen Rock und einer hellgrauen Bluse, die gut mit ihrem Haar harmonierte. Nur ihre Schuhe standen auf dem Fußboden. In der rechten Hand hielt sie die unvermeidliche Zigarette, in der linken einen Aschenbecher. Auf ihrem Gesicht erschien das vertraute, erwartungsvolle Lächeln, als ich die Tür hinter mir schloss.
«Hallo, Konni.»

Ich musste nicht schauspielern, mich zu nichts zwingen, war sehr überrumpelt und ein bisschen glücklich. Ich war vor allem deshalb glücklich, weil mich ihr bloßer Anblick den ganzen Dreck und mögliche Wanzen irgendwo im Zimmer vergessen ließ. Ich konnte gar nicht tief genug in sie hineinkommen. Und mit jedem Millimeter tiefer rutschte ich ein Stückchen weiter zurück in die Vergangenheit, neun Jahre, zwanzig Jahre, zweiundzwanzig Jahre, alles noch voller Ungeduld und Entdeckerfreude. Jedes lustvolle Aufbäumen, jeder Seufzer, jedes zittrige «Konni» und das nachfolgende, lang gezogene Stöhnen hatten ein wenig vom Flair des Einzigartigen.

Daneben verloren eine halb tote Katze, ein komplizierter Armbruch und eine angeschossene Frau, die in einem dreckstarrenden Keller einer «medizinischen Behandlung» unterzogen worden war, ihre Bedeutung. Man konnte es vergessen, man konnte es zumindest so weit von sich wegschieben, dass es fast nicht mehr wahr war. Vielleicht gelang das nur, wenn man dabei auf, unter oder hinter einer Maren Koska lag, aber dann gelang es eben, mir jedenfalls.

Auf dem Bett im Hotelzimmer gab es nur eine Wahrheit. Dass der alte Koska und meine Eltern niemals Scharfrichter hätten spielen dürfen. Nicht das Schwert treiben zwischen zwei Körper, die doch nur eines wollten, Liebe und Lust in ihrer urtümlichsten Form. Ich hatte sie damals geliebt mit der gesamten Inbrunst meiner achtzehn Jahre, und ich hätte sie vielleicht überzeugen können, dass auch ein spießbürgerliches Leben seine Reize haben kann.

Aber irgendwann klangen wieder Stimmen auf, ziemlich leise zu Anfang, kämpften sie sich hartnäckig und bohrend durch den Lärm, den mein Herzschlag verursachte, an die Oberfläche. Schmitz mit seinen Instruktionen und Olli: «Tante Ella hat geweint.»

Was Schmitz anging, hatte ich meine Sache gut gemacht und nicht einmal viel dazu beitragen müssen. Sie lag mit entspanntem Gesichtsausdruck auf dem Laken. Einen Arm hatte sie über meine Brust gelegt, in der anderen Hand hielt sie eine Zigarette. Den kleinen Aschenbecher hatte sie auf meinem Nabel deponiert.

Und was Olli und Tante Ella betraf: Konni hatte sich austoben dürfen. Jetzt meldete sich Konrad zu Wort mit seinem Polizistenverstand und dem quälenden Gefühl von Scham. Eine weit tiefere Scham als am Morgen nach dem Klassentreffen. Da hatte ich mich ja im Prinzip gar nicht geschämt, nur ein entsetzlich schlechtes Gewissen gehabt. Das hatte ich jetzt nicht, dafür hatte ich Angst und das Gefühl, etwas äußerst Zerbrechliches in den Händen zu halten. Ellas Leben.

Sieh zu, dass du hier rauskommst, ehe du einen Fehler machst, dachte ich. Nein, du kannst nicht einfach abhauen, da wird sie vielleicht misstrauisch. Sprich lieber mit ihr. Aber worüber? Bisher hatte immer sie zu sprechen begonnen, mir Fragen nach Olli gestellt. Und jetzt schwieg sie, schien darauf zu warten, dass ich etwas sagte. Was denn, zum Teufel? Irgendetwas Unverfängliches, völlig Harmloses.

«Wie lange wirst du noch hier sein?»

Das war harmlos und völlig unverfänglich, fand ich. Es war die bange Frage eines Mannes, der den besten Sex seines Lebens schwinden sieht. Sie drehte mir das Gesicht zu, betrachtete mich mit einem undefinierbaren Blick, einem winzigen, wehmütigen Lächeln und Schweigen.

«Ich frage nur», sagte ich, «weil ich wissen möchte, ob ich meinem Sohn für Sonntag einen Besuch im Zoo versprechen darf. Bisher habe ich solche Versprechen immer halten können. Ich möchte ihn nicht enttäuschen.»

Ich dachte, auf Olli würde sie anspringen, tat sie aber nicht. Sie zog den Arm von meiner Brust zurück. Ihre Hand mit der Zigarette schwebte über meinem Bauch, senkte sich, verfehlte den Aschenbecher. Die Glut strich schmerzhaft über meine Haut und versengte ein paar Härchen. Sie lächelte immer noch wehmütig, richtete sich auf, stützte den Oberkörper mit einem Ellbogen ab und schaute auf mich herunter. «Ich weiß nicht genau, wie lange ich noch hier sein werde. Das hängt nicht von mir ab.»

«Kann ich mir denken», sagte ich. «Aber letzten Sonntag hat dein Mann dich ja auch nicht am Herd festgebunden. Und da dachte ich ...»

«Es hängt auch nicht von Rex ab», unterbrach sie mich.

«Von wem dann?» In meinen Ohren klang das nur neugierig.

Jetzt grinste sie endlich, sehr flüchtig nur und sehr überheblich. «Von Alex, aber das weißt du doch längst, Konni. Er behauptete jedenfalls am Mittwochabend, er hätte dir gesagt, dass er das Geld noch nicht beisammen hat.»

Es war wie ein Schlag in die Magengrube. Ich spürte Übelkeit aufsteigen. Mittwochabend, da hatte es noch kein Richtmikrophon in Kremers Küche gegeben. Niemand hatte gehört, was in der Nacht zwischen ihr und Alex vorgegangen war. Wir hatten uns auf unseren Eindruck verlassen müssen und gehofft, dass Alex nicht die Nerven verlor und keine verräterische Bemerkung machte.

Sie lachte, so leicht und hell und widerlich böse. «Der Mann hat einfach keine Nerven. Tagelang kriecht er durchs Haus wie ein Duckmäuser, zwanzigmal pro Stunde bietet er mir frischen Kaffee an, hat das Feuerzeug in der Hand, wenn ich noch gar nicht an eine Zigarette denke. Natürlich hat er sich auch jeden Abend davon überzeugt, dass ich es auf der Couch bequem habe. Und plötzlich muckt er auf, wird richtig energisch und verlangt, ich soll mir mein Bett gefälligst selber machen. Rex war derselben Meinung wie ich, dass sich nämlich unser braver Alex plötzlich mit tatkräftiger Unterstützung konfrontiert sah.»

Ihr spöttischer Ton schlug unvermittelt um und wurde klirrend wie Eiswürfel in einem Glas. «Wir mussten ihn noch einmal eindringlich daran erinnern, dass ihm ein Begräbnis ins Haus steht, wenn er sich nicht an die Vereinbarungen hält. Den Arm seiner Frau konnte ich ihm zwar nicht bringen, obwohl wir ihm das versprochen hatten für den Fall, dass Polizei ins Spiel kommt. Aber der Doktor weigerte sich, eine Amputation vorzunehmen. Er macht nicht gerne etwas kaputt, was er gerade mühsam zusammengeflickt hat. Zur Ermahnung täten es ja auch ein paar Schnitzereien, meinte er und hat ihr ein hübsches Muster in den Bauch geritzt. Alex durfte zuhören.»

Darauf hatte Schmitz mich nicht vorbereitet. Ehe mir bewusst wurde, was ich anrichtete, hatte ich sie mit aller Kraft ins Gesicht geschlagen. Auf ihrer Wange zeichneten sich augenblicklich die Abdrücke meiner Finger ab. Ihr Grinsen erlosch. Mit einem Mal war ihr Gesicht so nackt und kalt wie ihre Stimme. Sie schwang die Beine aus dem Bett, blieb noch einen Moment auf der Kante sitzen und schaute über die Schulter auf mich hinunter.

«Darf ich daraus schließen, dass du immer noch privat hier bist? Einem Bullen ist Gewaltanwendung doch untersagt, oder hat sich da in letzter Zeit etwas geändert? In Frankfurt sollen sie ja auch einem Entführer mit Folter gedroht haben. Wenn das inzwischen die übliche Methode ist, solltest du jetzt besser ein paar Leute herrufen, die davon mehr verstehen als du.»

Sie stand auf und ging zum Fenster. Vom Bett aus betrachtete ich den Strang ihrer Wirbel und spürte das unbändige Verlangen, sie niederzustrecken. Ein mächtiger Hieb – sie am Boden sehen, so hilflos und wehrlos wie die kleine Katze damals, mit gebrochenem Rückgrat. Vielleicht hätte mir das in dem Moment geholfen.

Erst nach ein paar Sekunden wurde mir klar, dass sie gelogen hatte. Alex durfte zuhören. Davon hatte er Jochen gestern nichts erzählt, und das hätte er garantiert getan. Sie konnte nicht mehr getan haben, als eine verbale Attacke loszulassen.

«Ich verstehe genug davon», sagte ich. «Und wenn ich mir etwas davon versprechen würde, würde ich dir das auf der Stelle beweisen. Aber ich kann nichts aus dir rausprügeln, was du nicht weißt. Für deine Kumpane bist du nur eine dumme Kuh, dämlich genug, den Kopf hinzuhalten, und durchaus entbehrlich.»

Ich hätte gerne ihr Gesicht gesehen in dem Moment. Nur tat sie mir nicht den Gefallen, sich umzudrehen. Sie lachte leise. «Ach, Konni. Dumme Kuh. Es hat doch schon mit dem Stroh im Kopf nicht funktioniert. Mach dir keine Hoffnungen.»

«Tu ich nicht», sagte ich. «Aber du solltest dir auch keine machen. Du kommst nicht lebend aus der Sache raus. Wenn Rex oder der Doktor dich nicht erledigen, tu ich es.»

Mit immer noch abgewandtem Gesicht gab sie ein paar amüsierte Schnalzlaute von sich: «Sollte sich deine Einstellung zu Recht und Gesetz derart dramatisch verändert haben? Das kann ich mir aber nicht vorstellen, Konni. Du wärst deinen heiß geliebten Job los, wenn du dermaßen über die Stränge schlägst.»

Erst als ich vom Bett aufstehen wollte, drehte sie sich um und bat: «Nein, geh noch nicht.» Sie klang wieder so, wie ich es von ihr gewohnt war, ein bisschen heiser und erregend selbst bei einfachen Aussagen wie einem Satz über das Wetter. «Es ist nichts passiert, Konni. Ella Godberg geht es gut. Ich weiß, dass Alex sich an unsere Bedingungen gehalten und dich nicht auf den Plan gerufen hat. Das war dein Sohn. Ich glaube sogar, dass Alex dir gesagt hat, du sollst ihn in Ruhe lassen.»

Offenbar hatte er noch so viel Vernunft besessen, nur von mir zu sprechen. Dass Rudolf am Mittwochabend dabei gewesen war und dass er sich gestern Nachmittag mit Jochen getroffen hatte, schien sie nicht zu wissen.

«Aber mir persönlich ist es egal, was Alex will und ob du seinen Willen akzeptierst», fuhr sie fort. «Ich mag nur nicht länger mit dir Katz und Maus spielen. Dass du heftig reagierst, kann ich verkraften. Da bin ich wirklich anderes gewohnt.»

Ja, man sah es noch. Die Hämatome auf ihrer Brust waren seit Sonntag zu gelblich grünen Flecken verblasst, aber noch deutlich zu erkennen. In der rechten Hand hielt sie immer noch die Zigarette. Es war nur noch ein winziger Rest über dem Filterstück. Sie nahm noch einen Zug und drückte die Glut einfach auf der Fensterbank aus. Dann sprach sie weiter.

«Das hier geht nur uns beide etwas an, Konni. Rex war verständlicherweise nicht begeistert, als er erfuhr, dass ich jemanden treffe, während er in der Gegend herumfährt. Aber er hat keine Ahnung, wer du bist und was du beruflich machst. Dass Alex noch einmal petzt, habe ich unterbunden, sonst sähe die Sache vielleicht anders aus. Und in dem Fall solltest du dir eher Gedanken um deine Haut machen als um meine.»

Sie lachte – billig und verlegen, wie mir schien. «Ich kann ja verstehen, dass ich für Alex ein rotes Tuch bin. Aber er ist leicht einzuschüchtern. Und du müsstest doch theoretisch wissen, wie das ist in solchen Fällen. Man droht mit allen möglichen Schweinereien. Ich musste ihm nur begreiflich machen, dass es für seine Frau bekömmlicher ist, wenn er sich gut mit mir stellt. Aber um sie brauchst du dir keine Sorgen zu machen. Der Doktor macht äußerlich nicht den besten Eindruck. Er darf auch nicht offiziell praktizieren. Nun hilft er eben Leuten, die nicht so ohne weiteres in ein Krankenhaus gebracht werden können.»

«Mit anderen Worten, er ist Spezialist für Schussverletzungen.»

«Von gebrochenen Knochen und Messerstichen versteht er auch eine Menge», ergänzte sie. «Schade, dass du nie die Gelegenheit bekommen wirst, dir sein Meisterwerk anzuschauen. Rex war letztes Jahr in einem Zustand, dass niemand mehr einen Pfennig für sein Leben gegeben hätte. Er hatte ein paar äußerst unangenehmen Zeitgenossen die Stirn geboten und mächtig was dafür einstecken müssen. Jetzt ist er wieder topfit, nur nicht mehr so schön wie vorher.»

Wieder lachte sie so billig. «Von plastischer Chirurgie versteht der Doktor leider nichts. Aber Ella Godberg braucht ja kein neues Gesicht, sie ist bei ihm in den besten Händen.»

«Natürlich», sagte ich. «Deshalb wurde sie ja auch im Kohlenkeller operiert, in eine Kiste gesteckt und irgendwo im Wald lebendig begraben.»

Es gab keinen Grund mehr, Versteck zu spielen, fand ich. Ich durfte immerhin wissen, was ich von Alex erfahren hatte, erzählte ihr auch von meinem Alleingang nach dem Gespräch mit ihm, um festzustellen, ob sie wusste, wer ihrem Elternhaus nach mir noch einen Besuch abgestattet hatte.

«Ella Godberg war nie in einer Kiste und auch nie im Keller», behauptete sie. «Was du da auf dem Boden gesehen hast, war mein Blut. Ich habe am Freitagabend zuerst einen Klaps auf die Nase bekommen, zum Glück hat er sie mir nicht gebrochen. Rex schlägt immer zuerst ins Gesicht. Wenn ihm dann bewusst wird, dass man die Ware nicht so offensichtlich beschädigen darf, konzentriert er sich auf andere Stellen.»

«Da lagen auch Gipskrümel», sagte ich.

Sie seufzte, als hätte sie ein begriffsstutziges Kind vor sich. «Ja, Konni, weil er mir den Verband vor die Füße, beziehungsweise an den Kopf geworfen hat, ich lag ja auf dem Boden. Ich sollte aufräumen, den Gips, Handtücher und anderen Kram in die Heizung stecken. Sie haben da rumgesaut wie die Vandalen, und ich bin, verdammt nochmal, nicht ihre Putzfrau. Mich prügelt man auch immer nur einmal, dann gibt es die Rechnung. Wem ich das zu verdanken hatte, lag auf der Hand. Als ich wieder auf die Beine kam, habe ich den Gips mitgenommen. Der lag schon im Auto, als du am Samstag das Buch abgeholt hast. Ich wollte ihn Alex sofort zeigen, aber in der Nacht – mir war speiübel. Ich brauchte beide Hände, um mich selbst ins Haus zu bringen.»

In Erinnerung an den halb offenen Torflügel der Garage, der es mir erlaubt hatte, einen Blick auf den Omega zu werfen, schien es, dass sie die Wahrheit sagte. Schmitz hatte es ja auch so gesehen.

«Es wird keinem etwas passieren, wenn alles nach Plan läuft, Konni», versicherte sie.

«Es läuft nie alles nach Plan», sagte ich, rieb mit dem linken Daumen vorsichtig über die rote Stelle neben meinem Nabel und betrachtete meine rechte Hand. Der Handteller hatte sich von dem Schlag ebenso gerötet wie ihre Wange.

«Doch, Konni», widersprach sie. «Man muss nur Notfallpläne haben und schnell umdisponieren können. Das habe ich getan. Wozu soll ich dir noch etwas vormachen, nachdem Alex dir so viel erzählt hat? Du weißt, dass ich auf diese Sache nicht eingerichtet war. Ich will mich nicht rausreden, ich will nicht deine Hilfe, keine Kronzeugenregelung oder sonst was. Ich will nur, dass du verstehst und dir keine unnötigen Sorgen machst oder mit deinem Gewissen nicht klarkommst.»

Als sie weitersprach, schien mir ihr Gesicht ehrlich und ihre Stimme aufrichtig. Doch auf meine Eindrücke wollte ich mich lieber nicht mehr verlassen. Ich fand auch, dass sie sich selbst widersprach. Rex sei im Grunde seines Herzens wirklich kein übler Kerl, behauptete sie. Manchmal vielleicht ein bisschen aufbrausend, aber er habe auch viel Pech gehabt, womit sich manches erklären ließe.

«Als ich ihn kennen lernte, hat er mich umgehauen, Konni, nicht mit den Fäusten. Ich hatte eine tolle Zeit mit ihm, bis diese Kerle auftauchten. Er hatte eine Menge Arbeit und Energie in seinen Club gesteckt, und sie wollten sich das für ein Trinkgeld unter den Nagel reißen. Als er ablehnte, einen Übernahmevertrag zu unterschreiben, wurde er beinahe umgebracht und zur Unterschrift gezwungen. Danach war er nicht mehr der Alte. Kein Elan mehr, kein Geld, stattdessen Angst. Männer verkraften es nicht, wenn sie an ihre Grenzen stoßen. Ich dachte, ich könnte ihn wieder aufrichten. Er müsste nur eine neue Aufgabe bekommen. Und hier war ja eine. Geschäft ist Geschäft, dachte ich, ob man nun Unterhaltung verkauft oder Autos. Aber er lungerte nur herum, holte nach ein paar Wochen den Doktor her, damit er Gesellschaft hatte oder einen, der ihm half, seine Wunden zu lecken. Wenn ich am Wochenende kam, sah es immer aus wie in einem Saustall.»

Sie zuckte mit den Achseln, atmete vernehmlich durch und kam auf die Einladung zum Klassentreffen zu sprechen. «Zuerst wollte ich wirklich nicht kommen. Willibald sagte am Telefon, du seiest nicht dabei. Und ich hatte keine Lust mehr, sonntags die Putzfrau spielen. Aber dann, es muss so eine Art sechster Sinn gewesen sein, der mir sagte, schau wenigstens mal vorbei, vielleicht kommt Konni ja doch. Lass dir von ihm noch einmal zeigen, was ein Mann ist. Und dann wirf die beiden Faulpelze raus. Irgendwann muss die Liebe ein Ende haben. Und da erzählte Rex mir, er habe sich letzte Woche in Köln bereits ein Lokal angeschaut und am Montag einen Termin bei einem privaten Geldgeber. Das habe ich ihm nicht geglaubt, Konni. Ich wollte mich davon überzeugen und konnte nur noch gute Miene zum bösen Spiel machen, als ich sah, was er wirklich vorhatte.»

«Du hättest auch das Angebot von Alex annehmen oder mich anrufen können», sagte ich.

Noch so ein Achselzucken. «Ich habe mich auf deinen Sohn verlassen. Ich dachte, das dauert keine halbe Stunde, dann steht Konni hier vor der Tür. War aber nicht so. Und jetzt stecke ich bis zum Hals drin und kann nur versuchen, das Beste daraus zu machen. Dass ich meine Zelte in Hamburg abbrechen muss, ist mir sehr wohl bewusst. Also brauche ich jetzt Startkapital für einen neuen Anfang irgendwo.»

«Du hast doch genug geerbt», sagte ich.

Sie lächelte. «Daran kann Alex sich schadlos halten. Ich komme bestimmt nicht mehr an meine Konten und nehme an, er will Schadenersatz, wenn seine Frau wieder bei ihm ist. Du siehst, Konni, ich habe an alles gedacht. Ich hatte ja Zeit genug in den letzten Tagen. Von meiner Seite aus können wir beide uns das Vergnügen noch ein paar Mal gönnen. Wenn du nicht mehr willst, weil es sich nicht mit deinem Polizeigewissen vereinbaren lässt, auch gut. Aber heute hat es ja auch funktioniert. Wir reden nicht darüber. Ich will nicht wissen, ob du deine Kollegen eingeweiht hast und womit sie sich beschäftigen. Und du erfährst von mir nichts über meine Pläne.»

Als ich ihr nicht sofort antwortete, fragte sie: «Hat es Sinn, dich noch einmal anzurufen?»

«Probier es einfach.»

«Und du wirst alleine kommen?»

Ich glaube, ich schaffte ein Grinsen. «Bin ich doch heute auch. Mir liegt nichts an Zuschauern. Das warst immer du, die das besonders anregend fand. Meine Kollegen muss ich nicht mitbringen, wenn ich dir die auf den Hals hetzen wollte, hätte ich sie längst zu Alex geschickt.»

Als ich kurz darauf das Hotelzimmer verließ, war ich überzeugt, dass ich meine Sache mehr als gut gemacht hatte. Sie stand immer noch oder wieder am Fenster, war nur kurz im Bad gewesen, um ein Handtuch zu holen. Das hatte sie um ihre Hüften geschlungen. Sie drehte sich nicht um, sagte auch nichts. Das Letzte, was ich von ihr sah, waren ihr makelloser Rücken, die perfekten Schultern unter dem weißblonden Haar, ihre Hände auf der Fensterbank und ihre schlanken Beine unter dem Handtuch.

Ich fuhr zurück zur Dienststelle, so schnell der Verkehr es zuließ. Es war acht Uhr vorbei. Schmitz war noch nicht aus Düsseldorf zurück. Rudolf saß an seinem Platz, wartete auf mich und ein Dutzend anderer, auf Berichte, Ergebnisse, auf alles und nichts. Er hörte mir schweigend zu, gab keinen Kommentar zu Marens Verhalten und ihren Äußerungen ab. Erst als ich zum Ende kam, murmelte er: «Ich hätte ihm mehr Verstand zugetraut.»

Gemeint war Alex Godberg, und Selbstbeherrschung wäre treffender gewesen, fand ich.

«Hat Jochen von ihm noch etwas von Bedeutung erfahren?», fragte ich. «Oder hat sich sonst etwas getan?»

Rudolf seufzte. «Eine ganze Menge, aber nichts, was ich gerne gehört hätte. Jetzt können wir im Prinzip nur hoffen, dass die Kerle mit Frau Godberg in Hamburg sind. Die Koska hat da oben um die dreißig Objekte im Angebot. Von der Nobelvilla bis zur Hundehütte ist alles vertreten. Die Kollegen sind schon dabei, sich vorsichtig umzuschauen.»

«Die sind nicht in einem Haus», sagte ich. «Zumindest Rex fährt in der Gegend herum.» Dieser Satz war so beiläufig eingeflossen, dass ich meinte, der Hinweis sei Maren ohne Hintergedanken herausgerutscht.

Rudolf winkte ab. «Ich gebe was auf das, was die sagt. Die hat doch keine Ahnung, auf wen sie sich eingelassen hat. Wir reden morgen früh über alles. Ich muss das erst mal mit Schmitz durchkauen. Fahr nach Hause, ich mach auch Feierabend, wenn Schmitz zurückkommt. Er übernimmt die Nachtschicht.»

Hanne saß mit Olli auf der Couch, las ihm etwas vor und brach ab, als ich hereinkam. Wieder dieser Blick. Wie sieht's aus? Ich konnte ihr nicht ins Gesicht schauen, schüttelte nur den Kopf, um ihr zu bedeuten, dass wir noch keinen Schritt weiter waren. Olli trug bereits seinen Schlafanzug, hatte auch schon die Zähne geputzt, nur noch auf mich gewartet.

«Sag Papa gute Nacht», verlangte Hanne.
«Kann Papa mich nicht ins Bett bringen?», fragte er.
«Papa ist müde», behauptete Hanne.

Das war ich auch, müde auf eine Art, die ich noch gar nicht kannte. Hanne blieb ein paar Minuten im Kinderzimmer, zurück kam sie nicht mehr, ging gleich ins Bad und dann ins Bett. Wenigstens legte sie sich nicht wieder auf die Couch.

## Samstag, 7. Juni

Um sechs Uhr klingelte mein Wecker. Hanne kümmerte sich nicht darum. Ich verzichtete darauf, mir einen Kaffee zu machen, ging nur unter die Dusche, dann zum Auto und um sieben in die erste Besprechung. Volle Besetzung, niemand dachte an Wochenende und Freizeit. Der Besprechungsraum füllte sich mit Zigarettenrauch, Kaffeedunst und Nervosität. Ich spürte förmlich das Prickeln zwischen den Schulterblättern der anderen.

Die Stimmung war sehr gedrückt. Sie wussten nun, wer der Doktor war. Interpol hatte ein Dossier über ihn gehabt. Unter Zuhilfenahme der Phantomzeichnung, die nach Ollis Angaben entstanden war, hatte man das auch gefunden. Kleines Kompliment von Schmitz am Rande. Ein aufgewecktes Kerlchen hatte ich da mit Hannes tatkräftiger Unterstützung in die Welt gesetzt. «Richten Sie Ihrem Sohn aus, er hat uns sehr geholfen.»

Die Ratte hieß Mirko Bronko und war siebenundvierzig Jahre alt. Anhand der Fingerabdrücke wäre er nicht zu identifizieren gewesen, die waren noch nicht registriert. Bronko war ein ehemals jugoslawischer Staatsbürger, dessen Eltern vor über dreißig Jahren in die Bundesrepublik umgesiedelt waren. Sie lebten in der Nähe von Augsburg. Er hatte neben der ursprünglichen auch die deutsche Staatsbürgerschaft und tatsächlich ein paar Semester Medizin studiert. Dann hatte er an einer Kommilitonin eine Abtreibung vorgenommen. Die Frau war verblutet und er schnellstmöglich in seine ursprüngliche Heimat zurückgekehrt. Vor Ausbruch des Bürgerkriegs in Jugoslawien hatte er sich als Kellner durchgeschlagen. Und dreimal waren in der Nähe seiner Arbeitsplätze Touristinnen auf bestialische Weise umgebracht worden.

Wann er in die Bundesrepublik zurückgekommen war, wie

er Bekanntschaft mit Odenwald geschlossen und wo er gewohnt hatte, wusste noch niemand. Fest stand seit dem vergangenen Abend nur, dass Bronko in dem Saunaclub gearbeitet hatte – die Sanitäranlagen sauber gehalten. Ab Mitte April war er nicht mehr zur Arbeit gekommen, großartig vermisst hatte ihn offenbar niemand.

Schmitz war überzeugt, dass Bronko auch in Hamburg zumindest eine Frau getötet hatte. Die junge Russin Tamara, von der Odenwald verpfiffen worden war. Er hatte sich die Ermittlungsunterlagen schicken lassen und sagte: «Bronko ist ein sadistisch veranlagter Triebtäter und Odenwald dem Anschein nach hündisch ergeben. Möglicherweise gehen noch mehr Opfer auf sein Konto. Ich könnte mir vorstellen, dass Odenwald ihm hin und wieder eine der illegal ins Land gebrachten Frauen überlassen hat. Wir sollten auf jeden Fall davon ausgehen, dass Odenwald den Auftrag zur Beseitigung dieser Tamara erteilt hat.»

Was der bedauernswerten Russin zugestoßen war – zu Hundefutter verarbeitet, hatte es beim LKA Hamburg geheißen. Mit Ironie oder besser mit rabenschwarzem Sarkasmus konnte man es jedoch auch als Geschlechtsumwandlung bezeichnen. Dass sie dabei unter Vollnarkose gestanden hatte, war auszuschließen. Maren war dabei gewesen, als Odenwald bei Godberg über die besonderen Fähigkeiten seines Handlangers sprach. Die Frage für Schmitz war nun: Wusste Frau Koska, welch eine Gefahr von Bronko ausging? Und sah sie in ihm eine Gefahr für sich? Das glaubte Schmitz nicht.

«Frau Koska urteilt nach Äußerlichkeiten», behauptete er. «In ihren Augen ist Bronko ein Niemand, der bei Frauen allgemein nicht gut ankommt. So einer protzt eben mit Scheußlichkeiten, um zu beweisen, dass er mit einer Frau alles machen kann. Da Odenwald die Sache angeführt hat, hat sie es möglicherweise nur für den Versuch gehalten, Godberg einzuschüchtern.»

Nach dieser Einleitung ergriff Rudolf das Wort. Die Spurensicherung auf Koskas Grundstück hatte bis weit in den gestrigen Nachmittag gedauert und noch eine Zeugenaussage eingebracht. Ein älterer Herr mit Hund hatte aus respektvoller Entfernung zugeschaut. Erst als die Männer abrücken wollten, hatte er sich herangewagt und gefragt, was es mit dieser Aktion auf sich habe. So was sah man ja normalerweise nur im Fernsehen. Ob da eine Belohnung auf irgendwen ausgesetzt sei, hatte er wissen wollen und gemeint, er könne sachdienliche Angaben machen.

Er ging seit Jahren mit seinem Hund spazieren, morgens, mittags und am späten Abend, immer an Koskas Grundstück vorbei. Und am Mittwoch, dem 28. Mai, hatte abends ein grauer Kleintransporter mit offenen Hecktüren vor dem Haus gestanden. Sein Hund lief wie üblich aufs Gelände, um zwischen den rostenden Maschinen seine Geschäfte zu verrichten und ein bisschen zu schnüffeln, wie Hunde das eben so tun. Die beiden Männer, die sich in Koskas Haus einquartiert hatten, mussten das schon häufig gesehen haben, hatten sich aber bisher nicht darum gekümmert, kein Gezeter angefangen, wie andere das taten, wenn so ein Hund sich in ihren Vorgarten verirrte. Der Große mit dem Vollbart hatte den Hund Ende März sogar mal am Hals gekrault und ein paar freundliche Worte mit Herrchen gewechselt.

An dem Mittwochabend jedoch – also der Hund lief zu dem offenen Kleintransporter, Hunde waren nun mal neugierig. Er schnüffelte, bellte, sprang in den Laderaum. Und im nächsten Moment kam er jaulend, im hohen Bogen und mit blutiger Schnauze wieder herausgeflogen. Es musste ihn jemand fürchterlich getreten haben. Und das, meinte der ältere Herr, sei bestimmt nicht der freundliche Mensch mit Vollbart gewesen.

Er hatte sich nicht näher herangewagt, um festzustellen, wer nun genau der Tierquäler gewesen war. Er hatte sich ja auch erst mal um seinen Hund kümmern müssen und festgestellt, dass das Tier keine blutenden Wunden hatte. Das Kennzeichen des Transporters hatte er den Männern vom Erkennungsdienst leider nicht verraten können.

«Für die Fahndung ist das zu wenig», sagte Rudolf. «Aber höchstwahrscheinlich wurde Frau Godberg an dem Abend und in dem Fahrzeug weggeschafft.»

Dann kam er zu Maren. Sie war am vergangenen Nachmittag observiert worden und nicht auf direktem Weg zum Hotel gefahren. Zuerst hatte sie einen Abstecher zu dem Parkhaus gemacht, in dem der rote Golf sichergestellt worden war. Natürlich hatte sie bemerkt, dass der Golf nicht mehr da stand. Dann war sie zum Kaufhof geschlendert. Dort hatte sie etwas Unterwäsche, einen dunkelblauen Rock und die silbrige Bluse gekauft und zweimal telefoniert – von einem öffentlichen Fernsprecher.

Ihr Schatten war nicht nahe genug herangekommen, um zu verstehen, mit wem und worüber sie sprach. Er hatte nur gesehen, dass sie vor dem zweiten Anruf ein kleines Kästchen aus der Handtasche nahm. Was sie mit dem Kästchen machte, war nicht zu erkennen gewesen, weil sie es mit ihrem Körper verdeckte.

Den ersten Anruf hatte ich entgegengenommen. Der zweite war bei Godberg eingegangen – auf dem überwachten Hausanschluss. Jochen hatte noch bei ihm gesessen und ihn mit der Aussicht auf die Viertelmillion dazu gebracht, den Fragenkatalog auszufüllen, den Schmitz zusammengestellt hatte.

Dabei hatte sich herausgestellt, dass Alex nur am 27. Mai, dem Dienstag unmittelbar nach der Entführung, ein längeres Gespräch mit Ella hatte führen dürfen. Länger bedeutete in dem Fall, dass sie mit schwacher Stimme mehr als drei Sätze von sich gegeben hatte. Danach hatte er bei keinem Anruf mehr von ihr gehört, als dass es ihr gut ginge. Es war ihm nicht vergönnt worden, seiner Frau irgendeine Frage zu stellen, auf die sie spontan hätte reagieren müssen. Er hatte es mehrfach versucht, aber jedes Mal hatte Maren ihm das Handy abgenommen.

Nur ein läppischer Satz. «Es geht mir gut, Schatz.» Genau die Worte, die auch der kleine Sven gestern früh von seiner Mutter gehört hatte. Und vermutlich war dieser Satz schon seit Tagen nur noch von einem Diktiergerät gekommen. Schmitz meinte, gestern Nachmittag sei solch ein Gerät von Maren eingesetzt worden.

Zuerst ein paar launige Worte von Odenwald. Dann der Satz von Ella, dann noch einmal Odenwald, der gerne «seine Frau» gesprochen hätte und kommentarlos auflegte, als er erfuhr, sie sei unterwegs, um Einkäufe fürs Wochenende zu machen.

Niemand sprach es aus, aber es war von allen Gesichtern abzulesen. Kaum noch Hoffnung für Ella Godberg. Der vermeintliche Arzt nur ein sadistischer Mörder. Wahrscheinlich hatte Bronko sie bloß in die Lage versetzt, einige Bänder so zu besprechen, dass es optimistisch klang.

Rudolf schloss die Besprechung mit den Worten: «Wir gehen vorerst weiter davon aus, dass Frau Godberg lebt. Aber wir gehen ab sofort etwas schneller vor.»

Einige nickten. Die meisten verließen den Raum. Kurze Diskussion unter den Zurückgebliebenen, ob Frau Koska nun festgenommen werden sollte. Aber Schmitz wollte die beiden Männer unbedingt und bezweifelte, dass sie deren Aufenthaltsort kannte.

«Sie hat sich schon nach sehr kurzer Zeit als unzuverlässig erwiesen», erklärte er mit einem bezeichnenden Blick auf mich. «Ich gehe davon aus, dass Odenwald und Bronko auch, vielleicht sogar vordringlich aus diesem Grund am achtundzwanzigsten Mai ihr Quartier gewechselt haben. Vermutlich haben sie mehrere Handys zur Verfügung. Frau Koska kann Kontakt aufnehmen oder wird angerufen, erfährt aber nichts über den tatsächlichen Aufenthaltsort ihrer Komplizen.»

Er ging mir ziemlich auf die Nerven mit seinem Geschwafel. Vielleicht, vermutlich und «ich gehe davon aus». Feststehende Tatsachen waren das nicht, nach allem, was Maren gestern zu mir gesagt hatte. «Wenn wir ab sofort das Tempo bestimmen», sagte ich, «möchte ich feststellen, was Frau Koska tatsächlich weiß. Vielleicht kann ich sie überzeugen, dass es für sie gesünder wäre, ihre Komplizen auszuliefern. Selbst wenn sie deren Aufenthaltsort nicht kennen sollte, müsste sie zumindest wissen, wo sie die zweite Hälfte des Lösegelds abliefern soll. Und noch glaubt sie, ich sei alleine involviert. Ich kann das als mein persönliches Interesse an ihrem Wohlergehen hinstellen.»

Schmitz tauschte einen langen Blick mit Rudolf. Was halten Sie von diesem Vorschlag? Rudolf zeigte den Ansatz eines Achselzuckens. «Wir müssen jedenfalls nicht mehr darauf warten, dass Frau Koska sich bei Herrn Metzner meldet», meinte er.

Wir mussten auch nicht befürchten, dass sie nicht abhob, wenn auf Godbergs Telefon meine Büronummer erschien. Rudolf sorgte dafür, dass mein Apparat für diese Übertragung freigeschaltet wurde. Schmitz schob mir die Ermittlungsunterlagen aus Hamburg zu. «Möchten Sie zuvor einen Blick in den Obduktionsbefund der Russin werfen, um zu sehen, was der Frau angetan wurde?»

«Nein, vielen Dank», sagte ich. «Das kriege ich auch so hin.»

«Gut», meinte er und mahnte. «Aber reden Sie Frau Koska nicht ins Gewissen. Appellieren Sie nicht an ihr Mitgefühl.»

Als ich den Telefonhörer aufnahm, erschien es mir noch gut und richtig. Doch als ich dann ihre Stimme hörte, kamen mir Zweifel, ob es wirklich so eine gute Idee war.

Sie klang nicht erstaunt, nicht misstrauisch, nicht einmal neugierig. «Du hältst dich nicht an die Spielregeln, Konni», sagte sie, und ihre Stimme war einfach nur gleichgültig. «Was treibt dich zu so einer Eigeninitiative? Erzähl mir nicht, es sei die Sehnsucht.»

Schmitz lauschte mit angespannter Miene.

«Ich bin gestern nicht dazu gekommen, dir ausführlich zu erklären, warum ich der Überzeugung bin, dass du nicht lebend aus dieser Sache rauskommst», begann ich.

Sie lachte. «Nicht? Ich meine, du wärst sehr ausführlich gewesen. Du willst mich erledigen, wenn Rex oder der Doktor es nicht tun. Aber mach dir um mich keine Sorgen, Konni.»

«Tu ich aber», sagte ich. «Ich hatte schon im April ein bisschen recherchiert, als Peter Bergmann sagte, du seist verheiratet. Das konnte ich mir nicht vorstellen. Und wenn einen Zweifel quälen, hat mein Job unbestreitbare Vorteile. Man kann bei Standesämtern nachfragen oder hält einem entlassenen Geschäftsführer den Dienstausweis hin. So bin ich zu einem Namen gekommen. Helmut Odenwald. Und dazu haben mir die Hamburger Kollegen eine blutrünstige Geschichte erzählt.»

«Glaube ich dir nicht, Konni», sagte sie. «Die Geschichte habe ich dir gestern erzählt. Die Hamburger Polizei hat überhaupt nichts davon mitbekommen. Er wollte nicht in ein Krankenhaus, weil er panische Angst hatte, dass die Mistkerle ihn da aufspüren und ihm den Rest geben.»

«In meiner Geschichte heißt das Opfer nicht Odenwald, sondern Tamara», sagte ich. «Ich weiß nicht, ob du den Namen schon mal gehört hast. Sie war eine Prostituierte. Ihre Einzelteile wurden im November aus der Elbe gefischt. Und die Hamburger Kollegen sind überzeugt, sie hätte Odenwald verpfiffen, weil er in einem Saunaclub, der nicht ihm, sondern der Russenmafia gehörte, in die Kasse gegriffen hat.»

Schmitz nickte anerkennend. Aus dem Lautsprecher kam etwas wie ein verblüffter Laut. Auf Tamara ging sie nicht ein, wiederholte nur: «Der nicht ihm gehörte?» Und wollte wissen: «Warum hast du das gestern mit keiner Silbe angedeutet?»

«Weil deine Geschichte mir die Sprache verschlagen hat»,

sagte ich. «Ich habe mich die ganze Zeit gefragt, wie dumm muss eine Frau eigentlich sein, um auf so einen Aufschneider hereinzufallen und sich von ihm ausnehmen zu lassen. Das hat er doch die ganzen Monate getan, nicht wahr? Und dann hat er dich in diese Scheiße geritten. Du hast gestern gesagt, du willst meine Hilfe nicht. Lass uns wenigstens einmal darüber reden, was ich tun könnte, um zu verhindern, dass es dir so ergeht wie Tamara.»

Sekundenlang war es still in der Leitung, als denke sie über meinen Vorschlag nach. Dann meinte sie: «Das scheint mir kein Thema fürs Telefon, Konni. Kannst du ins Hotel kommen? Oder musst du den ganzen Tag arbeiten? Wieso arbeitest du heute überhaupt?»

Schmitz kritzelte eilig etwas auf einen Zettel. «Anderer Treffpunkt», las ich und sagte: «Ich arbeite nicht, aber zu Hause kann ich nicht ungestört telefonieren.»

«Dann bis gleich», sagte sie. «Ich fahre in ein paar Minuten los und kümmere mich von unterwegs um ein Zimmer. Aber ich muss noch ein paar Einkäufe machen, es kann also etwas dauern, ehe ich im Hotel bin. Frag an der Rezeption nach der Zimmernummer.»

«So viel Aufwand muss nicht sein», sagte ich, weil Schmitz vehement mit einem Finger auf seine Kritzelei verwies. «Wir können uns auch woanders treffen. Wie wäre es zur Abwechslung mal mit einem netten Café oder einem Restaurant? Wir gehen essen, das haben wir noch nie getan. Ich lade dich ein.»

«Essen können wir im Hotel», sagte sie. «Wir lassen uns etwas aufs Zimmer kommen. Da können wir in Ruhe reden.»

Dann legte sie auf. Rudolf äußerte sich nicht. Er schaute nur abwartend zu Schmitz hin. Der wiederum sah mich an und wollte wissen: «Was für ein Gefühl hatten Sie?»

Ich hatte gar keins. Fünf Sekunden Stille, dann wandte Schmitz sich an Rudolf. «Dass der Club nicht Odenwald gehörte, schien sie zu überraschen.»

«Hörte sich jedenfalls so an», meinte Rudolf.

Und Schmitz entschied: «Auch wenn nichts dabei herauskommt, einen Versuch ist es wert. Zu verlieren haben wir nichts.»

Das war ein Irrtum. Ich hatte eine Menge zu verlieren, einen Job, an dem ich mit Leib und Seele hing, eine Frau, mit der ich alt werden wollte, und einen Sohn, der mir alles bedeutete.

Da Maren sich nicht zu einem anderen Treffpunkt hatte überreden lassen und niemand ein Risiko eingehen wollte, wurden einige Vorsichtsmaßnahmen zu meiner Sicherheit angeordnet. Wer wusste denn, wie innig sie Odenwald verbunden war? Sie musste in den vergangenen Monaten eine Menge für ihn getan haben. Und vielleicht war sie bereit, noch mehr zu tun. Vielleicht beabsichtigte sie, ihn oder Bronko ins Hotel zu schicken. Schmitz meinte, ich hätte mich ein wenig im Ton vergriffen und sie beleidigt. Und so etwas stecke sie nicht einfach weg.

In meinem Auto durfte ich nicht fahren, bekam einen Zivilwagen der Fahrbereitschaft mit Funk und für unterwegs sogar noch den äußerst treffsicheren Kollegen Hassler aus Köln als Leibwache zugeteilt. Hassler machte es sich im Fond gemütlich. Sollte ich auf dem Weg zum Hotel irgendwie gestoppt und angegriffen werden, könnte er wie ein Männlein aus der Kiste auftauchen. Gebrauch der Schusswaffe vom LKA ausdrücklich genehmigt.

Darüber hinaus ordnete Schmitz die Überwachung der näheren Umgebung und des Hoteleingangs an. Keine Festnahme, nur umgehende Verständigung, falls einer der beiden Herren auftauchen sollte, deren Außenansichten schon übermittelt worden waren. Er sprach auch persönlich mit dem Hotelmanager und sorgte dafür, dass Frau Koska nicht irgendein Zimmer bekam. Sein anschließendes Telefongespräch mit einem Untersuchungsrichter führte er vergebens. Das Hotelzimmer auf die Schnelle mit diversen Überwachungsgeräten auszustatten, wurde nicht genehmigt.

Dann brachen Hassler und ich auf. Maren hatte den weiteren Weg und verließ Godbergs Haus nur ein paar Minuten später – ebenfalls mit Schatten. Auch einer aus Köln, ich glaube, er hieß Bechtel und saß natürlich in einem anderen Auto als sie. Sie fuhr nicht sofort zur Autobahn, sondern erst noch zur Post. Da gab es öffentliche Fernsprecher. Bechtel hatte den Eindruck, dass sie zwei Gespräche führte. Ein kurzes, wahrscheinlich mit dem Hotel; das zweite war entschieden länger und schien sie zu erheitern, jedenfalls lachte sie ein paarmal.

Als ich diese Meldung erhielt, wurde mir doch etwas mulmig. Ich fragte mich auch plötzlich, warum sie nicht mehr ihr Handy benutzte. War sie sich doch darüber im Klaren, dass sie mehr als einen Polizisten mit privaten Interessen im Nacken hatte?

Nachdem sie endlich das heitere Telefonat beendet hatte, steuerte sie Richtung Autobahn, kam allerdings nicht schnell voran. Am Samstagvormittag fuhren viele nach Köln, um einzukaufen. Aber eilig hatte sie es offenbar auch nicht. Als sie endlich das Stadtzentrum erreichte, hörten Hassler und ich seit fast einer halben Stunde nur noch dem Funkverkehr zu.

Sie stellte Godbergs Omega wieder in dem Parkhaus ab, in dem man den Golf entdeckt hatte. Anschließend schlenderte sie durch ein paar kleinere Läden. Ihr Schatten folgte diskret und gab über Funk durch, was er so mitbekam. In einer Parfümerie erstand sie diverse Kleinigkeiten, spazierte in aller Gemütsruhe zum Kaufhof hinüber. «Sie hält ständig Ausschau nach Verfolgern. Ich kann nicht zu dicht aufschließen.»

«Soll ich mich ebenfalls ranhängen?», fragte Hassler, der eigentlich zu meinem Schutz auf der Rückbank lag, sich aber gern mal die Beine vertreten hätte. Vielleicht hoffte er, er bekäme eine Ratte vor die Flinte. Während der Fahrt hatte er mir erklärt, mit Typen wie Bronko müsse man eigentlich kurzen

Prozess machen, sonst käme doch nur irgendein Psychologe mit einer schweren Kindheit, und in zwei oder drei Jahren wäre der Psychopath wieder auf freiem Fuß.

Ich hatte nichts dagegen, dass er sich umschaute. Das sei sinnvoller, als nutzlos in der Gegend herumzukurven, dachte ich, setzte ihn beim Eingang zum Kaufhof-Parkhaus ab und fuhr weiter, eine Einbahnstraße rauf, die nächste runter.

Inzwischen war Maren im Kaufhof bereits auf dem Weg in die oberen Etagen. Ein kurzer Abstecher zur Damenoberbekleidung, dann wieder zur Rolltreppe. Ich hörte mir die Verständigung meiner Rückendeckung mit ihrem Schatten an.

«Wo ist sie jetzt?», fragte Hassler.

«Ganz oben, im Saturn, bei den Videogeräten. Ich glaube, sie weiß Bescheid. Eben hat sie mir zugelächelt.»

«Grins zurück und geh weiter», empfahl Hassler, demnach war er mit Bechtel per Du. «Ich bin gleich da.»

Aber bevor er da war, steuerte Maren auf einen Mann zu, der die großen Plasmabildschirme bewunderte. Bechtel hatte sich bis zu den Staubsaugern zurückgezogen, konnte aus der Entfernung das Gesicht des Mannes nicht sehen. Der Rest passte zu Bronko. Schmächtig, kaum einssechzig groß, dunkles Haar, Lederjacke mit Emblem auf einem Arm und Beschriftung auf dem Rücken.

Maren sprach ein paar Worte mit ihm, ging weiter. Bronko strebte in die andere Richtung. Das sah nach Absprache aus. Etwa in der Art: «Ich werde verfolgt, schaff mir den Kerl vom Hals.» Bechtel war ziemlich sicher, dass sie genau das gesagt hatte, und vertrat die Überzeugung: «Wir brauchen Verstärkung.»

«Quatsch», meinte Hassler. «Bis Verstärkung hier ist, sind die beiden weg. Das schaffen wir auch allein. Behalt Lederjacke im Auge, aber geh nicht zu dicht ran und hör auf zu quatschen, bevor es auffällt. Ich übernehme ihn.»

Zwei Sekunden später schlich Hassler dann etwas ratlos zwischen Staubsaugern, Videorecordern und Plasmabildschirmen umher. Von Lederjacke und Bechtel keine Spur mehr, von Maren auch nicht. «Scheiße, jetzt ist das Weib weg. Wo ist Lederjacke?»

«Den hab ich im Auge», gab Bechtel durch.

Hassler erkundigte sich noch bei mir, ob ich einverstanden sei, wenn er ebenfalls dem Herrn in der Lederjacke folge. Bronko könne man nicht einem Mann allein überlassen und bestimmt keinem Trottel. «Die Frau ist uns leider durch die Lappen gegangen.»

Regt euch nicht auf, Jungs, dachte ich. Sie wird auf dem Weg ins Hotel sein. Und ich sollte mich auch dorthin bequemen. Es waren nur ein paar Minuten Fahrt, in der Zeit bekam ich noch mit, dass wir uns klug entschieden hatten. Gar keine Frage, Bechtel und Hassler hatten die Zielperson vor sich.

Lederjacke telefonierte auf dem Weg ins Freie und ließ Hassler so nahe an sich herankommen, dass er gut mithören konnte. Der vermeintliche Bronko erkundigte sich bei einer gewissen Mona, ob sie allein mit Benni essen wolle, oder ob er mitessen dürfe. Auf so was fällt natürlich kein Polizist herein.

Auch ich hätte zu dem Zeitpunkt einen Eid geleistet, dass Mona in Wirklichkeit Helmut hieß und auch auf den Namen Rex hörte. Dass sie mir den Decknamen Benni gegeben hatten, und dass die Ratte es gerne übernommen hätte, Hundefutter aus mir zu machen. Aber Rex war damit offenbar nicht einverstanden, wollte ihn nur am Dessert teilnehmen lassen. Lederjacke hauchte nämlich ein wenig enttäuscht in sein Handy: «Klar versteh ich das. Dann esse ich eben eine Kleinigkeit bei Mäckes und bringe ein Eis mit, ja?»

Dann begab Lederjacke sich ins Erdgeschoss, weiter ins Freie, schlenderte zweimal deprimiert um den Brunnen und endlich Richtung Domplatte. Hassler blieb ihm dicht auf den Fersen, was im Gedränge auf der Hohen Straße ziemlich einfach war. Bechtel hielt etwas mehr Abstand und meiner Rückendeckung den Rücken frei. Ich hatte derweil einen Parkplatz gefunden, stieg aus und war damit vom Funkverkehr abgeschnitten.

Ein kurzer Anruf in der Dienststelle. Alles klar, ich durfte rein. Die mit der Überwachung des Hotels betrauten Kölner Kollegen hatten weder Odenwald noch Bronko erblickt. Sie meinten auch, Frau Koska sei noch nicht eingetroffen. Doch als ich mich an der Rezeption nach dem Zimmerschlüssel erkundigte, hörte ich von einer freundlichen jungen Dame, der Schlüssel sei bereits ausgehändigt worden. Herr Koska müsse im Zimmer sein. «Soll ich Sie anmelden?»

«Nicht nötig», sagte ich und stieg die Treppen hinauf. «Herr Koska» hielt ich dabei noch für einen Versprecher. Aufs Anklopfen verzichtete ich, das hatte ich auch bei meinen bisherigen Besuchen getan. Ich drückte nur die Klinke herunter und erwartete, sie auf dem Bett oder am Fenster zu sehen. Aber dem Anschein nach war sie unter der Dusche. Die Tür zum Bad war offen, heraus drang Wasserdampf, Rauschen und geräuschvolles Plätschern.

Für einen Moment sah ich mich zu ihr in die Duschkabine steigen, wirklich nur für einen sehr flüchtigen Moment. Dann wurde mir der Mund trocken und die Hände feucht. Es stand oder lag nichts herum, was bezeugt hätte, dass sie in der Nähe war. Keine Handtasche, keine Schuhe, kein Kleidungsstück. Nur der Zimmerschlüssel auf dem Tisch. Und diese Geräusche aus dem Bad, da planschte jemand tüchtig herum. Das war nicht ihre Art.

Herr Koska, dachte ich, war doch kein Versprecher. Ich streifte die Schuhe ab, um geräuschlos aufzutreten, schlich zuerst zum Kleiderschrank, um sicherzustellen, dass niemand drin war, der mir den Garaus machen wollte, und dann in geduckter Haltung der Dampfquelle entgegen. In der Duschkabine tummelte sich ein mächtiger Brocken, schemenhaft zu erkennen durch die geriffelte und beschlagene Glastür. Vor dem

Klo lag ein Kleiderhäufchen. Hose, Hemd, Socken, ein paar Schuhe mittlerer Größe und eine Unterhose wie ein Zweimannzelt.

Ich schlich zurück zum Tisch, nahm den Zimmerschlüssel und schloss ab, für den Fall, dass Bronko doch noch an der Hauptmahlzeit teilnehmen wollte. Natürlich hätte ich auch die Tür von außen abschließen, runtergehen, die Kölner Kollegen suchen und zur Unterstützung mit zurücknehmen können. Doch das kam mir nicht in den Sinn.

Ich brauchte keine Unterstützung, bestimmt nicht von Blinden. Wie hatten sie den Brocken übersehen können? Hatten sie sich auf Bartträger konzentriert und nicht bedacht, dass ein Mann sich auch mal rasieren konnte? Den Bart schien Rex abgenommen zu haben. Ich hatte zwar nicht viel von ihm erkennen können hinter der vom Dampf milchweißen Kabinentür, aber sein Gesicht war mir wie ein heller Fleck erschienen.

So früh hatte er mich offenbar nicht zum Essen erwartet. Vor dem Schlachtfest erst noch etwas Körperpflege. Ein reinlicher Schweinehund. Vielleicht fuhr er doch in der Gegend herum, wie Maren so beiläufig erwähnt hatte. Und vielleicht waren ihm die Duschen auf Rastplätzen nicht hygienisch genug. Zwei, drei Sekunden lang schaute ich ihm noch beim Duschen zu, machte hinter der Glastür ruckartige Armbewegungen aus. Es schien, dass er ein Problem hatte, sich den Rücken richtig zu schrubben. Das könnte ich ja gleich tun, nahm ich mir vor, am besten mit der Klobürste. Damit wollte ich ihm anschließend auch die Zähne putzen.

Endlich brachte ich meine Waffe in Anschlag. Meine Stimme wollte auf Anhieb nicht so, wie es mir lieb gewesen wäre. Zuerst musste ich mich räuspern. Dann forderte ich: «Kommen Sie raus, Odenwald. Und schön die Hände nach oben.»

Das war nicht die Standardformel, aber ich hatte ziemlich laut gesprochen. Das Prusten und Schnaufen unter der Dusche wurde kurzzeitig von einem Quieken abgelöst. Hinter der

Glastür fuhren zwei Arme nach oben. Das konnte ich unscharf erkennen.

«Raus da!», wiederholte ich.

Einer der Arme kam vorsichtig wieder herunter. Einen Verdacht hatte ich zu dem Zeitpunkt wirklich noch nicht. Selbst als die Glastür ein Stückchen weit aufgeschoben wurde von einer weißen, gut gepolsterten Hand, dachte ich nur an Rex und nicht an Schweinchen Dick. Aber dann stand er leibhaftig vor mir.

Es war ein ganz anderer Anblick als der, der sich mir vor Jahren auf dem neuen Dreisitzer in unserem Wohnzimmer geboten hatte. Eine von üppigen Fettpolstern unterlegte und vom prasselnden Duschwasser leicht gerötete Brust. Ein schneeweißer, schwabbeliger, vor Angst zitternder Bauch, der ihm auf die massigen Oberschenkel hing und gnädig den kleinen Unterschied zwischen Frau und Mann verdeckte. Willibald Müller in Lebensgröße, wabbernd, bibbernd, mit flatternden Augenlidern und schreckstarrem Blick, ganz allmählich begreifend, wer ihn aus seinen wilden Illusionen riss und ihm den Tag versaute.

«Konrad.» Mit der Erkenntnis erwachte sein Schamgefühl. Er senkte den linken Arm und legte sich die Hand schützend auf den Bereich seiner Wampe, hinter dem er wohl seine Männlichkeit vermutete. «Hast du 'n Knall? Was soll der Quatsch?»

Vielleicht war es Ekel, der meine Stimme kippen ließ, aber mehr war es Enttäuschung und das Bedürfnis zu lachen. «Zieh dich an», befahl ich. «Und setz dich. Ich bin gleich wieder da.»

Ich wollte nicht in seiner Gegenwart telefonieren, ging hinaus auf den Korridor und verschloss zur Sicherheit die Zimmertür, als Porky in seine Unterhosen stieg. Als ich zurückkam, saß er völlig bekleidet am Tisch und starrte trübsinnig zum Fenster hin.

Ich setzte mich ihm gegenüber und zündete mir eine Zigarette an. «Bevor meine Kollegen hier sind, solltest du versuchen, mir eine plausible Erklärung zu bieten. Vielleicht kann ich dann etwas für dich tun.»

Ich hatte in der Dienststelle angerufen, kurz erklärt, womit Hassler und Bechtel sich zur Zeit beschäftigten, und damit eine leichte Hysterie ausgelöst. Nun hatten wir etwas Zeit, es kam auf den Verkehr an. Thomas Scholl sollte herkommen und mir meinen Fang abnehmen. Und wenn er erst einmal hier wäre, käme ich kaum noch zum Zuge. Dass von Müller großartig etwas zu erfahren war, glaubte ich zwar nicht. Ihn hier unter der Dusche zu finden, war wohl nur ein Scherz – oder der Beweis, dass Maren sich von niemandem austricksen oder für dumm verkaufen ließ.

Müller starrte mich nur feindselig an.

«Ich höre», machte ich den zweiten Versuch.

Statt Auskunft zu geben, fordert er mürrisch: «Sag mir erst mal, was du hier willst!»

«Einen Entführer festnehmen», sagte ich. «Einen hundsgemeinen Dreckskerl, der sein Opfer laut eigener Auskunft irgendwo lebendig begraben hat. Also lass dir lieber etwas einfallen, was deiner Anwesenheit hier einen harmlosen Anstrich gibt. Ich glaube nicht, dass meine Kollegen sehr geduldig sind. Sie wollen das Opfer so schnell wie möglich befreien, wie du dir vorstellen kannst.»

Porky glaubte mir kein Wort, tippte sich bezeichnend an die Stirn. «Erzähl doch keinen Stuss. Für eine Festnahme kommst du nicht allein. Ich bin hier mit Maren verabredet. Sie muss jeden Moment eintreffen.»

«Glaube ich nicht», sagte ich. «Maren hat uns nämlich den Tipp gegeben, wo wir den Kerl finden können. Sie wird sich hier bestimmt nicht blicken lassen.»

Müller zeigte mir noch einen Vogel. «Das glaubst du morgen selber noch. Woher soll Maren denn was von einer Entführung wissen?»

«Sie ist daran beteiligt und baut auf unser Zeugenschutzprogramm, weil ihre Mittäter sie über die Klinge springen lassen wollen. Die haben bereits eine Frau in sämtliche Einzelteile zerlegt. Dass mit ihrem Mann nicht zu spaßen ist, müsstest du doch besser wissen als ich. Oder welche Veranlassung hattest du, mich vor ihm zu warnen?»

Ich mochte mich täuschen, aber ich meinte, er wäre etwas blasser geworden. Überzeugt war er jedoch nicht, bemühte sich, eine lässige Haltung einzunehmen, was ihm nicht gelang. Seine Beine ließen sich nicht mehr übereinander schlagen. Er stellte sie wieder nebeneinander und sagte: «Wenn du mich hier festhalten willst, bitte schön. Ich warte gerne auf deine Kollegen. Die nehmen die Sache bestimmt nicht so persönlich.»

Dabei grinste er über sein ganzes aufgeschwemmtes Gesicht. Aber er irrte sich gewaltig.

Sie kamen zu viert – in einem Auto. Schmitz, Rudolf, einer aus Köln und Thomas Scholl. Und sie nahmen ihn ganz schön in die Mangel. Nicht im Hotelzimmer, ab mit ihm ins Auto, von Schmitz und Rudolf mit unbewegten Mienen flankiert, in den Wagenfond verfrachtet und Richtung Heimat. Auf die Handschellen konnten sie verzichten, er hielt seine Hände auch so reglos im Schoß. Es sah fast aus, als bete er. Ich fuhr hinterher, weil ich den Kölner Kollegen und Schmitz mit zurücknehmen musste. Im Fond ihres Autos war nur Platz für Porky.

Dann die Vernehmung in bewährter Schwarzmalerei: Du siehst die Welt bis an dein Lebensende nur noch durch Gitterstäbe, wenn du nicht sofort dein Maul aufmachst. Du kannst allenfalls auf Milde hoffen, wenn du uns verrätst, wo deine Komplizen sind und wo ihr das Opfer verscharrt habt.

Müller erkannte endlich den Ernst seiner Lage, bibberte und stammelte, als stehe er vor dem Erschießungskommando. Ich saß nur dabei und empfand nicht mehr einen Funken Schadenfreude. Nach einer halben Stunde wurde es mir unerträglich, seinem Winseln noch länger zuzuhören. Ich wusste ja, dass er die Wahrheit sagte. Mit einem raschen Blick holte ich mir Rudolfs Einverständnis, erhob mich und wollte zur Tür.

Hinter mir erklang ein jämmerliches Flehen. «Konrad, Mensch, lass mich doch nicht so hängen. Ich hab mit der Sache nichts zu tun. Du kennst mich doch. Und du weißt auch, wie Maren ist. Sie hat mich da einfach hinbestellt. Sie sagte, wenn sie noch nicht da sein sollte, könnte ich mir an der Rezeption den Schlüssel holen. Ich bräuchte nur zu sagen, ich sei Herr Koska.»

Ich drehte mich noch einmal zu ihm um. Er wollte vom Stuhl hoch. Schmitz legte ihm beinahe sanft die Hand in den Nacken und drückte ihn wieder hinunter.

«Doch nicht einfach so», sagte ich. «Sie muss dir doch irgendeine Begründung genannt haben.»

Müller nickte heftig. «Ja, klar, sie wollte mir das Auto zurückgeben und sich bedanken.»

«Welches Auto?», fragte Schmitz, «und wann haben Sie es Frau Koska zur Verfügung gestellt?»

Müller geriet erneut ins Stammeln. «Letzte Woche. Mittwoch. Sie wollte mit ihrem Mann ein paar Tage Urlaub machen. Und ich brauche den Wagen ja im Moment nicht selbst. Aber ich hab ihn nicht ihr übergeben, da kam einer aus der Firma, der hat ihn abgeholt, so ein Kleiner, ein Mechaniker, glaube ich, er hatte ziemlich schmutzige Finger. Ich hab ihm noch gesagt, er soll lieber was auf den Sitz legen, ehe er einsteigt.»

Der graue Kleintransporter, den der ältere Hundefreund auf Koskas Grundstück gesehen hatte, war ein VW-Bus gewesen, umgebaut zu einem primitiven Campingwagen, ausgerüstet mit Chemieklo, Luftmatratze, Propangaskocher und Wassertank auf dem Dach. Und sie fuhren doch in der Gegend herum, ob gemeinsam oder nur einer, ob mit oder ohne Ella Godberg, konnte Willibald Müller uns nicht sagen.

Der VW-Bus wurde umgehend in die Fahndung gegeben

mit der strikten Anweisung, nur eine Standortmeldung durchzugeben. Porky wurde entlassen. Ich bekam die Anweisung, ihn als Entschädigung für den Schock zurück nach Köln zu fahren, wo sein Auto stand. Danach durfte ich dann auch nach Hause fahren. Was anschließend in der Dienststelle besprochen wurde, erfuhr ich erst später.

Die Kölner Kollegen, die das Hotel überwacht hatten, waren sauer. Sie hatten Müllers Abtransport mitbekommen und meinten nun, man hätte ihnen die falschen Bilder geschickt. Natürlich hatten sie den Fettwanst das Hotel betreten sehen. Aber der sah ja nun weder Helmut Odenwald noch Mirko Bronko ähnlich. Rudolf beschwichtigte sie.

Der von Hassler und Bechtel verfolgte Mann in der Lederjacke war natürlich nicht Bronko gewesen. Das hatte sich bei McDonald's rausgestellt, wo der Verdächtige einen Cheeseburger mit Fritten verzehrt und drei McFleury zum Mitnehmen erstanden hatte. Beim Aushändigen der Eisbecher hatte die Bedienung ihn mit Namen angesprochen: «Ist das nicht ein bisschen viel für dich, Toni?» Das gesamte Personal bei McDonald's kannte Toni seit geraumer Zeit, weil er sich täglich bei ihnen verpflegte. Seine Frau hatte ihn rausgeworfen.

Über diesen Irrtum und die Überraschung, die Maren mir geboten hatte, konnte man noch schmunzeln. Über den Rest nicht. Und ich bin immer noch geneigt zu sagen: «Dieser Trottel.»

Wer genau der Trottel war, habe ich nie erfahren. Der Kollege eben, der an diesem Vormittag in Kremers Küche Wache schob. Wie jeder von uns musste er wissen, dass Maren über die Einnahmen dieser Woche verfügte. Etwas mehr als achthunderttausend Euro. Er hatte gesehen, dass sie Godbergs Haus mit einer recht großen Umhängetasche und in einem weit geschnittenen Kleid verlassen hatte. Es hätte fast wie ein Umstandskleid ausgesehen, soll er bei seiner Rechtfertigung gesagt haben. Rechtzeitig durchgegeben hatte er das aber nicht.

Bechtel hatte Marens Verfolgung von einer Querstraße aus aufgenommen und sie nur im Omega sitzen sehen. Als sie im Parkhaus ausgestiegen war, hatte das weite Kleid einen Gürtel gehabt, und sie war rank und schlank wie immer gewesen. Eine recht große Umhängetasche hatte sie auch nicht mit auf ihren Bummel genommen.

Zu dem Zeitpunkt muss das Geld im Omega gelegen haben. Dann war Maren entwischt. Nachdem sich die Sache mit dem falschen Bronko geklärt hatte, legten Bechtel und Hassler sich im Parkhaus auf die Lauer. Der Omega stand unverändert auf seinem Platz. Und da stand er, bis er Tage später zur KTU gebracht wurde. Da war natürlich kein einziger Euro mehr drin.

Kriminalrat Eckert meinte, die Polizei hätte in diesem untypischen Fall überhaupt keine Chance gehabt. Es sei niemandem damit geholfen, nun Anschuldigungen zu erheben, einen Schuldigen zu suchen und zum Sündenbock zu stempeln. Aber einer musste den Kopf hinhalten. Rudolf nahm es auf seine Kappe, er hatte die Leute eingeteilt.

Schmitz übernahm die Schuld für den Fehlschlag in Köln. Den hatte er bewilligt. Aber der Vorschlag war von mir gekommen. Man hätte Frau Koska nicht aus den Augen lassen dürfen – mich auch nicht. Da hatten sie mir nun einen zuverlässigen Mann mitgegeben, von dem sie ganz sicher wussten, dass er zu mir keine persönliche Beziehung pflegte. Hassler konnte nicht nur gut schießen. Er hätte auch gut aufpassen sollen, dass ich nicht das Weite suchte. Und ich hatte ihn mir elegant vom Hals geschafft.

Wer wusste denn, was ich getan hatte, nachdem er aus dem Auto gestiegen war? Wer wollte seine Hand ins Feuer legen, dass ich nicht dem Omega einen kurzen Besuch abgestattet und das Geld an einen sicheren Platz geschafft hatte? Ich konnte am vergangenen Nachmittag mit Maren alle möglichen und unmöglichen Absprachen getroffen haben, um ihr die Flucht zu ermöglichen. Vielleicht wollte ich mich anschließen, wenn die fehlende Viertelmillion übergeben war. Ich hatte doch vor neun Jahren auch meine Ehe ruiniert und gekündigt, weil ich mit Frau Koska ein neues Leben beginnen wollte. Nun war meine langjährige Beziehung mit Frau Neubauer ruiniert. So sah Schmitz die Sache.

Er muss stinksauer gewesen sein und analysierte nun nicht mehr das egozentrische Kind mit dem Hang zu verbotenem Spielzeug, sondern den auf den ersten Blick so kooperativ erscheinenden Leiter des KK 41, dessen Sohn bei der Familie des Opfers ein und aus gegangen war, der sich nach dem Einbruch in Godbergs Haus mit eigenen Augen davon hatte überzeugen dürfen, welche Schätze da herumlagen. Wie Jochen es mir Anfang der Woche prophezeit hatte, ging Schmitz nun davon aus, ich hätte von Anfang an meine Finger im Spiel gehabt – oder schlimmer noch, die ganze Sache dirigiert. Meiner Jugendliebe, die über entsprechende Kontakte zur Durchführung verfügte, einen heißen Tipp und mir selbst die größte Mühe gegeben, Ermittlungen zu verhindern. Erst als Kollege Becker stutzig wurde, sah ich mich gezwungen, die Flucht nach vorne anzutreten, behielt aber weiter die Fäden in der Hand.

Die wollte Schmitz mir nun entreißen und um die Handgelenke wickeln – mit Hilfe der Viertelmillion aus der Asservatenkammer des LKA. Dass Rudolf bei unserem Frühstück am Freitagvormittag mit mir darüber geplaudert hatte, wusste Schmitz nicht. Rudolf wollte ihm das auch nicht sagen, weil er nicht glauben mochte, was Schmitz sich da zurechtstrickte. So gut, dass er beide Hände für mich ins Feuer gelegt hätte, kannten wir uns zwar nicht. Aber da gab es ja auch noch den so genannten Kameradschaftsgeist. Wenn übergeordnete Dienststellen bei den untergeordneten einen Sündenbock an die Wand nageln wollten, fanden sie so schnell keinen, der ihnen den Hammer reichte.

Beim LKA legte man großzügig die Nägel bereit. Solange Schmitz für Ella Godbergs Leben um die Viertelmillion gebettelt hatte, war da nichts zu machen gewesen. Die Blüten wollten sie eigentlich nicht in Umlauf bringen, sie waren ja froh, die aus dem Verkehr gezogen zu haben. Und wenn bei der Geldübergabe etwas schief ging, wenn die Entführer mit Falschgeld entkamen, nein, das ging nicht. Als Schmitz nun zum Telefon griff und die neue Lage schilderte, hieß es, am nächsten Morgen träfe das Geld bei uns ein.

Anschließend mühte er sich eine halbe Stunde lang am Telefon damit ab, Alex Godberg von einer sinnvollen Maßnahme zu überzeugen. Helga Beske und ein Kölner Kollege sollten Posten bei ihm beziehen. Helga Beske hätte sich um Sven kümmern und der Kollege beratend eingreifen können, wenn Maren oder sonst wer das nächste Mal anrief, um die Bedingungen für die Geldübergabe zu nennen. Aber Alex lehnte ab. Nein! Nein und nochmal nein! Er hatte seine Instruktionen bekommen, gespickt mit Warnungen. Keine Polizei, nur Konni.

So rief Rudolf mich an, was eigentlich überflüssig gewesen wäre. Ich wäre auch ohne besondere Aufforderung am Sonntagmorgen zum Dienst erschienen, weil ich keine Ahnung hatte, was sich über meinem Kopf zusammenbraute.

Hanne hatte sich gewundert, dass ich schon am Nachmittag nach Hause gekommen war. Wir tranken Kaffee, aßen Kekse dazu, wechselten ein paar Sätze. Belangloses Zeug, kein Wort über Ella oder Maren. Auch nach Rudolfs Anruf fragte sie nicht, wie es aussähe.

Ich spielte eine halbe Stunde mit Olli und bewunderte nach dem Abendessen seinen neuen Schlafanzug. Er hatte ja vormittags ausnahmsweise mit Mama einkaufen müssen, fand das aber praktisch, weil er außer dem Schlafanzug mit den Bärchen auf der Jacke auch neue Sandalen, eine martialisch aussehende Plastikfigur und ein Eis bekommen hatte. Den Schlafanzug wollte er unbedingt anziehen. Hanne meinte, der müsse zuerst mal gewaschen werden.

«Aber er ist doch nicht schmutzig, Mama.»

«Neue Sachen wäscht man immer, bevor man sie anzieht. Wer weiß, wer die angefasst hat.»

«Er war doch eingepackt, Mama.»

«Von mir aus, zieh ihn an», seufzte Hanne.

Sie machte einen erschöpften und geistesabwesenden Eindruck, war nicht einmal imstande, mit einem Kind zu diskutieren, geschweige denn mit mir. Ich brachte Olli ins Bett. Hanne schaltete den Fernseher ein, dann saßen wir da und schwiegen uns an, bis es Zeit wurde, ebenfalls ins Bett zu gehen.

## Pfingstsonntag, 8. Juni

Früh um halb sechs klingelte mein Wecker. Aufstehen, duschen, Kaffee machen und wenigstens mal in ein Brot beißen. Hanne kam ebenfalls in die Küche, trank eine Tasse Kaffee und rauchte eine Zigarette auf nüchternen Magen. Zwei Minuten bevor ich gehen musste, begann sie zu sprechen.

«Ich habe nochmal über alles nachgedacht, Konrad. Es tut mir Leid, was ich am Donnerstag gesagt habe. Ich meine, du hast es ja wahrscheinlich nicht so gemeint, wie ich es aufgefasst habe. Ich will nicht, dass unsere Beziehung an dieser Sache kaputtgeht. Ich wusste ja, was passieren kann, wenn Maren dir nochmal über den Weg läuft. Daraus hast du nie einen Hehl gemacht. Ich hab nur nicht damit gerechnet, dass es nochmal passiert. Aber so was kann jedem passieren. Mir auch. Mir könnte auch eines Tages ein Mann begegnen, bei dem ich schwach werde. Und letztendlich ist es ja nur das. Ich meine, du hast ja nicht vom ersten Moment an gewusst, was sie mit Ella gemacht ...»

Als ich nickte und mich erhob, brach sie mitten im Satz ab.

«Wir reden heute Abend, ich muss jetzt los», sagte ich.

Hanne nickte flüchtig, starrte in ihre Tasse. «Hast du sie nochmal getroffen?»

«Sieht so aus, als wäre sie weg», sagte ich.

Hanne riss erstaunt und entsetzt die Augen auf. «Und Ella?»

«Ich weiß es nicht.»

Als ich die Küche verließ, begann sie zu weinen.

Keine neuen Erkenntnisse, jedenfalls keine, die man mit mir besprechen wollte. Ich fragte, ob Frau Koska sich schon bei Herrn Godberg gemeldet hätte, um die Modalitäten der Geldübergabe mitzuteilen, weil ich davon ausging, dass sie ihn deswegen kontaktieren würde. Rudolf schüttelte den Kopf. Schmitz erklärte in durchaus freundlichem Ton, was ich schon von Jochen gehört hatte. «Herr Godberg besteht darauf, dass Sie ihm das Geld bringen.»

Kurz nach neun traf die Sendung aus Düsseldorf ein. Ein Stahlkoffer mit abgegriffen wirkenden Geldscheinen. Ich nahm an, dass irgendwo in oder an dem Koffer ein Sender steckte, vielleicht im Griff. Zu sehen war nichts. Und alleine durfte ich damit nicht losfahren. Unter dem Deckmäntelchen der Besorgnis um mein Wohlergehen bekam ich eine Eskorte bis Kerpen und einen Mann ins Auto gesetzt. Die Wahl fiel auf Thomas Scholl, bei ihm war Schmitz sicher, dass er sich von mir nicht übertölpeln ließe.

Eine halbe Stunde später stand ich mit dem Koffer vor Godbergs Haustür. Ich hatte ihn am Mittwoch zuletzt gesehen und hätte ihn beinahe nicht wiedererkannt. Er war grau im Gesicht und dem Wahnsinn näher als allem anderen. Zuerst starrte er mich an, dann den Koffer, dann über meine Schulter unser Auto. Thomas Scholl saß noch drin.

«Sind Sie wahnsinnig?», fuhr er mich an, trat ins Freie. Sein Kopf flog nach rechts und links. Aber da war sonst niemand. Ich durfte reinkommen. Als er dann die Haustür schloss, murmelte er: «Das wünsche ich meinem schlimmsten Feind nicht.»

Ich wollte mich nicht auf eine längere Unterhaltung mit ihm einlassen, weil es dabei zwangsläufig Scherben geben musste. Schön cool und sachlich bleiben. «Hat Frau Koska sich schon bei Ihnen gemeldet?»

Er schüttelte den Kopf. «Wird sie auch nicht tun. Die will Sie anrufen. Sie sollen ihr das Geld bringen.»

«Seit wann wissen Sie das?», fragte ich.

«Hat sie wohl gestern aufgeschrieben, ehe sie abgehauen ist», erklärte er. «Ich habe den Zettel erst heute Morgen gefunden. In den Mülleimer hatte sie den gelegt, ganz obenauf natürlich, damit ich ihn auch finde und deutlich vor Augen habe, wie meine Frau endet, wenn nicht alles so läuft, wie sie es will. Bei Hanne will sie anrufen, und damit wartet sie garantiert bis auf die letzte Minute. Wenn man gar nicht mehr ein noch aus weiß und sich vor Angst in die Hosen macht, das hat sie am liebsten.»

Wir standen noch in der Diele, sein Blick schweifte kurz zur Treppe und wieder zurück zu mir. «Sven hat jeden Morgen das Bett nass. Er schämt sich, obwohl ich ihm sage, es ist nicht schlimm. Er wagt sich nicht mehr aus seinem Zimmer, kommt nicht mal zum Essen herunter, steht den ganzen Tag am Fenster. Und er weint nicht. Wissen Sie, was das heißt, wenn ein Kind nicht mehr weinen kann? Nein, das wissen Sie nicht. Sie wissen ja auch nicht, was für eine Sau dieses Weib ist. Sonst hätten Sie sich nicht mit ihr einlassen können. Die ist nicht menschlich. Wenn sie anruft, sorgen Sie bloß dafür, dass Ihre Kollegen sich nicht einmischen. Wenn die einen Polizisten wittert, wird sie abhauen, dann sehe ich Ella nie wieder. Sie wollen sie elend verrecken lassen, hat sie aufgeschrieben.»

Der Posten bei Kremers hatte mitgehört und die Dienststelle bereits informiert. Auch Thomas Scholl wusste schon Bescheid, als ich mit dem Koffer in der Hand wieder aus dem Haus kam. Er hatte die Anweisung, mich sofort nach Hause zu fahren und Posten vor meiner Tür zu beziehen.

Kurz vor Mittag brachte Hassler mir mein Auto zurück und erinnerte mich daran, dass ich mich umgehend zu melden hätte, sobald ich etwas von Frau Koska hörte. Vorerst hörte ich nichts. Am Nachmittag hielt Hanne die Warterei nicht mehr aus und ging mit Oliver zur Eisdiele. Schon nach einer Stunde kamen sie zurück. «Immer noch nichts?» Ich schüttelte den Kopf.

«Die sitzen unten zu zweit im Auto vor der Tür», sagte Hanne.

«Ist nicht verkehrt», sagte ich. «Wir haben viel Geld in der Wohnung und keinen Tresor.»

Um sieben aßen wir zu Abend. Um acht wurde Oliver ins Bett gebracht. Hanne las ihm noch etwas vor und verhaspelte sich ständig dabei, kam dann auch ins Wohnzimmer und nahm sich ein Buch. Ich glaube, es war der dicke Schmöker, in dem es seitenweise um Sex gehen sollte. Ob sie wirklich darin las, weiß ich nicht. Ich war ihr dankbar, dass sie die Warterei nicht nutzte, um erneut unsere persönliche Situation anzusprechen.

Um zehn ging Hanne ins Bad, und ein paar Minuten später rief Maren an. Sie fasste sich kurz. «Halb sechs am Kölner Hauptbahnhof, Gleis sieben, Abschnitt B. Im Abfallbehälter für Papier liegt ein Handy. Du wirst allein kommen, Konni. Wenn das Ding weg ist, ehe du eintriffst, oder wenn du nicht allein bist, kannst du Alex das Geld zurückgeben. Anderenfalls wird Ella Godberg freigelassen, sobald ich durchgebe, dass ich die Viertelmillion habe.» Die Verbindung war unterbrochen, ehe ich auch nur den Mund aufmachen konnte.

Ich informierte die Dienststelle und wurde mitsamt dem Koffer sofort nach Hürth beordert. Nach Olli schaute ich nicht mehr, ehe ich die Wohnung verließ. Ich ging nur noch kurz ins Bad. Hanne kniete in der Wanne, spülte mit der Handbrause den Schaum von ihrem Rücken und lächelte, als ich sagte: «Morgen haben wir es bestimmt überstanden.»

Thomas Scholl und Hassler fuhren hinter mir her, um aufzupassen, dass ich mich nicht mit einer Viertelmillion aus dem Staub machte. Um Hanne und Oliver machte sich niemand Sorgen. Ich ehrlich gesagt auch nicht. Ich sorgte mich nur, dass bei der Geldübergabe etwas schief gehen könnte, weil Schmitz mich das auf gar keinen Fall alleine regeln lassen wollte.

Schon unmittelbar nach meinem Anruf waren einige Kollegen aufgebrochen, wie viele insgesamt, weiß ich nicht. Aber gut die Hälfte der Personen, die sich ab dem späten Sonntagabend im Kölner Hauptbahnhof herumtrieben, bestand aus Polizeibeamten. Einige wechselten sich ab, den betreffenden

Bereich des Bahnsteigs im Auge zu behalten, was gar nicht so einfach war.

Es herrschte nicht mehr viel Verkehr in der Nacht. Wer verreisen wollte, war längst weg. Wer fuhr denn noch zwischen den Feiertagen? Nach Mitternacht nur noch ein paar, die unbedingt irgendwohin mussten. Das waren nicht viele. Gähnende Leere auf allen Bahnsteigen. Sodass man einerseits auch von Gleis drei oder elf noch jeden sah, der dem dreigeteilten Sammelbehälter für wiederverwertbaren und anderen Müll im Abschnitt B auf Gleis sieben zu nahe kam, andererseits aber auch selbst auffiel, wenn man nicht in den nächsten Zug stieg, der einfuhr.

Sie nahmen an, dass Maren das Handy erst kurz vor der genannten Zeit deponieren wollte, damit es nicht einem Penner oder Junkie in die Hände fiel. Aber Maren erschien nicht in der Nacht. Es kam auch sonst niemand, um Papier oder ein darin eingewickeltes Telefon wegzuwerfen.

## Pfingstmontag, 9. Juni

Um halb fünf wurde ich nach Köln geschickt. Zu früh auf Gleis sieben durfte ich nicht. Und als ich pünktlich um halb sechs den betreffenden Behälter inspizierte, lag das Handy drin, in einer zerdrückten, mit Tomatenketchup und Senf beschmierten Schachtel von McDonald's. Maren hatte es wohl schon vor ihrem Anruf deponiert. Ich fand es nur, weil es kurz klingelte. Es war eine SMS eingegangen. Ich sollte zur Raststätte Frechen fahren, Richtung Aachen. Dass sie dort auf mich wartete, glaubte ich nicht. Wie alle anderen ging ich davon aus, dass sie mich kreuz und quer über Land schicken wollte, bis sie völlig sicher sein durfte, dass ich alleine war.

Als ich zum Auto lief, schlossen sich einige Kollegen an. Nur mit Mühe gelang es mir, sie davon abzuhalten, mir zu folgen. Ich nannte ihnen das Ziel, da konnten sie von mir aus einige Wagen hinschicken. Wenn sie nur Maren nicht aufhielten. Während der Fahrt setzte ich Rudolf in Kenntnis, und er versicherte: «Keine Sorge, sie wird nur observiert.»

Etwa zwanzig Minuten später, ich war noch lange nicht am Ziel, klingelte das Handy erneut. Diesmal ging ein Gespräch ein. Sie musste ebenfalls in einem Auto sitzen und sehr schnell unterwegs sein. Ich hörte das Fahrgeräusch, das ihre Stimme überlagerte und leicht zerhackte.

Nach dem Geld fragte sie nicht, erkundigte sich auch nicht, wo ich war. Sie klang so atemlos und gehetzt. «Konni, es tut mir Leid. Ich wusste nicht, was die Schweine vorhatten. Das musst du mir glauben. Ich wusste es wirklich nicht. Aber ich ...» Darauf folgte ein Geräusch wie das Reißen von Blech.

«Was ist passiert?», fragte ich, bekam keine Antwort, hörte nur noch ein Poltern und zwei oder drei Sekunden lang dieses nervtötende Reißen, dann war die Leitung tot. Und ich sah im Geist ein Autowrack und sie darin – verletzt oder tot.

Ich rief erneut in der Dienststelle an, setzte Rudolf in Kenntnis und fuhr weiter zur Raststätte, weil ich nicht gewusst hätte, wohin ich sonst fahren sollte. Dann wartete ich – bis um neun. Da war auch Rudolf nachdenklich geworden und Schmitz es endgültig leid. Niemand hatte diese Geräusche gehört, niemand glaubte mir, dass Maren einen Unfall gehabt hätte. Sie hatten sämtliche Dienststellen im Kölner Raum abgefragt – Fehlanzeige.

Zwei Kölner Kollegen nahmen mir den Koffer und das Handy weg. Ich wurde abgeführt, nicht ganz in der Art, in der Willibald Müller festgenommen worden war, aber trotzdem. Ich durfte nicht einmal allein fahren. Zwei Stunden lang setzten sie mir zu. Und ich hätte ja wirklich während der Fahrt am Telefon zu ihr sagen können: «Hier wimmelt es von Polizei, hau lieber ab.»

Erst als ich nachdrücklich darauf bestand, einen Anwalt anzurufen, brach Schmitz das Verhör ab. Ich durfte nach Hause fahren, nicht allein. Die beiden Kölner Kollegen fuhren hinter mir her, um Posten vor unserer Wohnung zu beziehen und dafür zu sorgen, dass ich nicht spontan verreiste.

Dass mir schon während der Heimfahrt der Gedanke gekommen wäre, Maren habe vielleicht wieder nur ein Diktiergerät, diesmal mit Unfallgeräuschen, eingesetzt und meinen Untergang entschieden gründlicher betrieben als vor neun Jahren, will ich nicht behaupten. Der Gedanke kam mir nicht einmal sofort, als ich die Wohnung betrat.

Alle Türen standen offen. Die erste führte ins Kinderzimmer, ich glaube, das erwähnte ich schon mal. Ollis Bett war leer. Natürlich, war ja schon fast Mittag. Er hätte bei meinen Eltern sein können. Kann sein, dass ich im ersten Moment sogar dachte, Hanne hätte ihn hingebracht, damit wir beide ohne Rücksicht auf ihn über uns reden könnten. Aber sein Bett war nicht gemacht, wie sie das sonst immer tat. Kissen und Bettdecke lagen auf dem Boden, das Laken war weg. Sein

Schlafanzug, der irgendwo hätte liegen müssen, war nicht zu sehen. Seine Pantoffeln, die nachts immer vor dem Bett standen, lagen in der Ecke bei der Tür, als hätte jemand sie dahin getreten.

Hanne lag im Schlafzimmer. Zugedeckt bis zum Hals, die Beine unter der Decke angewinkelt und gespreizt, den Kopf zur Seite gedreht. Ihr Slip lag auf meinem Kopfkissen. Auf dem Nachttisch stand ein leeres Glas. O mein Gott, nein! Ich weiß nicht, ob ich das schrie, flüsterte oder nur dachte. Ich weiß auch nicht mehr, wie lange ich neben dem Bett stand, unfähig, die Decke fortzuziehen. Hannes Brust hob und senkte sich darunter in flachen Atemzügen. Irgendwann begann ich, mit leichten Schlägen gegen ihre Wangen zu klopfen und zog gleichzeitig die Decke weg. Auf den ersten Blick sah ich keine Verletzungen, nur einen feuchten Fleck auf dem Laken zwischen ihren gespreizten Beinen. Sie bewegte den Kopf zu mir herüber und murmelte etwas Unverständliches.

Ich ließ sie in Ruhe, ging wieder ins Kinderzimmer, setzte mich auf die nackte Matratze und legte die Hände vors Gesicht. Selbst durch die Finger sah ich die bunten Figuren auf dem Bettbezug. Ein Hase mit Schlappohren, ein Nilpferd, ein Elefant mit erhobenem Rüssel, als wolle er etwas in die Welt hinausposaunen.

Und kein Olli. Dass er weggelaufen sein könnte, glaubte ich keine Sekunde lang. Er wäre nicht im Schlafanzug und ohne Pantoffeln aus der Wohnung gerannt. Er hätte bei den Nachbarn geklingelt, den Notruf gewählt oder Opa angerufen. Das konnte er.

Man sollte meinen, ich hätte genau gewusst, was zu tun sei. Aber ich war nur ganz lahm, nicht einmal fähig zu denken. Ich konnte mich nur erinnern. Er war gerade drei Monate alt gewesen, als Hannes Eltern wieder mal tüchtig Zoff hatten, so schlimm, dass Bärbel drohte, sich umzubringen. Hanne fuhr hin und blieb eine volle Woche bei ihrer Mutter. Ich hatte Urlaub und blieb mit Olli allein. Bis dahin hatte ich ihm hin und wieder das Fläschchen gegeben. Nun war er völlig auf mich angewiesen.

Die erste volle Windel, beschissen bis an den Nabel und den halben Rücken hinauf. Da half es nicht mehr, mit spitzen Fingern hinzufassen. Er ließ mich nicht aus den Augen, als ich ihn wusch. Ich glaube, so fing es an, dieses Vertrauensverhältnis. Papa, der starke Mann, der alle Hindernisse aus dem Weg räumte und dafür sorgte, dass man sich rundherum wohl und sicher fühlte. «Mein Papa ist Polizist.» Das hatte er immer mit so viel Inbrunst gesagt.

Ich war so hohl im Innern. Ein großes, finsteres Loch, von dessen Grund nackte Panik aufstieg. Ich versuchte noch, mich zusammenreißen, das Vordringlichste zuerst. Nein, nicht runtergehen und die Kölner Kollegen informieren, auch nicht ans Telefon. Zurück ins Schlafzimmer und Hanne fragen, was passiert war, obwohl ich das eigentlich wusste.

Als ich erneut damit begann, gegen ihre Wangen zu schlagen, öffnete sie kurz die Augen, blinzelte mich verständnislos an, senkte die Lider wieder und lallte, als wäre sie sturzbetrunken: «Überhaupt kein Unterschied, wirklich nicht.»

«Was haben sie mit dir gemacht?»

Keine Reaktion, nur ein endlos langer Seufzer. Ich wiederholte meine Frage, wieder und wieder, bis Hanne endlich begriff, wer neben dem Bett stand. «Nur das Übliche», murmelte sie. Punkt und Schluss. Ein Messer in den Eingeweiden hätte nicht schlimmer sein können. Ihr Kopf fiel wieder zur Seite. Sie hatten ihr etwas eingeflößt, davon zeugte das Glas auf dem Nachttisch.

Ich dachte daran, einen Krankenwagen zu rufen, aber statt endlich zum Telefon ging ich in die Küche und setzte mich an den Tisch. Nur das Übliche! Im Prinzip nichts anderes als das, was ich mit Maren gemacht hatte. Wie lange ich noch am Küchentisch saß, keine Ahnung. Dass ich die Wohnung verließ, registrierte ich nicht. Irgendwann stand ich neben dem Wagen der Kölner Kollegen und sagte: «Sie haben meinen Sohn.»

Und als ich es aussprach, begriff ich es auch. Sie hatten Olli.

Ich ging zurück zu Hanne, die beiden Kollegen waren mir dicht auf den Fersen. Hanne schlief immer noch. Doch als ich sie nun an der Schulter rüttelte, reagierte sie sofort, schlug die Augen auf und schaute mich an mit einem Blick, der von sehr weit her kam. Sie ließ sich in eine sitzende Position helfen und verlangte einen starken Kaffee. Die beiden Kopfkissen als Stütze im Rücken, die Decke vor der Brust zusammengerafft, saß sie da, als einer der beiden – Mertens hieß er – ihr ein paar Fragen stellte.

Aber sie erfasste noch gar nicht, was vorging. Ausgerechnet sie, die bisher in jeder Situation einen kühlen Kopf bewahrt hatte. Es tat so verdammt weh. Doch nicht einmal dieser Schmerz füllte das Loch in meinem Innern.

Als ich ihr den Kaffee brachte, schaute sie zum Fenster. «Er war nicht brutal», sagte sie. «Im Gegenteil. Er sagte, wenn es mir nichts ausmacht, würde er gerne einmal feststellen, ob da ein großer Unterschied ist zwischen ihm und dir. Weil er nicht begreift, warum seine Frau so gerne mit dir fickt.»

«Sie ist nicht seine Frau», sagte ich.

«Ich bin ja auch nicht deine», hielt sie dagegen. «Aber wie soll man das sonst ausdrücken? Man lebt mit einem Menschen und sagt, mein Mann oder meine Frau, weil es ab einem gewissen Alter blöd klingt, wenn man sagt, meine Freundin oder mein Freund. Und Partnerin oder Partner klingt so geschäftlich.»

Sie sprach leise, aber durchaus verständlich, ruhig, gefasst und ausschließlich zu mir. Um Mertens, der am Fußende des Bettes stand, kümmerte sie sich nicht. Den Blick immer noch auf das Fenster gerichtet, nahm sie die Tasse in beide Hände, führte sie langsam zum Mund, trank einen Schluck, sprach weiter.

«Jochen rief an. Er hatte in der Dienststelle etwas aufgeschnappt und wollte vorbeikommen, sobald er sich loseisen kann. Als es dann klingelte, dachte ich, das wäre Jochen schon.» Noch ein Schluck Kaffee. Sie sprach, als müsse sie sich für etwas entschuldigen. «Ich hab unten aufgedrückt und die Tür aufgemacht. Das war der pure Leichtsinn. Aber ich wollte nicht, dass Oliver aufwacht, wenn Jochen nochmal klingeln oder klopfen muss. Dann wollte ich mir schnell den Bademantel anziehen. Und da hab ich erst gesehen, dass es nicht Jochen war.»

Ich strich ihr behutsam über den Arm. Sie schüttelte meine Hand ab, atmete vernehmlich ein und aus. «Sie waren zu zweit, Rex und so ein widerlicher Knilch, der kleine Mann. Der ist wirklich klein. Rex hat ihn zu Oliver geschickt. Er sollte aufpassen, dass Oliver nicht aufwacht, damit ich – in aller Ruhe – genießen kann. Er war so entsetzlich besorgt, es könne mir nicht gefallen. Er war so furchtbar zärtlich. Ich – ich konnte gar nichts dagegen tun, das passierte irgendwie von allein.»

Sie drehte mir das Gesicht zu, die Augen wie Steine. «Er hat sich wirklich sehr viel Mühe gegeben. Rein technisch gesehen war da kein großer Unterschied. Das habe ich ihm auch gesagt. Er war sehr zufrieden und meinte, dann müsse das wohl andere Gründe haben, die wir beide nicht beeinflussen können.»

Ihr Blick schweifte zum Nachttisch, für ein, zwei Sekunden breitete sich auf ihrer Miene etwas wie Verwunderung aus. Offenbar setzte die Erinnerung an die schlimmsten Momente erst ein, als sie das Glas sah. Sie tastete mit einer Hand über ihren Leib, lächelte erleichtert, sprach weiter: «Dann brachte er mir das Glas und verlangte, dass ich austrinke. Es wäre besser für mich, wenn ich fest schlafe, während der Doktor sich seinen Spaß gönnt, sagte er. Der könne nämlich nicht normal mit einer Frau, er könne nur mit einem Messer. Und dann sagte er ...»

Die Tasse in ihren Händen kippte, ein Rest Kaffee ergoss

sich über die Decken. Ihr Körper versteifte sich, die Stimme wurde schrill. «Wo ist Oliver?»

«Machen Sie sich keine Sorgen um Ihren Sohn», versuchte Mertens sie zu beruhigen. «Es wird bereits nach ihm gesucht. Wahrscheinlich ist er nur weggelaufen.»

«Nein!», schrie Hanne mit kippender Stimme, heftete den Blick auf mich, in ihren Augen flackerte Irrsinn. «Rex sagte, er muss ihn mitnehmen, seine Frau will den Verräter selbst bestrafen. Aber sie wird ihn zurückschicken – in drei oder vier Stücken.»

Ich konnte das nicht glauben – alles, aber das nicht. Nicht mit ihrer gehetzten Stimme im Ohr. Nicht mit ihrer Entschuldigung. «Konni, es tut mir Leid. Ich wusste nicht ...» Ich war überzeugt, sie hätte davon erst in den zwanzig Minuten erfahren, die zwischen der SMS und ihrem Anruf vergangen waren.

Unsere Wohnung füllte sich schnell. Das ganze Haus füllte sich. Die Nachbarn wurden befragt. Niemand hatte etwas gehört oder gesehen. Ein paar Mal hörte ich eine Stimme über Megaphon. Die Kerpener Kollegen fuhren durch die Stadt und baten die Bevölkerung um Aufmerksamkeit. «Gesucht wird der fünfjährige Oliver Neubauer. Er ist bekleidet mit einem Schlafanzug, blaue Hose, helle Jacke mit Bärchen.»

Niemand glaubte, dass etwas dabei herauskäme, jedenfalls nichts Lebendiges mehr. In den ersten Stunden dachte ich, dass ich den Verstand verliere. Das Geräusch von reißendem Blech und das Poltern, das ich durchs Handy gehört hatte, klang mir im Kopf wie ein Hammer, der alles kaputtschlug. Wenn Maren unterwegs gewesen war, um meinen Sohn zu retten, konnte sie überall einen Unfall gehabt haben.

Ich war der Einzige, der das in Betracht zog, weil ich alles andere nicht ausgehalten hätte. Ich hatte doch am Freitag noch mit ihr geschlafen. Ich hatte sie geliebt – auch wenn ich sie manchmal gehasst oder verabscheut hatte. Ich hätte sie zeitweise totprügeln oder erwürgen können, aber ich hatte den Gedanken nicht ausgehalten, dass sie für ihre Komplizen nur entbehrliches Hundefutter sein könnte.

Ich lief herum, von einem Zimmer ins andere, immer wieder an sein leeres Bett. Denken konnte ich nicht, weil jeder Gedanke aus blutigen Fetzen bestand. Mein Olli. Kleiner Gauner hatte ich ihn manchmal genannt. Er war ja wahrhaftig nie einer von der stillen Sorte gewesen. War! Eine grauenhafte Vorstellung. In drei oder vier Stücken. Das konnte sie ihm nicht antun und mir auch nicht.

Hanne kam den ganzen Montag nicht aus dem Bett. Die Männer vom Erkennungsdienst hätten das Bettzeug gerne abgezogen und mitgenommen. Doch da war mit Verhandlungen nichts zu machen, und mit Gewalt wollte man sie nicht rausziehen. Der Arzt, den Mertens anforderte, weil er meinte, es müsse ein Abstrich gemacht werden, musste unverrichteter Dinge wieder abziehen. Wie eine lebensgroße Puppe saß sie zwischen den Kissen. So beantwortete sie auch Fragen.

Gekommen waren die beiden Kerle kurz nach elf. Wann sie die Wohnung verlassen hatten, wusste Hanne nicht. Da war sie bereits ohne Bewusstsein gewesen.

Rudolf und Schmitz kamen kurz vor Mittag. Ab dem Zeitpunkt hörte ich auch mehrfach einen Hubschrauber kreisen. Rudolf versuchte ruhig und besonnen wie immer, Hanne aufzurichten. Man dürfe nicht ernst nehmen, was Odenwald von sich gegeben habe. Sie sei doch auch nicht mit einem Messer verletzt worden. Hanne schaute ihn nicht einmal an, nur zum Fenster hin. Sie machte sich auch nicht die Mühe, wenigstens den Kopf zu schütteln, als Rudolf fragte, ob sie lieber mit einer Frau reden wolle.

Hanne wollte gar nicht reden. Und ich konnte nicht, bestimmt nicht mit meinen Eltern. Mutter rief ein paar Mal an, aufgeschreckt durch die Lautsprecherdurchsagen. Weil jedes Mal irgendein Kölner Polizist am Telefon war und keine Auskunft gab, kamen sie schließlich beide. Ich hörte sie im Hausflur lamentieren. «Konrad! Wo ist der Kleine? Konrad! Hab ich dir nicht immer gesagt ...»

Rudolf wimmelte sie ab und bemühte sich weiter um Hanne. Unser Telefon wurde präpariert für den Fall, dass Odenwald oder Maren versuchen sollten, die Viertelmillion noch zu bekommen. Sie mussten ja davon ausgehen, dass ich sie hätte. Der Stahlkoffer mit den Blüten lag in Hürth. Wahrscheinlich ginge es nur darum, meinte Rudolf. Sie hätten Oliver wohl nur mitgenommen, um ein weiteres Druckmittel zu haben – oder ein neues.

Von Ella Godberg war kein Lebenszeichen mehr eingegangen, seit Maren sich abgesetzt hatte. Rudolf verbürgte sich dafür, dass ich beim nächsten Mal ohne Begleitung, Peilsender oder sonst etwas fahren dürfe. Aber er konnte sich für nichts verbürgen, konnte nicht einmal verhindern, dass die Medien eingeschaltet wurden.

Schmitz war das Schuldbewusstsein in Person, aber knallhart dabei. Er hatte doch gewusst, dass zumindest Maren sich für Olli interessierte. Meterweise Tonband mit ihren Aufforderungen an Sven hatte er sich angehört. «Erzähl doch mal von deinem Freund. Kennst du seinen Papa gut? Hat er seinen Papa sehr lieb? Meinst du, sein Papa wäre sehr traurig, wenn Oliver etwas zustößt?»

Nun verlangte Schmitz mir das jüngste Foto von Olli ab. Ob Hanne und ich einverstanden waren, fragte er nicht. «Wir müssen an die Öffentlichkeit. Wenn wir noch länger Rücksichten nehmen, verschaffen wir den Tätern nur die Zeit, sich ins Ausland abzusetzen, falls sie das nicht bereits getan haben.»

Er überlegte sogar, mich ins Fernsehen zu bringen, um doch noch an Marens Gewissen zu appellieren. Um unserer gemeinsamen Kindheit und Jugend willen, gib mir mein Kind zurück.

«Wenn ich überzeugt wäre, dass sie ihn umbringen will,

würde ich das tun», sagte ich. «Aber sie hat ihn nicht, und den beiden Kerlen werde ich diese Genugtuung nicht geben.»

So wurden ab dem Nachmittag bundesweit nur in sämtlichen Nachrichtensendungen Olivers Foto, eine Aufnahme von Ella Godberg und die Phantombilder von Odenwald, Bronko und Maren gezeigt. Im Rundfunk wurden Berichte und Suchmeldungen lediglich mit Personenbeschreibungen ausgestrahlt – und mit der Bitte um sachdienliche Hinweise an jede Polizeidienststelle.

Koskas Grundstück wurde noch einmal durchsucht, obwohl niemand erwartete, dass die Täter sich dort aufhielten oder noch einmal nach Kerpen zurückkämen. Aber wenn es um Rache gegangen war, wäre das Grundstück nahe der Boelcke-Kaserne genau der richtige Platz gewesen, um den Beweis dort abzulegen. Dort lag aber nichts.

Eine Hundertschaft, unterstützt von Freiwilligen, durchkämmte mit Suchhunden die Umgebung. Der Hubschrauber kreiste den ganzen Tag, bis es zu dunkel wurde. Schmitz bemühte sich sogar um militärische Unterstützung. Die Bundeswehr verfügte über Geräte, mit denen aus der Luft auch Leichen in dichtem Unterholz aufzuspüren waren. Niemand sprach aus, was alle dachten, dass nun wahrscheinlich uns ein Begräbnis ins Haus stand.

## Die folgenden Tage

In der Nacht zum Dienstag schlief ich nicht. Ich hätte mich nicht neben Hanne ins Bett legen können. Das hatte nichts mit Odenwald zu tun, ich wollte ihr einfach meine Nähe nicht zumuten. Bis zum frühen Morgen waren auch noch Rudolf und Helga Beske da. Sie saß bei Hanne, er bemühte sich bei mir um Optimismus.

«Deinem Kleinen passiert bestimmt nichts. Die wollen nur das Geld.» Dass bisher niemand wegen der Viertelmillion angerufen hatte – «Die müssen abwarten, bis es ruhiger wird», meinte Rudolf. «Solange ihre Visagen durch die Medien gehen, können die sich nicht mal an einer Frittenbude blicken lassen. In zwei, drei Tagen gibt es andere Katastrophen. Dann trauen die sich wieder aus ihren Löchern, du wirst sehen.»

Ob er davon selbst so überzeugt war, wie er vorgab, bezweifle ich. Die Aufrufe in sämtlichen Medien konnten die Täter auch veranlasst haben, sich Oliver schnellstmöglich vom Hals zu schaffen, wenn sie das nicht ohnehin sofort getan hatten.

Die Suchaktion in der Umgebung wurde mit Tagesanbruch wieder aufgenommen. Um sechs Uhr in der Früh kamen zwei Kollegen aus Köln. Rudolf und Helga Beske fuhren zurück nach Hürth, waschen, umziehen, mal hören, wie die Dinge standen. Mit den Kölner Kollegen ins Gespräch zu kommen, war mir nicht möglich. Hanne saß immer noch im Bett, mit ihr konnte ich auch nicht reden, fühlte mich wie abgeschnitten vom Leben.

Schon um acht kam Helga Beske zurück, brühte mehrere Kannen Kaffee auf und setzte sich mit einer zu Hanne ins Schlafzimmer. Und während sie in ihrer unnachahmlichen Art die nette Tante mimte und Hanne ein Märchen nach dem anderen erzählte, sortierten Schmitz und Rudolf in der Dienststelle die Hiobsbotschaften.

Am vergangenen Abend war in einem Waldstück bei Osnabrück Müllers VW-Bus entdeckt worden. Ella Godbergs sterbliche Überreste lagen nicht weit davon entfernt im Unterholz, nur notdürftig mit Laub und etwas Erde abgedeckt. Der ersten Schätzung eines Gerichtsmediziners nach konnte sie nach ihrer Entführung im Höchstfall noch zwei Tage gelebt haben.

Von Oliver, Odenwald und Bronko gab es noch keine Spur. Bisher aus der Bevölkerung eingegangene Hinweise bezogen sich nur auf Maren. Bei der Kölner Polizei hatte sich eine ältere Dame gemeldet. Am 27. Mai – dem Dienstag, als ich zum ersten Mal ins Hotel zitiert worden war – hatte sie den gut erhaltenen, dunkelblauen Mercedes ihres verstorbenen Mannes an Maren verkauft. Maren hatte versprochen, sich beim Straßenverkehrsamt um die Abmeldung des Wagens zu kümmern. Das hatte sie jedoch nicht getan. Wo sie den Mercedes bis zum vergangenen Samstag abgestellt hatte, ließ sich nicht klären.

Nun stand er in einem Parkhaus am Flughafen Köln-Bonn, mit arg ramponierter Fahrerseite. Und Schmitz ging davon aus, dass Maren gestern Morgen in irgendeinen Flieger gestiegen war. Er ließ alle Flüge überprüfen, Fehlanzeige. Unter ihrem eigenen Namen hatte sie sich nicht abgesetzt. Aber es war davon auszugehen, dass sie längst falsche Papiere hatte.

Die belgische Polizei in Eupen gab die Aussage eines Tankstellenpächters durch, bei dem Maren am vergangenen Morgen in aller Herrgottsfrühe getankt hatte. Da war der Mercedes noch nicht beschädigt gewesen.

Ein Krankenpfleger auf dem Weg ins Klinikum Aachen hatte beobachtet, wie Maren – aus Richtung der belgischen Grenze kommend – mit rasanter Geschwindigkeit und Handy am Ohr auf der Überholspur von der Fahrbahn abkam, die Mittelleitplanke touchierte und ins Schleudern geriet. Sie hatte den Wagen wieder unter Kontrolle und zum Stehen gebracht. Der Krankenpfleger hatte ebenfalls angehalten und sich erkundigt, ob sie Hilfe brauche. Nein, brauchte sie nicht.

Davon erfuhren wir in Kerpen erst einmal nichts. Am frühen Abend wurden die Kölner Kollegen – ich habe mir ihre Namen nicht merken können, obwohl sie den ganzen Tag da waren – abgelöst. Auch Helga Beske verabschiedete sich.

Die Nacht zum Mittwoch verbrachte ich auf der Couch im Wohnzimmer. Hanne wollte allein sein. Als es in der Früh zu dämmern begann, erschien sie bei der Tür. Den alten Bademantel hielt sie mit beiden Händen vor der Brust zusammen. Einer der Beamten aus Köln war im Sessel eingenickt, der zweite döste neben dem Telefon.

«Wenn ihr alle schlaft», fauchte Hanne, «kann das Telefon ja noch hundertmal klingeln.»

Es hatte nicht geklingelt, aber Hanne ließ sich das nicht ausreden. Sie ging kurz aufs Klo, danach wurde sie energisch. «Ich pass jetzt hier auf.»

Der Mittwoch: Man lebt automatisch weiter, isst etwas, trinkt Unmengen Kaffee und schläft trotzdem ein, wenn die Erschöpfung überhand nimmt. Man wacht auf voller Entsetzen wie Hanne, weil man glaubt, nein, weil man fest überzeugt ist, gerade hätte das Telefon geklingelt. Es klingelte nicht. Und es kam ein Punkt, da hätte ich Rex die Hand geschüttelt, ihm die Füße geküsst und mich bei ihm bedankt, weil er so rücksichtsvoll mit Hanne umgegangen war. Ich konnte nachvollziehen, was in Alex Godberg vorgegangen war, als er fragte: «Wer soll sie denn hetzen, wenn Sie sich nicht einmischen?» Ich hätte jetzt dasselbe gesagt. «Lasst um Gottes willen die Kerle in Ruhe. Wie sollen sie mir meinen Sohn denn lebend zurückgeben, wenn ihr sie jagt?»

Um die Mittagszeit erschien die Ablösung für die beiden Beamten, deren Namen ich mir auch nicht gemerkt habe. Jochen und Thomas Scholl kamen. Es wurde etwas persönlicher. Helga Beske stieß am frühen Nachmittag wieder zu uns, weil sie nach Hanne schauen und dafür sorgen wollte, dass wir alle etwas in den Bauch bekamen.

Thomas Scholl, der über den Stand der Dinge informiert war, gab ein wenig preis. Der bisherigen Spurenauswertung zufolge musste Bronko etliche Tage in Müllers Campingmobilgefährt unterwegs gewesen sein, hatte ihn vermutlich erst Ende vergangener Woche in dem Waldstück bei Osnabrück abgestellt. Es gab auch ausreichend Beweise dafür, dass Ella Godberg in dem Bus transportiert und getötet worden war. «Was die Frau durchgemacht hat», sagte er, «stelle ich mir lieber nicht vor.»

Jochen spekulierte über Marens Verbleib und sprach aus, was ich nicht denken wollte. «Die hat nur nachgeholt, was sie vor neun Jahren nicht geschafft hat. Und diesmal richtig.»

Hanne sprang auf und rannte ins Bad. Sie blieb zehn Minuten, und obwohl wir uns im Wohnzimmer unterhielten, obwohl in der Küche die verkalkte Kaffeemaschine mit beträchtlichem Lärm vor sich hin blubberte, hörte ich Hannes Würgen und Schluchzen. Ich wollte ebenfalls ins Bad. Helga Beske hielt mich zurück und funkelte Jochen wütend an. «Trottel», sagte sie.

Am frühen Donnerstagnachmittag war es vorbei. Es geschah, worauf wir alle warteten, was wir gleichzeitig fürchteten, weil vielleicht nur jemand anrief, um mitzuteilen, man habe Olivers Leiche gefunden. Rudolf hatte versprochen, uns so schnell wie möglich zu benachrichtigen. Aus dem Grund saß Helga Beske neben dem Telefon. Zweimal ließ sie es klingeln. Ihre rechte Hand schwebte zitternd über dem Hörer. Sie schloss die Augen, nahm ab und meldete sich mit einem zögernden: «Neubauer.»

Zu mehr kam sie nicht. Hanne riss ihr den Hörer aus der Hand. Als ich sah, wie sie zusammenzuckte, wurde mir übel.

## Oliver — gestützt auf
## polizeiliche Erkenntnisse

Sie hatten ihm den Mund verklebt, Hand- und Fußgelenke umwickelt und das Laken um ihn geschlagen. Wie einen Sack hatten sie ihn aus der Wohnung getragen und draußen in einen Kofferraum geworfen. Dann waren sie gefahren, die halbe Nacht. Als der Kofferraum wieder geöffnet wurde, war es immer noch dunkel. Sie brachten ihn in ein Haus und sperrten ihn in ein stickiges Zimmer.

Das Haus, es war eher eine alte Villa, lag etwas außerhalb von Rendsburg, einer Stadt in Schleswig-Holstein, rund hundert Kilometer von Hamburg entfernt. Die Besitzerin war im Frühjahr 2002 verstorben, eine Erbengemeinschaft, bestehend aus Nichten und Neffen, von denen einige in Hamburg lebten, hatte Maren Koska beauftragt, einen Käufer zu finden. Das war ihr nicht gelungen, weil die Erben eine unrealistische Preisvorstellung hatten. Aber seit dem vergangenen Oktober war die Villa an eine fiktive Firma vermietet und tauchte deshalb nicht mehr bei den Objekten auf, die von der Hamburger Polizei überprüft worden waren. Es rechnete auch niemand damit, dass Maren so weit außerhalb als Maklerin tätig gewesen sein könnte.

Auf Marens Konten gab es keine Spur, die nach Rendsburg geführt hätte. Natürlich hatte die fiktive Firma eine Bankverbindung, es war sogar für die Geschäftsführerin eine Kreditkarte ausgestellt, allerdings nicht auf den Namen Maren Koska. Sie hatte falsche Papiere vermutlich schon seit Monaten, einen Führerschein und einen türkischen Pass auf den Namen Nurten Özdemir, zu Anfang wohl nur, damit niemand über sie an Odenwald herankam. Deshalb hob sie praktisch die kompletten Mieteinnahmen aus den Wohnblocks in Kerpen in bar von ihrem Konto ab und zahlte sie bar auf das Konto der fiktiven Firma ein.

In der alten Villa waren zwei Räume für Odenwald hergerichtet, Küche und Schlafzimmer. Bis Anfang März hatte er sich dort aufgehalten. Anfang Juni war er zurückgekehrt mit der ersten Hälfte des Lösegelds für Ella Godberg. Er verfügte ebenfalls über falsche Papiere, die Bronko ihm beschafft hatte – in Polen. Von dort stammte auch der Wagen, in dessen Kofferraum Oliver transportiert worden war. Ein unauffälliger, beigefarbener Mazda.

Das Zimmer, in das sie ihn sperrten, lag unmittelbar neben der Küche. Es war das ehemalige Esszimmer, in dem es eine Durchreiche gab, die mit einer Holzklappe verschlossen war. Zu Anfang war es still. Vermutlich legten Odenwald und Bronko sich nach ihrer Ankunft hin und schliefen etliche Stunden.

Er war überhaupt nicht müde, viel zu aufgeregt, viel zu besorgt, weil er nicht wusste, was Rex mit Mama gemacht hatte. Er wartete auf Papa, hatte keine Vorstellung von der Entfernung, die ein Auto in stundenlanger Fahrt zurücklegte, war überzeugt, dass Papa ihn suchen und natürlich auch finden würde. In den Filmen, die er bei Opa gesehen hatte, waren am Schluss immer Polizisten gekommen, hatten die Verbrecher verhaftet oder totgeschossen und die Leute befreit. Decken hatten sie den Leuten um die Schultern gelegt. Das brauchten sie bei ihm nicht zu tun, er hatte ja sein Laken.

Die Wartezeit vertrieb er sich damit, seine Fesseln loszuwerden. Beim Mund war es einfach, weil seine Hände nicht auf dem Rücken zusammengeklebt waren. Er konnte das Klebeband leicht abreißen. Dann machte er sich mit den Zähnen über die Umwicklung der Handgelenke her. Das dauerte eine Weile, aber er schaffte es. Bei den Füßen war es danach nicht mehr so schwer.

Rundum war es immer noch still. Und in dem Zimmer sehr warm. Sein Mund war ganz trocken, und er wusste schließlich, wie gefährlich es war, wenn kleine Jungs nichts zu trinken bekamen; auch wenn er sich nicht mehr für so klein hielt und nicht in einem brütend heißen Auto gefangen war, ein bisschen Sorge machte ihm das schon. Vorsichtig begann er, seine Umgebung zu erkunden, tastete über den Boden und kroch, um nicht über irgendetwas zu stolpern, hinzufallen und Rex oder den kleinen Mann mit dem Gepolter aufzuwecken.

Auf dem Boden war nur Staub und an den Wänden nur die Durchreiche zur Küche und eine Glastür. Daneben befand sich ein Gurt. Er zog einmal behutsam, aber dennoch feste daran und schaffte damit ein paar Schlitze in dem herabgelassenen Rollladen. Nun fiel etwas Tageslicht herein. Er sah die Tür, durch die er hereingetragen worden war, aber die war abgeschlossen, das wusste er, hatte gehört, wie der Schlüssel gedreht wurde.

Da er weiter nichts tun konnte als auf Papa warten, setzte er sich auf sein Laken, zeichnete mit einem Finger ein paar Figuren in den Staub. Und um sich den Durst erträglich zu machen, tauchte er für ein Weilchen mit *Roter Oktober* durch die Weltmeere. Er war Kapitän Ramius und sagte: «Geben Sie mir ein Ping, Wassili, und bitte nur ein einziges.»

Irgendwann hörte er Stimmen und Schritte. Die Männer waren aufgewacht, gingen in die Küche, schalteten einen Fernseher ein und unterhielten sich. Er verstand jedes Wort, hörte sogar seinen Namen. Dann fuhr einer weg, um etwas zu essen zu holen. Rex wollte eine große Pizza mit viel Schinken und Schampus, was immer das sein mochte. Er hatte auch Hunger und schrecklichen Durst. Aber er wagte es nicht, sich bemerkbar zu machen.

Der Fernseher lief die ganze Zeit und erlaubte ihm, die Stunden zu verfolgen. Es war ein Nachrichtensender eingeschaltet. Zwischen fünfzehn und sechzehn Uhr hörte er ein Auto kommen und anhalten. Das musste Papa sein. Er wartete darauf, das Brechen einer Tür zu hören und Papas Stimme: «Hände hoch, jeder Widerstand ist zwecklos.»

Aber stattdessen fragte Rex: «Wo hast du dich rumgetrieben? Noch ein Nümmerchen eingeschoben?»

Und die böse Frau antwortete: «Sei froh, dass ich es überhaupt noch geschafft habe. Mir ist so ein Blödmann ins Auto gefahren, ich musste mir ein neues besorgen. Mit dem Geld hat es auch nicht geklappt. Ich hab dir gleich gesagt, so funktioniert das nicht. Wahrscheinlich hat sich irgendein Junkie die Schachtel geschnappt. Als ich anrief, hatte ich jedenfalls so einen bekifften Typen in der Leitung.»

«Scheiß drauf», sagte Rex. «Es reicht für den Anfang.»

«Wo ist der Junge?», fragte die Frau.

Darauf bekam sie keine Antwort, wahrscheinlich zeigte nur einer zum Nebenraum. Und dann kam sie zu ihm. Er wickelte sich das Laken um die Schultern und drückte sich in die Ecke. Das half ihm nicht, weil durch die Schlitze im Rollladen immer noch Tageslicht einfiel. Abgesehen davon hing an der Decke eine Glühbirne, und sie schaltete das Licht ein.

Sie hatte eine Dose und ein Stück Pizza in den Händen. Die Dose nahm er, schlürfte gierig einen Rest Cola. Das Pizzastück lehnte er ab, obwohl er so großen Hunger hatte. Aber er hatte auch seinen Stolz, und von dem Stück hatte jemand abgebissen.

«Ich esse nichts, was schon einer gegessen hat», sagte er.

«Pech für dich», meinte sie, ließ das Stück auf den Boden fallen und ging zurück zur Tür. «Dann stirbst du eben mit leeren Bauch.»

«Frau!», rief er ihr nach, wusste ja nicht, wie sie hieß. «Du darfst mir nix tun. Mein Papa ist Polizist. Wenn du mich totmachst, sperrt er dich ganz lange ein. Oder er schießt euch alle tot.»

Damit hatte er sie erschreckt, so sah es jedenfalls aus, als sie sich wieder umdrehte. «Ehrlich?», fragte sie. «Oder willst du mir nur Bange machen?»

«Ganz ehrlich», sagte er. «Er ist sogar bei der Kriminalpolizei.»

Sie legte eine Hand vor den Mund, als sei ihr nun sehr bange. «Ja, wenn ich das vorher gewusst hätte. Was machen wir denn nun mit dir?»

«Wenn du mir was anderes zu essen bringst und noch mehr zu trinken», schlug er vor, «sag ich meinem Papa, dass du lieb zu mir warst. Dann tut er dir bestimmt nix.»

«Was willst du denn essen?», fragte sie.

«Ein Brot mit Leberwurst und einen Kakao», sagte er.

Und sie schüttelte bedauernd den Kopf. «Tut mir Leid, Kleiner. Ich weiß nicht, wo ich jetzt ein Leberwurstbrot oder Kakao hernehmen soll. Dann wird wohl nichts aus unserem Deal.»

Von nebenan brüllte Rex: «Mach nicht so lange rum, drück ihm die Gurgel zu.»

«Nicht so hastig», rief die Frau zurück. «Du hattest deinen Spaß. Jetzt darf ich mich amüsieren. Und wir haben eine Menge Zeit, in den nächsten Tagen können wir nicht weg.»

Dann ging sie, kam noch einmal zurück mit einem Teller, auf dem ein paar Pizzareste lagen, von denen sie die Bissspuren abgeschnitten hatte, und einer vollen Dose Cola. Diesmal sagte sie nichts, stellte nur den Teller und die Dose vor ihn hin.

Nachdem er seinen Durst gelöscht hatte und halbwegs satt war, musste er Pipi und rief nach ihr: «Frau, lass mich mal raus, ich muss mal!»

Antwort bekam er nicht, hörte sie nur nebenan lachen. Da er nicht in die Hose machen wollte, suchte er sich die Zimmerecke aus, die am weitesten von seinem Laken entfernt war, und erledigte das dort. Dann rollte er sich auf seinem Laken zusammen und hörte sich die Unterhaltung in der Küche an.

Der kleine Mann trug nichts dazu bei. Rex sagte auch nicht viel, meist sprach die Frau. Sie fand es lustig, dass sie alle im Fernsehen waren. «Hätte ich mir nie träumen lassen, dass ich mal so populär werde», sagte sie und verlangte: «Hey, schlaf nicht ein, trink noch einen Schluck. Ist noch was in der Flasche? Ich mache noch eine auf, das muss gefeiert werden.»

Schlafen wollte er auf gar keinen Fall, um nicht den Moment zu verpassen, wenn Papa kam. Aber es kam niemand, nebenan wurde es still, und irgendwann schlief er doch ein, kein Wunder, wo er in der vergangenen Nacht nicht geschlafen hatte.

Er wachte erst wieder auf, als ihm ein Stück Stoff zwischen Lippen und Zähne geschoben wurde. Ehe er sich versah, war das Laken um ihn gewickelt. Er wurde hochgehoben, weggetragen und in einen Kofferraum gelegt, in dem schon eine große Tasche lag. Über ihm schlug der Deckel zu, noch ehe er richtig erfasst hatte, was geschehen war.

Zuerst rollte das Auto nur ganz langsam, als ob der Motor kaputt wäre und es geschoben würde. Das bot ihm die Gelegenheit, sich aus dem Laken zu befreien, den Stoff aus seinem Mund zu ziehen und den Kofferraum zu erkunden. Doch außer der Tasche war nichts da. Und in der Tasche war nur dünnes Papier. Er räumte sie aus bis auf den Boden.

Das Auto blieb kurz stehen. Der Kofferraum wurde nicht aufgemacht, der Motor sprang an, und es fuhr doch noch richtig. Und wie, wahnsinnig schnell. Er wurde tüchtig hin und her geschüttelt, stieß sich den Kopf an einem Radkasten und die Schulter an der Tasche. Wieder war es eine sehr lange Fahrt, und ihm wurde furchtbar übel von der Rüttelei. Er konnte nicht anders, musste die Pizzareste und die Cola wieder ausspucken.

Als das Auto endlich anhielt, stand es in einem Parkhaus. Das sah er, weil die böse Frau den Kofferraumdeckel öffnete. Draußen war es hell. Sie hatte sich verkleidet, ein Tuch um den Kopf gebunden und einen langen, blauen Mantel an, wollte wohl nur etwas Geld nehmen, das nun im ganzen Kofferraum verteilt und mit Erbrochenem beschmiert war. Sie schaute ihn wütend an, rümpfte angeekelt die Nase und schimpfte: «Was ist denn das für eine Sauerei, du Ferkel?»

«Da konnte ich nix für», verteidigte er sich. «Wenn ich vorne sitzen darf, wird mir nie schlecht. Darf ich jetzt vorne sitzen?»

Sie antwortete nicht, suchte ein paar Geldscheine zusammen, die nicht bespritzt waren, verlangte noch: «Mach bloß keinen Krawall», und wollte den Deckel wieder schließen.

Er stemmte beide Hände dagegen. «Wo gehst du denn hin?»

«Frühstücken», sagte sie. «Keine Sorge, ich bringe dir etwas mit, auch einen Kakao, aber nur, wenn du absolut still bist.» Dann schlug sie den Deckel zu.

Er war still, geraume Zeit, mucksmäuschenstill. Er hörte Motoren und Menschen, hätte sich bemerkbar machen können, und wahrscheinlich hätte ihn jemand befreit. Aber er rührte sich nicht, vertraute darauf, dass er ein Frühstück bekäme. Erst als der Wagen sich wieder in Bewegung setzte, schlug er mit seinen kleinen Fäusten gegen das Blech und schrie: «Lass mich raus, Frau! Lass mich hier raus!»

Das tat sie erst auf irgendeinem einsamen, kleinen Rastplatz am Rande irgendeiner Landstraße. Er bekam ein Hörnchen und einen Tetrapack mit Kakao, wurde zum Pipimachen und für ein großes Geschäft, das er sich bis dahin verkniffen hatte, in die Büsche geschickt. Währenddessen säuberte sie mit feuchten Reinigungstüchern notdürftig die Geldscheine und den Kofferraum.

Als er zurückkam, nahm sie eine Plastiktüte von der Rückbank. Sie hatte eingekauft für ihn, zwei Hosen, ein paar T-Shirts, zwei Garnituren Unterwäsche und ein Paar Sandalen, nicht ganz seine Größe, an Strümpfe hatte sie nicht gedacht. Sie half ihm, den völlig verdreckten Schlafanzug und die Unterhose auszuziehen, obwohl er dabei keine Hilfe gebraucht hätte. Dann säuberte sie mit feuchten Tüchern seine Hände und sein Gesicht. Wischte ihm auch einmal übers Hinterteil. «Jetzt kann man dich wieder unter Menschen lassen, Konni», sagte sie anschließend.

«So heiße ich nicht», erklärte er.

«Ich weiß», sagte sie. «Aber du siehst so aus.» Dann öffnete sie eine der hinteren Wagentüren. Auf der Rückbank lagen noch einige Plastiktüten. Aus einer zog sie ein grünes Plüschtier, einen Dinosaurier. Es war noch ein zweiter in der Tüte.

«Sven hat mir erzählt, du magst Dinos. Meinst du, er freut sich, wenn er auch einen bekommt? Du musst ihm ja nicht verraten, dass ich ihn gekauft habe. Von mir nimmt er bestimmt nichts.»

«Warum nicht?», fragte er. Angesichts des Plüschtiers und der anderen Wohltaten fand er sie schon gar nicht mehr so böse.

«Weil seine Mama nicht wiederkommt», sagte sie.

Sonderlich überrascht oder schockiert war er von der Auskunft nicht, hatte nur ein schlechtes Gewissen. Der Papa von Sven hatte ihn schließlich gewarnt, was passieren würde, wenn er den Mund nicht hielte. «Hat der Rex Tante Ella totgemacht, weil ich es meinem Papa erzählt habe?»

Sie schüttelte den Kopf. «Deshalb bestimmt nicht. Er hat es auch garantiert nicht selbst getan. Die Drecksarbeit überlässt die feige Sau dem Doktor. Dieser verlogene Hund, erzählt mir, es geht ihr gut. Die Bänder wären eine reine Vorsichtsmaßnahme, damit sie nicht verrät, wo sie ist, wenn sie mit Alex spricht. Ich hab das geglaubt. Mir wird es nur niemand glauben, fürchte ich.»

«Haben die meiner Mama auch was getan?»

«Glaube ich nicht», sagte sie. «In den Nachrichten reden sie nur von Ella Godberg und dir. Die Arschlöcher haben das ganze Land in den Ausnahmezustand versetzt. Eine gottverfluchte Scheiße ist das. – Na, jedenfalls sind wir beide erst mal raus aus dieser Scheiße. Jetzt müssen wir nur zusehen, dass wir nicht in die nächste geraten. Hops hinten rein und mach dich ganz klein.»

«Bringst du mich jetzt nach Hause?»

«Nein», sagte sie.

«Warum nicht?»

«Weil da der Teufel los ist», sagte sie. «Und jetzt gib Ruhe, sonst musst du in den Kofferraum.» Sie vergewisserte sich, dass er auf der Rückbank von draußen nicht zu sehen war, und setzte sich wieder hinters Steuer.

Warum sie ihn nicht auf dem Rastplatz zurückließ, wusste sie wohl selbst nicht. Er hätte den nächsten Autofahrer, der anhielt, ansprechen können und wäre in Sicherheit gewesen. Aber sie meinte, ein sicheres Plätzchen zu haben, ein kleines Haus in Eupen, wo sie die letzten Tage als Nurten Özdemir verbracht hatte. Dass Odenwald von diesem Häuschen wusste, betrachtete sie nicht als Risiko, war überzeugt, eine Spur gelegt zu haben, die bald zur Festnahme führen müsste.

Sie hatte am vergangenen Morgen am Flughafen Köln-Bonn einen Leihwagen genommen, ihren eigenen Führerschein und eine auf ihren Namen ausgestellte Kreditkarte vorgelegt. Allerdings hatte sie nicht ihre Hamburger Adresse angegeben, sondern die der alten Villa in Rendsburg. Bei dem Saufgelage am vergangenen Abend hatte sie den Männern ein rasch und nachhaltig wirkendes Betäubungsmittel in die Getränke gemischt, den Trick kannte sie ja noch aus ihrer Zeit in den USA. Zudem hatte sie vor ihrem Aufbruch alle vier Reifen des Leihwagens zerstochen. Sie war nun unterwegs mit dem gesamten noch vorhandenen Lösegeld in dem beigefarbenen Mazda, nach dem niemand suchte.

Der Leihwagen hätte an diesem Dienstagmorgen zurückgegeben werden müssen. Als das nicht geschah, kümmerte sich jedoch nicht sofort jemand um den Verbleib des Fahrzeugs, wie sie es einkalkuliert hatte. Man hatte ja die Kreditkartennummer und zog nur die Leihgebühr für einen weiteren Tag ein. Niemandem fiel auf, dass der Wagen an eine Frau übergeben worden war, deren Name und Gesicht seit dem vergangenen Nachmittag durch sämtliche Medien ging.

Während der Weiterfahrt erzählte sie ihm davon. «Zugegeben», sagte sie, «die Idee ist mir erst gekommen, nachdem ich die Leitplanke geküsst hatte. Aber sie ist mir gekommen, das zählt. Ich wusste ja nicht, ob Rex mir die Nummer abnimmt, ob ich es schaffe, uns beide mit heiler Haut da wieder rauszubringen. Ich dachte, wenn die Sache schief geht, tut sie das schnell. Und dann muss es mich nicht mehr stören, wenn jemand auftaucht, um zu sehen, wo das Auto bleibt. Dann kriegen wir beide wenigstens ein anständiges Begräbnis.»

Sie lachte, fröhlich klang es nicht. «So weit denkt Rex garantiert nicht. Er wird es auch nicht riskieren, einen Fuß vor die Tür zu setzen, solange seine Visage über die Bildschirme flimmert. Dass seine Anschrift hinterlegt wurde, weiß er ja nicht. Dieser undankbare Arsch. Alte Autos verkaufen war unter seiner Würde. Da ist es nur recht und billig, wenn jetzt ein Autoverleiher dafür sorgt, dass er hinter Gitter wandert.»

Dass ihre Rechnung nicht aufging, erfuhr sie nicht. Es gab zwar ein Autoradio in dem Mazda, aber sie verließ den Sendebereich. Welchen Weg genau sie nahm, um zurück nach Eupen zu kommen, konnte nicht geklärt werden. Dem Kölner Raum kam sie jedenfalls nicht zu nahe, sie fuhr durch die Niederlande, legte etliche hundert Kilometer zurück. Zweimal musste sie tanken, besorgte dabei etwas zu essen, Süßigkeiten und Getränke. Irgendwann am Nachmittag trafen sie in Eupen ein. Sie war erschöpft, er auch, sodass sie sich bald schlafen legten.

Mittwochs fuhr sie wieder stundenlang mit ihm, zurück in die Niederlande, ein Stück weit auf einer Straße, die übers Meer führte, möglicherweise nach Vlissingen. Es ist anzunehmen, dass sie sich nach Fährverbindungen erkundigte. Auf der Rückfahrt fragte sie: «Warum sind deine Eltern eigentlich nicht verheiratet?»

«Damit sie sich nicht scheiden lassen können», sagte er.

«Das ist ein Argument», meinte sie und wollte noch wissen, ob Mama seinen Papa sehr lieb habe.

«Ja», sagte er. «Aber manchmal zanken sie sich auch.»

Er fand es nicht übel, stundenlang mit ihr Auto zu fahren. Sie war lustig, sprach mit ihm wie mit einem Erwachsenen, erzählte ihm Dinge von Papa, die ihm sonst bestimmt niemand erzählt hätte. Abends durfte er sehr lange aufbleiben. Und am Donnerstag durfte er sich wünschen, was er gerne machen wollte.

Einmal Papa anrufen.

«Das geht nicht», sagte sie.

«Warum nicht?»

«Mein Telefon ist kaputt.»

«Du hast doch viel Geld, du kannst ein neues kaufen.»

«Nein», sagte sie. «Deinem Papa schadet es gar nichts, wenn er ein bisschen schmort. Und dir geht es doch gut, oder?»

Ja, eigentlich schon, aber er hatte Sehnsucht – wie ET. Da er nicht wusste, was er sonst noch gerne machen wollte, ließ sie sich etwas einfallen, unbedingt kindgerecht war es nicht. Mittags führte sie ihn in ein kleines Restaurant, kochen konnte sie ja nicht. Und nachmittags fuhr sie mit ihm zu einem Café, wo er einen großen Schokoeisbecher mit Sahne bekam, den er aber nicht mehr aufessen konnte, weil sie plötzlich sagte: «Scheiße, Konni. Wir müssen hier weg, sonst werden wir beide zu Hackfleisch verarbeitet.»

Sie zerrte ihn vom Stuhl zu einem Hinterausgang. Der beigefarbene Mazda stand ein Stück von dem Café entfernt. Im Freien begann sie zu rennen und riss ihn mit. Er hatte Mühe, seinen Plüschrex festzuhalten, den er auf Schritt und Tritt mit sich herumschleppte. Und er begriff nicht, warum sie mit einem Mal so anders war. Sie schob ihn ins Auto, warf sich hinters Steuer und brauste los, stieß ellenlange Flüche auf die Trantüten aus. Damit war wohl die Leihwagenfirma gemeint.

Ob sie verfolgt wurden, konnte er nicht feststellen, auch nicht, wie lange sie fuhr. Im Vergleich mit den Fahrten der vergangenen Tage nicht sehr lange. Sie fuhr Autobahn, das sah er wohl, blieb auf der Überholspur, scherte sich nicht um Geschwindigkeitsbeschränkungen und fluchte nun auf die Bullen, die immer nur dann zur Stelle waren, wenn man sie nicht brauchte.

Irgendwann scherte sie dicht vor einem Kühllaster ein, trat auf die Bremse und zwang den Fahrer des Lasters damit ebenfalls zum Halt. Sie warf Oliver förmlich aus dem Wagen. «Steig in den Laster, Konni, und sag deinem Papa – ach, vergiss es.»

Dann war sie weg.

Der Anruf, der Hanne zusammenzucken ließ, kam von einer Polizeiwache in Düren, dort hatte der Fahrer des Kühllasters ihn abgeliefert. Als Hanne aufschluchzte, nahm Helga Beske ihr den Hörer aus der Hand, sprach ein paar Worte mit dem Kollegen und reichte an mich weiter. Und ich hatte gleich sein Stimmchen im Ohr, atemlos, überschäumend, begierig, das wahnsinnige Abenteuer zu schildern, in allen Einzelheiten, sofort, auf der Stelle. «Boah, Papa, du glaubst nicht, wie die Frau Auto fahren konnte.»

Während Hanne ins Bad lief, sich halb schluchzend, halb lachend den Bademantel von den Schultern riss, ungeachtet der beiden Männer in unserem Wohnzimmer, erklärte Olli: «Weißt du, was sie immer zu mir gesagt hat, Papa? Konni, hat sie gesagt. Sie kannte dich nämlich schon, als du noch klein warst. Sie hat mir auch was geschenkt, rate mal. Einen Rex. Für Sven hatte sie auch einen gekauft, aber den habe ich nicht mitgenommen, als wir ein Eis gegessen haben.»

Eine knappe halbe Stunde später hatten wir ihn wieder. Nie im Leben werde ich den Anblick vergessen, wie er da saß am Schreibtisch eines älteren Polizisten. Das grüne Plüschtier im Arm, löffelte er genüsslich einen Schokopudding mit Sahne aus einem Plastikbecher. Hanne riss ihn vom Stuhl in ihre Arme und küsste ihn, bis ihm das vor all den Zuschauern peinlich wurde.

Bis zum Freitagabend hatten wir von ihm genug Hinweise auf die Spur erhalten, die Maren gelegt hatte. Niemand glaubte, dass sich in der alten Villa bei Rendsburg noch jemand aufhalten könnte. Man wollte nur Spuren sichern, aber es brannte Licht. Odenwald und Bronko waren erneut dorthin zurückgekehrt, weil sie sich in dem Haus offenbar sicher fühlten.

Maren fand man im Keller. Sie lebte noch, aber nicht mehr lange genug, um die Ankunft des eilig herbeigerufenen Notarztes zu erleben. Bronko hatte sie noch schlimmer zugerichtet als Ella Godberg. Ich habe die Berichte gelesen, aber vorstellen kann ich mir das nicht, will ich auch nicht. Und vergessen, sie hat bestimmt nicht gemeint, ich solle sie vergessen, wie könnte ich das auch? Ich sehe sie immer noch vor mir wie bei unserem letzten Treffen im Hotel. Den makellosen Rücken, die Schultern unter dem weißblonden Haar und die perfekten Beine unter dem Handtuch. Und manchmal höre ich sie sagen: «Schau dir das alles noch einmal gut an, Konni. Das sind Dinge, die du nie wieder anfassen wirst.»

Nein, jetzt bestimmt nicht mehr.

Was gibt es sonst noch zu erklären? Dass Alex Godberg sein Geld größtenteils zurückbekommen hat. Aber es hat ihn nicht interessiert. Für ihn war es wichtiger, dass die Sau geschlachtet worden war. Auch Bronko hat mit dem Leben bezahlt, sich einen Schusswechsel mit der Polizei geliefert und den Kürzeren gezogen. Nach dem Tod seines Erfüllungsgehilfen ließ Odenwald sich ohne weiteren Widerstand festnehmen. Er sitzt in U-Haft und wartet auf seinen Prozess.

Mir graut schon jetzt davor, dass meine Rolle in dem Drama vor Gericht noch einmal breitgewalzt wird. Bei der Verhandlung soll Oliver nicht aussagen müssen. Ihn will man vorher im Richterzimmer befragen, damit es für ihn nicht so belastend wird. Dass er es als Belastung empfinden würde, wage ich zu bezweifeln. Bisher hat es ihm noch jedes Mal gut gefallen, wenn er die Geschichte erzählen durfte. Je mehr Leute ihm zuhörten, umso besser. Hanne hat ihn tausendmal ermahnt, keine Übertreibungen, keine ausschmückenden Schlenker, die Wahrheit, nichts als die reine Wahrheit. Aber so eine Wahrheit gibt es wohl nicht.

## Petra Hammesfahr

«Spannung bis zum bitteren Ende.» Stern

**Das Geheimnis der Puppe**
*Roman.* rororo 22884

**Der gläserne Himmel**
*Roman.* rororo 22878

**Der Puppengräber**
*Roman.* rororo 22528

**Der stille Herr Genardy**
*Roman.* rororo 23030

**Die Chefin**
*Roman.* rororo 23132

**Die Mutter**
*Roman.* rororo 22992

**Die Sünderin**
*Roman.* rororo 22755

**Lukkas Erbe**
*Roman.* rororo 22742

**Meineid**
*Roman.* rororo 22941

**Roberts Schwester**
*Roman.* rororo 23156

**Merkels Tochter**
*Roman.* rororo 23225

**Ein süßer Sommer**
*Roman.* rororo 23625

**Das letzte Opfer**
*Roman.* rororo 23454

**Mit den Augen eines Kindes**
*Roman.* rororo 23612

**Die Lüge**
*Roman.* rororo 23169

**Der Schatten**
*Roman*

rororo 24051

*Weitere Informationen in der* Rowohlt Revue *oder unter* www.rororo.de